古典文獻研究輯刊

十二編

曾永義 主編

第 22 冊

古代文學與文化研究

胥洪泉 著

國家圖書館出版品預行編目資料

古代文學與文化研究／胥洪泉 著 -- 初版 -- 新北市：花木蘭文
化出版社，2015〔民 104〕
序 4+ 目 2+262 面；19×26 公分
（古典文學研究輯刊 十二編；第 22 冊）
ISBN 978-986-404-420-7（精裝）
1. 中國文學 2. 文學評論
820.8   104014991

ISBN-978-986-404-420-7

9 789864 044207

古典文學研究輯刊
十二編　第二二冊   ISBN：978-986-404-420-7

古代文學與文化研究

作　　者　胥洪泉
主　　編　曾永義
總 編 輯　杜潔祥
副總編輯　楊嘉樂
編　　輯　許郁翎
出　　版　花木蘭文化出版社
社　　長　高小娟
聯絡地址　235 新北市中和區中安街七二號十三樓
　　　　　電話：02-2923-1455／傳真：02-2923-1452
網　　址　http://www.huamulan.tw 信箱 hml 810518@gmail.com
印　　刷　普羅文化出版廣告事業
初　　版　2015 年 9 月
全書字數　188604 字
定　　價　十二編 26 冊（精裝）新台幣 48,000 元

古代文學與文化研究

胥洪泉　著

作者簡介

胥洪泉，男，漢族，四川鹽亭人，西南大學文學院教授，中國古代文學、中國古典文獻學專業碩士研究生導師。主持教育部和重慶市社會科學項目 3 項，出版《清代滿族詞研究》《顧太清詞校箋》《古代文學論稿》等著作 7 部，在《文藝研究》《文學遺產》《民族文學研究》《古籍整理研究學刊》等刊物上發表學術論文 80 餘篇，有的論文被收入《唐代文學研究年鑒》，有的論文被中國人民大學複印書報資料全文轉載。曾獲重慶市高等教育教學成果三等獎、重慶市社會科學優秀科研成果三等獎。

提　　要

　　本書爲作者已發表的關於中國古代文學和文化研究論文的結集，分爲「古代作家作品論評」「古代詞語釋解」「古代文化漫談」三部分。「古代作家作品論評」部分，既有對中國古代文學史上著名作家的評論，如李白出生傳說的淵源、杜甫詩中的宴飲音樂、元稹的交遊、白居易與花、滿族詞人納蘭性德的興亡之歎以及尙南情結、滿族女詞人顧太清與全真教等，也有對中國古代文學作品的論述，如傳爲宋玉所作《高唐賦》《神女賦》，曹操的《短歌行》，李白的《梁園吟》《靜夜思》，元稹的《鶯鶯傳》，唐代的傳奇小說、敦煌變文《太子成道經》，元代無名氏雜劇《蘇子瞻醉寫〈赤壁賦〉》，清代戲曲家尤侗的雜劇《清平調》等；「古代詞語釋解」部分，有對辭書「青梅煮酒」釋義的辨正，有對辭書解釋「前度劉郎」運用書證的考辨，有對辭書解釋「淺斟低唱」含義的商討等；「古代文化漫談」部分，有對道教法術「嘯」的考證，有對鯉魚、白鶴與道教關係的探討，有對唐代的圍棋活動的考察，還有對古代婦女眉式、假髮、奇裝異服以及服飾裝扮的考述等。

自 序

　　本書是我多年來讀書、治學成果的結集。能夠寫成這本小書，與我大學畢業後在高校從事教學科研工作密切相關。

　　1977 年恢復高考制度，我在不抱希望的情況下考上了大學。說不抱希望，是因爲這之前的推薦上大學在我心中留下了陰影。1974 年我高中畢業回鄉，正實行推薦上大學，上大學的依據主要是政治表現。爲了能夠跨入大學之門，我積極勞動，拼命掙表現，一些身體還不能承受的勞動，也搶著去幹。可是到了參加推薦之時，最基層的大隊領導一句話就把我的大學夢擊得粉碎：「你父親是教師，是吃國家糧的，應該讓那些祖宗三代都沒有吃國家糧的貧下中農去。」當時的心情，可想而知，但無可奈何。1977 年，高校招生，恢復考試制度，儘管我也報了名，但還是半信半疑：完全根據考試成績嗎？會不會考試是走過場，暗裏還是推薦？等到通知體檢直至收到錄取通知書心裏才踏實了，才相信考試成績是入學的依據。

　　1978 年的春光送我進入大學，接下來的 4 年眞是讀書的好時光，沒有舞廳，沒有網吧，電視也還是奢侈品，每周的文化娛樂就是看兩場解禁的舊電影，其餘時間都用在讀書上了。由於以前沒有書讀而讀書少，能夠借到、買到的都不放過，胡亂地讀了不少書，這爲以後的工作打下了深厚的基礎。

　　1982 年大學畢業我被分配到一所高校任教，講授中國古代文學。這段時間，工作的重點是教學，儘管也知道應進行科學研究，要撰寫學術論文，卻沒有放在心上，更沒有刻意去做。但圍繞教學內容，卻閱讀了大量的文獻資料。在閱讀的同時把一些自己認爲可以寫成文章的資料抄在一張張卡片上，等到卡片積纍到一定程度時，就分類歸納寫成文章。刊載在 1985 年第 9 期《體

育之春》上的《唐代的圍棋活動》就是這樣寫成的。這篇文章雖然短小簡單，卻是自己摸索寫成而且是我發表的第一篇文章，對我學術興趣的培養，以及鼓勵我走上治學道路作用甚大。

真正懂得治學並打下一定基礎，是在 1985 年 9 月至 1987 年 1 月的研究生課程學習期間，著名學者劉又辛、譚優學、曹慕樊、徐永年、段啓明、熊憲光、徐洪火教授都給我們授過課，從這些先生那裏，不但學到了比較系統的知識，提高了學術素養，而且學到了一些治學方法。記得我把《漫談唐代婦女的眉式》一文送給譚先生請教，他看後改正了文中的一個錯字，並在一箇舊信封的背面寫了一段評語，至今我還記得其中一句話的大意：學術價值頗高的《日知錄》就是這樣一則一則的讀書札記。我知道自己的文章有多少分量，但先生的褒獎卻更加增強了我治學的信心。這篇文章後來發表在廣西大學主辦的《閱讀與寫作》上，標題在目錄中用黑體字標示，表明為重要篇目。後來發表而且收入《唐代文學研究年鑒》的《論道教對唐代傳奇創作的影響》一文，也是這一時期形成論題並且著手搜集資料的。此外，1988 年 9 月至 1989 年 7 月，我還在四川師範大學中國古代文學研究所王文才教授門下做過訪問學者，王先生一生著述不輟，著作等身，他對我的治學訓練，讓我獲益頗多，也讓我的治學能力有了進一步提高。經過這兩個時期的學習和訓練，我就淺一腳深一腳地行走在治學之路上了。

除了客觀的原因之外，我有個毛病，讀書有些隨興趣而定，常常是抓著自己有興趣的書籍就閱讀下去，較少把注意力放在一個作家或一個問題上，閱讀範圍雖然廣泛卻有些零碎散亂。因而，本書所論涉及較廣，中國古代文學中的大家如宋玉、李白、杜甫、元稹、白居易、蘇軾、納蘭性德等都有論述，而這些大家又主要集中在唐宋明清四個朝代；文體如詩、詞、曲、賦、散文、變文、小說等多有論及，而對詩、詞、變文、小說的論述則相對較多；還有一部分關於古代詞語考釋和古代文化研究的文章。大多數文章都是閱讀了一些文獻，發現了問題，才搜集資料寫成的。我不太願意先立下一個大題目，然後再去搜集資料進行論證。因此，本書中的文章少有宏大的論題，往往是「小題大做」，大多是一些較小的題目，然而，題目小並不一定價值就小。2001 年 9 月我參加「中國李白文化研討會」提交的論文，《2001 年中國李白文化研討會綜述》（載《社會科學研究》2001 年第 6 期）一文就這樣評價：「胥洪泉《論李白出生傳說的淵源》認為李白出生傳說化用了老子出生傳說，並

由此引發開去談到了佛道文化的相互影響，由小角度引出一個值得探討的大問題。」當然，少寫宏大的論題，應該說也與本人的學力才識有關；再者，就是本書中的小題目文章，由於本人學殖不足，也顯得譾陋，甚至還有繆誤，懇請專家、讀者指正。

　　本書的出版，得到了西南師範大學文學院中國古代文學學科經費的資助，書法藝術博士、碩士研究生導師曹建副教授欣然爲本書題簽，責任編輯周英斌付出了辛勤的勞動，在此致以深深的謝意。

胥洪泉

2004 年 12 月 26 日

目

次

古代作家作品論評

《高唐賦》《神女賦》影響略論

　　《高唐》《神女》二賦，傳爲風流文人宋玉所作。二賦一出，就爲文人士大夫廣爲傳誦，他們吟誦不止，津津樂道。特別是昭明太子將其編入《文選》後，隨著《文選》的流傳，又因「《文選》爛，秀才半」的緣故，二賦更可謂深深烙進文人士大夫的思想意識。文人士子特別喜愛二賦中雄奇壯偉的山水風光，瑰麗豔冶、美貌多姿的神女形象，尤其豔羨二賦裏雲雨變幻的巫山中楚王的遊冶豔遇，神女的自薦枕席。他們把這些內容或凝固成豔情典故，或構成形象特色，運用於文學創作，對中國豔情文學創作產生廣泛而深刻的影響。翻檢中國古代文學作品，隨處可見二賦烙下的印痕，下面筆者試從幾個方面簡略論述之。

一

　　《高唐》《神女》二賦產生後，只具自然美的巫山，增添了絢麗燦爛的文化色彩，具有了濃厚的文化意蘊，自然美和人文精神融爲一體，使巫山具有了極大的吸引力，文人士大夫怡然嚮往。在漢樂府舊題《巫山高》的創作中，也融進了楚王神女的豔情，使之也由單純描寫山川險阻抒發羈旅悲愁改變成既有江山險峻又有豔情抒寫的內容。

　　巫山最早是以險峻著稱的。《戰國策・秦策一》蘇秦以連橫遊說秦惠王說：「大王之國，西有巴、蜀、漢中之利，北有胡貉、代馬之用，南有巫山、黔中之限，東有肴、函之固。」蘇秦強調的就是巫山險要的地理形勢。屈原在《九歌・山鬼》中也說到巫山的陡峭險峻：「採三秀兮於山間，石磊磊兮葛蔓蔓。」「於山」，郭沫若認爲通「巫山」。三秀即靈芝，常長於陡峭石崖之上。

《漢樂府‧鼓吹曲辭》中的《巫山高》一題，也主要詠歎巫山山高水險：

> 巫山高，高以大，淮水深，難以逝。我欲東歸，曷梁不爲。我
> 濟無篙，水何深，湯湯回回。臨水遠望，泣下沾衣，遠道之人心思
> 歸，謂之何。

可見人們早期主要是讚歎巫山雄奇險峻的自然美。然而，由於交通的不發達，
交通工具的落後，人們在讚美巫山高大雄偉的同時，也透露出對巫山險阻、
江水湍急的震懾、驚恐。人們似乎是望巫山而卻步，談三峽而色變。即使不
得已必須經行，也是提心弔膽，愁苦畏懼。當地民謠就唱道：「巴東三峽巫峽
長，猿啼三聲淚沾裳。」

《高唐賦》也描寫了巫山高峻雄奇的自然風光：

> 巫山赫其無疇兮，道互折而層累。登巇岩而下望兮，臨大坻之稿水。
> 遇天雨之新霽兮，觀百谷之俱集。潺沟沟其無聲兮，潰淡淡而併入。
> 滂洋洋而四施兮，蓊湛湛而弗止。長風至而波起兮，若麗山之孤畝。
> 勢薄岸而相擊兮，隘交引而卻會。崒中怒而特高兮，若浮海而望碣石。

用鋪陳的手法，極盡想像誇張之能事，把巫山的高峻奇險，江水的奔騰激蕩，
描寫得奇異壯美。《高唐賦》首先把山水作爲審美對象寫進文學作品，具有開
創之功，對後來山水詩的興起具有啓迪意義。不僅如此，《高唐賦》還給巫山
的自然美融進了楚王豔遇神女的人文意蘊。「巫山洛浦本無情，總爲佳人便得
名。」〔註 1〕豔冶風流的神女飄然而至，使險峻的巫山大放豔彩，大增魅力。
文人士子樂於談論，欣然前往。雖不能說二賦的出現，徹底解除了人們經行巫
山巫峽的惶恐畏懼，但可以說給人們特別是文人士大夫經行巫山巫峽增添了吸
引力。人們不再像以前那樣望而生畏，而是心有所動，嚮往前行，或爲訪古抒
懷，或爲探奇尋豔。經過三峽，既可領略巫山雲遮雨罩迷茫朦朧的美景，又可
探尋楚王豔遇神女的高唐陽臺遺蹟，說不定還可遇上飄然而來行雲行雨的神
女。像齊代詩人王融所寫《巫山高》就明白表露嚮往巫山之情：「想像巫山高，
薄暮陽臺曲。煙霞乍舒卷，蘅芳時斷續。」唐代喬知之的《巫山高》也說：「想
像神女姿，摘芳共珍薦。」正如李珣所說：「有客經巫峽，停橈向水湄。」〔註
2〕騷人墨客經過巫山巫峽，大都要駐舟登臨，尋訪瞻仰。宋代大詩人陸游「過

〔註 1〕 羅虬《比紅兒詩》之六十八，《全唐詩》卷 666，中華書局 1960 年版，第 19
  冊第 7629 頁。
〔註 2〕 李珣《巫山一段雲》之一，孔範今主編《全唐五代詞釋注》，陝西人民出版社
  1998 年版，第 974 頁。

巫山凝眞觀，謁妙用眞人祠。眞人即世所謂巫山神女也」〔註3〕。唐代大詩人李白經過三峽特地登上巫山最高峰，寫下了《自巴東舟行經瞿塘峽登巫山最高峰晚還題壁》一詩。李白還在詩中透露出他對神女楚王的嚮往追尋：「我行巫山渚，尋古登陽臺……神女去已久，襄王安在哉？」〔註4〕或許還有人尋豔巫山太迫切，興致勃勃登臨巫山，神女卻杳無蹤影，又不免悵然失望，因而有詩人虞羲《巫山高》詩的勸說：「南國多奇山，荊巫獨靈異。雲雨麗以佳，陽臺千里思。勿言再可得，特美君王意。」唐代詩人張潮的《江風行》詩更是特別：「商賈歸欲盡，君今向巴東。巴東有巫山，窈窕神女顏。常恐遊此山，果然不知還。」詩以商人妻的口吻，抒寫對丈夫經過巫山時的顧慮，擔心丈夫經過，遊覽尋豔，被神女留住而不知返回。從這些詩，我們可以明白看到高唐神女的人文意識融進巫山的自然風光，迎合了文人士子探奇尋豔的精神需求，看到他們經行巫山時產生的心態變化。這也啓迪我們在旅遊景點開發中，除了注重自然景觀的發掘外，還要注意人文精神的融入（當然不是指豔情的融入），如山石形狀與人物形象的吻合，山水洞窟與傳說故事的相融等。

《高唐》《神女》二賦，陸侃如、劉大白、鄭振鐸等人認為並非宋玉所作，而是漢代辭賦家的僞託。我們根據漢樂府舊題《巫山高》主要詠歎巫山山高水深，難以濟渡，阻客行程，還沒有摻入高唐神女的豔冶內容來看，似乎還可說《高唐》《神女》二賦產生在漢樂府民歌《巫山高》之後。二賦產生之後，文人士子按樂府舊題創作《巫山高》時，都自覺不自覺地融進了楚王神女的豔情。如梁朝范雲的《巫山高》主要寫巫山高峻，林深崖險，但也用神女相望，欲薦枕席作豔情點染。荒淫君主陳叔寶的《巫山高》共八句，前四句寫山川景色，後四句寫月下神女。沈佺期的《巫山高》（一說宋之問作）只是掛用了漢樂府舊題的招牌，離開舊旨，主要寫巫山神女行雲行雨，追逐楚王。閻立本的《巫山高》仍用樂府體，雖然也寫了巫山絕壁翠屏，碧水繞山，但只是作為神女出沒、行雲行雨的背景。南朝和唐代詩人寫了大量的《巫山高》詩，但大都是山峻峽險加上神女行雲行雨的模式，很少有在這一樂府舊題的寫作中不用楚王神女高唐豔事的。由此，我們可以清楚地看到由於《高唐》《神女》二賦對文人士大夫思想意識的浸染，漢樂府舊題《巫山高》的創作在題材內容上的變化。

〔註3〕 陸游《入蜀記》，叢書集成初編本。
〔註4〕 李白《古風》之五十八，《李太白全集》，中華書局1977年版，第154頁。

二

　　《高唐》《神女》二賦問世後，中國古代文學中產生了很多與之有關的豔情詞藻和豔情典故，可以說，中國傳統文化中的豔典大多與此有關，如「巫山雲雨」、「朝雲暮雨」、「自薦枕席」、「高唐夢」、「楚夢」、「陽臺」等。這些豔詞豔典被文人士大夫廣泛運用，極大地方便和影響了文人士子的豔情文學創作。

　　關於「巫山雲雨」等豔詞豔典的運用，前賢論說頗多，這裏只略舉幾個較少談到的例子以作說明。楚王豔遇神女的故事，被詩人詞客作為現成的豔體素材，屢屢寫進豔情詩詞中，助長了豔體詩詞的創作。齊梁之時，宮體興盛，豔風流播，楚王神女之豔事，就成為文人士大夫筆下常用的題材，很多豔體詩中都有巫山神女的身影。宮體詩的先驅，齊代著名詩人沈約的《夢見美人》就描寫的是夢中交遇的「既薦巫山枕，又奉齊眉食」的神女形象。梁簡文帝蕭綱的《行雨詩》：「本是巫山來，無人睹顏色。唯有楚王臣，曾言夢相識。」梁武帝蕭衍《朝雲曲》：「張樂陽臺歌上謁，如寢如興芳晻曖。容光既豔復還沒，復還沒，望不來。巫山高，心徘徊。」兩詩都直接描寫巫山神女以抒豔情，並以「朝雲」、「行雨」為題。這樣的豔情詩雖然創作容易，但卻見不出個性特點，顯得大同小異，往往相似雷同。有名的詞牌《巫山一段雲》、《陽臺夢》、《高陽臺》當從《高唐賦》「妾在巫山之陽，高丘之阻，旦為朝雲，暮為行雨，朝朝暮暮，陽臺之下」而來，然而，「巫山一段雲」，悠悠來去，空靈飄逸，具有無窮意味，引發人無盡聯想，豔而不露，正合「豔科」之詞體。蘇軾的妾叫「朝雲」，似乎也與「妾在巫山之陽，高丘之阻，旦為朝雲，暮為行雨」有關，文人取名也受其影響。此外，敷演佛經故事的變文也用上了這類豔詞，如《破魔變文》：「論情實是綺羅人，若說容儀獨超春。身掛天宮三珠服，足躡巫山一片雲。」《太子成道經》：「夫人已解別陽臺，此事如蓮火裏開。」可見這些豔詞豔典運用多麼廣泛，影響多麼深遠。

　　創作中運用高唐神女的豔情素材、豔情典故，極大地便利了文人士大夫。特別是風流文人要想表達自己的心意，或者要表現自己親歷的風流豔事，但又覺得難以直說，或不願明白表露時，高唐神女的豔詞豔典就派上大用場了。他們只需用上「陽臺」、「巫山夢」等，就可含糊其詞，隱約其事，又使詩歌含蓄委婉，無直露之感。李白《在水軍宴韋司馬樓船觀妓》詩云：「對舞青樓妓，雙鬟白玉童。行雲且莫去，留醉楚王宮。」李白用「行雲」比喻青樓妓，

用「楚王宮」代指樓船，既讚美了青樓妓有如巫山神女的妍麗迷人，又表達了希望其留下侍寢的願望，顯得含蓄隱約，文雅而不失體面。岑參《醉戲竇子美人》：「朱唇一點桃花殷，宿妝嬌羞偏髻鬟。細看只似陽臺女，醉著莫許歸巫山。」用上「陽臺」、「巫山」等詞語，既讚美了「竇子美人」，又把自己的「醉翁之意」曲折地表達出來。蓮花妓的《獻陳陶處士》云：「蓮花為號玉為腮，珍重尚書遣妾來。處士不生巫峽夢，虛勞神女下陽臺。」據《全唐詩》載：「蓮花妓，豫章人。陳陶隱南昌西山，鎮帥嚴宇嘗遣之侍陶，陶不顧，因求去，獻詩一首。」蓮花妓拈來「巫峽夢」比喻男女之事，用「神女」比喻自己，表明自己願像巫山神女陪侍楚王一樣侍寢陳陶處士，而陳陶卻「不生巫峽夢」，自己白跑一趟，空下陽臺，顯得巧妙妥帖。

還有的詩人，在自己的男女私情為統治勢力、封建禮教所不容時，就大量借用高唐神女的豔詞豔事來打掩護。這樣，可以混淆真假，模糊是非，使讀者難辨虛實。唐代詩人李商隱在玉陽山學道時，曾與入道的女宮人發生過戀情，這是為統治勢力絕不允許的。但是作為詩人的李商隱又要寫詩抒發情感，寄託相思，便大量運用楚王神女之豔事。正如劉學鍇先生所說：「他不僅頻繁地運用宋玉《高唐》諸賦的故事情節、人物形象、語言詞彙，而且吸取了其華美奇幻的意境，創造出像《燕臺四首》、《聖女祠》、《重過聖女祠》一類極富情采意境之美的豔詩。他筆下許多『神女』式的人物，明顯從《高唐》《神女》等賦得到啟發，所謂『神女生涯原是夢』、『一春夢雨常飄瓦』、『我是夢中傳彩筆，欲書花片寄朝雲』，說明他的詩思與聯想常受到宋玉賦豔之作的影響。」〔註 5〕像李商隱的《聖女祠》所云「腸回楚國夢，心斷漢宮巫」，就回憶和隱喻當年曾和女道士有過的楚襄王雲雨巫山之夢。然而，李商隱的愛情詩大量借用巫山神女之事，又使得詩意撲朔迷離，讓人捉摸不透，無法指實，這也成為他的豔情詩難以索解的一個原因。

此外，從接受美學的角度來說，作品中運用高唐神女的豔詞豔典，還可避免男女交合的直接描寫，如古典小說一寫到男女遇合的緊要之處，就用「雲雨一番」打住，既顯得含而不露，又可減少對讀者聽眾視聽的污染。

三

《神女賦》是我國最早較完整地描寫神女形象的篇章，姿質妍美、明麗

〔註 5〕劉學鍇《李商隱與宋玉》，《文學遺產》1987 年第 1 期，第 55 頁。

豔冶的神女形象，爲神女仙姝定下了「美而豔」的基調，後來的神仙小說和傳奇描寫神女仙子大都遵循這種形象範式。

春秋時期還沒有出現神女形象。《詩經・衛風・碩人》描寫衛莊公之妻莊姜：「手如柔荑，膚如凝脂，領如蝤蠐，齒如瓠犀，螓首蛾眉。巧笑倩兮，美目盼兮。」明麗豐腴，美而不豔。戰國時代出現了神女，在當時人們的意識中，神女美麗絕倫，超過人間美女。《戰國策・楚策三》載張儀向楚懷王誇耀周、鄭之女美就說：「粉白黛黑，立於衢閭，非知而之者，以爲神。」《戰國策・中山策》中司馬熹向趙王吹噓中山陰姬之美也說：「不知者，特以爲神，力言不能及也。其容貌顏色，固已過絕人矣。」《莊子・逍遙遊》中描寫的神女形象較爲鮮明，神性也較爲突出：「藐姑射之山，有神人居焉，肌膚若冰雪，綽約若處子；不食五穀，吸風飲露；乘雲氣，御飛龍，而遊乎四海之外。」神女超越時空，自由逍遙，顯得明麗、恬淡、嫺靜，是個冷美人。《高唐》《神女》二賦中的神女，神性進一步加強，朝雲暮雨，變幻莫測，而顯著的變化是變得明麗豔冶：「其狀甚麗」，「晰兮若姣姬」，「曄兮如花，溫乎如瑩。」「其盛飾也，則羅紈綺績盛文章，極服妙采照萬方。」「眉聯娟以蛾揚兮，朱脣的其若丹」。二賦對神女的容貌、情態、服飾作了詳細的描寫刻畫，出於對楚王欲的誘惑，一變莊子筆下的冷美人形象，突出了神女的妖麗豔美。

由於《神女賦》是最早較完整描寫神女形象的作品，似乎對神女仙姝的形象具有典範作用，這一特點逐爲後來的賦和傳奇小說所繼承，它們在描寫神女仙子時都沿襲明麗豔美的形象特點。這在西王母形象的演變上體現得最鮮明。「出於春秋、戰國間人之手」〔註6〕的《山海經》，其《西山經》描寫西王母形象「其狀如人，豹尾虎齒而善嘯，蓬髮戴勝」。舊題東漢班固所撰而李劍國認爲「東漢末年人」〔註7〕所撰的《漢武內傳》描寫西王母形象卻是「著黃金搭襦，文采鮮明」，「可年三十許，修短得中，天姿掩藹，容顏絕世」。西王母從蓬頭亂髮、頭上戴著玉勝、長著豹尾虎齒的凶相，一變而爲明麗美豔、容顏絕世的女仙，雖說有宗教觀念和審美觀念的變化，但應該說也有高唐神女的影響。曹植《洛神賦》中的洛神形象也明顯帶有高唐神女的影子。序文就說是「感宋玉對楚王神女之事，遂作斯賦」。洛神形象極其豔麗：「遠而望

〔註6〕 朱東潤主編《中國歷代文學作品選》，上海古籍出版社 1979 版，上編，第 1 冊第 281 頁。
〔註7〕 李劍國《唐前志怪小說史》，南開大學出版社 1984 版，第 200 頁。

之，皎若太陽升朝霞；迫而察之，灼若芙蓉出綠波。穠纖得衷，修短合度」，「丹唇外朗，皓齒內鮮。明眸善睞，輔靨承權。瑰姿豔逸，儀靜休閒」。《洛神賦》把神女形象妍美豔冶的特點進一步渲染加強後，在唐人心目中就定型化了。在唐代傳奇小說中，我們經常見到這樣描寫美女的詞句：「穠豔如神仙」〔註8〕，「姿質明豔，若神仙中人」〔註9〕，「容華豔媚，瑩若神仙」〔註10〕。可見唐人心目中仙女形象是妍麗豔美的。

四

《高唐》《神女》二賦中，巫山神女亡魂所化的身份、主動奔放的性格，也爲後來的小說傳奇提供了範例，傳奇小說中的仙女形象，大都帶有這樣的烙印。

《高唐賦》中楚王遊高唐，「怠而晝寢，夢見一婦人」。這位「婦人」，賦文說是「巫山之女也。」《文選》注引《襄陽耆舊傳》云：「赤帝女曰姚姬，未行而卒，葬於巫山之陽，故曰巫山之女。」《文選》卷三十一江淹《雜體詩》注引《宋玉集》云：「昔先王遊於高唐，怠而晝寢，夢見一婦人，自云：『我帝之季女，名曰瑤姬，未行而亡，封於巫山之臺。聞王來遊，願薦枕席。』」據此可知，所謂巫山神女，實乃赤帝之小女瑤姬的亡魂所化。這是古人靈魂不死觀念的體現。神女帶有高禖神的影子，「聞君遊高唐，願薦枕席」，在性愛追求上自願主動，大膽奔放，毫無掩飾，不受任何約束，不計較物質利益，具有自主性、主動性和非功利性。這類巫山神女式的仙妹在小說中極爲常見。志怪傳奇寫人仙之戀，追求性愛主動奔放的神女仙子就多爲往昔名妹之亡魂所化。如裴鉶《傳奇·薛昭》中，薛昭月夜相逢三仙女，仙女主動言請：「今夕佳賓相會，須有匹偶，請擲骰子，遇采強者，得薦枕席。」薛昭遂得與之相歡。這三仙女，一爲唐開元時楊貴妃之會舞「霓裳」的侍兒張雲容亡魂所化，另兩個分別爲蕭鳳臺和劉蘭翹之亡魂所化，這兩人都是「當時宮中有容者」。

〔註 8〕 沈既濟《任氏》，《太平廣記》卷452，上海古籍出版社1990版，第4冊第342頁。

〔註 9〕 薛調《無雙傳》，《太平廣記》卷486，上海古籍出版社1990版，第4冊第546頁。

〔註 10〕 裴鉶《傳奇·高昱》，《太平廣記》卷470，上海古籍出版社1990版，第4冊第459頁。

　　這些神女仙姝的性愛追求與人間女子形成鮮明的對比。人間女子由於受父母之命、媒妁之言、禮教勢力的束縛，一般少有這樣大膽的舉動，性愛追求往往顯得被動，顧慮重重，猶豫不定，即使後來突破束縛，做出大膽的行動，但大都有一番猶豫、矛盾的過程，或者與束縛、壓制她們的勢力有一番激烈的鬥爭，如元稹《鶯鶯傳》中的崔鶯鶯。神女仙姝的性愛追求也與一般妓女不同。妓女在性愛追求上雖然也大膽主動，但主要是為利所驅，有明確的功利目的。這就形成了人仙戀愛和人間戀愛小說人物的不同特點。而仙女在性愛追求上的大膽熱情、主動奔放、無拘無束，與道家、道教超塵出世，追求絕對自由的人生觀有關，但是與巫山神女的影響也是分不開的。

（原載《西南師範大學學報》1999 年第 3 期）

曹操《短歌行》對《詩經》的引用

　　曹操的代表作《短歌行》抒寫渴望招納賢才、幫助建功立業的抱負，感情深沉，體現了建安詩歌剛健爽朗的風格。此詩有一個顯著特點，即引用《詩經》成句，巧妙地表達自己的願望。全詩 32 句，引用《詩經》成句就有 6 句，在中國古代詩歌中殊爲少見。詩中「青青子衿，悠悠我心」兩句，出自《詩經‧鄭風‧子衿》，子是古代對男子的美稱，衿指衣領，青衿是周代學子的服裝，此代指所渴望與仰慕的賢才。曹操引用這兩句以表示對賢才的思念。「呦呦鹿鳴，食野之蘋。我有嘉賓，鼓瑟吹笙」四句，出自《詩經‧小雅‧鹿鳴》。呦呦，鹿鳴聲；蘋，艾蒿。鹿子找到艾蒿時就呦呦鳴叫，互相召喚來食。前兩句起興，引起後兩句的宴飲賓客。《鹿鳴》本是宴享賓客的詩，曹操引之以表達招納賢才、禮遇賢才的心情。曹操把《詩經》這幾句鑲嵌進自己的《短歌行》，顯得巧妙和諧，不但與他所要表達的感情相同，而且還顯示出詩歌內容的嚴肅雅正。從風格上來說，也有助於形成全詩莊重古樸的格調，並與結尾運用周公的典故協調一致。

　　魯迅先生在《魏晉風度及文章與藥及酒之關係》一文中指出了曹操詩文具有清峻通倪的特點。所謂清峻通倪，指突破前人的思想傳統，放言而無所顧忌，形式亦自由隨便，少有漢代儒生援引經義、迂遠空闊的習氣。誠然，由於微賤的家庭出身，曹操極其不滿兩漢重世家、經術的傳統，也較少受傳統思想和價值觀念的束縛，加上他又好法術，貴刑名，生性機警，爲人通脫，且於鞍馬間寫詩作文，詩歌確實具有用語簡捷，不傍經典，直抒胸臆的特點。然而，由於濃厚的「獨尊儒術」的政治思想文化氛圍和漢代引經據典、繁瑣求證的經學作風的薰染，再加之曹操自己對《詩經》的喜好，曹操這首《短

歌行》仍然沒有擺脫以經明義、引經據典風氣的影響。可以說，曹操此詩對
《詩經》成句的引用，是時代思想和文化風氣影響的產物。

曹操的《短歌行》對《詩經》成句的引用，跟他本人喜好《詩經》、熟悉
《詩經》密切相關。儘管《詩經》在漢代被統治者所推崇，立於學官，置有
博士，《詩經》的解釋也打上了統治思想的烙印，但曹操本人還是非常喜歡閱
讀《詩經》的。劉勰《文心雕龍・時序》就說「魏武以相王之尊，雅愛詩章」，
「雅愛詩章」，不能不讀《詩經》。《三國志・魏書・武帝紀》記載他「御軍三
十餘年，手不捨書，晝則講武策，夜則思經傳」。「經傳」是儒家典籍經與傳
的統稱，當然包括《詩經》。《三國志・魏書・文帝紀》也說「上雅好詩書文
籍，雖在軍旅，手不釋卷」。不僅如此，曹操還教育兒子學習《詩經》，曹丕
就說：「余是以少誦《詩》、《論》，及長而備歷五經、四部，《史》、《漢》、諸
子百家之言，靡不畢覽。」（《三國志・魏書・文帝紀》）所謂《詩》、《論》，
指《詩經》和《論語》；「五經」，指儒家的五部經典，即《易》、《書》、《詩》、
《禮》、《春秋》。由於喜好《詩經》，甚至爛熟於心，作詩時隨手拈來，寫進
自己詩中，也就是很自然的了。

曹操在《短歌行》中引用《詩經》成句，與孔子推崇《詩經》，《詩經》
在漢代被尊為儒家經典有關。《詩經》是我國最早的詩歌總集，儒家創始人孔
子非常推崇它，據說他曾編訂過《詩經》，而且以之作為教科書教授弟子。孔
子曾多次告誡弟子：「小子何莫學夫《詩》？」（《論語・陽貨》）「不學《詩》，
無以言。」（《論語・季氏》）弟子能夠談論《詩經》，孔子特別高興。他稱讚
子貢說：「賜也，始可與言《詩》已矣，告諸往而知來者。」（《論語・學而》）
讚揚子夏云：「起予者商也！始可與言《詩》已矣。」（《論語・八佾》）到了
西漢，《詩經》又受到統治者的推崇，成為儒家經典。武帝時，採納儒學大師
董仲舒的建議，「諸不在六藝之科、孔子之術者，皆絕其道，勿使並進」（《舉
賢良對策》其三），朝廷「卓然罷黜百家，表章六經」（六經指《詩》、《書》、
《禮》、《樂》、《易》、《春秋》，也稱六藝），崇《詩》為「經」。這樣，《詩經》
不僅具有崇高的地位，還具有神聖性、權威性，人們說話、作文引用它，不
但能增強說服力，而且還顯得莊重典雅。身處尊崇儒術時代的曹操，受到風
氣的薰染，寫詩作文也不可避免會引用儒家經典《詩經》的成句。

曹操的《短歌行》引用《詩經》詩句，還與春秋時期「賦《詩》言志」
傳統的影響、特別是漢代引經據典學風的影響有關。春秋時期士大夫在進行

外交活動時，往往「賦《詩》言志」（「不歌而誦謂之賦」）。如《左傳·襄公八年》盟主晉國的范宣子訪問魯國，商量用兵於鄭的共同行動，全部外交過程以賦《詩》完成：

> 公享之，宣子賦《摽有梅》，季武子曰：「誰敢哉？今譬於草木，寡君在君，君之臭味也。歡以承命，何時之有？」武子賦《角弓》。賓將出，武子賦《彤弓》。

范宣子吟誦《詩·摽有梅》，以女子希望及時婚姻作比，寄意魯國及時出兵；因晉為盟主，相較魯如「草木」之「臭味」，魯國季武子只好同意，於是吟誦《詩·角弓》，以「兄弟婚姻，無胥遠矣」作答；宴會最後，季武子又吟誦《詩·彤弓》（本為天子宴饗有功諸侯而賜以弓矢之詩）表達對晉悼公繼承文公霸業的讚美和祝福。這種「賦《詩》言志」的事例，《左傳》記載多達 68 次，可見春秋時期士大夫對《詩經》多麼熟悉，「賦《詩》言志」多麼廣泛。「博覽群書，特好兵法」的曹操，一定讀過描寫戰爭特別出色的《左傳》；他又「登高必賦」，當然包括吟誦《詩經》。西漢時，由於統治者「獨尊儒術」，士大夫上書作文往往援引儒家經典以言事論政，逐漸形成一種引經據典的風氣。董仲舒的《舉賢良對策》和《春秋繁露》是漢代經學的奠基之作，大多援引經文而陳述政見。劉向的奏疏，每說一事，必引眾多經文以為證據。他上漢元帝的《封事》，本託言災異斥責宦官弘恭、石顯弄權，而敘事、說理則引《易》、《春秋》、《詩經》等的語句為例，僅引用《詩經》就達十餘處。因此，漢代儒生形成了動輒援引經義、繁瑣求證的風習。

這種引經據典的風氣一直沿襲到漢末，這可從《三國志》的一些記載看出。《蜀書·先主甘后傳》記載丞相諸葛亮上書論甘皇后尊號以及與先主劉備合葬的事，在援引《禮記》、《春秋》之後，還要稱引《詩經·大車》「穀則異室，死則同穴」的詩句，才說「故昭烈皇后宜與大行皇帝合葬，臣請太尉告宗廟，布露天下」。《蜀書·秦宓傳》記載東吳使者張溫出使西蜀，丞相諸葛亮遣益州學士秦宓往見。張溫有意為難秦宓，問天有頭、耳、足、姓否？秦宓一一用《詩經》中「乃眷西顧」（《皇矣》)、「鶴鳴于九皋，聲聞于天」（《鶴鳴》)、「天步艱難，之子不猶」（《白華》）等詩句巧妙作答，張溫大為敬服。在這種風氣的薰染之下，曹操的文章也多稱引儒家經典，特別是六經之首的《詩經》。如其《求言令》云：「夫治世御眾，建立輔弼，誠在面從，《詩》稱『聽用我謀，庶無大悔』，斯實君臣懇懇之求也。」其《以徐奕為中尉令》云：

「昔楚有子玉，文公爲之側席而坐；汲黯在朝，淮南爲之折謀。《詩》稱『邦之司直』，君之謂與！」曹操把這種方法運用於詩歌創作，於是就有了《短歌行》的引用《詩經》成句。此外，曹操的詩歌還善於化用《詩經》詩句，如其《秋胡行》的「萬國率土，莫非王臣」，化用《詩經‧小雅‧北山》的「溥天之下，莫非王土。率土之濱，莫非王臣」；其《陌上桑》的「景未移，行數千，壽如南山不忘愆」，化用《詩經‧小雅‧天保》的「如南山之壽，不騫不崩」。

（原載《四川戲劇》2006 年 5 期）

「胡琴琵琶與羌笛」考釋

盛唐邊塞詩人岑參的《白雪歌送武判官歸京》是唐詩中為人熟知的名篇。然而對於詩中所寫「中軍置酒飲歸客，胡琴琵琶與羌笛」的酒宴餞別場面，很多注家都認為「胡琴琵琶與羌笛」一句指的是三種樂器，即胡琴、琵琶、羌笛。如朱東潤主編《中國歷代文學作品選》中編第一冊（上海古籍出版社，1980 年版）第 64 頁注釋⑥說：「胡琴句：古人飲酒時作樂侑觴，胡琴、琵琶、羌笛都是所奏樂器。」《唐詩鑒賞辭典》（上海辭書出版社，1983 年版）第 603 頁也說：「『胡琴琵琶與羌笛』句，並列三種樂器而不寫音樂本身，頗似笨拙，但仍能間接傳達一種急管繁絃的場面，以及『總是關山舊別情』的意味。」中國社會科學院文學研究所所編《唐詩選》和其他一些唐詩選本，在此句下不出注，大概也認為是指三種樂器。然而，筆者認為「胡琴琵琶與羌笛」是指兩種樂器，即胡地之琴琵琶和羌族的笛子。

首先，要弄清楚「胡琴」一詞的含義。「胡琴」一詞最早出現在隋唐時期，它是一個總的概念，意即胡地的琴，泛指來自北方和西北各族（即胡地）的撥絃樂器。特別要注意的是，這裏說的胡琴是指撥絃樂器，而不是拉絃樂器，拉絃的胡琴是宋代才有的。宋代沈括《夢溪筆談》記自作《凱歌》詩云：「馬尾胡琴隨漢車，曲聲猶自怨單于。」大約從宋元開始，「胡琴」一詞才亦為拉絃樂器之稱。唐代的「胡琴」一詞，意為胡地之琴，這也可從唐人常把「胡琴」、「秦瑟」、「趙瑟」等詞語並舉看出。白居易《醉歌示伎人商玲瓏》詩云：「罷胡琴，掩秦瑟。」《箏》詩云：「趙瑟情相似，胡琴調不同。」所以，「胡琴琵琶與羌笛」一句中的「胡琴」，應是指胡地的琴。

儘管「胡琴」是胡地之琴的意思，但在唐代主要還是指琵琶。唐代段安節《樂府雜錄·琵琶》云：

> 文宗朝，有內人鄭中丞善胡琴，內庫有二琵琶，號大小忽雷，
> 鄭嘗彈小忽雷。

段安節說的內人鄭中丞善彈胡琴，其實就是善彈琵琶，只不過內庫的兩隻琵琶，還有別的名稱，大的叫大忽雷，小的叫小忽雷，鄭中丞曾經彈過小忽雷。特別需要指出的是，「忽雷」只是內庫兩隻琵琶特有的名稱，並不是還有一種來自胡地的撥絃樂器叫忽雷。所以，《漢語大詞典》的「胡琴」條說：「古樂器名。……有時指琵琶，有時指忽雷等。」就是不恰當的。

唐人康駢的《劇談錄·田膨郎》載：

> 敬弘曾與流輩於威遠軍會宴，有侍兒善鼓胡琴，四座酒酣，因
> 請度曲，辭以樂器非妙，須常御者彈之。鐘漏已傳，取之不及，因
> 起解帶。小僕曰：「若要琵琶，頃刻可至。」……既而就飲數巡，小
> 僕以繡囊將琵琶而至，坐客歡笑。

侍兒善鼓胡琴，坐客「因請度曲」，但侍兒「須常御者彈之」，小僕頃刻取來侍兒常彈的琵琶。顯而易見，這裏的胡琴就是指琵琶。

在唐詩中，「琵琶」一詞，有異文作「胡琴」，「琵琶」和「胡琴」兩詞可以互換，可見也是同一樂器。唐代閻朝隱《奉和送金城公主適西蕃應制》詩云：「鹵簿山河闊，琵琶（一作胡琴）道路長。」

其次，從唐詩中所描寫的琵琶、胡琴及其彈奏技巧來看，兩者是一樣的，也即胡琴就是琵琶。眾所週知，寫彈琵琶的有名詩篇是白居易的《琵琶行》，詩寫「老大嫁作商人婦」的琵琶女彈奏琵琶：

> 輕攏慢撚抹復挑，初爲《霓裳》後《綠腰》。大絃嘈嘈如急雨，
> 小絃切切如私語。嘈嘈切切錯雜彈，大珠小珠落玉盤。……曲終收
> 撥當心畫，四絃一聲如裂帛。

而唐代詩人劉景復有寫彈胡琴的《夢爲吳泰伯作勝兒歌》一詩，詩前有序云：「適納一胡琴妓，藝精而色麗。知吾子善歌，奉邀作胡琴一曲以寵之。」詩中寫胡琴妓彈胡琴：

> 繁絃已停雜吹歇，勝兒調弄遷娑撥。四絃攏捻三五聲，喚起邊
> 風駐明月。大絃嘈嘈奔溷溷，浪盪波翻倒溟渤。小絃切切怨颼颼，
> 鬼哭神悲秋窸窣，倒腕斜挑掣流電，春雷直戛勝秋鶻。

在兩者的描寫中，胡琴和琵琶都是四絃，都有大絃、小絃，絃的聲音都爲「大

絃嘈嘈」、「小絃切切」，都有「攏」、「拈」、「挑」、「撥」的彈奏技巧，可見兩者是同一樂器。

再次，從岑參的詩歌來看，岑參在詩中經常「胡」「羌」並舉，並且常常描寫琵琶和笛子這兩種樂器以突出民族色彩。如其《酒泉太守席上醉後作》云：「琵琶長笛曲相和，羌兒胡雛齊唱歌。」其《田使君美人舞如蓮花北鋌歌》云：「琵琶橫笛和未匝，花門山頭黃雲合。」岑參著重寫琵琶長笛、胡雛羌兒，目的是爲了突出少數民族的樂器和音樂，從而表現其民族特色。「胡琴琵琶與羌笛」一句也是描寫琵琶和笛子兩種樂器，但特意點明「胡」和「羌」，強調是胡地的琴琵琶和羌族的笛子，也是刻意渲染一種異族情調。

（原載《光明日報・文學遺產》2002 年 8 月 1 日，收入本書時有改動）

論李白出生傳說的淵源
——兼及釋老出生傳說的相互影響

　　唐代大詩人李白，其出生之地難以確定，其出生之時的一些傳說也神異奇特，這些傳說包含著豐富的文化意蘊，有其產生的文化淵源，由此引發開去還可看出佛道文化的相互交融、相互影響。

　　關於李白出生的傳說，見於李陽冰的《草堂集序》。李陽冰是李白的族叔，唐代宗寶應元年（762）李白去投靠他時任當塗縣令。李白死前囑託他編集作序，李白死後，李陽冰就把李白的作品編成《草堂集》10 卷，並寫了序言。其序文所敘身世當出自李白自述，可靠性很大。其序云：

> 　　李白，字太白，隴西成紀人，涼武昭王李暠九世孫，蟬聯珪組，世爲顯著。中葉非罪，謫居條支，易姓與名。然自窮蟬至舜，五世爲庶，累世不大曜，亦可歎焉。神龍之始，逃歸於蜀，復指李樹而生伯陽。驚姜之夕，長庚入夢，故生而名白，以太白字之。世稱太白之精得之矣。

李陽冰說李白的祖先「中葉非罪，謫居條支，易姓與名」；李白之父於唐中宗神龍元年（705）逃到蜀中，指李樹而生下李白才恢復李姓；李白之母生產李白的晚上，夢見了長庚星（即太白星），就以「太白」作爲李白的字。

　　李白出生的奇異傳說，明顯受到道教教主老子出生傳說的影響，並且吸收了老子出生的傳說。所謂李白出生之時，「驚姜之夕，長庚入夢」，「太白之精得之矣」，是老子之母「感大流星而有娠」[註1]的變化。「驚姜」一詞，出

〔註 1〕 葛洪《神仙傳》卷一，叢書集成初編本。

自《左傳·隱公元年》中的「莊公寤生，驚姜氏」，這裏借之言生育。長庚，是金星的別名，亦名太白、啓明，以金星運行軌道所處方位不同而有長庚、啓明之別，昏見者爲長庚，旦見者爲啓明。《詩經·小雅·大東》就說：「東有啓明，西有長庚。」而古人認爲太白星是天幕上最引人注目的五顆行星（木、火、土、金、水星）之一，並且《史記·天官書》說「水、火、金、木、塡星，此五星者，天之五佐」。太白星是上天的輔佐，是否又與李白的理想是「奮其智能，願爲輔弼」〔註2〕，「願一佐明主」〔註3〕有聯繫呢？

李白出生時其母「長庚入夢」，得太白之精華，老子是其母「感大流星而有娠」，地上的人與天上的星宿有關，這是我國古代天人合一思想的體現。我國古代哲學強調天人合一、天人感應，古人把天上的星宿與地上的人物相配，認爲天上的天帝與地上的君王、天上的眾星與地上的百姓是相對應的。桓寬《鹽鐵論·論災》就說「列星於天，而人象其行，常星猶公卿也，眾星猶萬民也」。民間也有所謂「天上一顆星，地上一個人」的說法。地上有一人降生，天上便有一顆星出現；天上有一顆星隕落，地上便有一人死亡。《遼史·太祖記》記載：太祖崩逝時，「是夕火星隕於屋」。《三國演義》中諸葛亮看見一顆星隕落，就測知龐統死了；他自己逝世前被人扶出帳外，指著一顆色澤昏暗、搖搖欲墜的星說：「那就是我的星啊！」這正是天人感應的結果，是天人感應哲學思想的的反映。

所謂「復指李樹而生伯陽」，本來借言產子，此指李白出生，其實也是化用了老子出生的傳說。東晉道教理論家葛洪的《神仙傳》云：

> 老子者，名重耳，字伯陽，楚國苦縣曲仁里人也。其母感大流星而有娠，雖受氣天然，見於李家，猶以李爲姓。或云老子先天地生。或云天之精魄，蓋神靈之屬。或云母懷之七十二年乃生，生時剖母左腋而出，生而白首，故謂之老子。或云其母無夫，老子是母家之姓。或云老子之母適至李樹下而生老子，生而能言，指李樹曰：「以此爲我姓。」

葛洪告訴我們：老子出生的傳說有多種，其中一種是老子的母親剛好走到李樹下就生下老子，老子一生下來就能說話，並且指著李樹說：「以此作爲我的

〔註2〕 李白《代壽山答孟少府移文書》，《李太白全集》，中華書局1977年版，第1225頁。
〔註3〕 李白《留別王司馬嵩》，《李太白全集》，中華書局1977年版，第712頁。

姓。」據此，我們可以清楚地看到，李白出生的傳說有意化用了老子出生的傳說：老子之母「感大流星而有娠」，李白之母則「驚姜之夕，長庚入夢」；老子受「天之精魄」，李白則得「太白之精」；老子指李樹以爲姓，李白則是「復指李樹」而出生。

那麼，李白出生的傳說爲何要化用老子出生的傳說呢？這主要跟李白家的姓氏和家世有關，也跟李唐王朝的尊老崇道有關。李陽冰的《草堂集序》和范傳正的《翰林學士李公新墓碑序》都說李白是涼武昭王李暠的九世孫，但陳寅恪、詹瑛、郭沫若等人都認爲不可信，認爲這是李白本人或其先人所捏造，目的是自附於李唐王室，以擡高自己的門第。因爲唐皇室是李暠的後裔，唐高祖李淵是涼武昭王李暠的七世孫。因此，唐代帝王極其尊崇李暠，天寶二年（743），唐玄宗還追尊李暠爲興聖皇帝。而唐高祖李淵在奪取政權的過程中，又巧妙地利用與道教教主老子同姓的關係來提高門第，神化李姓。如隋末「老子度世，李氏當王」之類的符讖廣爲流傳，「桃李子」、「十八成男子」（即「李字」）、「李樹起堂堂」之類的隱語也傳佈不衰。唐王朝立國之後，道教更被尊奉爲國教，取得了三教之首的地位。唐高宗還於乾封元年（666）追封老子爲「太上玄元皇帝」，給老子戴上了「皇帝」的冠冕。唐王朝統治者爲了擡高自己的門第，表明作帝王是當之無愧的，不惜在姓氏上做文章，不但攀附老子，與老子套近乎，而且也學老子把「李樹」扯上，讓極爲平常的李樹風光起來。李白出生的傳說只不過撿來這一陳舊手法，想隱晦曲折地提高自己的地位，神化自己，沾點李姓皇帝的光而已。李白的家世撲朔迷離，難以弄清。李陽冰《草堂集序》說「中葉非罪，謫居條支」，范傳正《翰林學士李公新墓碑序》又說「隋末多難，一房被竄於碎葉」。而李白之父李客又於「神龍之始，逃歸於蜀」，安旗先生認爲主要是「李客本人或有任俠殺人之行，故而『逃歸於蜀』，『潛還廣漢』，以避仇家」〔註4〕。爲了躲避仇家，李白敘述自己的姓氏、家世時託詞修飾，攀附李唐王室，壯大聲勢，以求庇護，便是可以理解的了。

然而，老子出生時其母「適至李樹下而生老子」、「剖母左腋而生」、老子「生而能言」這些情節，又是受到佛祖釋迦牟尼出生傳說的影響。關於這一點，我們只要看一看佛經就可清楚。東漢西域三藏竺大力、康孟詳譯的《修行本起經》（二卷）云：

〔註4〕安旗《李白年譜》，齊魯書社1982年版，第5頁。

> 到四月七日，夫人出遊，過流民樹下，眾花開放，明星出時，夫人攀樹枝，便從右脅生。墮地行七步，舉手而言：「天上天下，唯我獨尊。三界皆苦，吾當安之。」……有龍王兄弟，一名迦羅，二名鬱迦羅，左雨溫水，右雨冷泉。釋梵摩持天衣裹之，天雨花香，彈琴鼓樂，薰香燒香，搗香澤香，虛空側塞。夫人抱太子乘交龍車，幢幡伎樂，導從還宮。

隋朝天竺三藏闍那崛多譯的《佛本行集經》（六十卷）也云：

> 是時摩耶立地以手執波羅樹枝訖已，即生菩薩。……菩薩生已，無人扶持，即行四方，面各七步，步步舉足，出大蓮花，行七步已，觀視四方，目未曾瞬，口自出言，……「世間之中，我為最勝。我從今日，生分已盡。」……即於彼園菩薩母前，忽然自湧出二池水，一冷一暖，菩薩母取此二池水，隨意而用。又虛空中，二水注下，一冷一暖，取此水洗浴菩薩身。

玄奘《大唐西域記》卷六《臘伐尼林》載：

> 菩薩生已，不扶而行，於四方各七步，而自言曰：「天上天下，唯我獨尊。今茲而往，生分已盡。」隨足所蹈，出大蓮花。二龍躍出，住虛空中，而各吐水，一冷一暖，以浴太子。

> 菩薩從右脅生已，四天王以金色氎衣捧菩薩，置金几上。

以上所引三條材料，都說釋迦牟尼（所謂「菩薩」、「太子」，均指釋迦牟尼）是其母摩耶夫人至流民樹（有的譯作「無憂樹」）下，從右脅產出的，並且一生下來就能行走，就能說話。而關於老子出生的傳說，東漢時出現的道教經典《太平經》說：「育於……蓬萊山中李谷之間，……既誕之旦，有三日出東方，既育之後，有九龍吐神水，故因靈谷而氏族，用曜景為名字。」《太平經》只說老子是以「李谷」為姓，還沒有說到「李樹」。到東晉葛洪的《神仙傳》就出現了老子之母「適至李樹下而生老子」，並且「生時剖母左腋而出」，「生而能言」的記載。老子出生的傳說與釋迦牟尼出生的傳說極為相似，應該說是道教徒套用佛祖釋迦牟尼出生的傳說而稍加改變。因為西漢司馬遷的《史記・老子韓非列傳》中沒有記載老子出生的這些傳說，而《修行本起經》是東漢就譯介過來的，更何況佛道之間本來就相互交融、相互影響，而道教徒造道經又「頗類佛經」〔註5〕，竊取佛經的較多。另外，生育小孩不由陰門產

〔註 5〕 《魏書・釋老志》，中華書局 1974 年版，第 3048 頁。

出，中土沒有這樣的意識，這是印度的觀念，這是印度種姓等級制時婆羅門教所編造的各種姓的人出生時有不同的部位的說法。佛教在印度產生時，爲奴隸社會，婆羅門教把人分爲主要的四個種姓，即婆羅門（祭司）、刹帝利（武士、軍事貴族）、吠舍（農牧民和工商業者）、首陀羅（奴隸），此外，還有「賤民」。婆羅門爲了永保自己的特權地位，規定種姓的地位不可改變，還製造了他們的祖先是從神的頭上生出的神話來欺騙人民。其他種姓則分別是從梵天（體現宇宙本體的神）的嘴唇、手臂和大腿生出。生產部位的不同體現了種姓地位的高低，而奴隸首陀羅則是從梵天的足掌生出的。所有這些種姓偏偏就是沒有從陰門生出的。《敦煌變文集‧太子成道經》載釋迦牟尼出家時，「是時太子，四天王捧馬足，便即逾城。以手即著玉鞭，指其耶輸腹有孕」。不說釋迦牟尼與其妻耶輸交合而懷孕，而說釋迦牟尼以玉鞭指耶輸之腹即有孕，也可從旁說明。

　　佛經中釋迦牟尼出生時「二龍吐水」的傳說後來演變成了「九龍吐水」，這應是佛教搬用道教教主老子出生的傳說。佛教傳入中土，爲了站穩腳跟，得到廣大人民的信奉，就必須「中國化」，吸收中土習俗，因此也吸納了道教很多東西。前面所引東漢譯介過來的《修行本起經》未說「九龍吐水」，只說「有龍王兄弟，一名迦羅，二名鬱迦羅，左雨溫水，右雨冷泉」。特別值得注意的是唐代的玄奘去印度取經，親自去考察過釋迦牟尼出生的臘伐尼林（藍毗尼花園），他不但記載了釋迦牟尼出生時「二龍躍出，住虛空中，而各吐水，一冷一暖，以浴太子」的傳說，而且親自看到了「二龍浴太子」的遺址：「浴太子窣堵波東，有二清泉，旁建二窣堵波，是二龍從地躍出處。」〔註6〕可見，「二龍吐水」是佛教本來的傳說。然而東漢時期出現的《太平經》就記載了老子出生時「九龍吐神水」。唐代道士杜光庭的《道德眞經廣聖義》卷五也說老子出生時「九龍吐水以浴其形」。西晉竺法護所譯《佛說普曜經》就搬用了老子出生時的九龍吐水：「爾時菩薩從右脅生，……九龍在上而下香水，洗浴聖尊。」《敦煌變文集‧太子成道經》也說成「釋迦慈父降生來，還從右脅出身胎。九龍吐水早是貴，千輪足下有瑞蓮開」。馳名中外的大足石刻中也就有了「九龍吐水洗浴太子」的造像。另外，「九」是一個祥瑞數字，中國人一直很注重。《素問‧三部九候論》即說：「天地之至數，始於一，終於九焉。」並

〔註 6〕 玄奘、辯機原著，季羨林等校注《大唐西域記校注》，中華書局 1985 年版，第 523 頁。

且「九」與龍聯繫也極爲緊密。《易‧乾》就說：「初九，潛龍，勿用。」「上九，亢龍有悔。」「九五，飛龍在天，利見大人。」總之，釋迦牟尼出生時「九龍吐水」的傳說是拾了老子出生傳說的牙慧。

（原載紀念李白誕辰一千三百週年李白詩歌研討會論文集《千年詩魂蜀道李白》，四川大學出版社 2003 年版）

試說李白《梁園吟》中的「鹽」和「梅」

李白《梁園吟》詩云：「人生達命豈暇愁？且飲美酒登高樓。平頭奴子搖大扇，五月不熱疑清秋，玉盤楊（一作「青」）梅為君設，吳鹽如花皎白雪。持鹽把酒但飲之，莫學夷齊事高潔。」詩中的「楊梅」、「吳鹽」與飲酒關係甚深，可惜諸家李詩注本和選本均未對此有深刻認識而不加以注疏，當代一些鑒賞文章也未見言及。

大家知道，梅子含果酸，可以清除魚肉中的臭、腥、膻等異味，又可軟化肉中的纖維組織，幫助消化，是古人較早知曉的調味品。在漢代醋開始大量生產之前，人們普遍用以做酸味調料。這在古籍中記載甚多，如《尚書·說命》：「若作和羹，惟爾鹽梅。」《左傳·昭公二十年》：「和如羹焉，水火醯醢鹽梅，以烹魚肉，燀之以薪。」《禮記·內則》云：「三牲用藙，和用醯，獸用梅」。藙，指茱萸。醯，即醋，先秦時是一種貴重的調味品，未普遍使用。所以《禮記·內則》這三句是說牛羊豕三牲才用醋調和，而其他肉類則用梅漿調和。

梅子還可作為下酒的果品。古人常以梅待客，用梅下酒。如《世說新語·言語》載：「梁國楊氏子九歲，甚聰慧。孔君平詣其父，父不在，乃呼兒出。為設果，果有楊梅。」孟浩然《裴司士見訪》詩云：「庖人具雞黍，稚子摘楊梅。」周邦彥《花犯·梅花》詞云「冰盤同宴喜」，「相將見、翠丸薦酒」。翠丸即青梅。周邦彥是說酒宴上喜得梅子以佐酒。《三國演義》第二十一回曹操說：「今見此梅，不可不賞。又值煮酒正熟，故邀使君小亭一會。」遂與劉備「盤置青梅，一尊煮酒，二人對坐，開懷暢飲」。

但是，具體落實到李白《梁園吟》詩中的「鹽」、「梅」（無論楊梅或青梅，

其性同）該作何理解呢？「梅」是用做「和羹」的酸味調料，還是用做下酒的果物？我們認爲，兩者都不是。首先，如果把「梅」理解爲作用同醋的調味品，不符合當時的歷史實際。因爲漢代醋已開始大量生產，廣泛使用，到了唐代，醋更成爲人們日常生活中極爲普遍的調料，唐代的文獻資料中也沒有見到用梅做酸味調料的記載。且像李白這樣「千金散盡還復來」、極有經濟實力的豪放詩人，不至於連普遍使用的調味料都用不起。再說，李白在詩中大寫作爲調味料的鹽梅，想表明什麼呢？跟詩的旨意也沒有什麼關係。其次，如果把詩中的「梅」理解爲下酒果品，也不符合此詩的題旨。李白描寫酒宴上的菜肴有梅，意圖是什麼？表明自己佳肴美饌，縱酒享樂嗎？那麼既不及「且爲樂」的「烹羊宰牛」，也不及「值萬錢」的「玉盤珍饈」，僅僅描寫菜肴有簡單的梅子說明什麼呢？這不是此詩寫及梅的目的。也許還有人會說，這裏的「鹽」、「梅」是在用典吧？也不是。「鹽梅」一詞自《尚書·說命》出現之後，遂被用爲詠宰相的典故。「調梅」也用來喻指治理國政，唐代詩人運用甚多，例子不勝枚舉。然而唐詩中「鹽梅」作爲用典，常常都是連說，一般不分說，分說時都說「調梅」。此處的「鹽」、「梅」分說，含意清楚地表明不是用典。

鮑照的兩句詩給我們透露了「梅」另有作用的重要信息。他的《代輓歌》詩云：「憶昔好飲酒，素盤進青梅。」鮑照說昔日喜好飲酒，以盤子進上青梅，說明了飲酒與進食青梅定有聯繫。有什麼聯繫呢？我們從《本草綱目》中找到了答案。該書卷二十九《梅》條云：「消酒毒，令人得睡。」「生津、止渴、清神、下氣、消酒。」卷三十《楊梅》條云：「鹽食，去痰止嘔噦，消食下酒。……臨飲酒時服……止吐酒。」原來如此！梅性酸，梅有消食解酒的功能。酒宴食梅是爲了助飲、醒酒，爲了消食、解酒、止吐。古人酒醉食梅，就跟我們今天酒醉後喝醋解酒一個道理。這樣看來，《梁園吟》中的「梅」就是消食解酒的用物了。「玉盤楊梅爲君設」等句，意思是說：盤子裏的楊梅爲你設置好了，有它解酒，不要怕喝醉，只管「把酒但飲之」好了。

然而「鹽」呢？鹽的主要作用當然是調味，其調味作用極廣，大部分食物都要用它調治。然《梁園吟》詩中寫到的「鹽」，似乎主要是用來調治酒味和調梅弱酸使之易於食用的，用鹽調治酒味，跟我國古代的酒主要是米酒有關（蒸餾酒大約是兩宋之際才有的）。《魏書·崔浩傳》云：「太宗大悅，語至中夜，賜浩御縹醪酒十觚，水精戎鹽一兩。曰朕味卿言，若此鹽酒，故與卿

同其旨也。」魏太宗明元帝拓跋嗣賜崔浩縹醪酒的同時又賜他透明如水晶的鹽，二者當是配套的，並且多少也合調味比例。從太宗所說來看，這鹽應是用來調理酒味的。李白在《題東溪公幽居》詩中也寫到了鹽和酒：「客到但知留一醉，盤中只有水精鹽。」意思是說情意相合，言語相投，留客酣醉，喝光了酒，只剩下鹽。《梁園吟》詩說「持鹽把酒但飲之」，喝酒時拿著鹽，鹽與酒聯繫得這麼緊密，此「鹽」似有調理酒味的作用。另外，鹽也可用來調治梅子（用鹽水浸泡等），這樣可以中和梅酸，容易食用。這一點雖然我們還沒有找到直接的材料來證明，但可以從我們今天一些帶酸水果的吃法來推知，也可以從古人食橙和鹽來旁證。今天我們吃某些水果時也還要用鹽，如吃楊梅時先要放在鹽水中泡一泡，吃菠蘿時要先用鹽水浸一浸，這也有抑制其有機酸對我們口腔黏膜和嘴唇刺激的作用，使之食時不至於過分的酸口難食。梅子味酸難食，特別是青梅，更是酸齒傷口。因為梅子除含有糖分和維生素 C 以外，還有大量的有機酸，如酒石酸、單寧酸、蘋果酸等；未成熟的青梅中，還含有苦味酸、氰酸。古人常為梅酸所苦，多所抱怨，如鮑照《代東門行》云：「食梅常苦酸，衣葛常苦寒。」楊萬里《閒居初夏午起》云：「梅子留酸軟齒牙。」怎麼辦呢？古人雖然不知道梅子的酸性成分，但他們從生活實踐中得知，梅用鹽調治，可中和酸味，抑制梅酸，減弱對口腔和嘴唇的刺激，降低其酸口軟齒的力度，使之較易食用。前引《本草綱目》卷三十《楊梅》條也說的是「鹽食，去痰止嘔噦，消食下酒」。所以，《梁園吟》中皎若白雪的「吳鹽」，還可用來調治梅子抑制梅酸。

古人食橙蘸鹽是食梅用鹽的一個有力佐證。性酸的橙用鹽和吃也可解酒。《本草綱目》卷三十《橙》云：「和鹽食，止噁心解酒病。」即使不是為解酒，古人吃橙，為了不至於太酸，也和以鹽吃。宋《重修政和經史證類備用本草》（四部叢刊本）卷二十三果部上品，「橙子」引《食療（本草）》云：「瓤，去噁心，和鹽、蜜細細食之。」這裏不但和以鹽，還和以蜜，當然應好吃多了。史達祖《齊天樂·賦橙》下片也寫到夜飲醉後食橙解酒，用吳鹽輕點。詞云：「並刀寒映素手，醉魂沈夜飲，曾倩排遣。沉瀣含酸。金罌裏玉，薿薿吳鹽輕點。瑤姬齒飲。」知道了古人食橙和鹽以弱酸這點，周邦彥《少年遊》詞開頭三句「並刀如水，吳鹽勝雪，纖手剖新橙」也就好理解了。鋒利的並刀所以剖橙，如雪的吳鹽用以蘸橙弱酸，就不至於說「吳鹽勝雪」一句沒有著落了。

綜上可見，古人飲酒所用的「梅」，是用來消酒助飲的；鹽則既可用來調治酒味，也可用來調梅中和梅酸。據此，李白《梁園吟》詩中所提到的鹽是用來調酒和幫助食梅的，食梅則是爲了解酒多飲。李白此詩寫於天寶三載（744）遭受宮中權貴讒毀，被迫離開長安漫遊到梁園時。詩歌表現了詩人對權貴的蔑視，並表示不值得因權貴的讒毀而憂愁；人生苦短，富貴如煙，應及時行樂，縱酒狂飲。正如詩中所云「人生達命豈暇愁，且飲美酒登高樓」，「黃金買醉未能歸」，「分曹賭酒酣馳暉」。「賭酒」，都願多喝而不醉，用鹽調梅，食梅解酒多飲，消酒止吐，正是行之有效的辦法，也正好突出縱酒享樂的思想。詩題一作《梁苑醉酒歌》也說明了這一點。此外，李白是個酒徒，「三百六十日，日日醉如泥」〔註1〕，「百年三萬六千日，一日須傾三百杯」〔註2〕，他一定知道助飲多喝、酒醉解酒的辦法。《梁園吟》中所寫到的「鹽」、「梅」，就是他助飲解酒的用物。

（原載《伊犂師範學院學報》2000年第2期）

〔註 1〕 《贈內》，《李太白全集》，中華書局 1977 年版，第 1192 頁。
〔註 2〕 《襄陽歌》，《李太白全集》，中華書局 1977 年版，第 369 頁。

李白詩中的神仙坐騎

　　李白不僅是著名詩人，而且還是個道教徒。他「好道心不歇」，羨慕神仙，從朝廷還山以後還在齊州紫極宮請北海高如貴天師授道籙，正式加入道籍。他「一生好入名山遊」，遊歷名山大川，目的是爲了尋仙訪道。在他那充滿奇思幻想的詩篇中，常常寫到與神人仙女的相遇、交遊。他登臨廬山，「遙見僊人彩雲裏，手把芙蓉朝玉京」；他遊覽華嶽，「西上蓮花山，迢迢見明星。素手把芙蓉，虛步躡太清」，「明星」即仙女；他登上泰山，「山際逢羽人，方瞳好容顏」，「玉女四五人，飄搖下九垓」，「羽人」即飛仙，「玉女」也是仙女。這些神仙，逍遙自由，悠然來去，沒有行走的艱難，有的御風而行，虛步飛升，有的以動物爲坐騎，自在行遊。而神仙生活的自由逍遙，是李白極力嚮往和狂熱追求的，因而有時李白恍惚覺得自己也乘著這些坐騎在名山大川之間自由自在地邀遊。這樣一來，李白詩中也就寫到了多種神仙坐騎。

　　李白筆下的神仙坐騎，可以分爲三類：

一、自然界的風

　　《莊子‧齊物論》云：「夫大塊噫氣，其名爲風。」大塊，指大地；噫氣，即吐氣。風本是自然界的空氣流動，神仙卻以之作爲自由飛行的坐騎。神仙駕風而行，從天而降，又飄然飛升，李白詩中多有描寫。《夢遊天姥吟留別》就云：「霓爲衣兮風爲馬，雲之君兮紛紛而來下。」「雲之君」，就是雲中神仙；「風爲馬」，即以風爲馬，也就是駕風而行。《上元夫人》一詩寫深得西王母喜愛的上元夫人，「眉語兩自笑，忽然隨風飄」。「隨風飄」就是御風飄飛。在《登太白峰》詩中，李白希望自己也像神仙一樣，「願乘泠風去，直出浮雲間」。《莊子‧齊物論》云：「泠風則小和。」所謂泠風，即清風。

　　神仙以風作爲坐騎，取之於自然，行遊自由快捷，讓世俗之人感到神奇而又羨慕嚮往。御風而行，沒有行走的困苦，超越時空，倏忽往來，逍遙自由，正是神仙道教所追求的自由生活。《莊子‧逍遙遊》記載的僊人列子就是「御風而行，泠然善也」。因此，法術高妙的神仙大多駕風而行。

二、古人崇拜的善飛靈物——龍、鳳

　　龍和鳳，是古人崇拜的靈物。我國古代認定的靈物有麟、鳳、龜、龍四種，這四種靈物只有龜是實有的，而麟、鳳、龍現實生活中根本不存在，是傳說中的動物。古人認爲，這四種動物都很有靈性，是祥瑞的象徵，所以崇拜它們。這四種靈物在形貌、習性等方面，呈現著許多動物特徵，仍然屬於動物。《現代漢語詞典》這樣解釋龍、鳳：龍是我國古代傳說中的神異動物，身體長，有鱗，有角，能走，能飛，能游泳，能興雲降雨。鳳是古代傳說中的百鳥之王，羽毛美麗，雄的叫鳳，雌的叫凰。常用來象徵祥瑞。

　　道教經典《太平經》謂「有鱗之屬以龍爲君長」。《莊子‧天運》云：「龍，合而成體，散而成章，乘雲氣而養（翔）乎陰陽。」《韓非子‧說難》云：「夫龍之爲蟲也，柔可狎而騎也。」龍善飛而可騎，神仙就以之作爲坐騎。神仙乘龍，早在《莊子‧逍遙遊》中就有記載：邈姑射之山的神人，「肌膚若冰雪，卓越若處子，不食五穀，吸風飲露，乘雲氣，御飛龍，而遊乎四海之外」。據《列仙傳》記載，黃帝也曾乘龍飛升：「黃帝採首山之銅，鑄鼎於荊山之下，鼎成，有龍垂鬍髯下迎帝，乃昇天。」李白在《飛龍引二首》其一中也寫到此事：「黃帝鑄鼎於荊山，煉丹砂。丹砂成黃金，騎龍飛上太清家。」李白《元丹丘歌》謂道士「元丹丘，好神仙。……身騎飛龍耳生風，橫河跨海與天通」。前引李白詩歌寫僊人赤松子是「自挾兩青龍」，盧照鄰《懷仙引》詩也云：「若有人兮山之曲，駕青虯兮乘白鹿。」青虯即青龍，虯是傳說中的無角龍。以龍作爲坐騎，當與我國的龍崇拜有關；而龍爲青色，應與道教崇尚青色有關。道服就是青色。道教崇尚的長壽之物有的爲青色，《抱朴子內篇‧對俗》就云：「其中有物，或如青牛，或如青羊，或如青犬，或如青人，皆壽萬歲。」蜀中道教勝地就多用「青」字，像青城山、青羊宮、青衣江、青神縣等。

　　鳳凰也善飛，又是瑞鳥，道教便給以神化，《太平經》就謂「有翼之屬以鳳凰爲君長」，僊人便以之作爲坐騎。《列仙傳》記載蕭史、弄玉就是「遂攀鳳翼」而飛升成仙的人：秦穆公時的蕭史「善吹簫」，「穆公有女字弄玉好之，

公遂以女妻焉」，蕭史遂「日教弄玉作鳳鳴」之聲，引得「鳳凰來止其屋」，「一旦，皆隨鳳凰飛去」。東晉道教理論家葛洪的《抱朴子內篇·對俗》也說：「夫得道者，上能竦身於雲霄，下能潛泳於川海。是以蕭史偕翔鳳以凌虛，琴高乘朱鯉於深淵。」李白詩歌也寫到神仙騎鳳凰，如《擬古十二首》其十：「僊人騎彩鳳，昨下閬風岑。」《留別曹南群官之江南》：「僊人駕彩鳳，志在窮遐荒。」僊人以鳳凰作爲坐騎，在天空自在飛翔，悠然來去，體現出神仙道教對逍遙自由的追求，也表明李白對神仙生活的嚮往。

三、或善走、或長飛的動物——白鹿、青羊、青牛、白鶴

李白詩中描寫的神仙，經常以白鹿爲坐騎。他筆下的群仙，「身騎白鹿行飄搖，手翳紫芝笑披拂」；他描寫僊人韓眾，「韓眾騎白鹿，西往華山中。玉女千餘人，相隨在雲空」。唐人大多認爲神仙乘坐白鹿行遊，王昌齡詩就說：「僊人騎白鹿，髮短耳何長。」不僅如此，李白有時覺得自己就是神仙，乘坐著白鹿在遨遊。他遊覽泰山，「清曉騎白鹿，直上天門山」；他與神仙赤松子相遇，赤松子借白鹿給他乘坐：「蕭颯古僊人，了知是赤松。借予一白鹿，自挾兩青龍」。出於尋仙訪道的需要，李白平常總是作好出遊的準備：「且放白鹿青崖間，須行即騎訪名山。」神仙以白鹿作爲坐騎，除了白鹿善走，並且和神仙一樣出沒於高山密林以外，主要還是因爲傳說道教的始祖老子即太上老君乘坐過白鹿，並且很多著名僊人也騎白鹿，如王子喬，《古辭》就云：「王子喬，參駕白鹿雲中遨。」此外，也與神仙的追求長生有關，因爲道教認爲白鹿長壽。道教理論家葛洪所著《抱朴子內篇·對俗》就說：「虎及鹿、兔，皆壽千歲，壽滿五百歲者，其毛色白。」

羊也是僊人的坐騎，李白詩中經常寫到。《登峨眉山》詩云：「蜀國多仙山，峨眉邈難匹。……倘逢騎羊子，攜手淩白日。」《留別曹南群官之江南》云：「卻戀峨眉去，弄景偶騎羊。」峨眉僊人騎羊，這是蜀地特有的仙話。據《列仙傳》卷上記載：「葛由者，羌人也。周成王時，好刻木羊賣之。一旦，騎羊而入西蜀，蜀中王侯貴人，追之上綏山。綏山在峨眉山西南，高無極也。隨之者不復還，皆得仙道。……山下立祠數十處云。」《蜀王本紀》記載：「老子爲關令尹喜著《道德經》，臨別曰：『子行道千日後，於成都青羊肆尋吾。』」故成都今有青羊宮。以羊爲坐騎，當與西蜀羌族的崇羊風尚有關，也與張道陵在西蜀創立道教有一定關係。

　　李白筆下的神仙坐騎，還有青牛、白鶴等。李白《尋雍尊師隱居》詩云：「群峭碧摩天，逍遙不記年。……花暖青牛臥，松高白鶴眠。」詩句稱揚雍尊師（尊師是對道士的敬稱）像僊人一樣，住在高入雲天的碧峰上，悠然自得，居所旁邊還棲息著坐騎青牛、白鶴。「青牛」，郁賢皓《李白選集》注謂：「指花葉上有角如牛狀的青蟲。」這樣解釋是不正確的。這裏的「青牛」就是指青色的牛，當是用道教始祖老子乘青牛車之典。《列仙傳》載老子「乘青牛車去，入大秦，過西關，關令尹喜待而迎之」。後來的僊人也多乘坐青牛，如《神仙傳》記載的道士封君達服煉水銀，年百歲，視之如三十許，常騎青牛，號青牛道士。唐人詩中也常將「青牛」、「白鶴」並舉，作為僊人道士的坐騎。如秦係《題女道士居》（一作馬戴詩）云：「掃地青牛臥，載松白鶴棲。」章孝標《玄都觀栽桃十韻》云：「粉撲青牛過，枝驚白鶴衝。」以白鶴作為坐騎，與白鶴的善飛、長壽有關。白鶴善飛，遨遊天空，悠然來去，「野鶴孤雲原自在」，正合於神仙追求的逍遙自由的境界；白鶴長壽，「龜齡鶴壽三千歲」，又與神仙道教追求長生不死的終極目標相合。因此，古代僊人多騎白鶴。好吹笙作鳳鳴之聲的僊人王子喬，乘坐的就是白鶴；在靈虛山學道的丁令威，成仙後甚至還化鶴飛升。

李白《靜夜思》中的「床」不是「馬紮」

　　今年年初，馬未都先生在中央電視臺的《百家講壇》講傢具收藏，他根據唐代的建築和傢具，對李白《靜夜思》中的「床」提出新解，認爲把這首詩中的「床」解釋爲「睡床」，是「一個大謬」，「李白詩中的『床』，不是我們今天睡覺的床，而是一個馬紮，古稱『胡床』」。後來，講座內容又被整理成《馬未都說收藏·傢具篇》，由中華書局出版，《中華讀書報》2008 年 3 月 19 日第 9 版又摘登了其中的《〈靜夜思〉新解》。由於中央電視臺、中華書局等這樣的國家級傳播平臺，這一所謂新解，影響廣泛。然而，在筆者看來，馬未都的新解（以下簡稱「馬文」）不能成立，所用論據也不能說明觀點。

　　李白《靜夜思》中的「床」，傳統都作臥具即「睡床」講，直到現在，大多數人也還這樣講。然而，大約在 20 世紀 80 年代，有人提出：作者睡在床上，怎麼能見到地上的月光？又怎麼能夠做出舉頭、低頭的動作來呢？因而就有學者另尋解釋，有解釋爲「井床」即「井上圍欄」的（這一解釋不正確，參見拙文《「床前明月光」之「床」究竟爲何物》，載《解放日報》2008 年 1 月 14 日第 13 版），有解釋爲「坐具」的，而「坐具」又具體分爲「凳子」和「胡床」兩種。其實，馬文的觀點只是把「胡床」明確爲「馬紮」而已，但是卻難以成立。

　　第一，馬文說：「我們躺在床上是沒辦法舉頭和低頭的，我們頂多探個頭，看看床底下。」這裏需要說明的是，把《靜夜思》中的「床」解釋爲「睡床」，並不是說作者就一定睡在床上，難道說到「床」，就一定是睡在床上嗎？作者「躺在床上」的說法，是由「靜夜」和「床」的思維定勢形成的，而這首詩中根本沒有這樣的意思。

　　第二，馬文說：「如果你對建築史有瞭解的話，就知道唐代的建築門窗非常小，門是板門，不透光。」「而且，唐代的窗戶非常小，月亮的光不可能進

入室內。」唐代的建築，窗戶果真很小嗎？從唐詩的描寫來看，並不很小。
如：

　　　　宅占鳳城勝，窗中雲嶺寬。（岑參《左僕射相國冀公東齋幽居》）

　　　　窗含西嶺千秋雪，門泊東吳萬里船。（杜甫《絕句四首》）

　　　　窗中西城峻，樹外東川廣。（皇甫冉《題高雲客舍》）

唐代的建築，月光真的照不進室內嗎？否！請看唐詩中描寫月光照進室內、
照在床上的例證：

　　　　疏鐘入臥內，片月到床頭。（岑參《宿岐州北郭嚴給事別業》）

　　　　落月滿屋梁，猶疑照顏色。（杜甫《夢李白》）

　　　　寒城欲曉聞吹笛，猶臥東軒月滿床。

　　　　（杜牧《秋夜與友人宿》〔一作許渾詩〕）

就是唐代之前的建築，月光也能夠照進室內的床上。如：

　　　　明月何皎皎，照我羅床幃。憂愁不能寐，攬衣起徘徊。（漢代《古詩》）

　　　　昭昭素明月，暉光燭我床。憂人不能寐，耿耿何夜長。

　　　　（魏明帝曹叡《樂府詩》）

馬文還說：「尤其當你的窗戶糊上紙、糊上綾子的時候，光線根本就進不來。」
是的，窗戶糊上紙或者綾子，月光就照不進室內，但是不能排除窗戶是開著
的。夏、秋之時，為了涼爽，人們大多開著窗戶睡覺。如：

　　　　涼秋開窗寢，斜月垂光明。（《子夜四時歌·秋歌十八首》）

　　　　卷幔天河入，開窗月露微。

　　　　（沈佺期《酬蘇員外味道夏晚寓直省中見贈》）

　　　　閉戶開窗寢又興，三更時節也如冰。（徐夤《開窗》）

馬文所舉唐代建築的例子也不恰當。馬文說：「中國現存的唐代建築，全國有
四座，比如山西的佛光寺，南禪寺，都是現存於世的唐代建築，大家有機會
都可以去看看。」首先，這裏舉例的唐代建築是寺廟，寺廟與民居有區別。
寺廟是佛教建築，要隔斷塵根，門窗較小；而民居一般坐北、朝南、向陽，
要吸納陽氣，門窗較大。因此不能以寺廟來說明民居，那種只要是唐代建築，
結構、門窗就相同的看法，是不妥當的。其次，即使是唐代的民居，而不同
的民族、不同的地域，房屋的結構和門窗的設置等，也不盡一致。不同地域
的民居如：西南多樓居，西北多窯洞。

　　第三，馬文爲了說明《靜夜思》中的「床」是「胡床」，而且李白是「坐在院子裏」，還引了杜甫的《樹間》和白居易的《詠興》詩作例證，然而這兩首詩卻都不能說明問題。因爲杜詩寫有「岑寂雙柑樹，婆娑一院香」，「幾回沾葉露，乘月坐胡床」，馬文就說杜詩「對李白這首詩做了一個詮釋」。做了什麼詮釋呢？杜詩中的「雙柑樹」「一院香」，明確表明是在院子裏，而李白此詩有表示在院子裏的詞語嗎？杜詩明白說是「坐胡床」，而李白此詩卻只有一個「床」字，也能斷定是「胡床」嗎？我們暫且不說唐代「胡床」是否簡稱爲「床」，即使簡稱爲「床」，在「床」字既指「睡床」，又指「胡床」，還指「井床」的情況下，能夠斷定李白此詩中的「床」就是「胡床」嗎？顯然不能！同樣的道理，也不能斷定馬文所引李白《長干行》中的「床」爲「胡床」。爲了說明《靜夜思》中的「床」指「胡床」，馬文還舉出了白居易的《詠興》詩：「池上有小舟，舟中有胡床。床前有新酒，獨酌還獨嘗。」並說白詩「對李白所說的『床』也做了詮釋」，「詩中的『胡床』與『床』明顯指一個東西」。是的，在白居易這首詩中，「床」確實就是「胡床」。因爲白詩使用了頂眞的修辭手法，即後句首字用前句末字。第一句末字、第二句首字都是「舟」，而第二句最後是「胡床」二字，第三句開頭就只能用一個「床」字了。白詩後面都還有頂眞句：「未知幾曲醉，醉入無何鄉。」但《靜夜思》中的「床」，是全詩的第一個字，沒有運用頂眞手法，兩者完全不一樣。所以白詩中的「床」是「胡床」，並不能說明李白此詩中的「床」也是「胡床」。

　　第四，宋人陶穀《清異錄》說：「胡床施轉關以交足，穿便縧以容坐，轉縮須臾，重不數斤。」馬文也說「是馬背上捆紮的東西」，「坐在屁股底下」。既然「重不數斤」，又「坐在屁股底下」，坐時就不能看見它的形體，怎麼能說「床前」呢？更何況馬紮四面可坐，不分前後。

　　既然李白的《靜夜思》根本沒有「作者睡在床上」的意思，那麼「睡在床上，怎麼能見到地上的月光，又怎麼能夠做出舉頭、低頭的動作」的說法，就不成立。因此，詩中的「床」，還是解釋爲「睡床」妥當。因爲詩題爲《靜夜思》，可以想像是詩人就寢前的望月思鄉，或者坐在床沿，或者站在床前，甚至可以想像是詩人「憂愁不能寐，攬衣起徘徊」，看見皎潔的月光從窗口流瀉進來，灑在床前的地上，好像霜一樣，舉頭望窗外的明月，低頭思念故鄉。

（原載《中華讀書報》2008 年 4 月 30 日第 10 版）

李白《靜夜思》所寫時令是秋天嗎

　　李白的《靜夜思》，語淺情深，耐人尋味，是千古傳誦的名篇。郁賢皓主編《李白大辭典》（廣西教育出版社 1995 年版）第 435 頁云：「短短二十個字，情景交融，描繪了一幅客子秋夜思鄉的鮮明圖景。」「靜悄悄的秋夜，明亮的月光穿過窗子灑落在床前的地面上，一片白皚皚的，簡直像是濃霜……」馬未都的《〈靜夜思〉新解》（載《中華讀書報》2008 年 3 月 19 日第 9 版）也說：「我看到的所有解釋，大致都是這樣：在一個深秋的晚上，李白睡不著覺，躺在床上，看著地上的月光，不由地升起思鄉之情。」

　　由此看來，有不少人認爲李白《靜夜思》所寫時令是秋天。然而筆者認爲：從此詩來看，難以斷定所寫時令是秋天，詩中的「霜」只是比喻而已，不能說明時令。

　　認爲《靜夜思》所寫時令是秋天，主要根據是詩中的「霜」字，但是僅憑這一個「霜」字，就作出這樣的判斷，很不妥當。如果這樣判斷的話，那麼唐代詩人李益的《夜上受降城聞笛》：「回樂峰前沙似雪，受降城下月如霜。不知何處吹蘆管，一夜征人盡望鄉。」既出現了「霜」字，又出現了「雪」字，所寫時令應該是秋天還是多天呢？這也難以判斷，因爲「霜」、「雪」都是比喻。古代詩人常常用霜來比喻月光，然而，值得注意的是，即使春夏之季的月光，也用霜來比擬。如梁簡文帝蕭綱《玄圃納涼詩》云：「飛流如凍雨，夜月似秋霜。」詩寫夏夜納涼時月光如霜。高適《聽張立本女吟》云：「危冠廣袖楚宮妝，獨步閒庭逐夜涼。自把玉釵敲砌竹，清歌一曲月如霜。」詩中寫到寂靜的庭院月光如霜，但又寫到「逐夜涼」，時令應該是夏夜。盧綸《奉和太常王卿酬中書李舍人中書寓直春夜對月見寄》云：「露如輕雨月如霜，不

見星河見雁行。」詩題有「春夜對月」四字，可見詩中的「月如霜」寫的是春天的晚上。所以，並不是用「霜」來比喻月光就一定是秋天的夜晚。

《靜夜思》的前兩句「床前明月光，疑是地上霜」，也是用「霜」比喻「月光」。俞陛雲《詩境淺說續編》就說「前二句取喻殊新」。說是比喻，主要根據「疑」字。這裏的「疑」，是「似」、「如」、「若」的意思。唐詩中「疑」作「似」、「如」、「若」講的例子很多。如韋應物的《冬夜宿司空曙野居因寄酬贈》：「繁霜疑有雪，荒草似無人。」將「疑」、「似」對舉，可知「疑」為「似」之意。這樣的例子，李白詩中也有。如《題隨州紫陽先生壁》：「樓疑出蓬海，鶴似飛玉京。」《春日歸山寄孟浩然》：「鳥聚疑聞法，龍參若護禪。」這兩例也是將「疑」、「似（若）」對舉的。李白詩中單獨運用「疑」字，也有作「似」、「如」講的，如《梁園吟》所云「平頭奴子搖大扇，五月不熱疑清秋」，這個「疑」字，也是「似」、「如」的意思。王琦《李太白全集》在此「疑」字下就注明「一作『如』」。再如《望廬山瀑布二首》其二的「飛流直下三千尺，疑是銀河落九天」，「疑是」即「好像是」。所以，「疑是地上霜」的「疑是」，也是「好像是」的意思，「霜」是喻體。

當然，也有人認為「疑是地上霜」不是比喻，而把「疑」解釋為「懷疑」。清人黃生《唐詩摘抄》就說：「明月在天，光照於地。俯視而疑，及舉頭一望，疑解而思興，思興而低頭矣。」清人徐增《而菴說唐詩》也說：「因疑則望，因望則思，並無他念，真靜夜思也。」當今學者也有人說：「看見井欄前一片白光，初時還疑心是地上的秋霜」。似乎把「疑」解釋為「懷疑」，「霜」就不是比喻，就可以作為時令是秋天的根據。應該說把「疑」解釋為「懷疑」，也不妥當。因為現存最早的宋蜀刻本《李太白文集》所載《靜夜思》原始文本是：「床前看月光，疑是地上霜。舉頭望山月，低頭思故鄉。」既然是「看月光」，說明作者已經清楚是「月光」，就不至於還要去「懷疑」是「地上霜」了。

李白的《靜夜思》，難以確定作年作時。安旗主編的《李白全集編年注釋》（巴蜀書社 1990 年）謂「此詩思鄉之情略似上年《秋夕旅懷》，其作時當相去不遠」，並將此詩繫於開元十五年（727）。然而，從其「略似」、「當相去不遠」的措辭來看，也只是推測而已，並且《秋夕旅懷》作於此詩「上年」，即開元十四年（726），而此詩繫於開元十五年，也不能說明其寫作時令就是秋天。況且，李白研究的大家詹鍈所著《李白詩文繫年》（作家出版社1958年）

和他主編的《李白全集校注彙釋集評》（百花文藝出版社 1996 年），既沒有說明此詩作於何年，也沒有指出寫作時令。因此，也就難以根據《靜夜思》的作年作時來確定詩中所寫時令。既然如此，那麼僅憑此詩中用作比喻的一個「霜」字，也難以判斷所寫時令是秋天。

（原載《文史雜誌》2009 年第 2 期）

李白《靜夜思》研究綜述

　　李白的《靜夜思》，膾炙人口，廣爲流傳，由於一直選入小學語文課本而成爲傳統篇目，眞可謂是婦孺皆知的名篇。然而，這首只有四句二十字而且語言淺顯、沒有生僻字詞的小詩，卻易懂而難解，有不少問題在學術界長期爭論不休，各家觀點相持不下，就是有些詞語的解釋，也頗有分歧，難以取得一致的看法。本文回顧近幾十年來的《靜夜思》研究，綜述爭論的主要問題和主要觀點，並對有的觀點給以論析，目的是希望有利於今後對本詩的進一步探討和研究。

一、關於作年、作地

　　關於《靜夜思》的作年和作地，學術界過去多未論及，即使是李白研究專家詹鍈的《李白詩文繫年》（作家出版社 1958 年 6 月）和日本花房英樹的《李白歌詩索引》（見汲古書院《唐代研究指南》第 8 期〔1977 年〕）等著作，亦付之闕如。近十多年來，由日本前野直彬、石川忠久編著的《中國古詩名篇鑒賞辭典》（江蘇古籍出版社 1987 年 1 月，日文版原名《漢詩的注釋及鑒賞辭典》）、郁賢皓《李白選集》（上海古籍出版社 1990 年 10 月）和安旗主編的《李白全集編年注釋》（巴蜀書社 1990 年 12 月）才涉及到這些問題，還有文章作專門探討。主要觀點有以下幾種：

　　1. 日本前野直彬、石川忠久認爲作於開元十九年（731），李白 31 歲，作地在安陸小壽山。其《中國古詩名篇鑒賞辭典》云：「這是李白三十一歲寓居安陸（今湖北省安陸縣）小壽山時所作，描寫由靜靜的月光引起的思鄉之念。」

　　2. 郁賢皓《李白選集》認爲：「此詩乃客久而思鄉之辭，疑作於『東涉溟海』、『散金三十萬』之後的貧困之時。」作地未定。

3. 安旗主編的《李白全集編年注釋》認爲：「此詩思鄉之情略似上年（指開元十四年，公元 726 年）《秋夕旅懷》，其作時當相去不遠，又詩中有『山月』一語，當係山居所見，則其作地或在安陸壽山。」該書將這首詩繫於開元十五年（727），李白時年 27 歲，作地爲安陸壽山。安陸，唐時屬淮南道安州（安陸郡），即今湖北安陸縣。壽山，在安陸縣西北 60 里。

4. 張一民、王采琴認爲作時在開元十四年（726）秋，作地在揚州。其《李白〈靜夜思〉作年及作地新考》（載《許昌師專學報》1997 年第 3 期）認爲：此詩當作於唐玄宗開元十四年（726）秋天作者臥病期間，李白 26 歲，時在揚州旅舍。其《秋夕旅懷》當爲《靜夜思》的續篇，亦同時同地所作。

5. 孫宏亮認爲作於天寶六載（747）至天寶八載（749）秋，其時李白在金陵。其《李白〈靜夜思〉考證——兼與張一民、王采琴二先生商榷》（載《延安大學學報》1998 年第 2 期）不同意張一民、王采琴的觀點，認爲詩中的「床」不是「睡床」而是「井床」，「故鄉」也不指蜀中，而是指山東任城；此詩當是李白天寶六載（747）至天寶八載（749）遊金陵時作，作地在金陵長干里附近，因爲「長干里周環群山，山岡上又有三口奇井，這眞可謂『床前明月光』和『舉頭望山月』二句的注腳」。孫文對張、王之文的駁斥不全妥當，對自己觀點的論證也欠充分，難以讓人信服。

二、關於文本

李白的《靜夜思》，通行文本爲：

床前明月光，疑是地上霜。舉頭望明月，低頭思故鄉。

蘅塘退士編的《唐詩三百首》（中華書局 1959 年版）、中國社會科學院文學研究所編的《唐詩選》（人民文學出版社 1978 年版）所選《靜夜思》文本即如此。

然而，現存最早的李白集刊本——宋蜀本《李太白文集》所載《靜夜思》文本卻是：

床前看月光，疑是地上霜。舉頭望山月，低頭思故鄉。

自宋蜀本以後包括《全唐詩》在內的各種李白集刻本，所錄《靜夜思》文本都與宋蜀本相同。王琦的《李太白全集》（中華書局 1977 年版）、詹鍈主編的《李白全集校注彙釋集評》（百花文藝出版社 1996 年 12 月版）也採用這種文本。

日本學者森瀨壽三的《關於李白〈靜夜思〉》（載《唐代文學研究》第 3
輯）認爲：明代李攀龍《唐詩選》以前的版本並無「明月」的「明」字，明
末至清初出版的李攀龍《唐詩選》及其補訂本則均採用第一、三句有兩個「明
月」的文本，後又被清代蘅塘退士《唐詩三百首》所沿襲。這種文本並非李
詩原意，而是明末人因平仄關係加以改變的。爲保持原來的回復結構，遂將
「明月」二字重複使用。但是，這種文本流傳廣泛，影響很大。

對於宋蜀本與李攀龍《唐詩選》兩種《靜夜思》文本的優劣，學者們的
意見各執一端：

1. 認爲《唐詩選》的《靜夜思》文本優

清人王堯衢《古唐詩合解》就云：「此詩如不經意，而得之自然，故群服
其神妙。他本作『看月光』，『看』字誤。如用『看』字，則一『望』字有何
力？」清人俞樾《湖樓筆談》也認爲「床前明月光」要比「床前看月光」好。

周振甫的《〈靜夜思〉賞析》（載《李白研究》1990 年第 2 期）一文說得
較爲具體：「望明月」比「望山月」要好，理由是，「望明月」寫得非常自然，
它承上句的「明月光」而來，也極自然，這是一種承接，在修辭學上稱爲複
疊格。另外，「望明月」可以使人想到謝莊《月賦》中的名句：「美人邁兮音
塵絕，隔千里兮共明月。」如作「望山月」，「山月」就隔了。

2. 認爲宋蜀本《靜夜思》文本優

日本學者森瀨壽三的觀點恰好相反，其《關於李白〈靜夜思〉的兩處異
文》（載《文學遺產》1990 年第 3 期）一文從版本學的角度進行了考察後認爲：
「山月」的「山」突出了月懸高空，而「明月」則不那麼給人高的感覺，所
以總的來說，通行本「明月」的意蘊不如古本的「山月」。

王輝斌《四種〈靜夜思〉文本比較說》（載《名作欣賞》1993 年第 5 期）
把幾種《靜夜思》文本進行比較後，明確地說：「無論從哪一個角度講，『床前
看月光』都要比『床前明月光』好得多。」「『望山月』的這個『山』字，一方
面點出了他『靜夜思』的所在地安陸白兆山，另一方面又暗喻了他『思故鄉』
的『故鄉』之所在地蜀川，一石雙鳥，頗具機杼，若換爲『望明月』，則就『隔』
了許多。」「『望山月』與『望明月』的不同點還在於，『山月』的『山』字突
出了月懸高空這一意境，極爲含蓄地描述了李白對月『思故鄉』的情之深、之
沈、之綿，同時，也加深了讀者對詩題『靜夜』這一典型環境的理解，而『明
月』既不能給人以高的感覺，亦無法傳遞詩題『靜夜』的深層意蘊。」

三、關於做法

李白的《靜夜思》是怎樣創作的？學術界也有探討。

劉朝文的《李白的〈靜夜思〉是摹仿之作》（載《淮陰師專學報》1994 年第 3 期。該文又以《李白的〈靜夜思〉是串珠之作》爲題，發表在《中國李白研究》1994 年集〔上〕）認爲「這首小詩及其表現出來的意境，根本不是李白獨創，而是摹仿了別人的作品，並用串珠手法拼將出來的」，並指出「李白的《靜夜思》句句有來歷」：樂府歌辭《傷歌行》中的「昭昭素月明，輝光燭我床」和《古詩十九首・明月何皎皎》中的「明月何皎皎，照我羅床帷」，簡直就是「床前明月光」的原型；「舉頭望明月」則脫胎於曹丕《雜詩》的「仰看明月光」，「低頭思故鄉」也脫胎於曹丕《雜詩》的「俯視清水波」和「綿綿思故鄉」。

筆者認爲：劉文的觀點可算一家之言，但大可商榷。如果用這樣的方法，即按照詩句相似或意境相近的方法去比照古代詩歌，則古典詩詞中這樣詩句、意境相似的就很多，那豈不是很多古代詩詞都是「摹仿之作」或「串珠之作」嗎？古代詩人的生活環境、文化背景大致相同，他們作詩又愛用傳統意象，而古人通過望月來思鄉又具有普遍性，所以，很多詩詞都有相同的意象或相似的意境，就不足爲怪。

四、關於「床」、「疑」的解釋

表面看來，李白的《靜夜思》淺顯明白，然而對於詩中的「床」、「疑」二字，學術界卻有不同的解釋。特別是對「床」字的理解，從八十年代到現在，不斷有爭鳴文章刊出，各家說法不一，似乎難有定論。但主要有三種觀點：1.「床」指「睡床」，即臥具；2.「床」指「坐具」，而「坐具」又或指「凳」，或指「胡床」；3.「床」指「井床」，而「井床」又或指井上的圍欄，或指轆轤架。

清人王琦認爲這個「床」指睡床，他在《李太白全集》中，大凡「床」指「睡床」則不出注，除《靜夜思》中的「床」沒作注外，還有《平虜將軍妻》的「出解床前帳，行吟道上篇」，《春怨》的「落月低軒窺燭盡，飛花入戶笑床空」等。中國社會科學院文學研究所編《唐詩選》、詹鍈主編《李白全集校注彙釋集評》對《靜夜思》中的「床」也不出注，也認爲是指睡床。魯梁也持這種觀點，他文章的標題就是《「床前明月光」的「床」還是解釋爲「睡

床」爲好》（載《北京大學學報》1996 年第 5 期）。倪傳龍的《也談「床前明
月光」的「床」》（載《語文月刊》1999 年第 8 期）也認爲「『床前明月光』的
『床』就是睡床，這是最符合本詩情境的解釋」。

　　然而劉國成的《「床」字小議》（載《語文月刊》1984 年第 11 期）、程瑞
君的《唐詩名篇詞語新解五則》（載《北京大學學報》1995 年第 2 期）、張連
舉的《「床前明月光」新解》（載《人文雜誌》1997 年第 1 期）等文卻不贊同
把「床」解釋爲「睡床」，理由是：如果作者睡在床上，怎麼能見到地上的月
光？又怎麼能夠做出舉頭、低頭的動作來呢？詩人既然能夠舉頭、低頭，那
就一定是坐著或站著的。程瑞君認爲「『床』應是一種坐具，該詩寫的是晚上
在院子裏靜坐的情景和懷思」。劉國成主張把「床」釋爲凳，因爲「許愼的《說
文解字》解釋床爲『安身之坐者』，安置身子坐的東西，即我們所說的『凳子』」。
而沈光春的《「床前明月光」中的「床」究竟爲何物》（載《語文學習》1994
年第 2 期）一文雖然也認爲「床」是一種坐具，但是是「漢以後從西域傳入
的，俗稱『胡床』」。「這種胡床在六朝時已廣泛使用，到唐這樣一個大融合的
歷史時期，必然使用更普遍」。

　　張連舉卻不贊成把「床」釋爲「凳」，原因是「若將『床』理解爲凳，則
夜坐凳上呆想，實在太煞風景」；而主張把「床」釋爲「井床」，「井床」即「井
上的圍欄」。「夜闌人靜，萬籟俱寂，月華灑地，皎潔一片，客居異地的詩人
手扶井欄，觸『井』生情，舉頭望月，低首沉吟，縷縷思鄉之緒油然而生，
的確別有一番深情」。「只有將床理解爲『井欄』，才合情合理，無懈可擊」。
朱鑒瑢的《床・井欄・轆轤架》（載《北京師範大學學報》1989 年第 5 期）一
文也認爲「床」指「井床」，而且引《韻會》的解釋：「床，井幹，井上木欄
也。其形四角或八角。」並說「在靜夜裏，詩人不能入眠，他步入庭中，看
見井欄前一片白光，初時還疑心是地上的秋霜。他擡起頭來看見天空的明月，
才知道那不是秋霜，而是月光。他低下頭去，深深地思念自己的故鄉。俗語
云『背井離鄉』，『井』和『鄉』關合。李白在外鄉的井欄前看到的明月，這
時也正照著他家鄉的井欄，故而勾起他無限的鄉思」。朱文還說「有人曾指出
『床』字可解作『轆轤架』」，「均可通」。《語文知識》1997 年第 1 期載有《「床」
的解析》一文，也認爲「床」爲「井床」，指「轆轤床」，爲繫轆斗汲水之具。

　　認爲「床」指「井床」的學者，總愛拿李白詩例作證。筆者翻檢李白詩
歌，發現其詩中「床」指「井床」即「井欄」的詩句確實有幾例，似乎都可

用來作《靜夜思》中「床」的例證。如《洗腳亭》:「前有吳時井,下有五丈床。」王琦注云:「床,井欄也。」《贈別舍人弟臺卿之江南》:「梧桐落金井,一葉飛銀床。」王琦注云:「謂之銀床。皆井欄也。」還有《答王十二寒夜獨酌有懷》所云:「萬里浮雲卷碧山,青天中道流孤月。孤月滄浪河漢清,北斗錯落長庚明。懷余對酒夜霜白,玉床金井冰崢嶸。」王琦注云「床,井欄也。玉床金井者,言其美麗之飾,如玉如金也」。此詩中既寫到「床」,又寫到「明月」和「霜」,境界也和《靜夜思》差不多。這樣看來,好像《靜夜思》中的「床」指「井床」證據鑿鑿。然而,需要特別指出的是,如果把《靜夜思》中的「床」釋爲「井床」,則「床」後的「前」字就不好理解。倪傳龍就說:「如把『床』解作『井欄』,那麼『床前明月光』的『前』字便無法落實,『疑是地上霜』這句詩勢必成爲畫蛇添足。大凡井都打在開闊的地方,豈止『床前』才有月光,它的前後左右哪處沒有月光呢?」並且「詩人已在月下徘徊,那麼明月當空的事實則早爲詩人認知,他不用低頭也知滿地銀光,『疑是地上霜』的心理根本無從生起」。沈光春也認爲:「詩中所寫的月光是在『床前』,指出了月光臨照的具體方位。況且夜晚,即使銀月朗照如晝,詩人在井床徘徊沉思的可能性太小了。我認爲:詩人當時不可能在室外,他一定在室內活動或沉思,月光由於建築物的阻隔和遮蔽,只能透過窗櫺或木格牆射進室內,灑在床前。」

　　如果把「床」釋爲「井床」,不管是指井上的圍欄還是指轆轤架,而「床」後面的「前」字確實無法落實;如果把「床」釋爲「坐具」,不管是指凳子還是指胡床,而半夜坐著呆想,也確實有些不近人情,有煞風景。經過權衡斟酌,筆者也認爲還是把「床」解釋爲「睡床」爲好。但必須說明的是:把「床」解釋爲「睡床」,並不是說作者就一定睡在床上。所謂「作者睡在床上,怎麼能見到地上的月光?又怎麼能夠做出舉頭、低頭的動作來呢」的說法,未免太機械了。閱讀詩歌作品不同於閱讀科學論文,難道說到「床」,就一定是睡在床上嗎?「作者睡在床上」一說,是由「靜夜」和「床」的思維定勢形成的,而這首詩中根本沒有這樣的意思。「床」作「睡床」講,並不意味著作者這時就一定睡在床上。儘管詩題爲《靜夜思》,但我們可以想像是詩人就寢前的望月思鄉,或者坐在床沿,或者靠在床頭,甚至站在床前,看見皎潔的月光從窗口流瀉進來,灑在床前的地上,舉頭望窗外天空的明月,低頭思念故鄉。

　　既然「床」當指「睡床」,那麼「床前」就是指睡床的前面,即床正面的

前面，也就是上下床床沿的前面。這與古代床的形制、安放有關。古代的床，大多床上三面有木欄，豪華的用雕花木板，簡樸的用木條，裏面掛以紗帳；沒有木欄的一面供人上下，這一面的床沿、床腳做工、裝飾都很考究，這一面就是床的正面，床正面的前面也就是「床前」。床的安放往往一面或兩面靠牆，不靠牆的一面床沿供人上下，或用以坐著休息，這面床沿前面就是「床前」。這種「床前」，在唐詩中描寫很多，如李白《平虜將軍妻》：「出解床前帳，行吟道上篇。」王昌齡《初日》：「初日淨金閨，先照床前暖。」杜甫《北征》：「床前兩小女，補綴才過膝。」然而，又有人認為月光無法照到室內的床前。嚴虹的《重讀〈靜夜思〉》（載《語文月刊》1999 年第 4 期）就說：「古代建築豪華者多為花窗，平民者多為小窗，無論何種，月光都難大量瀉入，在室內把它疑為地上霜自是勉強。」我們不說以「花窗」、「小窗」推測的牽強，且看古詩中描寫明月照床的例證：《古詩》：「明月何皎皎，照我羅床幃。」元稹《夜閒》：「風簾半鉤落，秋月滿床明。」杜牧《秋夜與友人宿》（一作許渾詩）：「寒城欲曉聞吹笛，猶臥東軒月滿床。」

關於「疑是地上霜」的「疑」字，有人解釋為「懷疑」、「疑心」。如朱鑒瑢說：「看見井欄前一片白光，初時還疑心是地上的秋霜。」朱炯遠《唐詩新說八題》（載《遼寧大學學報》1999 年第 4 期）也說：「竟然疑明月之光為地上白霜。」二人都把「疑」釋為「疑心」、「懷疑」，這是不正確的。其實，這個「疑」應該是「似」、「如」、「若」的意思。唐詩中例子很多，如韋應物的《冬夜宿司空曙野居因寄酬贈》：「繁霜疑有雪，荒草似無人。」將「疑」、「似」對舉，可知「疑」為「似」、「如」之意。就是李白詩中，也多這樣的詩例，如《題隨州紫陽先生壁》：「樓疑出蓬海，鶴似飛玉京。」《春日歸山寄孟浩然》：「鳥聚疑聞法，龍參若護禪。」若把「疑是」連在一起解釋，意思也一樣。如李白《望廬山瀑布二首》其二：「飛流直下三千尺，疑是銀河落九天。」《早秋單父南樓酬竇公衡》：「太山嵯峨夏雲在，疑是白波漲東海。」因此，「疑是地上霜」就是用霜的顏色來比喻月光，這在唐詩中極為常見。高適《聽張立本女吟》：「自把玉釵敲砌竹，清歌一曲月如霜。」李益《夜上受降城聞笛》：「回樂峰前沙似雪，受降城下月如霜。」

另外，值得一提的是，近年來出現了一些從新的角度、用新的理論研究《靜夜思》的文章。有從民俗學的角度探討其主旨的，如宣炳善《李白〈靜夜思〉的民俗學闡釋》（載《民間文學論壇》1998 年第 2 期）一文，首先贊同

「床」指「井床」的解釋，然後從民俗意象角度分析了《靜夜思》在井民俗意象和月民俗意象這雙重民俗意象制約下所呈現的思鄉主題，並認爲井民俗意象是該詩的核心意象，而月民俗意象只是一個過渡意象。李白是見井思鄉，望月懷人，井是隱藏的，月是表層顯露的，因而傳統的「望月思鄉」說有以偏概全的片面。有用結構主義理論解析本詩的，如蘇雅勤的《〈靜夜思〉中的二元對立》（載《社科縱橫》2003 年第 1 期）用當代西方結構主義文藝理論，分析了《靜夜思》中的內在關係結構，探討了其蘊涵的種種二元對立，指出正是二元對立這種人類心靈中的基本結構模式使得該詩傳誦千年。這些文章，儘管有的屬於初步嘗試，但視角獨特，方法新穎，拓寬了《靜夜思》研究的視野。

（原載《重慶社會科學》2005 年第 7 期）

論李白的大言

　　李白好大言，曾經夫子自道：「時人見我恒殊調，見余大言皆冷笑。宣父猶能畏後生，丈夫未可輕年少。」〔註 1〕所謂「大言」，就是誇大的話，也就是說大話、吹牛。李白最大的特點就是愛幻想、好吹牛。他在《贈王判官時余歸隱居廬山屏風疊》詩中也說：「苦笑我誇誕，知音安在哉。」「誇誕」，即浮誇虛妄，言語不實在，也就是說大話。李白見人們嘲笑自己虛誇大言，就感歎知音何在。

　　李白從骨子裏喜歡大言，常常無意識地流露出來。還在他很小的時候，就對司馬相如《子虛賦》裏的鋪張誇飾極為傾心。其《秋於敬亭送從姪耑遊廬山序》云：「余小時，大人令誦《子虛賦》，私心慕之。」長大後，他還親自前往司馬相如賦中誇張描寫的雲夢觀看。他的《上安州裴長史書》就說：「見鄉人相如大誇雲夢之事，雲夢有七澤，遂來觀焉。」他對用大言而取得富貴地位的人羨慕不已、推崇有加：「君不見，蔡澤嵌枯詭怪之形狀，大言直取秦丞相。又不見，田千秋才智不出人，一朝富貴如有神。」〔註 2〕（或說此詩為羅隱作）據《史記・范睢蔡澤列傳》所載：

　　　　蔡澤者，燕人也。遊學干諸侯，小大甚眾，不遇。而從唐舉相，
　　　曰：「吾聞先生相李兌，曰『百日之內持國秉』，有之乎？」曰：「有
　　　之。」曰：「若臣者何如？」唐舉孰視而笑曰：「先生曷鼻、巨肩、
　　　魋顏、蹙齃、膝攣。吾聞聖人不相，殆先生乎！」……蔡澤乃西入

〔註 1〕李白《上李邕》，《李太白全集》，中華書局 1977 年版，第 511 頁。（下引李白
　　　詩文賦，同此版本）。
〔註 2〕李白《鞠歌行》（麗莫似漢宮妃），《李太白全集》，第 1413 頁。

秦……秦昭王召見，與語，大說之，拜爲客卿。應侯因謝病請歸相
印。昭王彊起應侯，應侯遂稱病篤。范雎免相，昭王新說蔡澤計畫，
遂拜爲秦相，東收周室。

蔡澤形貌醜陋，還大言不慚地說「百日之內持國秉」，因此受到唐舉的嘲笑。
然而入秦遊說秦昭王，昭王大悅，拜爲丞相。而田千秋更是因爲一句話使漢
武帝感悟，立擢爲大鴻臚，又拜爲丞相，封富民侯：

車千秋，本姓田氏，其先齊諸田徙長陵。千秋爲高寢郎。會衛
太子爲江充所譖敗，久之，千秋上急變訟太子冤，曰：「子弄父兵，
罪當笞；天子之子過誤殺人，當何罪哉！臣嘗夢見一白頭翁教臣言。」
是時，上頗知太子惶恐無他意，乃大感寤，召見千秋。至前，千秋
長八尺餘，體貌甚麗，武帝見而說之，謂曰：「父子之間，人所難言
也，公獨明其不然。此高廟神靈使公教我，公當遂爲吾輔佐。」立
拜千秋爲大鴻臚。數月，遂代劉屈氂爲丞相，封富民侯。千秋無他
材能術學，又無伐閱功勞，特以一言寤意，旬月取宰相封侯，世未
嘗有也。〔註3〕

蔡澤的「大言直取秦丞相」、田千秋的「以一言寤意，旬月取宰相封侯」，讓
李白十分羨慕，並且想入非非，希望自己也能通過大言平步青雲。唐代也確
實還存在這樣的現實土壤，有人就因誇誕遊說，或登上相位，或成爲將帥。
身歷四朝的李泌，玄宗時曾待詔翰林，《舊唐書》本傳說他「放曠敏辯，好大
言，自出入中禁，累爲權倖忌嫉，恒由智免。終以言論縱橫，上悟聖王，以
躋相位」。李元平，《舊唐書》本傳謂其「性疏傲，敢大言，好論兵，天下賢
士大夫無可其意者，以是人多銜怒。關播奇重之，許以將帥」。因爲這個緣故，
李白自詡甚高，抱負極大，「不求小官，以當世之務自負」〔註4〕。他不願走
常規的科舉道路，企望「一鳴驚人，一飛衝天」〔註5〕。幻想「遊說萬乘」，「願
爲輔弼」，由布衣而一躍爲卿相，做管仲、晏嬰一類「輔弼」大臣，完成「濟
蒼生」，「安社稷」，使「寰區大定，海縣清一」的宏偉理想。並且李白十分自
信，在他看來，安邦定國的大事就像反掌一般容易，確信自己能夠把國家治
理得完美無比。

〔註3〕 《漢書·車千秋傳》，中華書局 1962 年版，第 2883～2884 頁。
〔註4〕 劉全白《唐故翰林學士李君碣記》，《李太白全集》，第 1460 頁。
〔註5〕 范傳正《唐左拾遺翰林學士李公新墓碑並序》，《李太白全集》，第 1461 頁。

　　李白好大言，在詩中常常表現爲有意誇大數目、用鉅額數量詞進行修飾。這樣的大言，在李詩中隨處可見：「掛流三百丈，噴壑數十里。」〔註6〕「百年三萬六千日，一日須傾三百杯。」〔註7〕「天子九九八十一萬歲，長傾萬年杯。」〔註8〕「北溟有巨魚，身長數千里。仰噴三山雪，橫吞百川水。」〔註9〕其它還如《將進酒》中的「三百杯」、「千金裘」、「萬古愁」等等。在詩中用鉅額數量詞進行修飾，既表現出李白豪邁灑脫的情懷，又使詩作本身顯得筆墨酣暢，抒情有力。

　　李白好大言，在詩中常常表現爲對雄偉闊大、奇特壯美的意象的追求。他愛寫高大綿延的山峰：「峨眉高出西接天，羅浮直與南溟連。」〔註10〕「連峰去天不盈尺，枯松倒掛倚絕壁。」〔註11〕他常寫壯闊雄渾奔騰萬里的江河：「登高壯觀天地間，大江茫茫去不還」。〔註12〕「黃河之水天上來，奔流到海不復回。」〔註13〕他也愛寫巨大的動物：「願隨任公子，欲釣吞舟魚。」〔註14〕「連弩射海魚，長鯨正崔嵬。額鼻象五嶽，揚波噴雲雷。鬐鬣蔽青天，何由睹蓬萊。」〔註15〕李白就是這樣在詩中有意而廣泛地描寫雄偉壯闊、非凡奇特的意象，來表現他壯闊的胸襟和豪邁的氣概。

　　李白好大言，在詩中也表現爲言辭虛妄，語言荒誕。像「我且爲君搥碎黃鶴樓，君亦爲吾倒卻鸚鵡洲」〔註16〕這樣的誇誕狂妄之言，難免受到時人的譏笑，他的《醉後答丁十八以詩譏予搥碎黃鶴樓》一詩就透露了這樣的信息。此外，「狂風吹我心，西掛咸陽樹」〔註17〕，「南風吹歸心，飛墮酒樓前」〔註18〕這樣的大言，也可能讓人覺得浮誇虛妄。

　　李白好大言，在詩中還表現爲愛用藝術變形的手法。他往往改變現實生

〔註6〕　《望廬山瀑布》之一，《李太白全集》，第988頁。
〔註7〕　《襄陽歌》，《李太白全集》，第369頁。
〔註8〕　《上雲樂》，《李太白全集》，第204頁。
〔註9〕　《古風》三十三，《李太白全集》，第129頁。
〔註10〕　《當塗趙炎少府粉圖山水歌》，《李太白全集》，第424頁。
〔註11〕　《蜀道難》，《李太白全集》，第162頁。
〔註12〕　《廬山謠寄盧侍御虛舟》，《李太白全集》，第677頁。
〔註13〕　《將進酒》，《李太白全集》，第179頁。
〔註14〕　《贈從弟南平太守之遙二首》其一，《李太白全集》，第586頁。
〔註15〕　《古風》三，《李太白全集》，第92頁。
〔註16〕　《江夏贈韋南陵冰》，《李太白全集》，第584頁。
〔註17〕　《金鄉送韋八之西京》，《李太白全集》，第782頁。
〔註18〕　《寄東魯二稚子》，《李太白全集》，第673頁。

活中事物的大小、多少、輕重的比例關係，改變事物的形體規模來取得強烈的藝術效果，形成鮮明的詩句，以抒發他那澎湃的激情。他化大爲小：「黃河落天走東海，萬里寫入胸懷間。」〔註 19〕化多爲少：「吟詩作賦北窗裏，萬言不值一杯水。」〔註 20〕化重爲輕：「感君恩重許君命，太山一擲輕鴻毛。」〔註 21〕他描寫時間空間，常常用擴大的誇張把短暫的時間拉長、狹小的空間擴大。如「月色醉遠客，山花開欲燃。春風狂殺人，一日劇三年」〔註 22〕，把一天的時間放大爲三年。「天姥連天向天橫，勢拔五嶽掩赤城」〔註 23〕，把小小的天姥山誇張得極其高大。這樣誇大描寫時間的漫長和空間的闊大，構成了李白詩歌壯闊宏偉的境界。當然，李白也使用縮小的誇張把漫長的時間縮短，把闊大的空間變小。「君不見高堂明鏡悲白髮，朝如青絲暮成雪」〔註 24〕，就把人漫長的一生縮小爲如朝夕之間的短暫；「黃河捧土尚可塞，北風雨雪恨難裁」〔註 25〕，就把寬闊奔騰蜿蜒曲折的黃河說得來一捧土就可塞住。由此我們可以看出，李白的詩歌寫時空，往往是根據主觀抒情的需要，採用變形的手法，改變時間的速度和空間的大小，以顯示他的「主觀時間」和「主觀空間」，來抒寫他的豪邁情懷。

李白不僅嘴上大言，而且行動上也大手大腳，用錢用物極爲灑脫，常常一擲千金。其《上安州裴長史書》就云：「囊昔東遊維揚，不逾一年，散金三十餘萬。」其《自漢陽病酒歸寄王明府》也說：「莫惜連船沽美酒，千金一擲買春芳。」他飲「斗十千」的「金樽清酒」，食「值萬錢」的「玉盤珍饈」，不時還「黃金白璧買歌笑」。爲了消愁，他連「五花馬，千金裘」也要「呼兒將出換美酒」。

然而，在當時，一些人對李白的大言，是不屑一顧的，甚至冷笑對之。正如李白自己所說「見余大言皆冷笑」，「苦笑我誇誕」，「吟詩作賦北窗裏，萬言不值一杯水。世人聞此皆掉頭，有如東風射馬耳」〔註 26〕。大言又往往和狂妄聯繫在一起，人們對李白的狂傲也是看不順眼的。李白《醉後答丁十

〔註 19〕 《贈裴十四》，《李太白全集》，第 487 頁。

〔註 20〕 《答王十二寒夜獨酌有懷》，《李太白全集》，第 910 頁。

〔註 21〕 《結襪子》，《李太白全集》，第 253 頁。

〔註 22〕 《寄韋南陵冰》，《李太白全集》，第 670 頁。

〔註 23〕 《夢遊天姥吟留別》，《李太白全集》，第 705 頁。

〔註 24〕 《將進酒》，《李太白全集》，第 179 頁。

〔註 25〕 《北風行》，《李太白全集》，第 215 頁。

〔註 26〕 《答王十二寒夜獨酌有懷》，《李太白全集》，第 910 頁。

八以詩譏予搥碎黃鶴樓》詩就說：「一州笑我爲狂客，少年往往來相譏。」

　　儘管如此，李白用大言誇飾的手法，配合壯美的比喻、迥落天外的想像，在詩中描寫了吞吐群星、包孕日月的瑰奇宏廓的藝術境界，表現出他寬闊的胸懷、雄偉的氣魄和豪放不羈的性格，抒發了他的豪邁情懷，形成了他豪放飄逸的詩歌風格。

　　李白爲何喜好大言呢？原因是複雜的，也是多方面的，但究其大端，主要有以下幾方面的原因。

　　首先，跟李白的個性氣質緊密相關。

　　陳寅恪、詹鍈等人根據李白的相貌特異，又習夷禮，愛流浪，曾經草答蕃書，並且其豪俠之風與中華的傳統文人不類，認爲他「生於西域」，「本爲西域胡人」，「至中國方改姓李也」〔註27〕。如果李白眞是胡人，那麼胡人大多具有驃悍粗曠的氣質和雄豪壯勇的氣概，做事勇敢豪爽，說話自信誇飾。李白又具有濃厚的浪漫氣質，而具有浪漫氣質的人通常對自己的才能和識見有高度的自信，說話往往誇大其詞，虛妄不實。李白爲人「慷慨自負，不拘常調，器度宏大」〔註28〕，放誕不羈，因而說話往往不同於常人，大言誇誕，大話連篇，與實際「大有徑庭，不近人情焉」〔註29〕。

　　其次，與唐代的社會風氣密切相關。

　　唐代經濟繁榮，國力強盛，唐人往往自信，即所謂財大氣粗。因此唐人大多說話誇飾，愛用豪壯之語，遂形成大言的社會風氣。翻檢新舊《唐書》，就會發現唐代好大言的人很多。除了前面提到的李泌、李元平以外，像著名的邊塞詩人高適，就「喜言王霸大略，務功名，尙節義」，「然言過其術」〔註30〕。張浚「倜儻不羈，涉獵文史，好大言，爲士友之所擯棄」〔註31〕。熊望「登進士第……有口辯，往往得遊公卿間，率以大言詭意，指抉時政。既由此而得進士第，務進不已」〔註32〕。就連杜甫這樣現實的詩人，受到時代風氣的薰染，也「放曠不自檢，好論天下大事，高而不切」〔註33〕。杜甫也對

〔註27〕　陳寅恪《李太白氏族之疑問》，《清華學報》1935年第10卷第1期。
〔註28〕　范傳正《唐左拾遺翰林學士李公新墓碑並序》，《李太白全集》，第1461頁。
〔註29〕　《莊子・逍遙遊》，陳鼓應《莊子今注今譯》，中華書局1983年版，第21頁。
〔註30〕　《舊唐書・高適傳》，中華書局1975年版，第3331頁。
〔註31〕　《舊唐書・張浚傳》，中華書局1975年版，第4656頁。
〔註32〕　《舊唐書・熊望傳》，中華書局，1975年版，第4108頁。
〔註33〕　《新唐書・杜甫傳》，中華書局1975年版，第5736頁。

自己的才華極爲自負：「賦料揚雄敵，詩看子建親。李邕求識面，王翰願卜鄰。自謂頗挺出，立登要路津。」〔註34〕有時甚至連屈原、賈誼、曹植、劉楨這樣的人物都不放在眼裏：「氣劘屈賈壘，目短曹劉牆。」其它人物更不用說了：「脫略小時輩，結交皆老蒼。飲酣視八極，俗物都茫茫。」〔註35〕「多茫茫」，指看不見，其實就是不放在眼裏，有「眼高四海空無人」之意。李白置身於這樣的社會風氣中，難到不受影響嗎？

再次，跟莊子以大爲美審美觀的影響密不可分。

我們知道，莊子以大爲美，特別崇尙壯大美，這樣的審美觀是由他的哲學思想決定的。莊子哲學思想的核心是「道」，而他認爲「道」是永恒的、崇高的、絕對大的。《莊子・天地》云：「夫道，覆載萬物者也，洋洋乎大哉！」《莊子・大宗師》也說：「夫道有情有信，無爲無形……在太極之先而不爲高，在六合之下而不爲深，先天地生而不爲久，長於上古而不爲老。」在莊子看來，「道」無所不在，無所不包，囊括宇宙，充塞天地，在時間和空間上是無窮的。與此相關，莊子認爲美也具有無限性，最高的美是囊括整個宇宙、無比廣大的。「天地有大美而不言」〔註36〕，「夫天地者，古之所大也，而黃帝、堯、舜之所共美也」〔註37〕。從莊子對茫茫無際、闊大無邊的天地大加讚美可以看出，莊子追求的是無限之美，認爲美是崇高的、壯大的，不應該局限在某個狹窄的範圍內。《莊子》一書用想像誇張的手法，塑造了許多奇特不凡、崇高宏大的形象，如《逍遙遊》中其背「不知其幾千里」，「其翼若垂天之雲」，「水擊三千里，摶扶搖而上者九萬里」的大鵬；「其名爲鯤，鯤之大，不知其幾千里也」的北溟巨魚；「八千歲爲春，八千歲爲秋」的大椿；「五百歲爲春，五百歲爲秋」的神龜；「其大若垂天之雲」的氂牛等。還有《人間世》中「其大蔽數千牛，絜之百圍，其高臨山，十仞而後有枝，其可以爲舟者旁十數」的櫟社樹；《外物》中任公子「爲大鈎巨緇，五十犗以爲餌，蹲於會稽，投竿東海」所釣的「鷙揚而奮鬐，白波如山，海水震蕩，聲侔鬼神，憚赫千里」的大魚。

李白篤信道教，對道教經典《莊子》極爲喜好。他自稱「五歲誦六甲，

〔註34〕 《奉贈韋左丞丈二十二韻》，浦起龍《讀杜心解》中華書局 1961 年版，第 4 頁。
〔註35〕 《壯遊》，浦起龍《讀杜心解》中華書局 1961 年版，第 160 頁。
〔註36〕 《莊子・知北遊》，陳鼓應《莊子今注今譯》，中華書局 1983 年版，第 563 頁。
〔註37〕 《莊子・天道》，陳鼓應《莊子今注今譯》，中華書局 1983 年版，第 345 頁。

十歲觀百家」〔註38〕。「百家」，自然包括道家的《莊子》。他的《贈宇文太守兼呈崔侍御》詩說：「過此無一事，靜談《秋水篇》。」說的是他閒暇無事時就談論莊子的《秋水篇》。李白在其《大鵬賦》中還高度讚美了莊子及其《逍遙遊》：「南華老仙，發天機於漆園，吐崢嶸之高論，開浩蕩之奇言，徵志怪於齊諧，談北溟之有魚，吾不知其幾千里，其名曰鯤。」受莊子審美情趣的影響，李白也特別崇尚壯大之美。他喜歡直接借用莊子筆下的一些雄偉巨大的形象。在《上李邕》詩中，他特地借《莊子·逍遙遊》中的大鵬形象自喻：「大鵬一日同風起，扶搖直上九萬里。假令風歇時下來，猶能簸卻滄溟水。」在《古風》三十三中，他借用《莊子·逍遙遊》中「身長數千里」的北溟巨魚。他還在詩中化用《莊子·外物》中任公子東海釣巨魚的故事，《贈從弟南平太守之遙二首》其一云：「少年不得意，落魄無安居。願隨任公子，欲釣吞舟魚。」其《猛虎行》云：「我從此去釣東海，得魚笑寄情相親。」他喜歡在詩中描繪瑰奇宏廓的境界，以壯美的意境抒發豪邁的情思。他還特別喜歡《莊子·逍遙遊》中提到的愛說大話的楚狂接輿，並曾以楚狂自稱：「我本楚狂人，《鳳歌》笑孔丘。」〔註39〕楚狂接輿是楚國隱士，姓陸，名通，字接輿，與孔子同時，莊子在《逍遙遊》中謂其說話「大而無當，往而不返。吾驚怖其言，猶河漢而無極也；大有徑庭，不近人情焉」。

第四，李白好大言還受到縱橫家說辭鋪張揚厲、危言聳聽的影響。

劉全白《唐故翰林學士李君碣記》稱李白「性倜儻，好縱橫術」。楊天惠《彰明逸事》說李白在蜀中時「隱居戴天大匡山，往來旁郡，依潼江趙徵君蕤。蕤亦節士，任俠有氣，善為縱橫學，著書號《長短經》。太白從學歲餘」。多年以後，李白都還深深思念這位善為縱橫學的老師，寫有《淮南臥病書懷寄蜀中趙徵君蕤》一詩。可見，李白受縱橫學影響之深。

戰國時期的縱橫家最擅長縱橫之學、長短之術。而縱橫家為了增加說辭的力度，以取得富貴地位，遊說人主時大多喜好鋪陳其事，誇大其詞，常常虛妄浮誇，聳人聽聞。章學誠《文史通義·詩教上》就說：「縱橫之學，本於古者行人之官。……其辭敷張而揚厲，變其本而加恢奇焉。」宋濂《尊盧沙》也云：「戰國之時，士多大言無當，然往往藉是以謀利祿。」請看《戰國策·齊策一》中，縱橫家蘇秦向齊宣王盛讚齊國的強盛、臨淄的富實：

〔註38〕《上安州裴長史書》，《李太白全集》，第 1243 頁。
〔註39〕《廬山謠寄盧侍御虛舟》，《李太白全集》，第 677 頁。

> 齊地方二千里，帶甲數十萬，粟如丘山。齊車之良，五家之兵，
> 疾如錐矢，戰如雷電，解如風雨。即有軍役，未嘗倍太山、絕清河、
> 涉渤海也。臨淄之中七萬戶，……甚富而實，其民無不吹竽、鼓瑟、
> 擊筑、彈琴、鬥雞、走犬、六博、蹋踘者；臨淄之途，車轂擊，人
> 肩摩，連衽成帷，舉袂成幕，揮汗成雨；家敦而富，志高而揚。

說辭綜合運用了鋪敘、誇張、比喻、排比、對偶等修辭手法，極盡鋪陳誇飾之能事。在《戰國策・楚策一》中，縱橫家張儀向楚王誇耀秦國的強盛，也是極力鋪陳誇張，故意危言聳聽。

對於蘇秦、張儀這樣的縱橫家，李白是極為傾慕崇拜的。他在《笑歌行》中稱讚蘇秦、張儀的遊說：「張儀所以只掉三寸舌，蘇秦所以不墾二頃田。」當永王李璘徵召他時，他以為會實現多年的理想，能像蘇秦那樣取得黃金、相印，志滿意得地調侃妻子宗氏：「出門妻子強牽衣，問我西行幾日歸。來時倘佩黃金印，莫見蘇秦不下機。」〔註40〕李白除了學習縱橫家的長短之術，更傾心於縱橫家的鋪陳誇張手法，常在詩中把縱橫家的誇誕手法同他天馬行空般的想像結合起來，寫出聳人聽聞、震撼人心的詩句：「南風吹歸心，飛墮酒樓前。」〔註41〕「黃河西來決崑崙，咆哮萬里觸龍門。」〔註42〕「爾來四萬八千歲，不與秦塞通人煙。」「蜀道之難，難於上青天。」〔註43〕

第五，李白好大言還受到辭賦家虛辭濫說、騁辭誇飾的影響。

《文心雕龍・夸飾》云：

> 自宋玉、景差，夸飾始盛。相如憑風，詭濫愈盛。故上林之館，
> 奔星與宛虹入軒；從禽之盛，飛廉與焦明俱獲。及揚雄《甘泉》，酌
> 其餘波，語瓖奇則假珍於玉樹，言峻極則顛墜於鬼神。

劉勰認為：從戰國末期的宋玉、景差起，誇飾的風氣開始盛行。司馬相如乘著這一風氣，怪誕浮誇更加厲害。所以，他描寫上林苑宮館之高，說飛奔的星星流進房門，彎曲的長虹拖於欄杆；形容獵取的禽鳥眾多，說神鳥龍雀和狀似鳳凰的焦明都一同擒獲。到揚雄作《甘泉賦》，繼承他的這種手法，說樹木的珍奇，就借言玉樹；講宮殿極高峻，就說鬼神也上不去而要墜跌下來。

〔註40〕 《別內赴徵三首》之二，《李太白全集》，第 1187 頁。
〔註41〕 《寄東魯二稚子》，《李太白全集》，第 673 頁。
〔註42〕 《公無渡河》，《李太白全集》，第 160 頁。
〔註43〕 《蜀道難》，《李太白全集》，第 162 頁。

可見，騁辭誇飾、恢弘巨麗是漢大賦的主要特點。漢賦大家司馬相如確實多「虛辭濫說」〔註44〕，揚雄作賦也「尚泰奢，麗誇詡」〔註45〕。而李白和司馬相如、揚雄都是蜀人，是同鄉，李白對二人極爲傾慕、推崇。李白小時父親讓他誦讀《子虛賦》，「私心慕之」，後來，就去成都參觀司馬相如的琴臺、揚雄的故宅，還去觀看司馬相如「大誇」的雲夢。受辭賦家騁辭誇誕的影響，李白在詩中也極力誇飾，他描寫蜀道山峰的高峻，說「上有六龍回日之高標」，連羲和拉太陽的六龍車也過不去，人在山上行走可以「捫參歷井」。李白還常在詩裏化用辭賦家的誇飾語，其《贈張相鎬二首》其一云：「諸侯拜馬首，猛士騎鯨鱗。」就化用揚雄《羽獵賦》中的「乘巨鱗，騎鯨魚」。然而，「青出於藍而勝於藍」，也許李白覺得司馬相如、宋玉等人的騁辭誇張還不夠，以至後來把他們都不放在眼裏了，當然，這仍顯示出他的大言，他在《贈王判官時余歸隱居廬山屏風疊》詩裏就說：「一度浙江北，十年醉楚臺。荊門倒屈宋，梁苑傾鄒枚。」「倒屈宋」、「傾鄒枚」，猶言壓倒屈原宋玉、壓倒鄒陽枚乘。其《贈張相鎬二首》其二更大言不慚：「十五觀奇書，作賦凌相如。」特別需要指出的是，李白欽羨司馬相如，也跟司馬相如寫作誇飾的大賦得到富貴、地位緊密相關。他在《白頭吟》其一中對「相如作賦得黃金」津津樂道，其二中表現出對「相如去蜀謁武帝，赤車駟馬生輝光」的傾倒。

最後，李白好大言，與《大言賦》《小言賦》的影響和南朝至唐代流行寫作大言詩、小言詩的風氣也有關係。

大言詩和小言詩屬於雜體。清代沈德潛《說詩晬語》卷下云：「雜體有大言、小言、兩頭纖纖、五雜組、離合姓名、五平、五仄、十二辰、迴文等項。」大言和小言，《莊子》一書已經談及，《莊子·齊物論》云：「大言炎炎，小言詹詹。」陳鼓應譯爲：「大言氣焰盛人，小言則論辯不休。」〔註46〕而《莊子·則陽》所云：「有國於蝸之左角者，曰觸氏；有國於蝸之右角者，曰蠻氏。時相與爭地而戰，伏屍百萬；逐北，旬有五日而後反。」這似乎才有後來的小言、大言之意，但《莊子》這裏仍未說明。繼而傳說宋玉寫有《大言賦》和《小言賦》，二賦所說的「大言」、「小言」，才明顯是指用誇張的手法，把事物或擴大或縮小。爲了說明問題，特迻錄較短的《大言賦》：

〔註44〕 《史記·司馬相如列傳》，中華書局1959年版，第3073頁。
〔註45〕 《漢書·揚雄傳》，中華書局1962年版，第3541頁。
〔註46〕 陳鼓應《莊子今注今譯》，中華書局1983年版，第45頁。

　　楚襄王與唐勒、景差、宋玉遊於陽雲之臺。王曰：「能爲寡人大言者，上座。」王因稱曰：「操是太阿剝一世，流血衝天，車不可以屬。」至唐勒曰：「壯士憤兮絕天維，北斗戾兮太山夷。」至景差曰：「校士猛毅皋陶嘻，大笑至兮摧復思。鋸牙雲，猗甚大，吐舌萬里唾一世。」至宋玉曰：「方地爲車，圓天爲蓋，長劍耿耿倚天外。」王曰：「未可也。」玉曰：「併吞四夷，飲枯河海；跋越九州，無所容止；身大四塞，愁不可長。據地盼天，迫不得仰。」

到了南朝梁代，才出現了大言詩和小言詩，以至形成寫作風氣。昭明太子蕭統就寫有《大言》和《小言》詩，沈約、王錫、王規、張纘、殷鈞都寫有《大言應令詩》和《細言應令詩》。大言詩和小言詩近於遊戲，主要用誇張的手法，把小的東西誇大或大的東西縮小。如蕭統的《大言》云：

　　觀修鵾其若轍鮒，視滄海之如濫觴。經二儀而跼蹐，跨六合以翺翔。

蕭統的《小言》云：

　　坐臥鄰空塵，憑附譙蟭翼。越咫尺而三秋，度毫釐而九息。

沈約的《大言應令詩》云：

　　隘此大泛庭，方知九垓局。窮天豈彌指，盡地不容足。

沈約的《細言應令詩》云：

　　開館尺棰餘，築榭微塵裏。蝸角列州縣，豪端建朝市。

到了唐代，仍然流行創作大言詩和小言詩，權德輿、雍裕之等人都寫過《大言》《小言》詩，顏眞卿、皎然、李萼、張薦等人寫有《七言大言聯句》和《七言小言聯句》。李白是個對新異、怪奇特別敏感的人，對於大言詩、小言詩的怪誕、新奇和所用擴大的誇張、縮小的誇張一定特別感興趣，雖然沒有看到他寫有題爲《大言》《小言》的詩，但流風所致，仿傚運用，在詩中就寫出了類似大言詩和小言詩的詩句。如大言的黃河：「黃河萬里觸山動，盤渦轂轉秦地雷。」〔註47〕「黃河西來決崑崙，咆哮萬里觸龍門。」「黃河之水天上來，奔流到海不復回。」如小言的黃河：「黃河捧土尙可塞，北風雨雪恨難裁。」「西嶽崢嶸何壯哉，黃河如絲天際來。」李白寫《蜀道難》，大言：「蜀道之難，難於上青天。」陸暢就寫《蜀道易》，「小言」：「蜀道易，易於履平地。」〔註48〕李白對宋玉非常仰慕，也特別熟悉《大言賦》《小言賦》，詩賦中就直

〔註47〕 《西岳雲臺歌送丹丘子》，《李太白全集》，第 381 頁。
〔註48〕 陸暢《蜀道易》，《全唐詩》卷 478，中華書局 1960 年版，第 14 冊第 5446 頁。

接化用了《大言賦》的語句。其《司馬將軍歌》中的「手中電曳倚天劍，直斬長鯨海水開」；其《臨江王節士歌》中的「壯士憤，雄風生，安得倚天劍，跨海斬長鯨」；其《大獵賦》中的「於是擢倚天之劍，彎落月之弓」；都是從《大言賦》中的「方地爲車，圓天爲蓋，長劍耿耿倚天外」化出。李白《上雲樂》中的「北斗戾，南山摧，天子九九八十一萬歲，長傾萬年杯」，也是從《大言賦》中的「北斗戾兮泰山夷」化出。其實，李白受宋玉《大言賦》和《小言賦》的影響，中唐詩人孟郊早就清楚地看到了，他在《贈鄭夫子魴》詩中就說：「宋玉逞大句，李白飛狂才。」

（「中國唐代文學學會第十一屆年會暨唐代文學國際學術研討會」論文，載《唐代文學研究》第 10 輯，廣西師範大學出版社 2004 年版，收入本書時有改動）

杜甫詩中的宴飲音樂

　　在杜甫詩歌中，有很多描寫宴飲的場面，或揭露統治者的奢侈生活，或寫自己求官而陪侍達官貴人的宴娛。所寫宴飲，觥籌交錯，輕歌曼舞，多有音樂伴奏。然而極為特別的是，杜甫在描寫這些宴飲嬉樂的音樂時，往往用「悲管」、「哀絲」、「簫管哀吟」來形容。請看下面的詩歌：

《自京赴奉先縣詠懷五百字》（以下簡稱《五百字》）：

　　　　況聞內金盤，盡在衛霍室。中堂有神仙，煙霧蒙玉質。

　　　　暖客貂鼠裘，悲管逐清瑟。勸客駝蹄羹，霜橙壓香橘。

《麗人行》：

　　　　就中雲幕椒房親，賜名大國虢與秦。

　　　　紫駝之峰出翠釜，水精之盤行素鱗。

　　　　犀箸厭飫久未下，鸞刀縷切空紛綸。

　　　　黃門飛鞚不動塵，御廚絡繹送八珍。

　　　　簫管哀吟感鬼神，賓從雜沓實要津。

《城西陂泛舟》：

　　　　青蛾皓齒在樓船，橫笛短簫悲遠天。

　　　　春風自信牙檣動，遲日徐看錦纜牽。

　　　　魚吹細浪搖歌扇，燕蹴飛花落舞筵。

　　　　不有小船能蕩槳，百壺哪送酒如泉。

所引《五百字》詩句寫楊國忠兄妹的豪奢宴飲，他們穿著貂皮大衣，吃著駝蹄羹、霜橙香橘，觀看衣裳輕飄如薄霧、肌膚白皙如美玉的女樂的歌舞表演。然而，令人費解的是杜甫描寫他們宴娛時演奏的音樂，卻是「悲管逐清瑟」，

用「悲」來形容。《麗人行》的幾句描寫楊國忠兄妹曲江遊玩的豪華宴飲，也寫到了酒宴音樂，而杜甫描寫簫管的聲音卻用「哀吟」來形容。《城西陂泛舟》一詩，浦起龍《讀杜心解》卷四謂：「意蓋在於諸楊也。……結云『不有』、云『哪送』，乃指點之詞，言只此供宴之需，費幾許舟船如織，猶所云『御廚絡繹送八珍』也。與《麗人行》參看自得。諸楊於曲江、華清，嬉遊無度，則西陂可以例推。」此詩寫楊國忠兄妹的樓船宴飲，杜甫描寫酒宴音樂仍是「橫笛短簫悲」。

杜甫不僅描寫楊國忠兄妹等達官貴人的宴飲音樂用「悲」、「哀」來形容，而且描寫自己陪侍的宴飲遊樂，其音樂也是「怨笛」、「哀絲」。如《陪王侍御同登東山最高頂宴姚通泉晚攜酒泛江》云：「東山高頂羅珍饈，下顧城郭銷我憂。清江白日落欲盡，復攜美人登綵舟。笛聲憤怨哀中流，妙舞逶迤夜未休。」《同李太守登歷下古城員外新亭》云：「芳宴此時具，哀絲千古心。主稱壽尊客，筵秩宴北林。」

杜甫詩歌描寫的宴飲音樂多爲「悲管」、「哀絲」，歷代注家大多沒有注意到這一現象並給以解釋，如仇兆鼇的《杜詩詳注》、錢謙益的《錢注杜詩》、浦起龍的《讀杜新解》、蕭滌非的《杜甫詩選注》等等。只有朱東潤主編的《中國歷代文學作品選》對這一現象有所關注，在《五百字》的「悲管逐清瑟」一句下注云：「意指絲竹並奏，絃管齊鳴。悲，淋漓酣暢的意思。」儘管只是解釋了句意，而且把「悲」釋爲「淋漓酣暢」也不知所據，但編者注意到了這一問題卻是非常難得的。另外，筆者還檢索了歷年研究杜甫詩歌的論文，也沒有發現論及這一問題的文章。

其實，杜甫描寫宴飲音樂，常寫「悲管」「哀絲」，多爲悲聲怨調，與我國古代以悲爲美的音樂以及清越哀怨的清商樂密切相關。

遠在上古時代，人們就極爲推崇「悲善」的音樂。王充《論衡·書虛篇》就說：「唐虞時，夔爲大夫，性知音樂，調聲悲善。當時人日：『調樂如夔，一足矣。』世俗傳言：夔一足。」著名樂師夔演奏音樂的突出特點是「調聲悲善」，以至於與他同時的人說：像夔把音樂調弄得這麼好，只需他一人，就足以滿足人們的音樂需求了。到了戰國時期，楚國的音樂明顯表現出以悲爲美的特點。宋玉在《對楚王問》中提到的「國中屬而和者數千人」的《下里》、《巴人》，「國中屬而和者數百人」的《陽阿》、《薤露》，「國中屬而和者不過數十人」的《陽春》、《白雪》，大多是悲哀的喪歌。《下里》，「死者歸蒿里，

葬地下，故日下里」〔註1〕。《薤露》，「喪歌也。……言人命如薤上之露，易晞滅也」〔註2〕。《陽春》，雖然沒有明確的記載說是喪歌，但也屬於悲傷的曲調，「《樂府解題》曰：『《陽春》，傷也。』」〔註3〕到了漢代，漢高祖劉邦特別喜歡楚聲。《漢書·禮樂志》云：「高祖樂楚聲，故《房中樂》，楚聲也。孝惠二年，使樂府令夏侯寬備其簫管，更名《安世樂》。」劉邦衣錦還鄉時所唱《大風歌》，慷慨傷懷，是典型的楚樂風格。劉邦的「戚夫人善鼓瑟擊筑，帝常擁夫人倚瑟而絃歌，畢，每泣下流漣」〔註4〕。此後，漢代的帝王大都喜歡楚地的悲音哀聲。「漢桓帝聞楚琴，悽愴傷心，倚扆而悲，慷慨長息，曰：『善哉乎，爲琴若此，一而已足矣！』順帝上恭陵，過樊衢，聞鳥鳴而悲，泣下橫流，曰：『善哉，鳥鳴！』使左右吟之，曰：『使絲聲若是，豈不樂哉！』夫是謂以悲爲樂者也」〔註5〕。王莽篡位後，「初獻新樂於明堂、太廟」，樂聲也是「清厲而哀」〔註6〕。由於統治者的喜好，上行下效，悲音哀聲在漢代民間也極爲流行。如《古詩十九首》中的《西北有高樓》云：「上有絃歌聲，音響一何悲。……清商隨風發，中曲正徘徊。一唱再三歎。慷慨有餘哀。」產生於東漢末年而託名李陵的詩也云：「悲意何慷慨，清歌正激揚。」

　　魏晉六朝的音樂仍然以悲爲美。錢鍾書《管錐編》云：「奏樂以生悲爲善音，聽樂以能悲爲知音。漢魏六朝，風尙如斯。」〔註7〕李澤厚、劉綱紀《中國美學史（魏晉南北朝編）》也云：「自楚漢以來至魏晉，音樂越來越傾向於表現哀，而不是表現樂。人們對音樂的欣賞，也日益以它能表現哀，使人流淚感動爲貴。」〔註8〕確實如此，魏晉六朝的宴飲音樂就多爲悲聲哀調，詩歌中多有描寫。如曹丕《善哉行》：

　　　　今日樂相樂，酣飲不知醉。

　　　　悲絃激新聲，長笛吐清氣。

　　　　絃歌感人腸，四坐皆歡悅。

〔註1〕　《漢書·田延年傳》注引孟康語，中華書局1975年版，第3666頁。

〔註2〕　崔豹《古今注》卷中，叢書集成初編本。

〔註3〕　郭茂倩《樂府詩集》卷五十，中華書局1979年版，第730頁。

〔註4〕　葛洪《西京雜記》卷一，《燕丹子　西京雜記》，中華書局1985年版。

〔註5〕　阮籍《樂論》，《全上古三代秦漢三國六朝文》，中華書局1985年版，第1314頁。

〔註6〕　《漢書·王莽傳》，中華書局1975年版，第4154頁。

〔註7〕　錢鍾書《管錐編》，中華書局1979年版，第3冊第947頁。

〔註8〕　李澤厚、劉綱紀《中國美學史（魏晉南北朝編）》，安徽文藝出版社1999年版，第197頁。

曹植《正會詩》：

> 初歲元祚，吉日惟良。乃爲嘉會，宴此高堂⋯⋯
>
> 珍膳雜沓，充溢圓方。笙磬既設，箏瑟俱張。悲歌屬響，咀嚼清商。

王粲《公讌詩》：

> 高會君子堂，並坐蔭華榱。嘉肴充圓方，旨酒盈金罍。
>
> 管絃發徽音，曲度清且悲。合坐同所樂，但覺行杯遲。
>
> 常聞詩人語，不醉且無歸。今日不極歡，含情慾待誰？

劉宋朝何承天《遠期篇》：

> 高門啓雙闈，長筵列嘉賓。中堂舞六佾，三廂羅樂人。
>
> 簫管激悲音，羽毛揚華文。金石響高宇，絃歌動梁塵。

這裏所引的四首詩，都描寫的是高堂酒宴、酣飲歡樂的場面，而酒宴演奏的音樂卻是「悲弦」、「悲歌」、「悲音」，但宴飲者聽了之後，非但沒有食不下箸，悲泣流淚，傷心欲絕，反而是「四坐皆歡悅」，「合坐同所樂」。尤其值得注意的是王粲詩所云「管絃發徽音，曲度清且悲」，所謂「徽音」，指美好的樂音，而美好的樂音卻清越悲哀，明確表示是以悲爲美。我國古人很早就認識到欣賞悲音怨調能獲得審美愉悅。王充在《論衡·自紀篇》中就說：「悲不共聲，皆快於耳。」曹丕《與吳質書》也云：「高談娛心，哀箏順耳。」現代音樂美學研究者對以悲爲美的音樂美學闡述得更是清楚深透：「作爲音樂美學中一種重要價值概念的『悲』，並非僅僅指情感意義上的悲哀之悲，而是指一種特殊的審美經驗。它既包含了音樂悲愴動人的悲，也包含爲悲愴所動的同時所感受到的一種審美愉悅。正如愛杜阿德·漢斯立克（Eduard Hanslick）所說：如果悲哀的音樂『都有使我們悲傷的力量——那誰還想活下去呢？⋯⋯即使他把整個世紀所有痛苦作爲它的題材，我們也還是感到內心的愉快』。漢斯立克認爲這種悲傷是音樂所喚起的一種特殊的審美愉快。」〔註9〕

魏晉六朝的音樂主要是清商樂，而清商樂是承襲漢魏中原民間的相和歌，又吸取當時的「江南吳歌」、「荊楚西聲」而發展起來的。漢魏的相和三調是清商樂最初的曲調。《樂府詩集·清商曲辭序》云：「清商樂，一曰清樂。清樂者，九代之遺聲。其始即相和三調是也，並漢魏以來舊曲，其辭皆古調及魏三祖所作。」所謂相和三調，指漢魏的平調、清調、瑟調，後又稱清商

〔註9〕 朱狄、錢碧湘《「悲」：音樂審美範疇的中西比較》，《學術月刊》1993 年第 5 期，第 9 頁。

三調，其中的瑟調為楚聲。《魏書・樂志》云：「初，高祖討淮、漢，世宗定壽春，收其聲伎。得江左所傳中原舊曲，……及江南吳歌、荊楚西聲，總謂清商。」「荊楚西聲」當然就是楚聲。楚聲的代表樂器是瑟，楚人常用瑟為歌舞伴奏，如屈原《九歌・東皇太一》云：「疏緩節兮安歌，陳竽瑟兮浩倡。」《遠遊》云：「使湘靈鼓瑟兮。」故楚聲之調也叫瑟調。古人認為瑟聲悲，《漢書・郊祀志》就云：「泰帝使素女鼓五十絃瑟，悲，帝禁不止，故破其瑟為二十五絃。」因為楚聲大多以悲為美，而清商樂中又多楚聲瑟調，自然也就多悲音怨曲了。清商樂以商調為主，古人還認為商調淒涼悲傷。因為古人把宮、商、角、徵、羽五聲以配四時（春、夏、季夏、秋、冬），商屬秋。《禮記・月令》即云：「孟秋之月，其音商，律中夷則。」「商，傷也，物既老而悲傷。」〔註10〕儘管這種觀點不科學，但古人大多這樣認為。其實，「所謂清商樂調，即因其包含商、徵、羽三聲，同屬清音，且以商聲首位故名。雖三聲之間有時也相同相異，相變相成，如《淮南子・墜形訓》所說『變徵生商，變商生羽』，但清音的定性特點基本上是哀怨激越。」〔註11〕清商樂的主要樂器是絲竹，即箏、瑟、簫、竽之類，所謂「絲竹更相和」。古人認為不同的樂器發出不同的聲音，表達不同的情感，而絲竹的聲音悲怨哀傷。《禮記・樂記》就說「絲聲哀」，鄭玄注云：「哀，怨也，謂聲音之體婉妙，故哀怨也。」古人詩句也謂「管絃發徵音，曲度清且悲」，「金樽訴行遲，絲竹聲大悲」〔註12〕。大概絲絃竹管不似鍾磬鼓鼙等打擊樂器的音聲低沉急宕，而長於奏出哀怨激清的樂律。清商樂哀怨淒涼，一直到唐宋時期，人們都這樣認為，宋詞詞調有《清商怨》，就是最好的說明。

　　哀怨激越的清商樂能夠在魏晉六朝廣泛流行，並成為主流音樂，有賴於魏氏三祖（武帝曹操、文帝曹丕、明帝曹叡）的推崇和扶植。南朝宋王僧虔就指出：「今之清商，實由銅雀，魏氏三祖，風流可懷，京、洛相高，江左彌重。」〔註13〕曹氏父子生活的時代，「世積亂離，風衰俗怨」，人們心情悲涼淒苦。這種心情聽到悲傷哀怨之音，自然就會引起共鳴，因而他們特別推崇

〔註10〕 歐陽修《秋聲賦》，《宋文選》，人民文學出版社 1980 年版，上冊第 69 頁。

〔註11〕 魏宏燦《論曹操對音樂文化的貢獻》，《中央音樂學院學報》1999 年第 2 期，第 40 頁。

〔註12〕 傅玄《卻東西門行》，逯欽立編《先秦漢魏晉南北朝詩》，中華書局 1983 年版，第 560 頁。

〔註13〕 《宋書・樂志》，中華書局 1974 年版，第 553 頁。

哀怨激越的清商樂。他們下令建造銅雀臺，設立清商署，廣泛網羅音樂人才，招徠文士，全面致力於清商樂與清商三調歌詩的發展。經過曹氏父子的大力提倡，積極扶持，清商樂終於成爲上流社會的正統音樂，以後的宋、齊、梁、陳極爲流行並且宮廷還設置有相應的管理機構。

到了隋唐時代，繁聲促節的燕樂盛行，宴飲音樂多用之。燕樂，又作「宴樂」、「讌樂」，本義就是指宴會時演奏的音樂，先秦時期的燕樂就是指周天子及諸侯宴飲時所用的音樂，而隋唐時期的燕樂，是具有民族特色的新音樂。夏承燾、吳熊和《讀詞常識》云：「燕樂就是以這種大量傳入的胡樂爲主體的新樂，其中自然也包含著一部分民間音樂的成分。」〔註 14〕游國恩等主編的《中國文學史》說：燕樂「是周、隋以來從西北各民族傳入」，「同時包含有魏晉南北朝以來流行的清商樂」〔註 15〕。燕樂的主要部分是西涼樂和龜茲樂，演奏主要用琵琶、觱篥、笙、笛、羯鼓等樂器。關於燕樂與清商樂的關係，學術界存在著不同的看法。六十年代，夏承燾、陰法魯等先生認爲雅樂衰落後清樂興起，清樂衰落後燕樂興起，但因觀點比較籠統而招致異議；也有學者認爲燕樂包含清商樂，如游國恩等主編的《中國文學史》。到了八、九十年代，學者大多認爲燕樂包含清商樂，如音樂史專家丘瓊蓀先生就認爲隋唐燕樂包括中國樂和外來樂，「中國樂以清樂、法曲爲主，外族樂種類很多，以龜茲樂爲主」〔註 16〕。音樂史專家任半塘、王昆吾先生也認爲隋唐燕樂的主體乃是中華本土音樂，包含了清商樂〔註 17〕。然而葛曉音先生則認爲燕樂不包括清商樂：「至少在初盛唐時期，清樂和燕樂是並列的兩個樂種，燕樂並不包括清樂。」「從中唐直到唐末，《通典》和《舊唐書》皆載清樂尚存四十四曲，段安節《樂府雜錄》所列九部樂中仍有清樂部，說明清樂作爲一個獨立的樂種，雖然衰落，但至唐末尚未消亡，也沒有全部被燕樂所吸收。」〔註 18〕葛曉音先生還進一步指出：「初盛唐士大夫在日常飲宴、遊覽中用以自娛的音樂，仍多爲清商樂。」〔註 19〕筆者贊成葛曉音先生的觀點。我們翻檢文獻資

〔註 14〕夏承燾、吳熊和《讀詞常識》，中華書局 2000 年版，第 2 頁。
〔註 15〕游國恩等主編《中國文學史》，人民文學出版社 1984 年版，第 2 冊第 219 頁。
〔註 16〕丘瓊蓀《燕樂探微》，上海古籍出版社 1989 年版，第 5～6 頁。
〔註 17〕任半塘、王昆吾《隋唐五代燕樂雜言歌辭集序》，《隋唐五代燕樂雜言歌辭集》，巴蜀書社 1990 年版。
〔註 18〕葛曉音《初盛唐清樂從屬關係質疑》，《北京大學學報》1994 年第 4 期，第 94 頁。
〔註 19〕葛曉音《盛唐清樂的衰落和古樂府詩的興盛》，載《社會科學戰線》1994 年第 4 期，第 212 頁。

料就會發現，清商樂在初盛唐用作歌舞、宴飲音樂的例子也不少。如初唐詩人吳少微的《古意》云：「妙舞輕回拂長袖，高歌浩唱發清商。」初盛唐時張說的《城南亭作》云：「北堂珍重琥珀酒，庭前列肆茱萸席。長袖遲回意緒多，清商緩轉日騰波。」《新唐書·尉遲敬德傳》載：初唐時的尉遲敬德「晚節，謝賓客不與通，飭觀、沼，奏清商樂，自奉養甚厚」。此外，開元十七年（729）唐玄宗千秋節的宴飲音樂演奏的就是清樂，顧況《八月五日歌》云：「開元九年燕公說〔註20〕，奉詔聽置千秋節。丹青廟裏貯姚宋，花萼樓中宴歧薛。清樂靈香幾處聞，鸞歌鳳吹動祥雲。」天寶二年（743），李白供奉翰林時，唐玄宗和楊貴妃賞禁中牡丹，要聽新歌，遂命李白作《清平調》三章，並令梨園弟子以絲竹伴奏，玄宗親自吹玉笛以倚曲。所作清調、平調，都屬於清商樂。盛唐詩人陶峴喜聽清商樂，《全唐詩》載其小傳云：「開元中，家於崑山……嘗製三舟，一舟自載，一舟供賓客，一舟置飲饌。有女樂一部，奏清商之曲，逢山泉則窮其景物。」直到中唐時期的白居易，晚年所過閒適生活除了「一壺濁酒送殘春」以外，還有「一部清商伴老身」〔註21〕。

既然清商樂在初盛唐時期仍多用作燕享音樂，而清商樂樂律又哀怨激清，那麼，初盛唐詩人就不應只是杜甫一人描寫宴飲音樂才是悲音哀調，應該還有其他詩人這樣描寫。事實也確實如此，王勃《臨高臺》就云：「臨高臺，高臺迢遞絕浮埃。瑤軒綺構何崔嵬，鸞歌鳳吹清且哀。」宋之問《桂州三月三日》也云：「始安繁華舊風俗，帳飲傾城沸江曲。主人絲管清且悲，客子肝腸斷還續。」張說《岳州宴別潭州王熊》二首其一也云：「絲管清且哀，一曲傾一杯。」

要之，盛唐詩人杜甫在詩中描寫宴飲音樂多為悲音哀聲，常用「悲管」、「哀絲」、「簫管哀吟」來形容，與我國古代以悲為美的音樂密切相關，並且魏晉六朝流行的而初盛唐時期仍然用作宴飲音樂的清商樂，音調就哀怨激越，多是悲音怨曲。

（原載《社會科學研究》2007年第6期）

〔註20〕顧況所謂「開元九年燕公說，奉詔聽置千秋節」有誤，當是開元十七年。《全唐詩》卷27張祐《千秋樂》題下注：「開元十七年八月癸亥，明皇誕日，宴百僚於花萼樓下。百僚表請以每年八月五日為千秋節。」《舊唐書·文宗紀》云：「宰相路隨等奏：『……臣伏見開元十七年張說、乾源曜以誕日為千秋節，內外宴樂，以慶昌期，頗為得禮。』」

〔註21〕白居易《快活》，《白居易集》，中華書局1979年版，第599頁。

「青春」不是酒名

　　偶然翻閱《文史知識》1991 年第 1 期，讀到《「青春」爲酒名說》（以下簡稱《酒名說》）一文，文章認爲：杜甫的著名詩篇《聞官軍收河南河北》中，「白日放歌須縱酒，青春作伴好還鄉」兩句中的「青春」一詞，「不能釋爲『春天』或『春季』，而是一種酒名，是韓愈詩中『拋青春』酒的簡稱」。剛讀完時覺得文章見解新穎，給人耳目一新的感覺。然而，細細思之，又覺得這樣解釋牽強附會，是硬比附上去的。這兩句詩中的「青春」根本不是酒名，正是「春天」、「春季」的意思。

　　《聞官軍收河南河北》一詩，正是寫於唐代宗廣德元年（763）春天，並且，「青春」一詞與「白日」相對爲文，含意爲「春天」或「春季」，這是有出處的。《楚辭・大招》：「青春受謝，白日昭只。」王逸注云：「春，東方春位，其色青也。」也就是說，因爲春季草木茂盛，顏色青綠，所以稱之爲「青春」。後來的詩人大多這樣沿用，如江淹《山中楚辭六首》其一：「青春素景兮，白日出之藹藹。」高適《酬裴員外以詩代書》：「白日屢分手，青春不再來。」李白《寄遠十二首》其四：「青春已復過，白日忽相催。」杜甫作詩更是講究詞語的出處，正如黃庭堅《答洪駒父書》所說：「老杜作詩，退之作文，無一字無來處。」「白日放歌須縱酒，青春作伴好還鄉」兩句中的「白日」、「青春」，正是沿襲這樣的用法。

　　筆者翻檢了杜詩全集，查閱了杜甫詩中「青春」一詞的用法，發現杜甫詩中「青春」和「白日」相對爲文的共有四處（包括「白日放歌須縱酒，青春作伴好還鄉」兩句），「青春」一詞單獨使用（不與「白日」相對爲文）的也有四處，然而，這幾處的「青春」都不能釋爲「酒名」。爲了說明問題，迻錄如下：

青春猶有私，白日已偏照。(《次空靈岸》

青春波浪芙蓉園，白日雷霆夾城仗。(《樂遊園歌》)

落花遊絲白日靜，鳴鳩乳燕青春深。(《題省中壁》)

南楚青春異，暄寒早早分。(《南楚》)

浮雲不負青春色，細雨何孤白帝城。

(《崔評事弟許相迎不到應盧老夫見泥雨怯出必愆佳期走筆戲簡》)

朱紱即當隨彩鷁，青春不假報黃牛。

(《舍弟觀赴藍田取妻子到江陵喜寄三首》其一)

青春動才調，白首缺輝光。

(《送大理封主薄五郎親事不合卻赴通州主薄前閬州賢子余與主薄
平章鄭氏女子垂欲納采鄭氏伯父京書至女子已許他族親事遂停》)

這七例中的「青春」，或作「春天」講，或作「春季」解，或作「春光」釋，然而，可以肯定地說，沒有一例是「青春酒」酒名的意思。如果「青春」是酒名，那麼杜甫在其他詩中就有可能寫到，不至於只在一處提到吧！

筆者還翻檢了《全唐詩》，也查閱了唐代詩人對「青春」一詞的使用，發現唐代詩人把「青春」與「白日」相對爲文或單獨運用的也很多，爲了節省篇幅，這裏不再舉例。在唐代詩人的詩中，「青春」除了作「春天」、「春季」講之外，還有指青年時期的，也有指年齡、年歲的，也有比喻美好時光的。但是，就是沒有一例可作「酒名」講。這就清楚地說明「青春」一詞在唐代不是酒名，如果是的話，唐代詩人在詩中也應該提到。

因爲「唐人名酒多以春」，如「滎陽之土窟春，富平之石凍春，劍南之燒春」（李肇《國史補》），還有金陵春、竹葉春、梨花春、麴米春等，而韓愈《感春四首》又提到唐代有酒名「拋青春」，所以《酒名說》一文的作者，就硬把「青春作伴好還鄉」一句中的「青春」往酒名上套，硬說是韓愈詩所說「拋青春」的簡稱。《酒名說》一文在闡述了唐宋時人們常以「春」爲酒名之後，就著重說明這些酒名入詩時有「去後留前」和「去前留後」兩種方法，接著根據「去前留後」的方法推斷出「『拋青春』在入詩時可以簡稱『青春』」。但是，這樣的推斷是難以讓人信服的，因爲作者沒有直接舉出唐人詩文中「青春」爲酒名的例子來證明，而只是引用了明代詩人高啓《將進酒》中的「莫惜黃金醉青春，幾人不飲身亦貧」作例證，來說明「青春」是酒名，是「拋

青春」的簡稱。但是，用高啓這兩句詩作例證卻是不能說明問題的。因爲人們都知道，明代有酒名「青春」，不一定唐代就有酒名「青春」。並且，《酒名說》一文還根據金檀注釋高啓《將進酒》「引韓愈詩『且可勤買拋青春』，並注：『蘇東坡云：「唐人名酒多以春。」拋青春，必酒名也。』」就斷定「金檀認爲高啓詩中的『青春』即『拋青春』的簡稱」，並進一步推斷：「我認爲：杜甫詩中的『青春』也是『拋青春』的簡稱。」這也未免太武斷了。我們仔細分析金檀的注釋，就會發現金檀引用韓愈詩中的「拋青春」，只是想說明高啓《將進酒》中的「青春」是酒名，有如唐代的「拋青春」是酒名一樣，根本不是「認爲高啓詩中的『青春』即『拋青春』的簡稱」。說金檀認爲「青春」是「拋青春」的簡稱，完全是《酒名說》作者的主觀臆斷。

末了，順便一提，杜甫的《聞官軍收河南河北》寫於梓州（今四川三臺縣），韓愈的《感春四首》於唐憲宗元和元年（806）寫於江陵（今湖北江陵縣），而錢仲聯《韓昌黎詩繫年集釋》注《感春四首》認爲：「拋青春」，「蓋江陵酒名也」。江陵和梓州相距甚遠，如果「拋青春」酒從江陵運到梓州銷售，在古代交通運輸極不便利的情況下，豈不是「豆腐運成了肉價錢」？

（原載《杜甫研究學刊》2001 年第 3 期）

元稹交遊考

　　元稹的《元氏長慶集》，為之作箋釋者殊為少見，近人陳寅恪先生始有部分箋證（見《元白詩箋證稿》）。年來，筆者擬全面整理元稹詩歌，其首要工作則為考證元氏之交遊動向。元稹一生經歷了德、順、憲、穆、敬、文宗六朝，位至宰相，當時重要的政治鬥爭和文學運動都與之有牽連，有名的政治、文學人物都與之有交往。為此，先寫其交遊考。這裏選擇五人，或與時人考證有所異同。

白居易

　　元稹和白居易交誼深厚，寫有很多酬贈唱和的詩篇，人所悉知。這裏只談他倆訂交的時間。現有兩說：陳振孫《白文公年譜》〔註1〕（以下簡稱陳《譜》）謂元白相識於貞元十九年，卞孝萱《元稹年譜》〔註2〕（以下簡稱卞《譜》）從之。而朱金城《白居易年譜》〔註3〕（以下簡稱朱《譜》）則謂貞元十八年元、白已訂交，時白居易 31 歲，元稹 24 歲。按，據元、白詩文，他們訂交不可能在貞元十八年之前，而以十九年相識為確。

　　白居易《代書詩一百韻寄微之》：「憶在貞元歲，初登典校司。身名同日授，心事一言知。」自注云：「貞元中與微之同登科第，俱授秘書省校書郎，始相識也。」舊說元、白訂交皆據此注，明言始識於同以書判拔萃登第，同授校書郎後，當是貞元十九年三月。唐代選授之制是「始於孟冬，終於季春」

〔註 1〕　汪立名編《白香山詩集》卷首《白香山年譜舊本》，四部備要本。
〔註 2〕　卞孝萱《元稹年譜》，齊魯書社 1980 年版。
〔註 3〕　朱金城《白居易年譜》，上海古籍出版社 1982 年版。

（《通典・選舉・歷代制》），元稹《祭翰林白學士太夫人文》亦云：「及太夫人令子藝成……愚亦乘喧濫吹……遂定死生之契。」也說訂交在考試「藝成」之後，而貞元十八年冬應試時他們還不相識。元稹《白氏長慶集序》雖云：「予始與樂天同校秘書前後，多以詩章相贈答。」然而「前後」二字有異文，《文苑英華》、《唐文粹》、《全唐文》作「前後」，宋浙本卻作「之後」，足見「前後」爲泛指，義偏於「後」。

白居易元和五年作《曲江感秋》，元稹有《和樂天秋題曲江》。元詩云：「十載定交契，七年積相隨。」元詩當和於元、白定交 10 年時，即元和七年。定交 10 年有「七年相隨」，這 10 年，當爲貞元十九年春中試至元和五年春元稹貶江陵前，二人同在秘書省。白居易《贈元稹》亦云：「自我從宦遊，七年在長安；所得唯元君，乃知定交難。」可證。

白居易《秋思》詩云：「何況鏡中年，又過三十二。」白氏 32 歲，爲貞元十九年。同期，白居易還寫有《秋雨中贈元九》一詩，爲元白酬唱最早之作，情景與前詩同。元稹亦有《酬樂天秋思見贈》。朱《譜》將白氏這兩首詩繫於貞元十八年，不確。卞《譜》把元稹酬白之詩繫於元和元年，亦誤。

從元、白的行跡來看，貞元十八年冬以前，他們沒有可能見面。貞元十六年春，白居易登進士第後就返回符離家居，準備應吏部考選。到貞元十八年秋末才從符離往長安應吏部拔選（參見王拾遺《白居易生活繫年》〔註4〕）。而元稹貞元十六年秋才從河中府到西京應試（參見《鶯鶯傳》），故他們沒有機會見面。

朱《譜》更謂「元白訂交約始於是年（十八年）或稍前」，所據爲：「白氏元和五年所作《酬元九對新栽竹有懷見寄》詩云：『昔我十年前，與君始相識』。以時間逆數，亦爲十八年之前。」按，白居易《代書詩》注既謂始識於貞元十九年，至元和五年僅有「七載」，此說十年，只是舉其大略而已，不應拘泥爲實數。朱《譜》另一證據是白氏《祭微之文》所云：「嗚呼微之，貞元季年，始定交分。」所謂「季年」，尤難定指貞元十八年前。

劉敦質

元稹與劉敦質交遊，亦始於貞元十九年。白居易《常樂里閒居，偶題十

〔註4〕 王拾遺《白居易生活繫年》，寧夏人民出版社 1981 年版。

六韻，兼寄劉十五公輿，五十一起、呂二炅、呂四頻、崔十八玄亮、元九稹、劉三十二敦質、張十五仲方。時爲校書郎》詩云：「蘭臺七八人，出處與之俱。」「蘭臺」指秘書省。元、白貞元十九年春「同登科第，同授秘書省校書郎」，與劉敦質同職。白居易居常樂里是貞元十九年至二十年春（見其《養竹記》及《泛渭賦序》）。卞《譜》謂貞元二十一年，元稹與劉敦質交遊，非是。按，劉敦質，字太白，貺之孫，浹之子（見岑仲勉《元和姓纂四校記》）。白居易《代書詩》自注說他「雅有儒風」。皇甫湜《答劉敦質書》云：「湜求聞來京師三年矣。一年以未成顛蹶，二年以不試狼狽，及今三年，而不遇有司。」檢《登科記考》，皇甫湜登進士第在元和元年，此前三年來京，則爲貞元十九年，此書則寫於貞元二十一年。這年爲劉敦質的卒年，時劉仍爲校書郎。白居易《曉歸有感》注云：「劉三十二校書歿後，嘗夢見之。」又《感化寺見元九劉三十二屬名處》詩云：「微之謫去千餘里，太白無來十一年。今日見名如見面，塵埃壁上破窗前。」此詩當是元和十年白居易貶爲江州司馬，秋出藍田時作，感化寺就在藍田縣，時劉卒正 11 年。又，白居易《哭劉敦質》詩云：「小樹兩株柏，新土三尺墳。蒼蒼白露草，此地哭劉君。」新墳、白露，說明劉死於秋天。朱《譜》謂劉敦質卒於貞元二十年，並繫《哭劉敦質》詩於貞元二十年，繫《感化寺見元九劉三十二題名處》詩於元和九年，俱誤。

元稹與劉敦質交遊，寫有《太白同之東洛，至櫟陽太白染疾駐行，予九月二十五日至華嶽寺，雪後望山》、《送劉太白》二詩。卞《譜》未爲二詩繫年，當係在貞元十九年春與劉敦質訂交後，至二十一年秋劉去世前。貞元十九年十月，元稹岳丈韋夏卿爲東都留守，元氏在十九年冬至二十一年春之間頻頻往返京洛間。

元和十年，元稹爲通州司馬，寫有《和樂天劉家花》。白居易原唱爲《重到城七絕句·劉家花》，詩云：「劉家牆上花還發，李十門前草又春。」「劉家」爲劉敦質家，在宣平坊。白居易《過劉三十二故宅》詩云：「朝來惆悵宣平過，柳巷當頭第一家。」宣平坊在長安朱雀街東第四街（見宋敏求《長安志》卷八）。

元稹有《和樂天夢亡友劉太白同遊二首》，白居易原唱爲《夢亡友劉太白同遊章敬寺》。卞《譜》把元詩、朱《譜》把白詩都繫入元和十三年，不確。白詩云：「三千里外臥江州，十五年前哭老劉。」可知白詩作於江州。距劉敦質死已 15 年，當是元和十四年。是年三月，白居易由江州司馬改忠州刺史，故此詩應作於元和十四年春。

楊巨源

貞元十一二年元稹十七八歲時在長安與楊巨源相識，《敘詩寄樂天書》云：「年十五六……不數年，與詩人楊巨源友善，日課爲詩。」其《和樂天贈楊秘書》詩也云：「舊與楊郎在帝城，搜天斡地覓詩情。」案，元稹「年十六至十八時作」的七首詩中，有《春晚寄楊十二兼呈趙八》、《與楊十二李三早入永壽寺看牡丹》。「楊十二」即楊巨源（元稹約貞元十八年有《與楊十二巨源盧十九經濟同遊大安亭各賦二物合爲五韻探得松石》），兩《唐書》無傳。《新唐書・藝文志》云：「楊巨源詩一卷，字景山，大和河中少尹。」《唐才子傳》卷五云：「巨源・字景山，蒲中人。貞元五年，劉太眞下第二人及第。初爲張弘靖從事，拜虞部員外郎，後遷太常博士，國子祭酒。大和中爲河中少尹，入拜禮部郎中。」巨源當時頗有詩名，王建《寄楊十二秘書》云：「新詩欲寫中朝滿，舊卷常抄外國將。」白居易《贈楊秘書巨源》詩題下注：「楊嘗有贈盧洺州詩云『三刀夢益州，一箭取遼城』。由是知名。」

元稹《春晚寄楊十二》約寫於貞元十一二年。題下自注云：「時楊生館於趙氏。」可知楊巨源及第後六七年，沒有得官，只是在西京作客，以後才「爲張弘靖從事」。楊巨源最初任職爲秘書郎，時年事已長。張籍《題楊秘書新居》詩云：「卷裏詩過一千首，白頭新授秘書郎。」元和十年元稹有《和樂天贈楊秘書》一詩，白居易原唱爲《贈楊秘書巨源》。可知元和十年楊巨源已做了秘書郎。《全唐詩》楊巨源小傳云：「由秘書郎擢太常博士，禮部員外郎。」「禮部」當作「虞部」，王建有《賀楊巨源博士拜虞部員外》。《唐才子傳》謂楊巨源「拜虞部員外郎・後遷太常博士」，也誤，當是自太常博士拜虞部員外郎。

元稹《內狀詩寄楊白二員外》題下注：「時知制誥。」元稹爲知制誥在元和十五年五月（見《資治通鑒・憲宗紀》），長慶元年二月即爲中書舍人（見元稹《承旨學士院記》題名），可知此詩作於元和十五年。楊巨源元和十四年已爲虞部員外郎，白居易元和十四年作有《京使回，累得南省諸公書，因以長句詩寄謝蕭五……楊十二員外》。白居易則於元和十五年方爲司門員外郎。《舊唐書・白居易傳》云：「元和十四年……其年冬，召還京師，拜司門員外郎。明年，轉主客郎中、知制誥。」卞《譜》謂本傳「誤以元和十五年冬爲十四年冬」，甚確，然而「冬」也爲「夏」之誤。白居易是元和十五年夏從忠州刺史任召回京城的。其長慶二年所作《商山路有感序》云：「前年夏，予自忠州刺史除書歸闕。」「前年夏」即元和十五年夏天。白氏離忠州赴京途中所

作《發白狗峽次黃牛峽登高寺卻望忠州》云：「巴曲春全盡，巫陽雨半收。」
也可證是夏天。元和十五年十二月，白氏由司門員外郎拜主客郎中、知制誥
（見《舊唐書‧穆宗紀》）。

元稹《第三歲日詠春風憑楊員外寄長安柳》、《贈別楊員外巨源》、《酬楊
司業十二兄早秋述情見寄》，作於長慶三年。前二詩爲春天作，後一詩爲早秋
作。《酬楊司業十二兄早秋述情見寄》題下注云：「今春與楊兄會於馮翊，數
日而別。此詩同州作。」馮翊爲同州州治。長慶二年六月元稹始爲同州刺史，
明年八月，移浙東觀察使。「今春」必是長慶三年春，「會於馮翊」時巨源仍
爲虞部員外郎，而秋天則爲國子司業。《升菴詩話》卷十《元微之第三歲日詠
春風憑楊員外寄長安柳》云：「第三歲日，正月初三日也。楊員外名汝士，亦
詩人。此詩題甚奇，可作詩家故事。」楊愼謂楊員外爲楊汝士，誤。

元稹還有兩首《憶楊十二》，編年較難，卞《譜》不予繫年。然大致可以
確定是巨源任秘書郎前作。因元稹所作與巨源有關的詩，凡任秘書郎以前，
稱之爲「楊十二」、「楊十二巨源」，以後稱呼則帶職官，如「楊秘書」、「楊員
外」、「楊司業」。從兩詩的內容、情調來看，大約是元和五年元稹貶爲江陵府
士曹參軍以前所作。

李　紳

元稹與李紳交往在貞元二十年。其傳奇《鶯鶯傳》云：「貞元歲九月，執
事李公垂宿於余靖安里第，語及於是，公垂卓然稱異，遂爲《鶯鶯歌》以傳
之。」「公垂」爲李紳之字。「貞元歲九月」，據陳寅恪先生《元白詩箋證稿》
第一章考證，即是貞元二十年九月。「靖安里第」爲元稹家舊居，在長安萬年
縣靖安坊。這之前，李紳大多客居蘇州，以詩受知於韋夏卿。其《過吳門二
十四韻》自注云：「貞元中，余以布衣，多遊吳郡中，韋夏卿首爲知遇，常陪
宴席。」《新唐書‧李紳傳》云：「於詩最有名……蘇州刺史韋夏卿數稱之。」
韋夏卿刺蘇州在貞元十年至十五年。李紳《蘇州畫龍記》云：「貞元十八年，
余以進士，客於江浙。」時以應舉事出遊南返。貞元二十年來京，可能因與
韋夏卿的關係而識其女婿元稹，因而居住在其靖安里第，元和元年進士及第。
《舊唐書》卷一七三、《新唐書》卷一八一有傳，白居易《代書詩一百韻寄微
之》自注謂「李二十紳，形短能詩」。故當時有「短李」之稱。

元和元年正月二日，元稹與李紳、庾順之閒遊曲江池，元稹寫了《永貞

二年正月二日上御丹鳳樓赦天下予與李公垂庾順之閒行曲江不及盛觀》，詩云：「春來饒夢慵朝起，不看千官擁御樓。卻著閒行是忙事，數人同傍曲江頭。」案，貞元二十一年八月，順宗內禪，憲宗即位，改爲永貞元年，貶王叔文及八司馬。永貞二年正月二日，改元元和，「上御丹鳳樓大赦」，作爲校書郎的元稹卻和李紳、庾順之「春夢慵起」、「閒行曲江」，或對這次事件有所不滿。

沈亞之《李紳傳》云：「元和五年，節度使宗臣（李）錡在吳，紳以進士及第還，過謁錡……錡能其才，留掌書記。」李紳離開京城時，元稹爲之餞行，寫有《贈李十二牡丹花片因以餞行》。《唐人行第錄》謂「李十二」疑是「李二十」之倒錯，即李紳也。詩句「鶯澀餘聲絮墮風，牡丹花盡葉成叢」，爲暮春之景，與進士放榜時間相合。

元和四年，元稹作《和李校書新題樂府十二首》。其序云：「余友李公垂贶余《樂府新題》二十首，雅有所謂，不虛爲文。余取其病時之尤急者，列而和之，蓋十二而已。」白居易也作《新樂府》50首，序云：「元和四年爲左拾遺時作。」汪立名謂元序中未說到白氏作新樂府，當是元稹先和，白序中未說和李紳作，當是因李作而推廣者（見《白香山詩長慶集》卷三）。據元白詩序，知李紳做校書郎在元和四年或稍前。元和二年，李紳還在李錡幕（見其《憶過潤州序》）。元和三年，以前進士爲薛蘋常侍招至越中（見其《龍宮寺序》，「三年」原作「二年」，據李紳《龍宮寺碑》改）。四年作「新題樂府」，並得元白同和，成爲中國文學史上的大事。

元和四年春或五年春，元稹作《早春尋李校書》，卞《譜》未爲繫年，應補。五年五月，元稹貶爲江陵府士曹參軍，十年正月奉詔回京。此間李紳來到過江陵。而元和九年，李紳已爲國子助教，白居易元和九年冬作有《初授贊善大夫早朝寄李二十助教》。

元和十年春，元稹回到京城，與李紳、白居易等遊城南。白居易本年作《與元九書》云：「如今年春遊城南時，與足下馬上相戲，因各誦新豔小律，不雜他篇。自皇子陂歸昭國里，迭吟遞唱，不絕聲者二十里餘。樊、李在旁，無所措口。」「李」，卞《譜》謂是輩分較晚的李景信，恐非。元和十年春，白氏還作有《遊城南留元九李二十晚歸》，詩云：「老遊春飲莫相違，不獨花稀人亦稀。」所記時地和《與元九書》相合。卞謂李紳「能詩」，不會在元、白吟唱時「無所措口」，忽略了這裏是指「新豔小律」，非李平日所爲。白居易《編集拙詩，成十五卷，因題卷末，戲贈元九、李二十》云：「每被老元偷

格律，苦教短李伏歌行。」句下自注說：「李二十常自負歌行，近見予樂府五十首，默然心伏。」白氏《江樓夜吟元九律詩，成三十韻》也謂：「老張知定伏，短李愛應顛。」自注云：「張十八籍、李二十紳，皆攻律詩，故云。」可見，李紳雖自負歌行，攻律詩，也不及元、白，更不及元、白之豔體，故不能自誦所作，白氏因舉以誇耀相戲。若是不會作詩、輩分較晚的李景信，元、白吟詩時「無所措口」是當然之事，白氏還有什麼值得誇耀的呢？

元稹以「元和十年三月二十五日，司馬通州」（《酬樂天東南行詩一百韻序》），途中作《長灘夢李紳》。此行經過嘉陵江，有《新政縣》詩。過渠江，有《南昌灘》詩。《蜀中名勝記》卷二十八云：「渠江有三十六灘。」「長灘」大約就在渠江。元稹夢見李紳「不辭風雨到長灘」，充分表現出他倆的深厚情誼。

長慶元年二月，元稹「自祠部郎中，知制誥，行中書舍人、翰林學士」。三月，「屯田員外郎李德裕為考功郎中，左補闕李紳為司勳員外郎，並依前知制誥，翰林學士。」（《舊唐書・穆宗紀》）元與二李「同在禁署，時稱三俊，情意相善」（《舊唐書・李紳傳》）。三人曾奏劾錢徽掌貢舉取進士「不公」，詔王起，白居易重試，錢徽、李宗閔、楊汝士皆貶謫。「因是列為朋黨，皆挾邪取權，兩相傾軋，自是紛紜排陷垂四十年」（《舊唐書・李宗閔傳》）。此為牛李黨爭初次之公開鬥爭，李紳為李黨重要人物之一。長慶二年六月，工部侍郎、同平章事元稹出為同州刺史。長慶四年二月，李紳由戶部侍郎貶為端州司馬（見《舊唐書・穆宗紀》）。自是，各居一方，元稹與李紳便無交往唱和。

杜元穎

兩《唐書》本傳謂杜元穎貞元末進士及第，白居易《七年元日對酒五首》之五自注云：「余與吏部崔相公甲子同歲，與循州杜相公及第同年。」「循州杜相公」即杜元穎，長慶初同平章事，太和間貶循州司馬。白居易登進士第在貞元十六年春（見其《策言序》），故清徐松《登科記考》既於貞元十六年及第進士中據白氏詩注列入杜元穎，又於貞元二十一年及第進士中據《舊唐書・杜元穎傳》列入杜元穎。考元穎進士及第之年，當以居易所記為確。貞元二十一年為試宏詞之時。趙璘《因語錄・商部》云：「族祖天水昭公（趙宗儒）以舊相為吏部侍郎，考前進士杜元穎宏詞登科，鎮南又奏為從事。」（「鎮南」即趙宗儒，其八代祖彤，仕後魏為征（鎮）南將軍，因以稱，見《舊唐

書》本傳）檢《舊唐書·趙宗儒傳》，其爲吏部侍郎在貞元二十年至元和初。貞元二十年「罷吏部選、禮部貢舉」（詳《舊唐書·德宗紀》）。故元穎考宏詞爲貞元二十一年，元和元年春登科。近人卻誤爲二十一年中進士（朱《譜》也謂杜貞元二十一年進士及第》，當據白詩訂正。

　　趙宗儒辟元穎爲江陵從事應是元和四年。《新唐書·趙宗儒傳》云：「元和初，檢校禮部尚書，充東都留守。三遷至檢校吏部、荊南節度使。」《韓集虞部張君墓誌注》：「元和四年，故相趙宗儒鎮荊南。」元穎從事江陵即在此年。元稹以元和五年貶謫江陵，九年作《送杜元穎》，詩云：「江上五年同送客，與君長羨北歸人。今朝又送君先去，千里洛陽城裏塵。」元稹與杜訂交當在元和五年。

（原載《西南民族學院學報》1989 年第 2 期）

《鶯鶯傳》研究百年回顧

　　中唐詩人元稹，儘管只有一篇傳奇小說《鶯鶯傳》，但對後世的戲曲、小說創作產生了極大的影響，故一直爲學術界所關注。早在宋代，人們對《鶯鶯傳》中張生、崔鶯鶯的原型就進行過探討，到十九世紀，學者們更對其諸多方面都進行了廣泛而深入的研究，特別是對張生、崔鶯鶯這兩個形象的討論，一直延續到現在，論爭不止，成爲《鶯鶯傳》和唐代傳奇研究的熱點。本文在參考程國賦先生《〈鶯鶯傳〉研究綜述》（載《文史知識》1992 年第 12期）一文的基礎上，對上個世紀《鶯鶯傳》研究中的主要問題作一簡要的回顧。

一、前五十年

　　上個世紀的前五十年，《鶯鶯傳》研究相對冷寂，著作、論文不多，探討的問題也不夠廣泛，研究也不夠深入，主要是魯迅認同的「張生即元稹自寓」的觀點較有影響。

　　1923 年魯迅在《中國小說史略》中指出：「《鶯鶯傳》者，即敘崔張故事……元稹以張生自寓，述其親歷之境。」其實，北宋的王銍就提出過這樣的觀點：「所謂《傳奇》者，蓋微之自敘，特假他姓以自避耳。」（見趙令畤《侯鯖錄》卷五《辨〈傳奇〉鶯鶯事》引王銍《〈傳奇〉辨正》）後來明代的胡應麟、瞿祐也贊同這種說法。胡應麟《少室山房筆叢》卷四十一辛部《莊嶽委談》云：《鶯鶯傳》「乃微之自寓耳」。瞿祐《歸田詩話》卷上：「元微之……其作《鶯鶯傳》，蓋託名張生……」

　　魯迅還肯定《鶯鶯傳》「時有情致，固亦可觀」，但也指出末尾的議論「文

過飾非，遂墮惡趣」，「篇末敘張生之棄絕鶯鶯，又說什麼『……德不足以勝妖孽，是用忍情』。文過飾非，差不多是一篇辯解的文字」。

二、後五十年

上個世紀的後五十年，《鶯鶯傳》研究熱鬧起來，五十年代和六十年代初，討論的問題比較集中，研究也比較深入，特別是八十年代以後，研究的視野拓寬，研究的方法創新，論文數量大增，對《鶯鶯傳》的創作時間、張生和崔鶯鶯的原型、崔張離異的原因等問題，進行過深入的討論，有些問題爭論很激烈，有些觀點產生了很大的影響。

（一）關於《鶯鶯傳》的創作時間，主要有兩種觀點

1. 作於貞元二十年九月。1955 年陳寅恪在《元白詩箋證稿》第一章《長恨歌》中，根據《鶯鶯傳》所敘述「貞元歲九月，執事李公垂宿於予靖安里第，語及於是」以及「後歲餘……」等時間，推斷說「貞元何年，雖闕不具。但貞元二十一年八月即改元永貞，是傳文之貞元歲，決非貞元二十一年可知。又《鶯鶯傳》云『後歲餘，崔亦委身於人，張亦有所娶』之語。……是又必在貞元十八年微之婚於韋氏之後（微之時年二紀，即二十四）。而《鶯鶯傳》復有『自是絕不復知矣』一言，則距微之婚期必不甚近。然則貞元二十年乃最可能者也。」陳氏提出「貞元二十年九月說」以後，一些學者紛紛響應，王季思的《從〈鶯鶯傳〉到〈西廂記〉》（上海古籍出版社 1955 年）、卞孝萱的《李紳年譜》（《安徽史學》1960 年第 3 期）和《元稹年譜》（齊魯書社 1980 年）都贊同此說。卞氏還專門對此說進行了補充論證，其《關於元稹的幾個問題》（《揚州師院學報》1978 年第 3 期）一文認爲陳氏對此說的論證不夠周密，指出元稹與韋叢結婚的時間應是「貞元十九年，元稹二十五歲」時，根據元稹和李紳的行蹤詳細推算，《鶯鶯傳》的創作時間確實是「貞元二十年九月」。

尹占華的《〈鶯鶯傳〉是元稹自寓——兼與吳偉斌先生商榷》（《西北師大學報》2001 年第 4 期）和程國賦的《論元稹的小說創作及其婚外戀——與吳偉斌先生商榷》（《文學遺產》2002 年第 1 期）都認爲陳寅恪是從元稹和韋叢的婚期考定《鶯鶯傳》的寫作時間的，卞孝萱則是從元稹和李紳的行蹤來考定的，二人結論相同，可謂「殊途同歸」。

　　2. 作於貞元十八年九月。1950 年孫望在《〈鶯鶯傳〉事蹟考》（原刊金陵、華西二大學編《中國文化研究彙刊》第九卷，收入論文集《蝸叟雜稿》，上海古籍出版社 1982 年）第三部分的「德宗貞元十八年（802）」條下注明：「九月，稹會李紳，紳作《鶯鶯歌》，稹作《鶯鶯傳》。」在第四部分中，孫望再次明確指出「元稹寫《鶯鶯傳》的時間即在貞元十八年」，並從多方面論證了這一觀點。吳偉斌的《〈鶯鶯傳〉寫作時間淺探》（《南京師大學報》1986 年第 1 期）也主張「作於貞元十八年九月」。吳氏認爲《鶯鶯傳》是傳奇小說，不等於史傳、自傳，《鶯鶯傳》的人物張生，決不應該等同於《鶯鶯傳》的作者元稹，而陳寅恪正是把元稹和張生等同，把元稹的墓誌、史傳等歷史資料和傳中張生的行蹤混爲一談，並以此作爲考證的出發點的。吳氏還說「貞元二十年九月說」有三個問題難以解釋：其一，元稹和白居易相識於貞元十九年初春，兩人情誼深厚，如果《鶯鶯傳》作於貞元二十年九月，那麼，元爲何只把此事告訴楊巨源、李紳，卻對白守口如瓶？其二，白居易當時喜聽故事，愛說傳奇，不久後還和陳鴻合作《長恨歌》及《長恨歌傳》，然而爲何獨獨對元稹的《鶯鶯傳》不感興趣，不置一辭？其三，如果《鶯鶯傳》作於貞元二十年九月，那麼時爲《鶯鶯傳》題《崔娘詩》的楊巨源當因元與白相識，而爲何二人十多年後才「新相識」？最後，吳氏根據元稹、白居易、李紳、楊巨源、韓愈的行蹤和《鶯鶯傳》故事情節的發展，推出《鶯鶯傳》作於貞元十八年九月的結論。此後，吳氏在多篇論文中都堅持這一觀點，在《關於元稹婚外的戀愛生涯——〈元稹年譜〉疏誤辯證》（《文學遺產》2001 年第 1 期）中也強調「我們認爲《鶯鶯傳》的寫作時間是貞元十八年九月」，《元稹年譜》所謂「作於貞元二十年九月」的結論是錯誤的。

　　對吳氏的「貞元十八年九月說」，尹占華指出吳氏判定《鶯鶯傳》作於貞元十八年九月，根據是貞元十七年春元稹「文戰不勝」，「後歲餘」便應該是貞元十八年春天之後的某個季節，包括貞元十八年九月在內。這樣論證是把「張生」當元稹，把自己要否定的結論當作前提，是自相矛盾的。吳氏所謂「貞元二十年九月說」難以解釋的三個問題，「其實都不是問題」。程國賦指出吳氏指責「貞元二十年說」不能解決的三個問題，「貞元十八年說」也無法解決。

　　對於尹、程二位的質疑，吳偉斌撰寫了《〈鶯鶯傳〉寫作時間的再探索——兼答尹占華、程國賦兩位先生的商榷》（《中州學刊》2002 年第 6 期）一文，

堅持自己的觀點，依靠新證舊據，進行了具體詳細的回答。這兩種觀點，都有證據，都有一定說服力，似乎誰也說服不了誰。

（二）關於張生的原型，主要有兩種說法

1.「張生即元稹自寓」的觀點得到陳寅恪、卞孝萱、孫望等人的贊同，並進行了充分的論證，具有廣泛的影響。1955 年陳寅恪在《讀〈鶯鶯傳〉》（見《元白詩箋證稿》）中說：「《鶯鶯傳》爲微之自敘之作，其所謂張生即微之之化名，此固無可疑。」孫望通過對元稹的生平、多方面的事蹟以及詩文的考證，論定「元稹底事蹟與年代，與《鶯鶯傳》中所載張生的事蹟與年代完全相符合」，也得出「張生即是元稹」的結論。這一觀點被一些文學史著作採用。游國恩等主編《中國文學史》（人民文學出版社 1963 年）就說：「王性之根據元稹生平及詩篇，指出張生形象有作者自己的影子，有一定的可靠性。」劉大杰《中國文學發展史》（上海古籍出版社 1982 年 5 月新 1 版）也說：「傳中的張生，就是作者自己的影子，是一篇帶有自傳性質的小說。」因此，這一觀點影響較大，被學術界大多數人接受。但學者們沒有停止探索，仍然不斷地進行論證。羅弘基的《張生與元稹——兼論〈鶯鶯傳〉的主題》（載《學術交流》1989 年第 5 期）通過對張生與元稹思想性格等方面的比較，指出「張生形象的塑造雖然可能採用『雜取種種人』的方法，但在藝術概括的過程中，更多地融入了作者當時的生活態度，從而使這一形象成了作者本人的思想性格的眞實寫照。從這個意義上看，元稹以張生自寓的說法應當是可以成立的」。尹占華、程國賦也贊同這一觀點。

2. 張生是一個藝術形象，非元稹自寓。霍松林的《略談〈鶯鶯傳〉》（《光明日報》1956 年 5 月 20 日）認爲《鶯鶯傳》中與史實相符的部分「只能說明元稹的《鶯鶯傳》是植根於生活的沃壤之中的。作爲一篇文學作品看，它裏面的人物如張生，並不是元稹，如崔鶯鶯，並不是崔鵬的女兒或某一個倡伎，而是藝術典型。把《鶯鶯傳》完全看成元稹的『自傳』的這種傳統說法是應該拋棄的」。吳偉斌也極力主張這種觀點，其《「張生即元稹自寓說」質疑》（《中州學刊》1987 年第 2 期）將「自寓說」的主要根據歸爲七類，並逐類加以分析、否定，最後認爲張生「是由作家根據親身的和非親身的生活經歷，經過藝術虛構和再創造而出現在我們古典文學長廊中的一個藝術形象」。曾祥麟也認爲不應把張生看成元稹，其《張生不是無情種——關於元稹的〈鶯鶯傳〉》（《貴州民族學院學報》1989 年第 3 期）一文批評陳寅恪論張生不從《鶯鶯傳》

出發而是從元稹與雙文、韋叢的「本事」出發的研究方法,「因為崔張二人是元稹筆下的文學形象,雖有所本,亦不能如此穿鑿附會,將崔、張混同於元、韋」。

吳偉斌在《鶯鶯傳》研究方面用力最勤,成果頗豐,還發表有《再論張生非元稹自寓》(《貴州文史叢刊》1990 年第 2 期)、《論〈鶯鶯傳〉》(《揚州師院學報》1991 年第 1 期)、《關於元稹婚外的戀愛生涯》等文,針對卞孝萱的《元稹年譜》,一再對「自寓說」的種種理由加以辯證。對於吳氏的《鶯鶯傳》和元稹研究,王枝忠撰有《評吳偉斌的〈鶯鶯傳〉研究》(《固原師專學報》1994 年第 2 期)、姜光斗撰有《評吳偉斌的元稹研究》(《南通師專學報》1997 年第 3 期)作專門介紹。姜光斗說:「對於《鶯鶯傳》的研究,吳偉斌也傾注了很多心血,作了深入的探索,並比前人多所突破。」「他的《鶯鶯傳》研究的最大收穫,在於徹底地否定了傳統的『張生即元稹自寓說』。」

其實,「自寓說」有其合理之處,已被大多數學者認同,是難以否定的。針對吳偉斌對「自寓說」的否定,一些學者進行了有力的辯駁。尹占華將「張生」與元稹、《鶯鶯傳》與元稹的其他作品進行比照分析,得出的結論仍然是「張生」這一人物雖為元稹所虛構,然而就是他自己的化身,《鶯鶯傳》是元稹自寓其真實經歷之作。

周相錄的《吳偉斌先生〈鶯鶯傳〉研究中的失誤——兼談學術批評規範》(《煙臺師院學報》2002 年第 1 期)駁斥了吳氏否定「張生即元稹自寓說」的幾條依據,論析了吳氏所謂「自寓說」難以解釋的三個問題,指出《鶯鶯傳》是一篇自傳性小說,吳氏用小說性否定自傳性是不可取的,吳氏對元稹戀愛的考訂存在明顯失誤,其學術批評方法也很不規範。

程國賦針對吳氏所謂張生和崔鶯鶯是虛構的人物、傳奇小說不等於史傳和自傳、「自寓說」不能成立等說法,指出唐代傳奇作家的小說觀念與今天有很大的區別,他們受到史學家「實錄」式創作筆法的影響,小說創作注重真實的原則。儘管唐代傳奇小說的創作開始注重想像、虛構,但作為成熟初期的小說,在很大程度上還擺脫不了《史記》、《漢書》等史傳作品的影響,在傳奇中記錄真人真事,是非常普遍的事實。所以《鶯鶯傳》在很大程度上是作者親身經歷的生活體驗的反映,元稹自寓說是相當可靠、有說服力的。而且自宋代以來,歷代學者如宋人趙德麟、明人胡應麟和瞿祐、近人魯迅、陳寅恪、孫望等提供了大量而有力的證據,從多種角度證明了《鶯鶯傳》中的

張生即作者元稹自寓。程氏還通過對「自寓說」的肯定論者、否定論者的相關論述過程和結論進行比較，發現肯定論者結合當時的文化背景和歷史事實進行論證，結論是令人信服的；而否定論者則多站在現代社會的立場上，以今人之小說觀衡量、評價唐代小說《鶯鶯傳》，缺乏較有說服力的證據。程氏的論析一針見血，頗中肯棨。

（三）關於鶯鶯的原型，主要有三種說法

1. 崔鶯鶯是崔鵬之女

曹家琪的《崔鶯鶯‧元稹‧〈鶯鶯傳〉》（《光明日報》1954 年 9 月 14 日）同意北宋王銍「鶯鶯者，乃崔鵬之女，於微之爲中表。正《傳奇》所謂鄭氏爲『異派之從母』者也」（見趙令時《侯鯖錄》卷五）的觀點，並進一步考證出崔鵬就是貞元時期曾任知制誥終於比部郎中的崔元翰。他引用《新唐書‧崔元翰傳》所載：「崔元翰名鵬，以字行。父良佐，與齊國公日用從昆弟也……隱共北白鹿山之陽……竇參秉政，引知制誥……罷爲比部郎中，時已七十餘，卒。」指出崔元翰「隱於共（在今汲縣）北白鹿山或者就在貞元十二年九月裴延齡死後。崔元翰守比部郎中年已七十餘，貞元十五年鄭氏可能已經作了孀婦。元翰既卒，鄭氏攜子女從白鹿山回長安，蒲州（即今永濟）正是必經之路」。但是，曹氏的觀點卻遭到了陳寅恪的否定，其《元白詩箋證稿》根據唐代權德輿的《崔元翰文集序》和《全唐文》等資料證明「鶯鶯非元翰之女」。卞孝萱《元稹年譜》也說：「《新唐書‧崔元翰傳》說崔良佐『隱共北白鹿山之陽』，而曹文誤爲崔元翰。崔元翰卒於貞元十一年夏，而曹文誤言崔元翰『隱共北白鹿山之陽』『就在貞元十二年九月裴延齡死後』。既然崔元翰未隱居北鹿山，曹文所說……全然錯誤。」然而，許總的《崔鶯鶯家世及行蹤辨正》（載《中國典籍與文化》，2003 年第 1 期）卻指出陳氏和卞氏質疑的要點，實皆爲曹氏補正文中的疏誤，並爲觸及王銍辨正與曹家琪補正在總體上的合理性，因而使人感到有抓住枝節否定根本之嫌，認爲「以宋人王銍提出經近人曹家琪補正的認爲崔鶯鶯乃崔鵬之女的說法最爲合理」，「考諸唐人權德輿《崔元翰文集序》以及金人董解元《西廂記諸宮調》、元人王實甫《西廂記》雜劇所遺留的史料乃至透露的有關信息，崔鶯鶯確係崔鵬之女，與元稹爲姨表兄妹」。

2. 崔鶯鶯是「曹九九」，原型是中亞粟特種族移民的「酒家胡」女子

陳寅恪《讀〈鶯鶯傳〉》舉元稹《代九九》詩爲例，說「唐代女子頗有以『九九』爲名者」，「『九九』二字之古音與鶯鳥鳴聲相近，又爲複字，故微之

取之，以暗指其情人，自是可能之事」。還說元稹《曹十九舞綠鈿》詩中的「曹十九」，當是「曹九九」之訛，即《代九九》詩中的「九九」，而這「曹九九」就是《鶯鶯傳》中的「鶯鶯」。並進一步指出：「此女姓曹名九九，殆亦出於中亞種族。考吾國自漢以來之史籍所載述，中亞胡人善於釀酒……鶯鶯所居之蒲州，唐代以前已是中亞胡族聚居之地……中亞胡族，膚色白皙，特異於漢族。今觀《才調集》伍元稹《雜思》六首之六『尋常百種花齊發，偏摘梨花與白人』，則鶯鶯之膚色白皙可證。由是而言，就鶯鶯所居之地域及姓名並善音樂等條件觀之，似有辛延年詩所謂『酒家胡』之嫌疑也。」陳氏還根據《鶯鶯傳》又稱《會真記》，「會真」即遇仙、遊仙之意，唐人有以「仙」指倡伎者，推測「鶯鶯所出必非高門」，似乎是出身低賤的倡伎之流。

葛承雍《崔鶯鶯與唐蒲州粟特移民蹤跡》（載《中國歷史文物》，2002 年第 5 期）一文按照陳寅恪的思路，從五個方面進行補充論證：第一，蒲州唐河中府治所官衙「綠莎廳」，可能是粟特語「首腦」、「頭子」的譯音，證明蒲州曾有粟特胡人聚落存在；第二，大曆至貞元年間，蒲州為河中節度使李懷光的根據地，其部下有大量粟特胡人駐此；第三，蒲州乾和葡萄酒的「乾和」二字是突厥語「盛酒皮囊」的譯音，證明唐代蒲州有胡人釀造葡萄酒業存在；第四，唐初蒲州地區就有酒家胡，相鄰的絳州王績寫有題壁酒家胡詩；第五，元稹對胡人生活非常熟悉，寫有許多有關「胡化」風氣的詩歌。進一步證實陳寅恪的推測：崔鶯鶯是出身於中亞粟特種族（居於今烏茲別克斯坦境內）入華後的「酒家胡」，她本人是蒲州酒家胡中的麗人靚女，即酒店擔任女招待的「胡姬」。

對於陳寅恪的說法，一些學者給予了駁斥。許總就說：陳氏所論，純屬推測，難以確證。且將鶯鶯說成一胡族歌舞妓，與《鶯鶯傳》所述大不相符，「崔氏之家，財產甚厚，多奴僕」，「崔氏甚工刀札，善屬文」，這顯然不同於一個社會地位低下的「酒家胡」。再者，陳氏說元稹《代九九》詩中的「九九」就是《曹十九舞綠鈿》中的「曹十九」，而「曹十九」之「十」是「九」之訛誤，並無實據。

對於葛承雍的推論，一些報刊、網站作為新奇之論，進行了摘登炒作，對此，一些學者撰文給予了有力的反駁。陳詔的《淺談崔鶯鶯絕非胡姬》（《新民晚報》2003 年 3 月 12 日）指出：葛承雍的五條新證並無新鮮之處，而且沒有一條能說服人，把《鶯鶯傳》中值得同情的多才多藝的崔鶯鶯說成是胡姬，

即外國酒店裏的三陪小姐，實在是違背事實。寧宗一的《崔鶯鶯：妓女？外國人？》（《光明日報》2003 年 6 月 26 日）首先指出了陳寅恪遠離文本內蘊的考證的失察，否定了陳氏所謂鶯鶯的身份是妓女的推論。其次質問葛承雍推論鶯鶯爲「酒家胡」的五條新證：哪一條可以安在雖有一定事實根據卻又是虛構性小說中的人物鶯鶯頭上？在元稹小說中有哪一個細節、哪一段情節表明鶯鶯能歌善舞並在胡人開設的酒店做「胡姬」？在小說中又有哪一段談及釀造葡萄酒？元稹對胡人生活非常熟稔，但鶯鶯身上又有哪一點反映了胡人生活特點？李懷光的朔方軍部下雖多爲胡人，但誰又和少女鶯鶯有血肉關係？最後指出這五條新證沒有任何一條可以和《鶯鶯傳》掛上鉤。「如果我們把陳氏和葛先生的考據成果合二爲一，那結論就很有點意思了，原來唐人元稹寫的崔鶯鶯竟是一個外國妓女！我想任何一位理智清明的讀者都不會接受這過分滑稽的結論的」。

　　3. 崔鶯鶯是胡靈之之近族

　　孫望提出崔鶯鶯是胡靈之近族中的一個女子。其《〈鶯鶯傳〉事蹟考》說：「微之與鶯鶯的浪漫故事，照他《答姨兄胡靈之》詩中底敘述法看來，胡靈之似乎是很熟知的，而且似乎和胡靈之輩的狎遊頗有關聯。因此，我頗懷疑鶯鶯其人，假定不是出於崔姓，說不定就是胡靈之近族中的一個女子，照氏族姻戚的脈絡牽說起來，和元稹是有著『異派』姨表親的關係，可是在血統上卻又不是十分貼近而體己密邇的。」從孫氏行文使用「似乎」、「假定」、「說不定」之類的詞語可知，這只是一種毫無根據的推測而已。

　　（四）關於崔張離異的原因，主要有六種觀點

　　1. 唐代門閥制度所造成。陳寅恪《讀〈鶯鶯傳〉》認爲張生即元稹，推測鶯鶯是出身低賤的倡伎之類的人物。「熱中巧宦」、「欲以直聲升朝」的「張生」爲了和「高門」的女兒韋叢結婚而拋棄了出身「寒門」的鶯鶯。「若鶯鶯果出高門甲族，則微之無事更婚韋氏。惟其非名家之女，捨而別娶，乃可見諒於時人。蓋唐代社會承南北朝之舊俗，通以二事評量人品之高下。此二事，一曰婚，二曰宦。凡婚而不娶名家女，與仕而不由清望官，俱爲社會所不恥」。所以崔張的愛情悲劇是唐代門閥制度造成的。劉開榮的《唐人小說研究》（商務印書館 1952 年）承襲陳氏的觀點，並進一步認定鶯鶯出身低微，「她很可能即或不是列籍的妓女，但是身份亦高不了多少」。鶯鶯被拋棄，正是當時門閥制度、封建婚姻制度壓迫的結果。後來劉大杰、孫望、張友鶴等人都贊同

這一說法。劉大杰《中國文學發展史》還指出：「張生那種始亂終棄的卑鄙行為，正反映出那種熱心富貴功名、玩弄愛情的知識分子的真實面貌。」

2. 張生「熱中巧宦」的原因。曹家琪的《崔鶯鶯‧元稹‧〈鶯鶯傳〉》否定所謂「高門」與「寒門」的矛盾衝突，認為鶯鶯出身名門，是崔鵬之女，只是家道後來逐漸衰微。崔張離異的原因是由於張生「熱中巧宦」。「以『熱中巧宦』的元稹（即張生）來看，寡母孤兒在當時是無權可借的。元稹要留著『婚』作為取得『官』的本錢，這正是他遺棄鶯鶯的原因」。

3. 禮教與情感的矛盾衝突所致。霍松林的《略談〈鶯鶯傳〉》認為：「所謂「高門」和「寒門」的矛盾是沒有的，有的是禮教與情感的矛盾。」他著眼於分析封建禮教與情感之間的矛盾，指出張生和鶯鶯身上都存在「情」和「禮」的矛盾，這種矛盾衝突充滿崔張愛情發展的整個過程。後來張生拋棄鶯鶯，「從表面上看，『禮』終於戰勝了『情』，但實際上，『禮』是虛偽的，而『情』的火焰是非常熾烈的」。因此才會出現後來張生以「外兄」的身份求見鶯鶯的情節。

周亮的《一位戴著封建枷鎖追求愛情幸福的女性》（《貴州師大學報》1997年第 3 期）認為鶯鶯一直處於「愛情」和「禮教」的衝突之中，既想獲得幸福的愛情，又不願意打碎套在自己身上的封建「枷鎖」。「真正的悲劇並不在於鶯鶯被張生所拋棄，不在於視她為『尤物』，而在於鶯鶯在封建勢力面前的屈服，在於她自己不能看到本身行為的正義性，反而以封建倫理觀念來自責，把自己的正當要求看成是一種違背封建倫理道德的淫亂行為。最後鶯鶯沒能獲得愛情幸福的生活，又回復到封建道德的老路上去，使我們看到了新思想是如何被舊的封建倫理思想活生生地扼殺掉的，這才是最可悲的，這正是悲劇的真正所在。」

4. 張生的多種性格因素所致。姚瑾的《試論〈鶯鶯傳〉崔張離異的原因與性質》（《西南師大學報》1988 年第 1 期）認為張生與鶯鶯相戀之際，不僅僅在於重色，而是產生了真情，隨著崔張愛情的發展，張生的愛已經逐漸變得具體、豐富，但由於封建社會婦女地位的低下，張生性格中還存在著另外一面，即輕視女性，甚至視女性為玩物的卑鄙念頭。正是因為這種觀念的存在，才導致最終張生的遺棄鶯鶯。所以崔張離異的重要原因在於張生多種性格因素的存在。

5. 鶯鶯拋棄張生。曾祥麟否定了學術界對張生始亂終棄行為的批判，指

出「這個『亂』，在晚唐時代的『罪惡』並不那麼大」，「『亂』之所以成為事實，倒完全出於鶯鶯的果敢和機敏，即所謂『自薦之羞』」。張生赴京應考之際，「由於社會的、心理的乃至生理的種種原因，鶯鶯是難以長久地癡等空守的。而張生呢，『婚』未成，『仕』不就，惶惶然孤身飄零，苦悶中發其書於相知，與友人詠歎此奇遇，而『志亦絕矣』，這才有那篇表面冠冕堂皇，內心無限淒苦的『辯解』，實則自我解嘲而已」。「一年多之後，才出現『崔已委身於人，張亦有所娶』的『棄絕』。但這就很難說是誰『棄』誰了。看來，二人都是不得已而為之，且似乎鶯鶯還先『棄』在前，張生在後」。

6. 鶯鶯的「自獻」造成。劉文傑《有情人錯鑄苦姻緣——試剖愛情悲劇〈鶯鶯傳〉》（《黑龍江教育學院學報》2001 年第 1 期）認為崔張有真情，他們的結合是在封建等級、封建禮教允許範圍之內的，封建禮法未成為二人真正結合的鴻溝。這是一幕由鶯鶯倉促「自獻」引發的心理悲劇。「鶯鶯的自獻給了張生夢寐以求、求之不得的男女歡愛，但卻大大降低了鶯鶯在他心中的地位。鶯鶯自獻使得鶯鶯對張生的訓斥顯得虛偽和假正經，張生以男性特有心理來審視鶯鶯時，頓感不能與心中人吻合，白璧有瑕的心理使張生對鶯鶯的愛蒙上了陰影」。「鶯鶯因自獻而自卑自愧，不敢要求張生正式求娶，更不敢向母親求情」。所以，張生遺棄了鶯鶯，鶯鶯也「哀而不恨」。劉文觀點新穎，但論述單薄，缺乏說服力，還有前後矛盾之處。

通過以上的回顧，我們可以看出：學術界對《鶯鶯傳》的研究，經歷了由視野狹窄到廣闊、方法單一到多樣、程度由淺顯到深入這樣一個過程。特別是關於崔張離異原因的研究，過去除了對婚姻制度和封建禮教的探討以外，大多把責任歸咎在男主人公張生身上，九十年代以來，學者們改變研究的視角，注意從女主人公鶯鶯身上尋找原因。不管結論如何，而這一視角變化，卻非常可喜。但是，過去百年的研究，也明顯存在一些問題：例如，考證遠離小說文本，只注重作者的「本事」探索；執持一端，缺少辯證思維；缺乏發展變化的觀念，以現代的小說觀念衡量唐代傳奇。然而，有了《鶯鶯傳》百年研究的基礎，今後的研究將會進一步深入，範圍還可拓寬，視角還可變化，方法還可多樣。具體說來，比較研究還大有可為，除了將崔鶯鶯與同時傳奇中的霍小玉、李娃比較以外，也可同後來戲曲小說中的杜麗娘、林黛玉比較，還可將其與外國文學中的女性形象比較；人物形象的心理研究則不可淺嘗輒止，特別是崔鶯鶯的女性意識、性愛心理的探討還應深入，張生

的婦女觀念、男性意識、獵豔心理、忍情之說的論析還需加強；情愛觀念的研究特別是中晚唐社會對男女私情的看法也應作爲《鶯鶯傳》研究的內容進一步發掘，因爲這直接關係到崔張離異的原因。此外，《鶯鶯傳》與白居易的關係還應深入探究；傳奇小說與詩歌的文體關係也應繼續挖掘。我們相信，未來的《鶯鶯傳》研究將會有更多更好的成果。

（原載《涪陵師院學報》2006 年第 1 期）

白居易與花

　　唐代大詩人白居易非常愛花，栽花、養花、賞花是他一生的樂趣，因而他的詩集中留下了不少詠花詩。儘管他曾經因寫《賞花》詩而得禍，但仍然樂花不倦，詠花不止。特別是他貶官江州司馬后，思想消沉，「獨善其身」，更是大力種花養花，養花、賞花成了他的一種精神寄託。

　　栽花養花，既可美化環境，又可怡情養性，在遭遇憂憤不平時，還可賞花忘憂，舒心怡神。白居易一生屢遭貶謫，對他來說，栽花賞花主要是爲了美化荒僻居所的環境，改變貶所生活的單調寂寞，忘掉官場失意的愁苦。因此他在各處貶所總是大力栽花。他貶官江州司馬時，常常移栽山櫻桃、山石榴：「亦知官舍非吾宅，且斫山櫻滿院栽。」〔註1〕「小樹山榴近砌栽，半含紅萼帶花來。」〔註2〕他任忠州刺史時，「持錢買花樹，城東坡上栽」〔註3〕，並且花色品種極多，「野桃山杏水林檎」〔註4〕。白居易就是通過各種花樹的栽種，把貶所環境改變得適意宜人，情趣各異。如同在忠州，城東坡的花是「紅爛熳」，「紅者霞豔豔，白者雪皚皚」〔註5〕，可謂花團錦簇，紅豔爛熳，具有繁豔之美；而小樓旁邊卻是「小樓風月夜，紅欄杆上兩三枝」〔註6〕，清幽的小樓，爬上欄杆的疏稀花朵，別具幽豔之美。白居易就在這花枝搖曳

〔註1〕　白居易《移山櫻桃》，《白居易集》，中華書局1979年版，第2冊第328頁。
〔註2〕　白居易《戲問山石榴》，《白居易集》，第2冊第349頁。
〔註3〕　白居易《東坡種花二首》，《白居易集》，第1冊第215頁。
〔註4〕　白居易《西省對花，憶忠州東坡新花樹，因寄題東樓》，《白居易集》，第2冊第404頁。
〔註5〕　白居易《東坡種花二首》，《白居易集》，第1冊第216頁。
〔註6〕　白居易《寄題忠州小樓桃花》，《白居易集》，第2冊第404頁。

的環境中「閒適」地生活，正如其詩題所寫：《花下對酒》，《花下自勸酒》，《木芙蓉花下招客飲》，《見紫薇花憶微之》，《山石榴寄元九》等。有了花作伴侶，似乎貶謫生活不再孤獨寂寞，正如《紫薇花》詩所說：「獨坐黃昏誰是伴？紫薇花對紫微郎。」他甚至異想天開，以花作夫人，《戲題新栽薔薇》詩就說：「少府無妻春寂寞，花開將爾當夫人。」忠州城東坡栽種花草以後，景致大爲改觀：「前有長流水，下有小平臺。時拂臺上石，一舉風前杯。花枝蔭我頭，花蕊落我懷。獨酌復獨詠，不覺月平西。」〔註7〕白居易就在這花叢裏悠閒行遊，飲酒吟詩，消遣他的貶謫時光，以此來忘掉宦海風波、黨爭傾軋。然而，也就是這種花酒生活，更加消蝕了他以前「兼濟天下」的進取精神，助長了他「獨善其身」思想的上昇，使他「世事從今口不言」，不再過問政治，不再像以前那樣「爲民請命」，「朝廷得失無不察，天下利害無不言」，詩歌創作也失去了以前「諷諭詩」的鋒芒，寫下了大量與花酒有關的「閒適詩」。

然而，叫一個曾經具有「兼濟」思想的人完全忘懷世事是不大可能的。白居易在養花時，就還是由養花想到了養民，由養花想到了爲政。《東坡種花》其二就云：「養樹既如此，養民亦何殊。將欲茂枝條，必先救根株。云何救根株，勸農均賦租。云何茂枝葉，省事寬刑書。移此爲郡政，庶幾氓俗蘇。」他在養花賞花時仍然沒有忘記對勞動人民租賦刑法的關注。

白居易種花賞花，有自己獨特的審美觀念，他既反對「巴俗不愛花」，也反對過分奢侈的養花賞花。在《買花》詩中，他就指責了「上張幄幕庇，旁織巴籬護。水灑復泥封，移來色如故。家家習爲俗，人人迷不悟」的奢靡習氣。他還反對「共愁日照芳難駐，仍張帷幕垂陰涼。花開花落二十日，一城之人皆若狂」〔註8〕的賞花迷狂。他特別對貞元、元和年間長安豪貴盛行賞玩深色牡丹的風氣表示不滿，他說：「君看入時者，紫豔與紅英。」〔註9〕並明確指出這種風氣太奢侈糜費：「一叢深色花，十戶中人賦。」〔註10〕他表明自己的心願是：「我願暫求造化力，減卻牡丹妖豔色。少回卿士愛花心，同似吾君憂稼穡。」〔註11〕這是儒家節儉尚用思想的體現，也是白居易節用愛民思

〔註7〕 白居易《東坡種花二首》，《白居易集》，第1冊第216頁。
〔註8〕 白居易《牡丹芳》，《白居易集》，第1冊第78頁。
〔註9〕 白居易《白牡丹‧和錢學士作》，《白居易集》，第1冊第14頁。
〔註10〕 白居易《買花》，《白居易集》，第1冊第34頁。
〔註11〕 白居易《牡丹芳》，《白居易集》，第1冊第78頁。

想的體現。白居易曾在《策林》二十一中說：「人庶之窮困者，由官吏之縱慾也。……是以聖王之修身化下也，宮室有制，服食有度，畋遊有時，不殉己情，不窮己欲，不憚人力，不耗人財。」由於這種思想的影響，白居易十分喜愛、欣賞山間野花，特別是那些易栽易長的花。他經常移栽的是山石榴、山枇杷、山櫻桃、野薔薇等，極為喜愛迎春花、李花、白蓮花、木芙蓉等。元和十四年（819），從江州司馬調任忠州刺史時，他特地帶走從廬山上挖來的山石榴花，第二年見到這株山石榴開花時，還欣然寫下了《喜山石榴花開》一詩，詩中充滿了喜悅之情：「忠州州里今日花，廬山山頭去時樹。已憐根損斬新栽，還喜花開依舊數。」「但知爛漫恣情開，莫怕南賓桃李妒。」他對生長在石間的山枇杷，因不能移回栽種，感倒極為遺憾：「爭奈結根深石底，無因移得到人家。」〔註12〕白居易對荒山僻嶺的山花傾注了極大的熱愛之情，並對它們進行熱烈的讚美。他讚美山石榴花：「花中此物似西施，芙蓉芍藥皆嫫母。」〔註13〕「曄曄復煌煌，花中無比方」；「好差青鳥使，封作百花王」〔註14〕。他讚揚山枇杷：「火樹風來翻絳豔，瓊枝日出曬紅紗。回看桃李都無色，映得芙蓉不是花。」〔註15〕他稱頌迎春花：「不隨桃李一時開」〔註16〕，「金英翠萼帶春寒，黃色花中有幾般」〔註17〕。他讚揚「無人知名」，「頗類仙物」，並為之取名的紫陽花「色紫氣香，芳麗可愛」〔註18〕。在花的顏色中，白居易特別傾情於被人們冷淡的白花，同情白花的冷落遭遇。他在詩中常說「白花冷淡無人愛」〔註19〕，「素花人不顧」〔註20〕，「憐此皓然質，無人自芳馨」〔註21〕。他極為喜愛白蓮花，文宗大和元年（827）由蘇州刺史任返回洛陽，他不帶紅豔的花樹，只帶回吳中的白蓮花栽種，《種白蓮》詩就說：「吳中白藕洛中栽，莫戀江南花懶開。萬里攜歸爾知否，紅蕉朱槿不將來。」並讚美

〔註12〕　白居易《山枇杷》，《白居易集》，第 2 冊第 362 頁。

〔註13〕　白居易《山石榴寄元九》，《白居易集》，第 1 冊第 233 頁。

〔註14〕　白居易《山石榴花十二韻》，《白居易集》，第 2 冊第 576 頁。

〔註15〕　白居易《山枇杷》，《白居易集》，第 2 冊第 362 頁。

〔註16〕　白居易《代迎春花招劉郎中》，《白居易集》，第 2 冊第 570 頁。

〔註17〕　白居易《玩迎春花贈楊郎中》，《白居易集》，第 2 冊第 570 頁。

〔註18〕　白居易《紫陽花》，《白居易集》，第 2 冊第 453 頁。

〔註19〕　白居易《白牡丹》，《白居易集》，第 1 冊第 309 頁。

〔註20〕　白居易《白牡丹‧和錢學士作》，《白居易集》，第 1 冊第 14 頁。

〔註21〕　白居易《白牡丹‧和錢學士作》，《白居易集》，第 1 冊第 14 頁。

白蓮花「不與紅者雜，色類自區分」〔註22〕。對時俗冷淡的白牡丹，他卻「眾嫌我獨賞，移植在中庭」〔註23〕。

白居易喜愛、欣賞山野之花和素色之花，跟他的遭遇有關。貞元十九年（803）白居易以書判拔萃科登第，即爲朝官，任過校書郎、翰林學士、左拾遺、太子左贊善大夫等職，元和十年（815）貶官爲江州司馬，後調任忠州刺史，回朝任主客郎中知制誥不久，又外放爲杭州刺史、蘇州刺史等。從四十四歲貶爲江州司馬后，一直被投閒置散，遠離朝廷。江州忠州等地都屬荒僻之地，任職於這些地方，就像荒山間被人淡忘的野花，也像不被時俗欣賞、遭受冷落的白花。因而，白居易對之有「同是天涯淪落人」的感覺，正如他的《白牡丹》詩所說：「白花冷淡無人愛，亦占芳名道牡丹。應以東宮白贊善，被人還喚作朝官。」由於同病相憐，加之自己姓白，白居易對這些山花、白花寄予了深厚的感情，並通過對它們的詠歎讚美來抒發內心的幽憤不平。

白居易寫花極有特色，極富情韻。他筆下的花朵鮮活精神，常常具有人的情性。《山石榴寄元九》寫元積因與宦官鬥爭被貶爲江陵士曹參軍奔赴貶所的情景：「商山秦嶺愁殺君，山石榴花紅夾路。」前句寫崇山峻嶺，山路迢迢，跋涉艱難，愁雲慘淡；後句卻筆鋒一轉，出人意料地寫出一片鮮明豔麗的景色，山石榴花夾路而開，紅豔燦爛，熱烈而明快，好像在夾道歡迎元積的經過，一掃前句的愁慘之氣。白居易通過對山石榴花的描寫，寄寓自己的感情，表明對元積的喜愛和支持。白居易以花喻人，得其神似，往往點染一兩句，就使人物鮮活起來，讓人一讀不忘，留下深刻的印象。如《江岸梨花》詩：「梨花有意緣和葉，一樹江頭惱殺君。最似嬌閨少年婦，白妝素袖碧紗裙。」用帶著鮮嫩綠葉的雪白梨花比喻白裝碧裙的青年寡婦，把閨中寡婦裝扮的素雅、體態的閒靜、心情的淒苦傳神地表現了出來。當然，最膾炙人口的還是要算《長恨歌》中的「玉容寂寞淚闌干，梨花一枝春帶雨」，用明麗鮮嫩且帶著晶瑩雨滴的梨花，比喻蓬萊仙山上見到「漢家天子使」時的楊貴妃，把楊貴妃此時的明麗動人又淚光點點、含情脈脈且哀怨悽楚的神態表現得栩栩如生。這個比喻內涵豐富，它不只是用單純的花朵作比，喻體梨花還附帶「春」的時光和晶亮的雨滴，是復合性的，又採用「意象迭加」的

〔註22〕 白居易《感白蓮花》，《白居易集》，第 2 冊第 663 頁。
〔註23〕 白居易《白牡丹·和錢學士作》，《白居易集》，第 1 冊第 14 頁。

手法，顯得繁複豐富，能充分調動人們的想像，拓展人們的想像空間。應該說，這不僅是白居易詩歌中的一個出色比喻，而且是我國古代詩歌中一個不可多得的比喻。

（原載《涪陵師專學報》2000 年第 1 期）

「江楓漁火」不應疑

　　朱寨先生在《「江楓漁火」質疑》（載《文學遺產》2004 年第 1 期）一文中，先引用俞樾在其所寫寒山寺《楓橋夜泊》詩碑碑陰中對「江楓漁火」四字的意見：「根據宋人龔明之《吳中紀聞》記載，『江楓漁火』，本作『江村漁火』，『宋人舊籍可寶也』，價值千金。」接著又介紹《德清俞氏》一書中，俞樾的玄孫俞潤民所披露俞樾在另一份「未正式應用」的碑陰中的見解：「檢《全唐詩》，『漁火』作『漁父』，因疑『江楓』二字應一轉作『楓江』，詩題一本作『夜泊楓江』，『楓江漁父』或即其自謂也。」然後朱寨先生提出自己的觀點：其一，「江楓」「一直是一個盲點，不知所云，如換上『江村』，便覺眼前一亮，頓時豁然。『月落烏啼霜滿天』，與『江村漁火』形成渾然一體的夜景」。其二，「漁火」不能換成「漁父」。如果「『漁火』換成『漁父』，不僅失去了詩的一個亮點，而且多出了一個主體，分散了主題」。

　　對於朱寨先生「漁火」不能換成「漁父」的觀點，筆者完全贊同。據《全唐詩》（上海古籍出版社 1986 年 10 月版，下同），儘管此詩有「漁火」的「火」「一作父」的異文依據，而且《全唐詩》中「漁火」作「漁父」的異文也較多，如張說《與趙冬曦尹懋子均登南樓》：「危樓瀉洞湖，積水照城隅。命駕邀漁火（一作父），通家引鳳雛。」許渾《訪別韋隱居不值》：「櫟塢炭煙晴過嶺，蓼村漁火（一作父）夜移灣。」但是，《全唐詩》中更多的卻是描寫江上漁火的夜景，如周賀《潯陽與孫郎中宴回》中的「潯陽渡口月未上，漁火照江仍獨眠」兩句，連意境都與「月落烏啼霜滿天，江楓漁火照愁眠」相近。又如劉滄《江行夜泊》的「白浪連空極渺漫，孤舟此夜泊中灘。岳陽秋霽寺鐘遠，渡口月明漁火殘」，這四句詩雖然寫的是月光下的江上漁火，但同《楓

橋夜泊》一樣，也寫到了夜泊、漁火、鐘聲，境界也有相同之處。其他還有薛逢《送慶上人歸湖州因寄道儒座主》中的「夜雨暗江漁火出，夕陽沈浦雁花收」和項斯《江村夜泊》中的「月落江路黑，前村人語稀。幾家深樹裏，一火夜漁歸」也頗能說明問題。從這裏我們可以看出，唐代詩人是很偏愛描寫江上漁火的。因爲描寫黑夜的江上，加上一點漁火，就有了亮點，給人以希望，引人遐想，詩的境界就明亮起來，活了起來，再加上悠揚的鐘聲，意境極爲深遠。如果只寫黑夜的江面，不寫漁火，沒有聲音，詩境就只是一片死寂。

　　對於朱寨先生「江楓」當換成「江村」的觀點，筆者卻不敢苟同。首先，儘管宋人龔明之的《吳中紀聞》謂「江楓漁火」本作「江村漁火」，宋代距唐代時間也較近，但龔氏卻沒有指出版本依據，說不定是他的想當然。其次，《全唐詩》裏《楓橋夜泊》中的「江楓」沒有作「江村」的異文，也沒有作「楓江」的異文，《全唐詩》的編纂者應該是有版本作依據的。最後，「江楓」和前句的「霜滿天」有內在聯繫，也就是說「楓」和「霜」前後照應。大家知道，楓葉經霜而變紅，如果「江楓」換成「江村」，就與前句的「霜」沒有了聯繫，前句的「霜」也就沒有了著落。因爲這個原因，唐代詩人寫「楓」大多寫到「霜」，比較注意這種內在聯繫。如錢起《江行無題一百首》（一作錢珝詩）其七十八：「遠岸無行樹，經霜有半紅。停船搜好句，題葉贈江楓。」劉得仁《送越客歸》：「霜薄東南地，江楓落未齊。眾山離楚上，孤棹宿吳西。」特別值得注意的是，這兩首詩都寫的是「江楓」經「霜」變紅，而不是「楓江」，更不是「江村」。這也證明「江楓」不能換成「江村」。還有大家熟知的杜牧《山行》的「停車坐愛楓林晚，霜葉紅於二月花」，寫「楓」也沒有忘記點出與「霜」的關聯。所以，「江楓」是不應換成「江村」的。

（原載《文學遺產》2004 年第 5 期）

論道教對唐代傳奇創作的影響

　　道教是我國土生土長的宗教，產生於東漢後期。它是在我國古代文化的土壤裏生長起來的，在形成發展過程中雖受過佛教的影響，但主要還是中國傳統文化的滋潤。它誕生以後，成為近兩千年封建文化的重要組成部分，產生很強的輻射作用，反過來給予許多文化領域深刻的影響。宗教與文學的關係更是密切，中國古代文學中道教文化的印痕隨處可見。詩歌有表現漫遊仙境、神交列仙的「遊仙詩」，戲曲有描寫得道成仙、度化飛升的「神仙道化劇」，小說有描寫神仙鬥法、降妖伏魔的「神魔小說」。標誌著我國小說成熟的唐代傳奇，當其產生、興盛之際，正是道教盛行之時，因而道教文化滲透到它創作的許多方面，浸潤到它的深層。本文擬就道教對唐代傳奇主題思想、審美情趣，藝術想像等方面的影響作一淺論，以作引玉之磚。

　　道教與道家雖然不是一回事，但是道家思想，特別是其宇宙觀、認識論、方法論等，始終是道教宗教哲學的理論基礎。道家之《老子》、《莊子》、《文子》、《列子》就是道教的四部基本理論經典。作為道教理論來源的道家思想，時時浸染著傳奇作者的思想機體，有的傳奇作者也自覺吸收道家的觀念意識，追求道家的人生哲學。特別是當他們在現實生活中某種欲望得不到滿足，尤其是積極入世的願望不能實現時，就到道家思想中去求得心理的補償與平衡，就追求道家的生活情趣，以得到解脫。不僅如此，有的傳奇作者還以之寫成小說，加以宣揚。因而有些傳奇小說的主題思想就是表現道家的觀念意識，宣揚道家的人生哲學和生活情趣。汪辟疆先生在《唐人小說》中就指出，沈既濟《枕中記》和李公佐《南柯太守傳》的「造意製詞」，「皆受道家思想所感化者也」。《枕中記》中的青年士子盧生，因沒能實現「建功樹名，出將

入相，列鼎而食，選聲而聽」的人生理想，心緒躁動，憤憤然歎息窮困不適。然而當道士呂翁授與青瓷枕，盧生枕上入夢，歷盡一生的榮悴悲歡，「榮適如志」後，只「蒸黍未熟」的功夫，便萬念俱息，心理寧靜，頓生出世之念。盧生心理情緒的變化，主要是他明白了呂翁點化他「人生之適，亦如是（夢）矣」的道理，大徹大悟「寵辱之道，窮達之運，得喪之理，死生之情」。作者寫盧生於短夢中忽歷一生，覺悟到人生的種種蹉跌榮耀，都似夢如幻，縹緲虛無。意在告訴讀者：人生如夢，富貴如煙，一切都是虛幻的，不要把自己的生命活力消磨在功名和財色的物欲追求與享受之中，應該看破世情，淡泊無欲，清靜無為，不為外物累心。這就是小說所表現的主題，也是道家「見素抱樸，少私寡欲」的人生哲學，「虛靜恬淡，寂寞無為」的生活情趣。道士呂翁用夢幻點化盧生，使其覺悟人生虛幻，正是道教的典型做法。盧生欲念平息後，獲得的寧靜恬淡的心境，也正是道家所認為的人生至高無上的境界。而保持心理的淡泊平靜，從而獲得生理上的健康長壽，又是道教極為推崇的養生延年的舊法門。不僅如此，這篇小說的篇名還直接借用了道書之名，據傳東晉道教理論家葛洪就著有道書名《枕中記》，多敘神仙道術之事。他所撰的道教理論著作《抱朴子內篇》的《遐覽》篇也載有道經《枕中清記》、《墨子枕中五行記》等。根據道書之名名篇，在唐傳奇中並不少見。柳珵的傳奇《上清傳》，大約就是根據南北朝有影響的道書《上清經》取名。「上清」為道教所稱三清（玉清、上清、太清）之一，是太上道君所治的仙境。

李公佐的《南柯太守傳》命意與沈氏《枕中記》相近。文述游俠之士淳于棼，夢入「槐安國」，所經歷的榮耀蹉跌，悉為一夢，由此「感南柯之浮虛，悟人世之倏忽，遂棲心道門」。這也是宣揚人生如夢的道家人生觀。作者特別以「後之君子，幸以南柯為偶然，無以名位驕於天壤間」的議論，點明了創作宗旨。作者還指出真正的歸宿應是「棲心道門」，即皈依道教，也就是奉行道家虛靜恬淡避世修行的生活方式。向道門尋求解脫，就是作者給那些醉心於功名富貴而不得的封建士子指出的出路，也是作者宣揚道家的人生哲學和生活情趣的目的。以前的研究文章總是說《枕中記》和《南柯太守傳》主要諷刺了醉心於功名利祿的知識分子，而我們卻可以說是在給那些熱中功名利祿而不能的士子指出解脫的出路，這當然是逃避現實矛盾，消極出世的出路。

道教的審美情趣不同於道家，就是民間道教和神仙道教的審美情趣也不相同。民間道教產生得較早，後來經過葛洪、陶弘景等人根據封建貴族階級

的需要加工改造，逐漸演變爲神仙道教，二者的性質不同。神仙道教的終極目的是想方設法追求人的生存與享樂，追求長生與富貴，妄圖達到長生不死，永遠在天國裏享受人間帝王貴族一般的榮華富貴生活。由於強烈的生存與享樂欲望，神仙道教追求一種超世間的極樂世界，嚮往奢靡豪華、富貴逸樂的生活，表現出對色、聲、香、味的感官刺激的追求，特別崇尙明麗豔冶的美。這種審美情趣和道家的清靜澹泊，清心寡欲截然不同，也不同於道祖老子「五色令人目盲，五音令人耳聾，五味令人口爽」的認識。大概因爲明麗豔冶的美，具有強烈的刺激性，能喚起人的生理欲望，符合神仙道教極度享樂的思想。道教尊崇的女神，大多是結了婚的夫人，並且都明媚豔美。莊子《逍遙遊》中藐姑射山的神人就「膚肌若冰雪，綽約若處子」。傳說中的西王母也「修短得中，天姿掩藹，容顏絕世」，「著黃金搭襦，文采鮮明」〔註1〕。女仙麻姑不僅是「好女子」，而且「衣有文章」，「光彩耀目」〔註2〕。洞庭山的仙女「眾女霓裳，冰顏豔質，與世人殊別」〔註3〕。她們都具有容貌妍美、膚色明亮、服飾豔麗的特點，具有一種光輝明麗的氣質，給人賞心悅目、心曠神怡的感覺。唐代傳奇作家也認識到了道教仙女姝麗美豔的特徵，他們在傳奇小說中描寫女性的豔美，往往就比之於神仙。沈既濟《任氏傳》就說「（韋）崟之內妹，穠豔如神仙」。薛調《無雙傳》寫無雙「姿質明豔，若神仙中人」。裴鉶《傳奇·高昱》也謂處士高昱夜晚於昭潭所見之三女「容華豔媚，瑩若神仙」。所謂「穠豔」、「明豔」、「豔媚」正是說其豔冶，「明」、「瑩」正是說其明麗。在道教這種審美情趣的影響下，唐代傳奇作家筆下的女性形象，不論是伎女閨媛，還是猿狐所化之村姑民婦，大都描寫得濃豔妖冶，染上了仙女「美而豔」的色彩。傳奇作者描寫她們的容貌時，不乏「豔美無比」、「妖麗冶容」、「豔麗驚人」等詞語，並且服飾也都鮮明豔麗，具有很強的色彩感。如李復言《續玄怪錄·張庾》中，張庾赴進士舉月下遇見的少女「年十八九，豔美無敵」，「容色皆豔，絕代莫比，衣服華麗，首飾珍光」。不僅容色極豔，而且衣服首飾也明麗光亮。沈既濟《任氏傳》中狐所變之任氏，「容色姝麗」，「妍姿美質，歌笑態度，舉措皆豔」。既有豔美的容貌，又有豔冶的氣格，所謂「歌

〔註1〕《漢武帝》，李昉等編《太平廣記》卷3，上海古籍出版社1990年版，第1冊第12頁。
〔註2〕葛洪《神仙傳·麻姑》，李昉等編《太平廣記》卷60，上海古籍出版社1990年版，第1冊第300頁。
〔註3〕王嘉《拾遺記》卷十，中華書局1981年版，第235頁。

笑態度，舉措皆豔」，就是指其性格氣質而言。而裴鉶《傳奇》中的女性形象，大都用駢儷的語言，精妙的比喻，寫得極其豔冶美麗，光彩照人。如愛慕孝廉封陟的仙姝「玉佩敲磬，羅裙曳雲，體欺皓雪之容光，臉奪芙蕖之豔冶」〔註4〕。像猿猴所變之袁氏「光容鑒物，豔麗驚人，珠初滌其月華，柳乍含其煙媚，蘭芬靈濯，玉瑩塵清」〔註5〕。當然，傳奇小說中女性形象描寫「豔而美」的特點，特別又是其服色的豔麗，不只是道教審美情趣的影響，也與唐代婦女服色有關。傳奇中女性服色的豔麗，也是唐代婦女服色在文學作品中的反映。唐人思想開放，禁忌較少，女裝不但奇異，而且色彩也極鮮豔。元稹《敘詩寄樂天書》就說：「近世婦人暈淡眉目，縮約頭鬢，衣服修廣之度，及匹配色彩，尤劇怪豔。」正指出了唐代的女裝長寬比例特怪、色彩搭配極豔的特色。

神仙道教不僅崇尚豔冶之美，而且崇尚瑰麗之美。他們想像的仙界，不僅玉女仙子明媚妍豔，而且絳宮金闕，華麗瑰美，神仙們居住的臺樓宮觀，總是錯金鏤彩、鑲壁嵌玉，顯得富麗堂皇，瑰麗神秘。正如葛洪《抱朴子內篇·對俗》所說：神仙「居則瑤堂瑰室，行則逍遙太清」。早在《史記·封禪書》中就說「在勃海中，去人不遠」的蓬萊、方丈、瀛州三神山上的仙居，「其物禽獸盡白，而黃金銀爲宮闕」。傳說道祖老君的房宇「金樓玉堂，白銀爲階」〔註6〕。西王母的崑崙山上「金臺玉樓相鮮，如流精之闕，光碧之堂，瓊華之室，紫翠丹房」〔註7〕。神仙道教想像仙居用黃金、白銀、碧玉等珍寶裝修而成，正表現出對富麗堂皇之美的崇尚。這一方面反映出貴族統治者富貴享樂的思想，另一方面也是道教爲了爭取更多的人入教而拋出的誘惑。這種審美情趣帶給唐人傳奇創作的影響，便是使傳奇小說所描寫的居室及其環境氣氛，也帶有富貴氣和瑰麗神秘的色彩。如裴鉶《傳奇·崔煒》中，崔煒得到乞食老婦所贈的越井崗艾，爲枯井中的大白蛇炙愈嘴疣，蛇爲報恩而把他載到一個華麗綺靡的處所：「入戶，但見一室空闊，可百餘步，穴之四壁，皆鐫

〔註4〕 裴鉶《傳奇·封陟》，李昉等編《太平廣記》卷68，上海古籍出版社1990年版，第1冊第344頁。

〔註5〕 裴鉶《傳奇·孫恪》，李昉等編《太平廣記》卷445，上海古籍出版社1990年版，第4冊第300頁。

〔註6〕 葛洪《抱朴子內篇·雜應》，《抱朴子內篇全譯》，貴州人民出版社1995年版，第383頁。

〔註7〕 《海內十洲記》，江畬經編輯《歷代小說筆記選（漢魏六朝唐）》，上海書店1983年版，第16頁。

為房室,當中有錦繡幃帳數間,垂金泥紫,更飾以珠翠,炫晃如明星之連綴,帳前有金爐,爐上有蛟龍、鸞鳳、龜蛇、燕雀,皆張口噴出香煙,芬芳蓊鬱。旁有小池,砌以金璧,貯以水銀,鳧鷖之類,皆琢以瓊瑤而泛之。四壁有床,咸飾以犀象,上有琴瑟、笙簧,鼗鼓,柷敔,不可勝記。」室中擺設的金爐上有張口噴煙的蛟龍、龜蛇等裝飾物,加上嫋嫋香煙的映襯,神秘而譎詭。並且金爐象床,金璧錦帳,貼金塗紫,聯珠綴玉,色彩斑斕,耀眼晃目,瑰麗又華美。像這樣富麗華美的居室環境描寫,傳奇小說中都很常見。牛僧孺《玄怪錄・裴諶》中,裴諶所居之中堂就「窗戶棟梁,飾以異寶,屏帳皆畫雲鶴」。「器物珍異,皆非人世所有」。李朝威《柳毅傳》中好道的洞庭君所居之靈虛殿「柱以白璧,砌以青玉,床以珊瑚,簾以水精。雕琉璃於翠楣,飾琥珀於虹棟」。殿中的柱、砌、床、簾、楣、棟皆用奇珍異寶裝飾,極其富貴,極其綺麗。這樣細膩的居室環境描寫,在「粗陳梗概」的志怪小說中是沒有的,這是唐人傳奇的進步發展。

　　道教的想像豐富多彩,神奇瑰麗,它給唐代傳奇作家進行創造性想像以充分的啓示,極大地刺激了傳奇作家的藝術想像,很多傳奇小說就是受道教的啓發,馳騁想像虛構的。道教不僅給人們提供了想像的大量意象,而且還給傳奇作家開展想像構思故事以多方面的借鑒和啓示。那些文采風流的傳奇作家,為了語奇述怪,危言聳聽,就根據道教神秘玄虛的認識、神奇靈異的法術等,充分調動想像,虛構出絢麗斑斕的傳奇小說,藉以顯示他們的博聞多識,表現他們的文筆才藻,抒發他們的情思。陳玄祐的傳奇《離魂記》,就是受道教形神認識的啓發,想像虛構的。道教認為「人有一身,與精神常合併也」〔註8〕。人身藏魂、魄、精、神,其中,魂與魄、神與形相合相依,魄依魂而立,形依神而生。魂、神是人身中最基本的東西,是命之所繫的根本,魂、神屬陽,好動馳;形、魄屬陰,喜靜止。這種性質的不同,就容易造成魂、神脫離形、魄的危險,即所謂魂、神不守舍。特別是有外界聲色財貨的引誘,內心有嗜欲貪念時,魂與魄、神與形更易分離,因而道教內煉有「守一」之術。所謂「守一」,指守持身中神、魂,使之長駐體內,與形、魄相抱為一。大約在這種形神認識的啓發下,陳玄祐馳騁想像,創作了傳奇《離魂記》。他想像「端妍絕倫」的倩娘,受到外界聲色的「誘惑」,有了愛欲,對「幼聰悟,美容範」的王宙「常私感於寤寐」,不能守持身中神魂,因而「離

〔註8〕　王明《太平經合校》,中華書局1979年版,第716頁。

魂」。其魂神去追趕跟隨所愛之人王宙，「凡五年，生兩子」，而形魄軀體卻「病在閨中數年」。作者想像魂神之「倩娘」去追趕所戀之人，形魄軀體之「倩娘」病在閨中，明顯是受道教所謂魂神陽性、好動馳，形魄陰性、喜靜止的屬性的啓示。離了神魂的形魄軀體之「倩娘」，就只有「病在閨中」，然而當其追趕跟隨王宙的魂神之「倩娘」回來時，隨即「喜而起，飾粧更衣，笑而不語，出與相近，翕然而合爲一體，其衣裳皆重」，也應是根據道教魄依魂立、形依神生；神存於身，則體安康；神不守形，則生命危險的認識而幻想的。作者按這種形神認識來構思，不僅使小說歌頌青年男女反抗封建禮教囿禁身心、讚揚對自由戀愛的追求的主題更加鮮明突出，而且還形象地說明了封建禮教只能拘禁青年男女的形體，不能拘住他們的神魂，從而深化了小說的意旨。

被汪辟疆先生稱爲「唐人小說之開山」的隋末唐初人王度的《古鏡記》，「上承六朝志怪之餘風，下開有唐藻麗之新體」〔註9〕，是現存最早的初步具備了傳奇主要特徵的唐人小說，在小說史上具有重要的地位。過去的研究文章一般都認爲其記述古鏡的諸種靈異事蹟。然而，我們從道教方面來考察，它應是根據道教所設想的神鑒的功用，展開想像虛構的，主要在宣揚道教法器的神異。在古代，人們根據鏡可鑒物的功能，認爲鏡子是「金水之精，內明外暗」，一切害人的魑魅魍魎都不能在它面前隱匿。道教也認爲鏡子有照妖避邪、驅鬼逐怪的作用，並以之作爲法器。道經中的《太清明鑒要經》、《洞玄靈寶道士明鏡法》就專講鏡的用法。早在《抱朴子內篇‧遐覽》所記道經中就有《明鏡經》、《四規經》（四規指四規鏡）、《日月臨鏡經》等。《抱朴子內篇‧登涉》還說：「萬物之老者，其精悉能假託人形，以眩惑人目，而常試人。唯不能於鏡中易其眞形耳。是以古之入山道士，皆以明鏡九寸以上，懸於背後，則老魅不敢近人。」並舉有託爲人形的精怪於鏡中現出原形之例，謂精思於蜀雲臺山石室中的張蓋蹋、偶高成二人，忽遇著黃練單衣葛巾之人前來拜問。二人用鏡一照，來人即現形成老鹿而走去。《古鏡記》當是據此虛構的，王度設想古鏡降妖伏怪的種種靈異，並進一步加以想像，增加了古鏡顯靈、治病、隨日盈虧等奇異事蹟。按葛洪所說「萬物之老者‧其精悉能假託人形」，王度想像婢女鸚鵡爲千歲老狐所化，因爲《抱朴子內篇‧對俗》說過「狐狸豺狼……滿五百歲則善變爲人形」。「毛生」和「山公」爲龜猿所變，因爲「龜鶴長壽」，有「千歲之龜」，「猿壽五百歲」。而化做人形爲「戴冠郎」

〔註9〕 汪辟疆《唐人小說》，上海古籍出版社 1983 年版，第 10 頁。

使張琦之女夜晚痛叫的，是「七八歲老雞」，等等。根據所謂精怪「唯不能於鏡中易其眞形」，王度構想了程雄家寄居的婢女鸚鵡，忽遇王度取鏡整裝，就現出了千歲老狐之原形；嵩山少室中「貌胡，鬚眉皓而瘦」的山公和「面闊，白鬚，眉長，黑而矮」的毛生，看見王勣開匣取鏡，便「失聲俯伏，矮者化爲龜，胡者化爲猿」；還有「七八歲老雞」所變之「戴冠郎」等精怪都於鏡中露出了本相。這篇傳奇就是以古鏡之始終爲中心，根據道教所謂寶鑒的神異功能，想像出它驅妖伏魔的諸種靈異事蹟。正因爲連綴了古鏡的多個靈異故事，使其篇幅較長，爲「殘叢小語」的志怪小說所不及。然而它又是許多獨立的小故事組合成篇，形同長篇而實仍短製，還帶有由志怪的短簡向傳奇的巨製過渡的痕跡。

　　道教的方術中，有召蛇術。葛洪《抱朴子內篇・遐覽》就載有道經《召百里蟲蛇記》，其《對俗》篇也說「召致蟲蛇，合聚魚鼈」，「按而行之，無不皆效」。所謂召蛇術，是道士的一種禁咒厭勝術，用這種禁咒的法術召蛇，能夠使蛇聽從命令。這只是道徒幻想的騙術而已。然而裴鉶卻根據這種法術充分想像而創作出傳奇《鄧甲》：鄧甲師事道士峭岩，終無成效，道士「授之禁天地蛇術」而歸，「至烏江，忽遇會稽宰遭毒蛇螫其足」。鄧甲急爲治之，並「召十里內蛇」，要螫會稽宰的「本色蛇」，「使收其毒，不然者，足將刖矣」。鄧甲畫符飛篆後，不移時而十里內蛇至，「堆之壇上，高丈餘，不知幾萬條耳。後四大蛇，各長三丈，偉如汲桶，蟠其堆上」。鄧甲要毒人之蛇留，非者即去。頃刻，「蛇堆崩倒，大蛇先去，小蛇繼往」，只有一條筷子長的土色小蛇，懵然不去。鄧甲「叱蛇收其毒」，小蛇「不得已而張口向瘡吸之。宰覺腦內物，如針走下，蛇遂裂皮成水，只有脊骨在地」。故事神奇荒誕，純屬子虛烏有，赤裸裸地宣揚道教方術的靈異，沒有什麼思想價值，但我們卻可從中認識在道教方術啓發下傳奇作家的藝術想像，認識道教對豐富發展唐代傳奇藝術想像的巨大作用。

　　道教對唐代傳奇創作的影響是深廣的，前面的論述只觸其皮毛。那麼，道教爲何會給予唐傳奇創作深刻的影響呢？原因是多方面的。首先，這與唐代濃厚的崇道之風密切相關。李唐一代，道教特別受到統治階級的青睞。由於道教所奉教主老子（李聃）與唐室同姓，帝王們爲了提高門第，神化李姓，特別尊崇道教，唐高祖於武德八年發佈詔令，規定了先道、次儒、後釋的次序，道教就取得了三教之首的地位。唐高宗於乾封元年，追封老子爲「太上

玄元皇帝」，給老子戴上了「皇帝」的冠冕。唐玄宗更是狂熱崇道，不但又給老子加上「太聖祖大道玄元皇帝」等一連串尊號，而且於開元二十一年，親注老子《道德經》，令學者習之。開元二十九年，又設置玄學博士，讓士人習《老子》、《莊子》、《文子》、《列子》者，應科舉考試，作爲「明經」科之一。唐代帝王除武則天外，大都推崇道教。即便是武則天因篡權擡高佛教，但也不曾排斥道教。唐代統治者尊崇道教，除了利用它與佛教一起作爲儒教的兩翼以鞏固統治之外，還在於道教的長生術、房中術等邪術特別適合他們的胃口。佛教提倡苦修，不能提供盡情享樂的理論與方法，道教卻可以，神仙道教追求的終極目的就是享樂與長生。崇道的結果，既可放縱享樂，又可長生不死，何樂而不爲？因此唐代帝王大多信奉神仙方術，服食金丹仙藥，希求長生不死。唐憲宗、唐穆宗、唐敬宗、唐武宗等皇帝就是求長生吃道士丹藥中毒而早死的。流風所及，下層人物也趨之若鶩，把求仙長生作爲人生一大追求目標。如癡如醉的崇道風尚，使唐代社會彌漫著仙霧道氣，生活在這個時代的文人學子及其傳奇創作，必然受到影響，染上仙道的色彩。

其次，跟傳奇作者的成分有關。傳奇作者中有的就是道士，有的是狂熱崇道者，有的是深研道教者。他們必然要在創作的傳奇中宣揚道旨、炫耀方術，表現道教的觀念意識、審美情趣等。杜光庭就曾於道教勝地青城山學道，並撰有《歷代崇道記》一書，於中和四年獻給唐僖宗時，稱是「上都太清官文章應制弘教大師賜紫道士杜光庭」。所撰傳奇《神仙感遇傳》、《仙傳拾遺》就多記古來神仙之事。元稹曾於十多歲時學過道（其《解秋十首》之三云：「往歲學仙侶，各在無何鄉。」其《臺中鞫獄憶開元觀舊事》也云：「憶在開元觀，食柏練玉顏。」），故所撰傳奇《鶯鶯傳》雖寫人間戀愛，但也帶有道氣，其中之《會眞詩》就把與鶯鶯的幽會比成與仙女的相會，而所謂「會眞」，即遇仙之意。牛僧孺崇奉道教，迷信金丹仙藥，沉溺聲色享樂，「自誇前後服鐘乳三千兩，甚得力，而歌舞之妓頗多」〔註 10〕。其《玄怪錄》就多煉丹合藥、服食求仙的描寫。裴鉶深通道教，在宋代張君房攝取道書精要輯成的《雲笈七籤》卷八十八《仙籍旨訣》中，就收有他撰的《道生旨》一篇，內容全是修道養生的方法。裴鉶曾作「高駢從事」〔註 11〕，而曾累任節度使、觀察使

〔註 10〕 白居易《酬思黯戲贈》自注，《白居易集》，中華書局 1979 年版，第 2 冊第 767 頁。

〔註 11〕 《新唐書·藝文志》，中華書局，1975 年版，第 5 冊第 1543 頁。

等職的高駢，就酷信神仙道教，沉迷長生之術。作為幕僚的裴鉶，要仰賴他的論薦得官，把傳奇當做行卷向其投獻，不免要投之所好，故所撰《傳奇》「盛述神仙怪譎之事」〔註12〕，講《莊》、《老》、《黃庭》等道經如數家珍，龍虎、絳雪等丹藥，瞭如指掌。如果裴鉶沒有研究，是決計寫不出來的。

再次，跟傳奇小說的特點也有關。「傳奇」一詞，以前一般認為最早見於晚唐裴鉶的小說集《傳奇》，然卞孝萱先生考證，中唐元稹的《鶯鶯傳》原名就叫《傳奇》，後來，人們就以之稱呼唐人小說。「傳（zhuàn）奇」的含義當與「志怪」相同，即記載、傳寫怪奇之事（「志」，記載。「傳」，傳寫。「怪」、「奇」同義）。既然如此，傳奇小說就應寫奇記怪，以新奇怪異、聳人聽聞為好。而「雜而多端」的道教正詭奇恢譎，不僅認識神秘虛妄，想像瑰奇荒誕，而且靈丹仙藥的益壽延年、起死回生；法器方術的除妖逐邪、呼風喚雨；也極神奇。傳奇作家為了搜奇獵異，自然就到道教中去找材料，利用其奇麗的意象，怪誕的想像，神異的法術，構思創作傳奇小說，因而使傳奇小說多打上道教的烙印。

（原載《四川師範大學學報》1990 年第 4 期，收入《唐代文學研究年鑒》1991 輯）

〔註12〕 魯迅《中國小說史略》，人民文學出版社 1958 年版，第 68 頁。

敦煌變文校記二十七則

　　王重民、王慶菽等六位先生整理校錄的《敦煌變文集》（人民文學出版社 1957 年初版，1984 年重版，以下簡稱《變文集》），迄今爲止，仍是搜集變文資料最多的集本，仍爲研讀變文的必備之書。此書出版之後，又經許多專家學者補校，文字訛誤大爲減少，可讀性大大增強。然而，眾所週知，變文卷子的錯訛很多，雖歷經校勘，仍然難以完全掃清，就是已經校改的文字，有的也需進一步考釋。我們閱讀《變文集》及諸家的校訂文字，也發現若干可商訂之處。最近，又讀到由周紹良先生主編中華書局新出版的《敦煌文學作品選》，發現其中第一次全文刊出的《悉達太子修道因緣》一篇，也有一些失校之處，兩者合之，錄其要者共 27 則，以就教於方家。

　　1.《伍子胥變文》：食庫盈益。

　　　　（《變文集》18 頁，以下只標頁數，不贅書名）

　　徐震堮先生校（重出簡稱徐校，他人例同）云：「當作『倉庫盈溢』。」
〔註 1〕按，改「食」爲「倉」，甚是。然「益」字不煩改。「益」是「溢」的本字。「益」，《說文》云：「饒也，從水皿。皿益之意也。」原意爲水溢出器皿，有充滿的意思。

　　2.《漢將王陵變》：爲報北軍不用趕，今夜須知漢將知，傳語江東項
　　　　羽道：「我是王陵及灌嬰。」（40 頁）

　　「漢將知」當爲「漢將名」。本篇講唱漢將王陵、灌嬰黑夜偷斫北軍項

〔註 1〕　徐校均見《敦煌變文集校記補正》《敦煌變文集校記再補》，載《華東師範大學學報》1958 年第 1、第 2 期。

羽營幕之事。「爲報北軍」兩句，述說他倆把姓名傳語給追趕的北軍。意爲：你們不用追趕，今夜就會知道斫營漢將的姓名。且「名」應是韻腳，與前面的「聲」和後面的「嬰」相叶，「名」「聲」「嬰」在《廣韻》中同屬下平聲第十四清韻部，而「知」卻屬上平聲第五支韻部。蓋手書時涉前「知」字有誤。

3.《王昭君變文》：陰坂愛長席箕援，□谷多生沒咄渾。（98頁）

「坂」當是「坡」之形誤。「坡」與下句的「谷」爲偶。

4.《廬山遠公話》：相公處分左右，取紙筆來度與，遠公接得紙筆。（177頁）

「度與」之後漏「遠公」二字，蓋下有「遠公」二字，便少寫。下文「書契既了，度與相公，相公接得」與此同，可參校。檢變文中「度與」一詞，大都帶賓語，且句式相近。如《太子成道經》：「大王遣宮人抱其太子，度與偃人，偃人抱得太子，悲泣流淚。」（290頁）《漢將王陵變》：「霸王聞語，拔太阿劍，度與陵母，陵母得劍……」（45頁）據此，「度與」之後當跟賓語「遠公」。

5. 同上篇：如是名般眾苦，逼迫其身。（180頁）

「名」當是「多」的形誤。同篇第189頁：「如是多般，盡屬於水」是其證。又，同篇第181頁：「多如是般，此即名爲求不得苦。」「多」當移到「是」字之後，作「如是多般」。

6. 同上篇：瞻仰上人，一爲法界眾生，二願莫違皇帝清命。（192頁）

「清」當是「請」之訛。因前文說：「皇帝攬表大悅……迎請遠公入其大內供養……遠公再三不肯。」且後文有「伏願乞捨慈悲，且依君王請命」句，可證。

7.《太子成道經》：於波羅奈國，是五天之城。（285頁）

「城」爲「境」之音誤，《八相變》作：「於波羅奈國五天之境。」《悉達太子修道因緣》：「波羅奈國是玉天之境。」（「玉天」當作「五天」）五天，是「五天竺」的略稱，即東西南北中五方之天竺，也即五印度。《大唐西域記》卷二：「五印度之境，周九萬四里，三垂大海，北背雪山。北廣南狹，形如半月。」

8. 同上篇：濕土如渥知游水。（298頁）

「遊」是「有」的音近訛字。前面兩句說「譬如鑿井向高源，見彼土乾知水遠。」此句即說：看見泥土潤濕即知有水。

9.《太子成道變文》（斯4633）：遂差三十宮常加守護，白日在左右伴坐，夜即鏁閉房門。（325頁）

「宮」後脫一「人」字。後文：「其守伴宮人，例皆不睡。」可證。

10.《八相變》：佛者何語，佛者覺也。覺悟身中，真如之性，覺心內煩惱之怨。（329頁）

「心」字之前漏一「察」字。《佛學大辭典》第578頁：「佛，譯言覺者，或智者。覺有覺察覺悟之二義。」《大乘義章》卷二十：「覺有兩義，一覺察……二覺悟……覺察之覺對煩惱障。煩惱侵害事等如賊，唯聖覺知不爲其害……覺悟之覺對其知障。無明昏寢事等如睡，聖慧一起，朗然大悟，如睡得寤。」據此，「覺悟身中」一句，說「覺」的「覺悟」一義，「覺心內」一句即當說另一義「覺察」。再者，此節都是駢偶句。後文「出生死之塵勞，踐菩提之闊域」也是對句。因而，「覺悟身中」當對「覺察心內」。不然，少一「察」字，即不成對偶。另外，此處的標點也不大允當。要麼「內」字後加一逗點，要麼「中」字後的逗點不要。根據變文的講唱性和多爲四六駢句的特點，最好在「內」字後加一逗點，作「覺悟身中，真如之性，覺察心內，煩惱之怨」。

11. 同上篇：喪主具說實，言道：「此是死事。」（337頁）

「事」疑爲「屍」之音誤。前面敘說太子「至於北門，忽見一人，歸於逝路……臥在荒郊，膖脹壞爛……遂遣車匿往問，問云：『此是何人？』」「此是死事」爲喪主的答語，應作「此是死屍」爲當。不然，問人而答事，不相符合。《太子成道經》作「此是死人」（293頁）。《太子成道變文》（伯3496）有「因爲西行見死屍」（317頁）句，可資參校。

12. 同上篇：我是三教大師、四生慈父、爲人天之道首、作苦海之舟船、釋迦牟尼如來，是我之師父。（339頁）

第一個「我」之後似漏一「師」字，「教」當作「界」。《太子成道經》作：「我師是三界大師四生慈父釋迦牟尼佛是我之師。」（294頁）「父」字後

當有一逗點。《八相變》有「爲三界大師，作四生慈父」（329 頁），是其證。此外，「慈父」和「舟船」之後，應標逗點爲允。

13. 同上篇：車匿承旨，不憚艱辛，引馬登程……含蹄緩步，徐下山來。（340 頁）

「蹄」當作「渧」。《正字通》：「渧，俗滴字，《說文》本作渧，梵書省作渧，水點也。」此指眼淚。又，《秋胡變文》：「徒步含啼。」（154 頁）「啼」也當作「渧」。《王昭君變文》：「單于受弔復含渧（涕）」（106 頁）《變文集》改「渧」作「涕」，誤。

14.《難陀出家緣起》：首托缽盂光灼灼，足躡祥雲氣異音。（395 頁）

徐校曰：…「『異音』二字疑當作『昂昂』，與上下文叶韻。」袁賓先生校云：「『異音』應作『異香』，『香』『音』形近致誤。」〔註2〕然皆於「首」字失校。「首」當爲「手」之音誤。「手」與下句的「足」相對。因和尚用手持缽盂，不用頭頂；「托」字意即「用手掌承著」。《目連緣起》：「手托缽盂攜淨水。」（704 頁）是其證。

15.《佛說阿彌陀經講經文》：第一，不得煞能持否。（465 頁）

「煞」後漏一「生」字。同篇：「煞生偷盜邪淫罪，妄語朝朝誑聖賢。」（416 頁）「煞生」、「偷盜」、「邪淫」、「妄語」是佛徒應戒的四種罪過。

16. 同上篇：莫怪偈須重重，切要門徒勸喜。（472 頁）

「須」當作「頌」，形近致訛。「偈」是「偈陀」的簡稱，指佛經中的唱詞，義譯爲「頌」。這裏當是「偈頌」連稱。《金剛般若波羅密經講經文》：「偈頌適來言已了。」（435 頁）可參證。「勸」當作「歡」。變文中「勸」與「歡」常互訛。

17.《妙法蓮華經講經文》（伯 2305）：前解長行文已了，重宣偈誦唱將來。（497 頁）

「誦」借作「訟」，同「頌」。變文中「偈頌」常寫作「偈訟」。如《金剛般若波羅蜜經講經文》：「偈訟（頌）長行讚阿誰。」（434 頁，「阿」原作「呵」，依徐校改）《變文集》改「訟」作「頌」，當不煩改。《說文》：「訟，從言公聲，一日歌訟。」清段玉裁注：「訟、頌古今字，古作訟，後人假頌

〔註 2〕 見《敦煌變文校補》，載《蘭州大學學報》1986 年 2 期。

皃字爲之。」古本《毛詩》「雅頌」多作「雅訟」。「文」借作「聞」，變文中兩字互相通借。

18. 《維摩詰經講經文》（斯 3872）：也似機開傀儡，皆因繩索抽牽。（581 頁）

「開」當是「關」之訛。「關」訛爲「開」，變文中不僅見。如《長興四年中興殿應聖節講經文》：「開西不在聖人憂。」（423 頁）徐校云：「『開』當作『關』。」

19. 《維摩詰經講經文》（北京光字 94 號）：不情室中久住，速望回歸。（631 頁）

徐校云：「不情」疑當作「請勿」，下文「室中不清更遲疑」之「不清」亦同，即「莫向室中爲久住」之意。按，「不情」、「不清」都應作「不請」。變文中有「不請」一詞，如同篇：「莫生憂慮，不請疑猜。」（627 頁。「不請」原作「我清」，「猜」原作「積」，依袁校改〔註 3〕）《維摩詰經講經文》（斯 3872）：「直須認取速行行，不請無端戀意情。」（580 頁）

20. 《父母恩重經講經文》（伯 2418）：仕農工巧各躋排。（684 頁）

「仕農工巧」當作「士農工商」。「仕」同「士」，《伍子胥變文》第 13 頁：「不見蘆中之士」。同頁又作「蘆中之仕」。「商」之草體與「巧」形近，因而致誤。《長興四年中興殿應聖節講經文》：「下至士農工賈。」（422 頁）「王恩及士品工商。」（417 頁。「工」原作「功」，依徐校改）可資參校。

21. 《悉達太子修道因緣》：昔時本帥釋迦牟尼求菩提緣。（《敦煌文學作品選》第 112 頁，以下只標頁數）

「本帥」當作「本師」。《太子成道經》：「我本師釋迦牟尼求菩提緣。」《大灌頂神咒經》卷十二：「本師釋迦牟尼佛。」佛教以釋迦如來爲根本之教師，故稱本師。其餘曰受業之師。

22. 同上篇：其大臣云：「〔賀〕（助）大王喜。」（第 115 頁）

「助」不當改爲「賀」。《太子成道經》也作「助大王喜」。《舜子變》：「兩拜助阿娘寒溫，兩拜助阿娘同喜。」蔣禮鴻先生《敦煌變文字義通釋》列有「助」字條，「助，賀喜、問候」。並解釋說：「助大王喜」的「助」是賀喜

〔註 3〕 見《敦煌變文校勘零劄補記》，載《甘肅社會科學》1984 年 4 期。

的意思，「助阿娘寒溫」的「助」「是問候的意思」，「助阿娘同喜」的「助」是賀喜的意思。

23. 同上篇：若是大人行道，太子坐禪，太子行道，夫人遷須坐禪。（第 119 頁）

「大」當是「夫」之形誤。《太子成道經》：「若是夫人行道，太子坐禪，太子行道，夫人坐禪。」「遷」疑是「還」之訛。

24. 同上篇：其人云：「殿王位即尊高，病來相侵，亦皆如是。」（第 120 頁）

「殿王」當作「殿下」。同篇第 120 頁：「假饒殿下，應有尊高神將……」《太子成道經》：「殿下位即尊高，病相亦皆如是。」

25. 同上篇：便被四天門王〔以〕（已）手指開宮門關鎖。（第 124 頁）

「已」通「以」，不煩改。《唐會要》卷八十五：「天寶三載十二月敕文……自今以後，百姓宜以十八已上為中男，二十三已上成丁。」裴鉶《傳奇·聶隱娘》：「已後遇此輩，先斷其所受，然後決之。」

26. 同上篇：帝釋前引，彌勒請天八部眷屬後隨。（第 126 頁）

「天」後奪一「龍」字，似當作「天龍八部」。所謂八部者，一天二龍三夜叉四乾闥婆五阿修羅六迦樓羅七緊那羅八摩睺羅迦也。因天龍為八部眾中之二眾，並為八部之上首，故標舉曰天龍八部。

27. 同上篇：後還謀思師兄，遂遣一走馬使赴山間，詔其師到於閣門。（第 127 頁）

「詔其師」當作「詔其師兄」，脫一「兄」字。後文「先其閣門使奏對：『師兄見在閣門，未敢引對。』其王弟念戀歌樂，不聽奏對，將師兄關門立其八日」。可資證明。

此外，《變文集》有三處標點，也值得商訂。

1.《太子成道經》：非但一生如是，百千萬億劫，精練身心。（285 頁）

《八相變》作：「非但一生，如是百千萬億劫，精練身心。」兩篇同為王慶菽先生點校，而斷句卻不一樣。聯繫前文，「如是」二字似以屬下為宜。

2. 同上篇：何故？餘天不補，其佛定補在兜率陀天。何故？（286
頁）

第一個「何故」之後的問號似應去掉，以在「兜率陀天」之後加問號爲
允。講說變文時，爲了提醒聽眾注意，運用有設問語氣，此處即是。但問題
還沒提出，就問「何故」，不妥。這裏應是先提出問題：「何故餘天不補，其
佛定補在兜率陀天？」然後，再跟一個「何故」進行追問。

3. 同上篇：太子奏大王曰：「西門觀看，不見別餘，見一病兒，倍加
劣瘦。遂遣車匿問之，『則君一人如此，諸人亦然？殿下位即尊高，
病相亦皆如是』。遂乃愁憂，大王何必怪之」。（292 頁）

單引號內應標點爲：『則君一人如此，諸人亦然？』『殿下位即尊高，病
相亦皆如是。』因前兩句是車匿的問語，後兩句是病兒的答話，應分別之。

（原載《四川師範大學學報》1989 年第 2 期）

讀《太子成道經》三題

　　敦煌變文《太子成道經一卷》（伯 2999 號，載王重民、王慶菽等編《敦煌變文集》，人民文學出版社 1984 年版。以下簡稱《太子成道經》）是根據《佛本行集經》演繹釋迦牟尼（即太子）出生、離家、成佛（即成道）。佛教傳入中夏之初，被視爲道術的一種，其流行之教理行爲，與當時中土黃老方技相通，時人往往並爲一談，故稱成佛爲成道〔註1〕故事的。筆者在閱讀過程中，發現其中一些有趣的文化現象，如太子從其母「袖中生」、「還從右脅出身胎」，出生後有「九龍吐水」洗浴太子，太子娶妻時問是否能行「三從」等等，這些文化現象屬於輸入的印度文化還是原有的中土文化？抑或是兩者相互融合的結果？筆者嘗試著進行探討索解，並隨手記錄爲文，目的是就教於方家，以期求得對這些文化現象的解釋。

一、關於「袖中生」和「右脅出身胎」

　　《太子成道經》敘述釋迦牟尼出生是從其母摩耶夫人「袖中生」、「右脅出身胎」的，出生之後有「九龍吐水」洗浴太子。文中先用韻語吟唱：

　　　　上從兜率降人間，託陰王宮爲生相。
　　　　九龍齊溫香和水，爭浴蓮花葉上身。
　　　　聖主摩耶往後園，采女嬪妃奏樂喧。
　　　　魚透碧波堪賞玩，無憂花樹最宜觀。
　　　　無憂花樹葉敷榮，夫人緩步彼中行。

〔註 1〕　參看湯用彤《漢魏兩晉南北朝佛教史》，中華書局 1983 年版，上冊第 62 頁。

> 舉手或攀枝餘葉，釋迦聖主袖中生。
>
> 釋迦慈父降生來，還從右脅出身胎。
>
> 九龍吐水早是貴，千輪足下瑞蓮開。

其後，用散文敘述摩耶夫人求子、懷孕、生產，「是時夫人誕生太子已了，無人扶接。其此太子東西南北，各行七步，蓮花捧足。一手指天，一手指地，口云天上天下，唯我獨尊。」接著，再一次用韻語吟唱強調「釋迦聖主袖中生」，「還從右脅出身胎，九龍吐水早是貴」。

最初讀到「釋迦聖主袖中生」，甚覺神異、怪誕。為何不從陰門生出而偏偏是「袖中生」呢？轉念一想，所謂「聖主」嘛，出生總是不同一般，應該異於常人。進而認真思索，覺得可能與佛教義理有關。佛教主張熄滅一切欲望，無欲無念，解脫痛苦，達到「涅槃」的境界，因而不談男女交媾之事，也不談男根女陰，所以生育小孩就不談從陰門產出。《太子成道經》在敘述釋迦牟尼出家時，「以手即著玉鞭，指其耶輸腹有孕」。不說釋迦牟尼與其妻耶輸交合而有妊，而說以玉鞭指其腹即有孕，也可證明。而且《佛本行集經》也說摩耶夫人生產釋迦牟尼時沒有眾生的痛苦：「自餘一切諸眾生母，欲生子時，身體遍痛，以痛音源，受大苦惱。數坐數起，不能自安。其菩薩母，熙怡坦然，安靜歡喜，身受大樂。」（菩薩，指釋迦太子）後來閱讀印度歷史，才恍然大悟，原來所謂「袖中生」，與印度的種姓等級制度密切相關。

佛教產生時，印度為奴隸社會，婆羅門教編造有不同種姓的人是從梵天（體現宇宙本體的神）的不同部位創造出來的的神話，而產生部位的不同又體現了種姓地位的高低。印度古代文獻中最早提到四個瓦爾那（即種姓）劃分的是《梨俱吠陀》中的《普魯沙讚歌》（又稱《原心篇》或《原人讚歌》）。《普魯沙讚歌》記載說四個瓦爾那是由於吠陀諸神分割一個原始巨人時，由其身體的不同部分產生的：「他的嘴變成了婆羅門，雙臂變成了羅闍尼亞，雙腿變成了吠舍，雙腳生出首陀羅。」〔註2〕而阿甫基耶夫著、王以鑄譯《古代東方史》敘述印度四個瓦爾那的產生尤為詳細：

> 起源於印度的「瓦爾那」一詞，它的意義是「顏色」、「方式」、「本質」、「種姓」。瓦爾那是把人們結合在一定地區的古社會集團，這些人有共同職業、共同宗教儀式聯繫著並且是屬於同一社會階層的。……主要的瓦爾那被認為是：（一）祭司（婆羅門）瓦爾那，（二）

〔註2〕 培倫主編《印度通史》，黑龍江人民出版社1990年版，第45頁。

戰士（剎帝利）瓦爾那，（三）農夫、手工業者和商人（吠舍）瓦爾那，（四）戌陀羅瓦爾那，這是被壓迫和無權的幾乎處在奴隸地位的貧民下層，以及實際的奴隸。……保存在《梨俱吠陀》的稍晚經文和《摩奴法典》中的一個古代傳說敍述著瓦爾那的超自然的起源，而古代法律中的某些條也在論證高級瓦爾那應該要求統治權和特權，戌陀羅應該無限地服從高級瓦爾那。根據這個傳說，最初的婆羅門是從第一個人婆羅屍的口裏創造出來的。因此，研讀聖書，教育他人和執行宗教儀式就是他們的主要任務，因爲據古代的宗教傳統來說，只有他們才有神聖性和眞理。最初的剎帝利是從婆羅屍的手創造出來的。因此，剎帝利就應當擔負戰鬥和管理的責任，因爲他們有力量和勇氣。第三瓦爾那（吠舍）的是從婆羅屍的大腿創造出來的。他們的使命便是從事農業、手工業和商業。這樣一來，他們便有保證獲得利潤和財富。而四個種姓中的最後一個，戌陀羅的代表者則是從婆羅屍踏在泥污之中的腳創造出來的。因此，戌陀羅應當奉命服務於其他三個瓦爾那。〔註3〕

可見，婆羅門教企圖利用神的意旨把現實中四個種姓的等級地位固定下來，並永保自己的特權地位，就把人分爲主要的四個瓦爾那，即婆羅門（祭司）、剎帝利（武士、軍事貴族）、吠舍（農牧民和工商業者）和首陀羅（又譯戌陀羅，即奴隸），並編造說他們種姓的祖先是從梵天的嘴裏生出的，而其他種姓則分別是從梵天的雙臂、雙腿、雙腳生出的，生產部位的高低決定了種姓地位的高低。釋迦牟尼名悉達多，族姓喬達摩，屬於第二等級的剎帝利軍事貴族，其瓦爾那出生的部位應當是手臂。這樣一來，《太子成道經》所說「釋迦聖主袖中生」就可以理解了，其包含的文化意蘊也就很清楚了。因此，是不能說釋迦牟尼從其母的陰門產出的，如果這樣說，就降低了他的種姓等級。因爲陰門位於大腿根部，從這裏出生，豈不與從大腿生出的第三種姓吠舍相同？所以，說「釋迦聖主袖中生」，維護了釋迦牟尼的種姓等級。

但是，又爲何偏偏說從「右脅」生出呢？《太子成道經》記載摩耶夫人的受孕是「夢見從天降下日輪，日輪之內，乃見一孩兒，十相俱足，甚是端嚴。兼乘六牙白象，從妾頂門而入，在右脅下安之」。說「右脅」而不說「左

〔註3〕 阿甫基耶夫著、王以鑄譯《古代東方史》，生活・讀書・新知三聯書店 1957年版，第 661〜662 頁。

脅」，主要和秦漢以後盛行的「尙右」觀念有關。先秦時期，人們是「尙左」的，「左吉右凶」、「左陽右陰」「左尊右卑」的觀念很盛行。如《老子》第三十一章：「吉事尙左，凶事尙右。」《儀禮・既夕禮》：「吉事交相左，凶事交相右。」《禮記・雜記》孔穎達疏：「左爲陽，陽，吉也。」「右爲陰，陰，喪所尙也。」《禮記・曲禮》孔穎達疏：「車上貴左。」「左尊，故昂；右卑，故垂也。」到了秦漢，觀念發生變化，人們「尙右卑左」，「右尊左卑」的觀念盛行起來。《史記・陳丞相世家》就說：「乃以絳侯勃爲右丞相，位次第一。平徙爲左丞相，位次第二。」《漢書・趙堯傳》：「高祖曰：『吾極知其左遷，然吾私憂趙，念非公無可者。公不得已強行。」顏師古注曰：「是時尊右而卑左，故謂貶秩位爲左遷。他皆類此。」降及唐代，「右尊左卑」的觀念仍然很盛行，從貶官仍稱「左遷」就可得知。李白聽到王昌齡被貶爲龍標尉後，寫有《聞王昌齡左遷龍標遙有此寄》；韓愈因上書諫迎佛骨觸怒唐憲宗，由刑部侍郎貶爲潮州刺史，寫有《左遷至藍關示侄孫湘》。因爲秦漢以後盛行「尊右卑左」的觀念，而佛教又是漢代才傳入中夏的，所以漢譯佛經大都說釋迦牟尼是從其母「右脅出身胎」。東漢西域三藏竺大力、康孟祥所譯的《修行本起經》（二卷）就云：「到四月七日，夫人出遊，過流民樹下，眾花開放，明星出時，夫人攀樹枝，便從右脅生。」隋朝天竺三藏闍那崛多所譯的《佛本行集經》（六十卷）也說釋迦牟尼是「從右脅入，還住右脅，在於胎內，不曾移動，及欲出時，從右脅出，不爲眾苦之所逼切」。《敦煌變文集・八相變》也謂：「釋迦眞身，從右脅誕出。」

然而，《敦煌變文集・廬山遠公話》講說惠遠說法有云：「第一說其生苦。生苦者，生身託母蔭在胎中，臨月之間，由如蘇（酥）酪。九十日內，然可成形，男在阿娘左邊，女在阿娘右脅，貼著俯（附）近心肝，稟氣成形。」這裏不是說的釋迦牟尼而是說的一般人的託胎成形，把男女對舉，但處胎位置變成了男左女右。筆者認爲這跟「尊右卑左」的觀念無關，可能是我國古代胎兒性別測斷「男左女右」說法的體現。最早把男與左、女與右相聯繫的是《禮記》：「子生三月之末，擇日剪髮爲鬌，男角女羈，否則男左女右。」（《內則》）「凡男拜尙左手，凡女拜尙右手。」（《內則》）鄭玄注云：「左，陽也；右，陰也。」「子生，男子設弧於門左，女子設帨於門右。」（《內則》）把男與左、女與右相聯繫，除了鄭玄所說「左爲陽」（男亦爲陽）、「右爲陰」（女亦爲陰）的原因外，主要還與古代男尊女卑的思想以及先秦時期尊左卑右的

觀念有關。此後，古人大多將「男」、「女」性別與「左」、「右」方位相附會，如《說文解字》釋「包」就說「象人懷妊，巳在中，象子未成形也。元氣起於子；子，人所生也。男左行三十，女右行二十，俱立於巳」。後來進而將胎兒性別判斷與「男左女右」聯繫起來，並成為觀念一直流傳。東晉葛洪的《神仙傳》就說道教始祖老子是其母「懷之七十二年乃生，生時剖母左腋而出」。《南史·徐文伯傳》也記載有作為醫生的徐文伯按「男左女右」來判斷胎兒性別的事：「宋後廢帝出樂遊苑門，逢一婦人有娠，帝亦善診，診之曰：『此腹是女也。』問文伯，曰：『腹有兩子，一男一女，男左邊，青黑，形小於女。』帝性急，便欲使剖。文伯惻然曰：『若刀斧恐其變異，請針之立落。』便寫足太陰，補手陽明，胎便應針而落。兩兒相續出，如其言。」由此可見，毫無科學根據的「男左女右」的胎兒性別測斷，在古代流傳之廣泛。

二、關於「九龍吐水」

　　《太子成道經》敘述了釋迦牟尼從其母「右脅出身胎」、「袖中」生出後，還有天空出現「九龍齊溫香和水，爭浴蓮花葉上身」的祥瑞描寫。

　　湯用彤先生說：「《太平經鈔·甲部》敘李老誕降之異跡，頗似襲取釋迦傳記。如謂李君生時有九龍吐水，此本為佛陀降生瑞應之一。」〔註4〕（李老、李君，指老子李耳）然而我們翻檢《佛本行集經》，釋迦牟尼出生後的洗浴卻是這樣：

> 是時摩耶立地，以手執波羅樹枝訖已，即生菩薩，⋯⋯從右脅出，不為眾苦之所逼切。⋯⋯菩薩生已，無人扶持，即行四步，面各七步，步步舉足，出大蓮花，行七步已，觀視四方，目未曾瞬，口自出言，⋯⋯「世間之中，我為最勝。我從今日，生分已盡。」⋯⋯即於彼園菩薩母前，忽然自湧出二池水，一冷一暖，菩薩母取此二池水，隨意而用。又虛空中，二水注下，一冷一暖，取此水洗浴菩薩身。

這裏說的是地上湧出二池水，一冷一暖；空中二水注下，一冷一暖；洗浴太子。根本沒有說到「龍」，也不是說的「九龍吐水」洗浴太子。

　　再看《修行本起經》，說的是釋迦牟尼出生後「二龍吐水」洗浴其身：

〔註4〕湯用彤《漢魏兩晉南北朝佛教史》，中華書局1983年版，上冊第75頁。

到四月七日，夫人出遊，過流民樹下，眾花開放，明星出時，夫人攀樹枝，便從右脅生。墮地行七步，舉手而言：「天上天下，唯我獨尊。三界皆苦，吾當安之。」……有龍王兄弟，一名迦羅，二名鬱迦羅，左雨溫水，右雨冷泉。釋梵摩持天衣裹之，天雨花香，彈琴鼓樂，薰香燒香，擣香澤香，虛空側塞。夫人抱太子乘交龍車，幢幡伎樂，導從還宮。

《修行本起經》是東漢時翻譯的，時間早，敘述釋迦牟尼出生時的洗浴，較為可信。所謂「二龍（即龍王兄弟）雨水」，應當是佛經翻譯過來中國化的產物，因為龍是我國的圖騰，印度應該沒有。印度佛經中當是什麼「雨水」呢？筆者不懂梵文，不得而知，望識者教之。但筆者臆測，似乎是蛇，因為印度崇拜蛇。在印度人的廟宇中，祀奉眼鏡蛇為圖騰。特別在吠陀前期的印度，人們更是崇拜蛇神。祈求半人半蛇的尼加神保祐風調雨順、五穀豐登。在不少的印度神話中，以蛇為主題，記載著人類對蛇的戰慄與敬畏。而蛇在我國古代也受到崇拜。遠古時代，蛇首先被視為民族的始祖而受到供奉。出土的漢代畫像磚上，有一對人面蛇身交尾狀的蛇，這是傳說中的人類始祖——伏羲和女媧。《列子》中記載的各氏族，也是蛇身人面。《山海經》裏，還有「共工氏蛇身朱髮」之說。閩地多蛇，閩族人畏蛇，便以蛇作圖騰崇拜。故《說文解字》云：「閩，東南粵蛇種。」蛇還是我國十二生肖寵物，這仍跟蛇崇拜密切相關。不僅如此，古人還認為蛇能變化為龍，並且把蛇稱為龍王，就是今天的學術界也還有人認為龍圖騰就是蛇的演變。因此，在佛經輸入我國時，把印度崇拜的蛇翻譯為中華民族的圖騰——龍，就是很自然的事了。

唐代的玄奘去印度取經，親自去考察過釋迦牟尼出生的臘伐尼林（藍毗尼花園），其《大唐西域記》卷六《臘伐尼林》記載也是「二龍吐水浴太子」，而且還記載有「二龍浴太子」的遺址：

箭泉東北行八九十里，至臘伐尼林，有釋種浴池，澄清皎鏡，雜花彌漫。其北二十四五步，有無憂花樹，今已枯悴，菩薩誕靈之處。……次東窣堵波，無憂王所建，二龍浴太子處也。菩薩生已，不扶而行，於四方各步，而自言曰：「天上天下，唯我獨尊。今茲而往，生分已盡。」隨足所蹈，出大蓮花。二龍踴出，住虛空中，而各吐水，一冷一暖，以浴太子。浴太子窣堵波東，有二清泉，旁建二窣堵波，是二龍從地踴出處。……菩薩從右脅生已，四天王以金色氈衣捧菩薩，置金几上。

由此可見，釋迦牟尼出生的傳說原本爲「二水洗浴」或「二蛇（？）吐水洗浴」，傳到中土才演變爲「二龍吐水洗浴」的。然而，爲何在《太子成道經》中又變成了「九龍吐水」呢？這仍是佛教傳入後中國化的結果。佛教傳入中夏，爲了站穩腳跟，得到廣大人民的認同與信奉，就必須適合中國國情，吸收中土習俗和文化，使之「中國化」。在中國文化裏，「九」是一個祥瑞數字，古人一直很崇拜這個數字。《素問‧三部九候論》即說：「天地之至數，始於一，終於九焉。」「九」與龍聯繫也極爲緊密。《易‧乾》就說：「初九，潛龍，勿用。」「上九，亢龍有悔。」「九五，飛龍在天，利見大人。」民間還有「龍生九子」的說法。至於「九龍吐水」，最早應是道教始祖老子出生的傳說。唐代道士杜光庭的《道德眞經廣聖義》卷五就說老子「當生之時，三日出於東方，九龍吐水以浴其形」。道教最早的經典是《太平經》，《太平經鈔‧甲部》也記載了老子出生時有此祥瑞：「玄虛母之始孕，夢玄雲日月纏其形，六氣之電動其神，乃冥感陽道，遂懷胎眞人。即誕之旦，有三日出東方；既育之後，有九龍吐神水。」據正史記載，《太平經》開始出現於東漢順帝時，但據今人考證，它的形成可以追溯到西漢成帝時代，應是西漢成帝至東漢順帝的一百多年間逐步形成的〔註5〕。儘管《道藏提要‧〈太平經〉提要》謂：「亡佚部分之內容，可於唐人節錄之《太平經鈔》中見其概略；然其甲部之鈔，乃後人僞補，癸部之鈔，則當爲甲部，故癸部鈔實闕，其內容篇目僅可見於敦煌本《太平經目錄》。」但從前面所說中夏崇拜的「龍」圖騰和「九」的吉祥數字來看，也應是中土的特產，不是印度貨。雖然《魏書‧釋老志》說道教徒造道經「頗類佛經」，但是佛教也常常竊用道教的東西，佛教徒即把老子誕生有「九龍吐神水」的瑞應移植到釋迦牟尼身上。因此直到西晉時，竺法護所譯《佛說普曜經》（八卷）才有了「爾時菩薩從右脅生，……九龍在上而下香水，洗浴聖尊」的描寫。後來的敦煌變文《太子成道經》當然也就承襲了釋迦太子出生有「九龍吐水」洗浴其身的說法。

三、關於「三從」

《太子成道經》敘述釋迦牟尼娶耶輸爲妻時云：

> 太子遂問其女：「夫人能行三從，我納爲妻。不能行者，回歸亦

〔註5〕 參看李家彥《〈太平經〉的元氣論》，《中國哲學史研究》，1984年第2期。

> 得。」耶輸陀羅問太子云：「何名三從？」「婦女有則，在家從父，
> 出嫁從夫，及至夫亡，任從長子。但某有一交言語，説與夫人，從
> 你不從？」耶輸答曰：「爭敢不從。」

奇怪，印度的釋迦牟尼娶妻時居然問耶輸能不能行「三從」！我們知道，「三從」是我國古代儒家的倫理道德，是儒家提倡的婦道，是地道的中國「貨」。儒家認爲：禮本於婚，夫婦關係是父子、君臣關係的基礎。《禮記·昏義》就說：「男女有別而後夫婦有義，夫婦有義而後父子有親，父子有親而後君臣有正。故曰：昏禮者禮之本也。」《荀子·大略》也說：「夫婦之道，不可不正也，君臣父子之本也。」夫婦關係雖然是「禮之本」，是一切社會人倫關係的始點，但從作用和地位來看，則是夫主婦從。《易傳》就主張天尊地卑，陽剛陰柔，夫唱婦隨。《禮記·郊特牲》就明確提出了婦女「三從」：「男帥女，女從男，夫婦之義由此始也。婦人，從人者也。幼從父兄，嫁從夫，夫死從子。夫也者，夫也；夫也者，以知帥人者也。」漢代的《白虎通義》在《禮記》「三從」之說的基礎上，更加強調婦女依附於丈夫的義務：「婦人無爵何陰卑，無外事是以有三從之義。未嫁從父，既嫁從夫，夫死從子。故夫尊於朝，妻榮於室，隨夫之行。」難道釋迦牟尼娶妻時問的「三從」也是佛教傳入中土後爲適應中國國情的融合？

其實，古代印度婦女的地位也很低，命運和中國古代婦女有相似之處。印度法律清楚地說明了婦女在古代印度宗法制家族中卑賤的地位。《摩奴法典》就說：

> 年輕的女孩子或甚至上了年紀的婦女甚至在自己家裏也不應當
> 按自己的意思做任何事情。在幼年的時候，婦女應該服從自己的父
> 親；在青年的時候，應該服從自己的丈夫；丈夫死後，應當服從自
> 己的孩子。婦女任何時候也不應當力圖和自己的父親、丈夫和兒子
> 分離：如果離開他們，她就會使兩家（娘家和夫家）都受別人的歧
> 視……她必須服從她父親可以把她交與的或是她的兄弟得到她父親
> 允許後可以把她交與的那個男人。〔註6〕

古代印度婦女不得獨自行動、獨立生活以及對父親、兒子的服從和受丈夫支配的處境、地位，與中國古代婦女的命運有相似之處和共同之處，因而，講

〔註 6〕 轉引自阿甫基耶夫著、王以鑄譯《古代東方史》，生活·讀書·新知三聯書店
1957 年版，第 657 頁。

唱《太子成道經》者就借用了儒家提倡的婦道「三從」來敷衍釋迦牟尼娶妻時的詢問,既恰當而又巧妙。

（原載《西南師範大學學報》2004 年第 6 期）

論蘇軾的詠物詞

　　蘇軾在詞的發展史上，具有很高的地位。首先，他突破了晚唐五代以來「詞爲豔科」的藩籬，擴大了詞的題材。他雖然沒有完全摒除剪紅刻翠繡幌綺筵的描寫，但是他「無意不可入，無事不可言」〔註1〕，舉凡詠物懷古、懷友悼亡、出獵行遊、詠史說理等向來詩人所慣用的題材，都納入了他的詞中。其次，他「一洗綺羅香澤之態，擺脫綢繆宛轉之度」〔註2〕，「指出向上一路，新天下耳目」〔註3〕，開創了豪放詞風。他那內容充實而又豪放爽朗的詞作，通過後來的許多愛國志士特別是辛棄疾的創作實踐，形成了豪放詞派，這一詞派成爲了宋詞發展的主流，閃耀著愛國主義的光輝。蘇軾創作的詠物詞，也很有特色，詠物詞發展到他手裏，出現了新的面貌，藝術技巧有了很大的提高。筆者認爲蘇軾在詠物詞的創作上，主要有以下三點貢獻：

　　第一，蘇軾較早並且有意識較多地創作詠物詞，對詠物詞的創作起了引導作用。

　　蘇軾以前的詞多是言情之作，詠物的不多。任二北集錄的《敦煌曲校錄》共六百多首，而詠物的只有寥寥幾首。花間詞派的鼻祖溫庭筠存詞七十一首，而詠物的只有一首（《菩薩蠻》「玉纖彈處眞珠落」）。花間詞派的代表人物韋莊存詞五十四首，無一首詠物的，花間詞人牛嶠的三十二首詞中，也只有兩首詠物的（《望江南》「銜泥燕」和「紅繡被」）。南唐詞人李璟、李煜、馮延

〔註1〕　劉熙載《藝概・詞曲概》卷四，上海古籍出版社 1978 年版，第 108 頁。

〔註2〕　胡寅《題酒邊詞》，郭紹虞主編《中國歷代文論選》，上海古籍出版社 1979 年版，第 2 冊第 360 頁。

〔註3〕　王灼《碧雞漫志》卷二，《中國古典戲曲論著集成》，中國戲劇出版社 1959 年版，第 1 集第 116 頁。

已都沒有詠物詞。入宋以來，晏殊、晏幾道、秦觀也很少有詠物詞。歐陽修詩多詠物，詞卻不然。柳永的《樂章集》近二百首詞，但詠物的也只有幾首，而且沒有他本人所擅長的鋪敘特色，不善詠物是明顯的。可是，到蘇軾就出現了新的變化。《東坡樂府》存詞三百四十餘首，詠物的就將近三十首，數量比他之前的任何詞人都多，成為北宋詞壇較早也較多創作詠物詞的詞人。就所詠之物來說，也比較廣泛，有荷花、梅花、楊花、牡丹、石榴、荔枝、竹、柳、琵琶、月、雪、雁等。不僅如此，蘇軾詠物還大多在詞牌下標出所詠之物名，如《定風波·詠紅梅》、《浣溪沙·詠橘》、《虞美人·琵琶》等等，他以前的詞人，很少有這樣做的。在他的影響下，不少詞人便有意進行詠物詞的創作，如周邦彥、李清照等，就寫了很多詠物詞。南宋的姜夔、史達祖等人更是有意識進行寫作，並且把所詠之物名也直接標示在詞牌下。姜夔的詠物詞尤其出色，所詠之對象和蘇軾差不多，有梅花、荷花、牡丹、茉莉、芍藥、柳、蟋蟀等，儘管其詞風和蘇軾不完全相同，但在有意進行詠物詞的創作和選材上受蘇軾的影響，則是顯而易見的。

第二，蘇軾的詠物詞具有高度成熟的技巧，對後來詞人創作詠物詞具有學習、借鑒的作用。

詠物詞的製作相當難，技巧要求相當高。這一點，古人早就認識到了。張炎《詞源》說：「詩難於詠物，詞為尤難。」《蓮子居詞話》也說：「詠物雖小題，然極難作。」首先，在描摹物象上要做到「不即不離」。這是詠物詞創作的重要技巧，也是古人評論詠物詞常見的觀點。王士禎《帶經堂詩話》就說：「詠物之作，須如禪家所謂不黏不脫、不即不離，乃為上乘。」薛雪《一瓢詩話》也說：「詩人寫物，在不即不離之間。」錢泳《履園譚詩》也說：「詠物詩最難工，太切題則黏皮帶骨，不切題則捕風捉影，須在不即不離之間。」所謂「不即不離」，即是說描摹物象既要「切」，但又不可太「切」，既不膠柱於客觀之「物」，也不脫離客觀之「物」，要「離形得似」。其次，要處理好詠「物」與寄「情」（意）的關係。詠物詞如果單純詠物，沒有寓意和寄託，儘管描摹物態形象生動，能給人以美的享受，但價值不大。好的詠物詞應該有深遠的寓意和寄託，清人沈祥龍就說：「詠物之作，在借物以寓性情。凡身世之感、君國之憂，隱然蘊於其內，斯寄託遙深，非沾沾焉詠一物矣。」〔註4〕

〔註4〕 沈祥龍《論詞隨筆》，郭紹虞主編《中國歷代文論選》，上海古籍出版社 1980年版，第 3 冊第 580 頁。

但是，僅僅有寓意和寄託也還不行，還必須處理好詠「物」與寄「情」（意）的關係。要處理好這一關係，就必須找到主（情或意）客（物）觀之間的內在聯繫，即是說作者的情或意要切合所詠之物，不能脫離所詠之物的特徵。並且，作者的情或意最好不要脫離對物的描繪在詞中直接抒寫，而是寄託在所詠之物上，通過對物的描繪表達出來，做到水乳交融，渾然一體，即所謂「託物寓意」、「物我合一」。而蘇軾以前的詠物詞很少有做到這兩點的。

敦煌曲子詞中的詠物詞，由於處在詞的初期階段，顯得不夠成熟，藝術比較粗糙。有的不但沒有寓意，就是描摹物態也不夠生動傳神，如《望江南》（臺上月），有的即使有寄託和寓意，但「物」與「意」也沒有做到水乳交融，渾然一體，如《生查子》（一樹澗生松）、《酒泉子》（三尺青蛇）等。溫庭筠的那首《菩薩蠻》（玉纖彈處眞珠落）詠淚，以及牛嶠的《望江南》「銜泥燕」和「紅繡被」，一詠燕，一詠鴛鴦，雖有寓意，但也沒有做到「借物寄情」，並且語言纖巧，格調不高。蔣敦復《芬陀利室詞話》謂「北宋詞人，不甚詠物」，二晏父子、秦觀、張先、范仲淹、歐陽修等人，都少有詠物詞，林逋的《點絳唇》（金谷年年）詠草，有寓意，但是從《楚辭・招隱士》「王孫遊兮不歸，春草生兮萋萋」二語生發開來，語言也剽襲模擬，變化不大，不能算技巧高度成熟。柳永的那幾首詠物詞，有的沒有寓意，純粹詠物，如《木蘭花》詠海棠；有的有寓意，也很浮淺，而且沒有做到「託物寓意」，如《木蘭花》詠杏花、詠柳枝等。

直到眉山蘇軾，他的詠物詞才算眞正做到了寓意幽深，「借物寄情」，表現出技巧的高度成熟。這一點，前人是有論及的。陳廷焯《白雨齋詞話》說：「詞至東坡，一洗綺羅香澤之態，寄慨無端，別有天地，《水調歌頭》、《卜算子・雁》、《賀新郎》、《水龍吟》諸篇尤爲絕構。」陳氏主要從「寄慨無端」這一點，指出蘇軾的詠物詞寓意深刻，並且把《卜算子》詠孤鴻、《賀新郎》詠石榴、《水龍吟》詠楊花三首詠物詞，與《水調歌頭》一同譽爲「絕構」。而張炎在《詞源》中則稱讚蘇軾的《水龍吟》詠楊花和詠聞笛，《卜算子》詠孤鴻等詞，藝術技巧「高出人表」。劉熙載、王國維也高度讚揚蘇軾楊花詞的藝術技巧。劉熙載謂「東坡《水龍吟》起句云：『似花還似非花。』此句可作全詞評語，蓋不即不離也」（《藝概・詞曲概》）。王國維說「詠物之詞，自以東坡《水龍吟・和章質夫楊花詞》爲最工」（《人間詞話》）。這些評價都是非常符合蘇軾詠物詞的創作實際的。

　　詞論家極力推崇蘇軾的《卜算子》詠孤鴻和《水龍吟》詠楊花，主要是認爲其手法高妙。我們先來看看他的《卜算子·黃州定惠院寓居作》：

缺月掛疏桐，漏斷人初靜。誰見幽人獨往來？縹渺孤鴻影。　　驚起卻回頭，有恨無人省。揀盡寒枝不肯棲，寂寞沙洲冷。

《宋六十名家詞·東坡詞》謂此詞云：「惠州有溫都監女，頗有色，年十六，不肯嫁人。聞坡至，甚喜。每夜聞坡諷詠，則徘徊窗下。坡覺而推窗，則其女逾牆而去。坡從而物色之曰：『吾當呼王郎與之子爲姻。』未幾而坡過海。女遂卒，葬於沙灘側。坡回惠，爲賦此詞。」這是牽強附會之說，歪曲了原詞的意旨。此詞實乃「東坡自寫在黃州之寂寞耳」。據王文誥《蘇詩總案》卷二十一，這首詞作於宋神宗元豐五年（1082）十二月，當時詩人謫居黃州已近兩年。最初，詩人住在位於黃州城東南的定惠院，過著深居簡出、孤獨寂寞的生活。他在《定惠院寓居，月夜偶出》詩中曾這樣寫道：「幽人無事不出門，偶逐東風轉良夜。」當時詩人的處境和心情，由此可見一斑。從詞的描寫來看，具有深刻的寓意。它雖然詠孤鴻，但並不著力描繪孤鴻的外在形象，而是把筆墨集中在其內在品格的刻畫上，從而爲我們塑造出一個以高潔自許、不肯苟合的藝術形象。在這個形象身上，寄寓著詩人自己的思想感情和性格，表現了詩人潔身自好，不肯隨波逐流的生活態度，也反映出詩人政治上失意以後的孤獨寂寞。詞人所抒寫的「意」與孤鴻這個「物」融爲一體，達到了情與境會的藝術境界。

　　再看他的《水龍吟·次韻章質夫楊花詞》：

似花還似非花，也無人惜從教墜。拋家傍路，思量卻是，無情有思。縈損柔腸，困酣嬌眼，欲開還閉。夢隨風萬里，尋郎去處，又還被鶯呼起。　　不恨此花飛盡，恨西園落紅難綴。曉來雨過，遺蹤何在？一池萍碎。春色三分：二分塵土，一分流水。細看來，不是楊花，點點是離人淚。

蘇軾的好友章質夫作有《水龍吟》詠楊花詞一首，盛傳一時，蘇軾就依原韻和了這首詞寄去。章詞描繪楊花物象，筆觸相當細膩，刻畫十分生動，「『傍珠簾散漫，垂垂欲下，依前被風扶起』，亦可謂曲盡楊花妙處」〔註5〕。在物象的描摹刻畫上，章質夫堪稱高手。但是，我們知道，詠物詞要是只停留在描繪所詠之物上，無論怎樣曲盡其妙，總是意義不大，境界不高。蘇軾是詠

―――――――

〔註5〕魏慶之《詩人玉屑》卷二十一，古典文學出版社1958年版，第476頁。

物能手，他知道詠物而被物象所束縛，就不能不陷於工匠似的死板刻畫，何況在刻畫方面，章質夫已經取得了相當高的成就，如果沿著這條路子去追趕他，顯然是笨拙的。所以他有意拔高一籌，讓物色更多地染上人的主觀色彩。在曲盡事物妙處的基礎上來寫人物的情思，不僅寫出了楊花的形和神，而且，還在楊花的形象裏注入了詩人的感情，把詠物和寫人有機地結合在一起，「即物即人，兩不能別」，所謂「物物而不物於物也」〔註6〕。蘇軾在詠楊花的同時，還借楊花刻畫了一個傷感幽思的思婦形象，楊花的命運遭際，也縮合著思婦的命運遭際。顯然，這種融詠物和寫人爲一體的手法，正是上乘詠物詞所要求的，是章詞所不能企及的。正因爲如此，張炎稱其「高出人表」，王國維說它「最工」。

此外，還像《定風波》（好睡慵開莫厭遲）詠紅梅，《西江月》（玉骨那愁瘴霧）詠梅花，《賀新郎》（乳燕飛華屋）詠石榴等等，都是形神俱似，「物」與「意」合，技巧成熟的詠物詞。蘇軾詠物詞高度成熟的技巧，必然會引起後來詞人的學習和借鑒，對於後來詞人詠物詞技巧的提高具有示範作用。

第三，在婉約詞人大都以「清切婉麗之詞，寫房幃兒女之事」的時候，蘇軾卻以「清切婉麗之詞」較多地詠物，擴大了婉約詞的題材範圍，提高了婉約詞的格調。

我們知道，蘇軾首先開創豪放詞風，因而一提到他，人們首先就會想到「關西大漢」用「銅琵琶、鐵綽板」引亢高歌的「大江東去，浪淘盡千古風流人物」一類豪放激越的詞作，似乎蘇詞只有此類風格。其實，蘇軾所有詞作中，豪放詞作只占一小部分，大部分都是「十七八女郎，執紅牙板」唱的婉約之作。他的詠物詞，也大多是婉約風格，如詠楊花的《水龍吟》、詠石榴的《賀新郎》、吟梅的《西江月》、詠荔枝的《減字木蘭花》、《南鄉子》等，都寫得情思宛轉，含蓄蘊藉，婉麗輕柔。

詠楊花的《水龍吟》，既寫楊花，又寫思婦，人物合寫。怨女思婦的別離相思正是婉約詞的傳統題材，因此，蘇軾筆下的柳枝、柳葉、柳絮（楊花）都染上了思婦的情思。那柔軟的柳枝，正像那被愁思纏繞的柔腸；那嫩綠的柳葉，正像那美人困極時欲開還閉的嬌眼；那隨風飄蕩的柳絮，正像那夢中萬里尋夫，突然被黃鶯啼聲驚醒的思婦；那漫天飛舞的楊花，斑斑點點，簡直就是離人的淚痕！全詞構思精巧，刻畫細膩，聲韻諧婉，語言清麗舒徐，

〔註6〕 劉永濟《詞論》，上海古籍出版社1981年版，第98頁。

情調幽怨纏綿，是一首非常出色的婉約詞。難怪張炎在《詞源》中說：「清麗舒徐，高出人表，……周（邦彥）秦（觀）諸人所不能到。」

詠石榴的《賀新郎》，寫美人和石榴，分分合合，若即若離。上片寫一位高風絕塵而又孤獨寂寞的美人。「手弄生綃白團扇，扇手一時似玉」兩句，用一個特寫鏡頭突出美人手臂的白皙嬌嫩，並用白團扇進行襯托。「漸困倚，孤眠清熟」兩句，描繪出一幅美人孤眠圖。這位「晚涼新浴」後的美人，搖著白色生絲製成的團扇，漸感困倦，倚枕側臥，悠閒地睡著了。這些詞句是本色的婉約風格，絲毫不遜色於溫庭筠、柳永。下片前半是石榴獨芳圖：「石榴半吐紅中蹙。待浮花浪蕊都盡，伴君幽獨。穠豔一枝細看取，芳心千重似束」。最後是一幅美人、石榴同病相憐的合圖：「又恐被，西風驚綠。若待得君來向此，花前對酒不忍觸。共粉淚，兩簌簌」。石榴怕西風起，榴花凋謝而只剩綠葉，美人也怕年華流逝而容顏漸老。美人來到花前飲酒，但又無心飲酒，只有盈盈粉淚和石榴的瓣瓣落花一起簌簌掉落而已。舊說此詞與「官妓秀蘭」有關，實不可信。蘇軾當時的處境，可說與美人、石榴的處境都相似。他是在借物抒懷，抒發他那因受「西風」摧殘而懷才不遇的苦悶，表現他鄙薄世俗的高潔情操。詞的風格正是深婉含蓄，柔麗雋永。黃蘇《蓼園詞選》說：「是花是人，婉曲纏綿，耐人尋味不盡。」

「天與化工知，賜得衣裳總是緋。每向華堂深處見，憐伊，兩個心賜一片兒。自小便相隨，綺席歌筵不暫離。苦恨人人分拆破，東西，怎得成雙似舊時？」這首詠雙荔枝的《南鄉子》，也染上了離愁別緒，寫得情意深長，纏綿悱惻。《減字木蘭花》詠荔枝，「輕紅釀白，雅稱佳人纖手擘。骨細肌香，恰似當年十八娘」。寫荔枝的豔色香肌，用二八佳人，纖纖玉手來表現，也寫得來香豔穠麗，秀美雋永。

蘇軾之前，婉約詞的題材十分狹窄。從溫庭筠到柳永，似乎詞人填詞只能是剪紅裁翠的「豔科」，或是旖旎溫柔的「情語」，沒有跳出男歡女愛、兒女情長的狹小圈子。婉約風格的詠物詞也很少，柳永最多，但也不上十首。而蘇軾卻用清切婉麗之詞寫了較多的詠物詞，使婉約詞從「房幃兒女之事」的狹小圈子裏邁開了一步，題材有所擴大。而且蘇軾之前的婉約詞格調低下，婉約詞人在抒寫男歡女愛時，寄情聲色，「好為淫冶謳歌之曲」。他們窮妍極態地描寫女人的姿色、風情，青樓柳巷的風流豔事等，低級庸俗，猥褻淫冶。蘇軾以婉麗之詞詠物，沖淡了這方面的描寫，減弱了偎紅倚翠的豔冶成分。

雖然，蘇詞詠物往往也借物擬人，寫了怨女思婦的離情別緒，但他主要表現她們純潔真摯的感情和至死不渝的相思。寫得情意真摯，真切感人，多不涉狎褻，與倚紅偎翠的豔情詞不同，絕少有溫、歐、柳的放浪、儇薄和庸俗，格調高於那些豔冶的婉約詞。

　　蘇軾的詠物詞創作雖然作出了貢獻，但也存在不足之處，他的詠物詞中有一些浮淺、無聊之作。有的沒有深刻的寓意，如《南鄉子》（寒雀滿疏籬），《訴衷情》（海棠珠綴一重重）等；有的不但沒有寓意，連物態也沒有進行描摹，標明詠某物，實則去寫另外的事，如《浣溪沙》（「四面垂楊十里荷」。《全宋詞·東坡詞》標為《浣溪沙·荷花》）；至於像《菩薩蠻·詠足》（塗香莫惜蓮承步）詠美女之足，更屬無聊之作；詠梅的《菩薩蠻》（嶠南江淺紅梅小）、《西江月》（馬趁香微路遠）採用迴文形式，更純粹是文字遊戲。這些都是不足取的。

（原載《涪陵師專學報》1986 年第 2 期）

元雜劇中帶「驢」字的詈詞

　　元雜劇產生於北方，反映的多是下層百姓的日常生活，作者也多為下層文人，賓白大多質樸俚俗，因而元雜劇中多有詈詞。所謂詈詞，就是罵人的話。元雜劇中常見的詈詞有一個特點——多帶「驢」字，在元雜劇中，最常見的詈詞是罵人為「驢」以及罵人的頭、眼、手為「驢頭」、「驢眼」、「驢蹄」等。如楊顯之的《臨江驛瀟湘秋夜雨》中，試官的女兒罵秀才崔甸士：「我則罵你精驢禽獸，兀的不氣殺我也！」關漢卿的《包待制三勘蝴蝶夢》中，「權豪勢要之家」葛彪罵王老漢為「老驢」。無名氏的《神奴兒大鬧開封府》中，包待制對何正說道：「說的是，萬事都休；說的不是，將銅鍘先切了你那驢頭！」范子安的《陳季卿悟道竹葉舟》中，當陳季卿叫行童為「小和尚」時，行童罵道：「呸！你也睜開驢眼看看，我這等長的和尚，還叫做小和尚？全不知些禮體！」鄭廷玉的《包待制智勘後庭花》中，王慶要李順開門而敲打他的門，李順就罵曰：「什麼人打門？住了你那驢蹄，是你家裏？」關漢卿的《錢大尹智寵謝天香》中，錢大尹把拄杖放在謝天香的左肩上，謝天香就罵「臭驢蹄」，錢大尹還問：「天香，你罵誰哩？」這也是最常見的辱罵方法——罵人為動物，在元雜劇中，最粗鄙的詈詞是罵人為「驢屌」。在王實甫《西廂記》第五本第三折中，紅娘罵鄭恆：「君瑞是個『肖』字這壁著個『立人』，你是個『木寸』『馬戶』『屍巾』。」鄭恆曰：「『木寸』『馬戶』『屍巾』，你道我是個『村驢屌』。」這兩句運用了拆白道字的方法。「肖」字左邊放個「立人」，拆「俏」字，元代謂「美俊」為「俏」。「木寸」「馬戶」「屍巾」，拆「村驢屌」三字。「村」，猶蠢；「驢屌」，元人俗書作「驢弔」，「驢屌」即「驢鳥」，是罵男人的粗話。除了雜劇，散曲也常用「驢屌」的詈詞。馬致遠的《般涉調・耍孩兒・借馬》

云：「鞍心馬戶將伊打，刷子去刀莫作疑。」「馬戶」、「刷子去刀」也拆「驢弔」二字。

此外，在元雜劇中，還罵和尙爲「禿驢」，罵人的見識淺陋爲「驢馬的見識」等等。如康進之的《李逵負荊》中，李逵聽說魯智深和宋江一起搶了王林的女兒滿堂嬌，就大罵魯智深爲「禿驢」；無名氏的《錦雲堂暗定連環計》中，呂布說要殺了董卓奪回貂蟬，司徒王允就說他「行這般所爲，驢馬的見識」。不僅如此，雜劇作者對他憎惡的劇中人物，取名也往往帶上「驢」字。如關漢卿《感天動地竇娥冤》中的張驢兒和《包待制三勘蝴蝶夢》中的盜馬賊趙頑驢，無名氏《謝金吾詐拆清風府》中的賀驢兒等。

元雜劇運用詈詞，有助於刻畫人物性格的粗俗，語言也體現出俚俗的特點，而且還體現出劇作家崇尙俗趣的審美觀。元代雜劇作家注重市井社會的生活語言，市民口頭的一切語料，無論雅俗諢諧，多以取用，然而，有的詈詞如「驢屌」，極爲粗鄙庸俗，卻不宜原樣搬用。大約雜劇作家也意識到了這一點，在運用這些詈詞時，多採用「拆白道字」的方法，以避免過於直露。

元雜劇中的詈詞多帶「驢」字，與驢是北方重要的交通運輸工具以及雜劇產生、興盛於北方有關，也與驢的性情和人們對驢的情感態度有關。

驢是北方的重要畜力，與北方人民的日常生活密切相關，產生而且興盛於北方大都的雜劇，作爲社會生活的反映，必然會涉及到驢。驢出產於塞外的游牧民族，後來才引進中原，即《漢書．五行志》所謂「胡夷異種，跨蹈中國」。顧炎武認爲是戰國後期「自趙武靈王騎射之後，漸資中原之用」（《日知錄》卷二九）。段玉裁認爲「驢」字是秦人所造（見《說文解字注》）。《史記》、《漢書》都極少提到驢，《後漢書》提到驢的地方多一些，但幾乎都涉及西北游牧民族，而漢族地區則少有。驢引進中原後，成爲僅次於馬牛的交通工具。《元史．兵志四．站赤》就說：「凡站，陸則以馬以牛，或以驢，或以車，而水則以舟。」民間百姓也常常以驢代步，這在元雜劇中多有描寫。如無名氏《包待制陳州糶米》中的妓女王粉連就騎驢，馬致遠《開壇闡教黃粱夢》中的呂洞賓也騎驢。除了作交通工具以外，驢還可以負重運輸、耕田犁地，正如武漢臣雜劇《散家財天賜老生兒》中劉從善的妻子李氏所說：「那驢子，我養活著它，與我耕田耙壟，與我碾麥子拽磨，馱糧食馱草，還與我騎坐。」

儘管驢在北方具有重要的作用，但人們卻不大喜歡它，反而輕蔑它；因爲輕蔑它，詈詞中才常常帶上「驢」字。人們輕賤驢，與它本身的形象和特

性有關。從形象來看，驢馬雖屬同科，但驢的體型比馬小，「似馬長耳」，「長頰廣額，碟耳修尾」，胸部稍窄，軀幹較短，四肢瘦弱，其貌不揚，給人矮小醜陋的感覺。王和卿散曲《雙調·撥不斷》形容長毛小狗的醜陋就說「醜如驢，小如豬」。從性情來看，驢性溫馴，富忍耐力，但膽小而執拗，《漢書·五行志》謂其為「遲鈍之畜」。此外，人們總是將驢與馬比較，這樣就相形見絀。同樣作為交通運輸工具，驢卻沒有馬的英姿、力量、速度和靈性。馬顯得高大、威武、雄壯，不但負重多，而且速度快。驢卻矮小、樸拙、愚笨、執拗，難以與馬同日而語，常常作為馬的對立面出現。司馬遷的《史記·日者列傳》就云：「騏驥不能與罷驢為駟，鳳凰不與燕雀為群。」《晉書·諸葛恢傳》記載王導與諸葛恢戲爭族姓，王導云：「人言王葛，不言葛王也。」諸葛恢曰：「不言馬驢而言驢馬，豈驢勝馬邪？」可見人們對驢馬感情取向的不同。因為驢的醜陋、愚笨和執拗，人們又輕蔑它，就常把它和人的某些惡劣品性聯繫起來，以驢罵人。明人顧起元《客座贅語·詮俗》就說：「詈人之傲而難制，曰驢。」

　　元雜劇中帶「驢」字的人名，有的表現了劇作者的憎惡感情而帶有詈罵意味。如《竇娥冤》中的「張驢兒」，從劇中其他人名的含意來看，應該帶有作者的感情色彩，具有諷刺、詈罵的意味。在《竇娥冤》中，關漢卿對他認可、同情的人物，取的名字都有好的含意。如竇娥，「秦晉之間，美貌謂之娥」；竇娥的父親竇天章，天章猶天文，本指分佈在天空的日月星辰等，後泛指好文章。關漢卿對他厭惡的人物，取的名字卻含有貶諷意味。如楚州太守檮杌，檮杌是傳說中的凶獸。舊題東方朔《神異經·西方經》云：「西方荒中有獸焉，其狀如虎而犬毛，長二尺，人面虎足，豬口牙，尾長一丈八尺，攪亂荒中，名檮杌，一名傲狠，一名難訓。」又如庸醫賽盧醫，盧醫本指戰國時北方名醫扁鵲，他原名秦越人，因家於盧國（今河北境內），又名盧醫。取名賽盧醫，實是反諷。張驢兒殺人逼婚，關漢卿給他取名帶上「驢」字，應該含有醜陋、愚蠢的詈罵意味。在《包待制三勘蝴蝶夢》中，關漢卿給盜馬賊取名為「趙頑驢」，除了帶「驢」字，「頑」字還有「愚頑」、「愚妄」之意，明顯具有諷刺、詈罵意味。在《謝金吾詐拆清風府》中，本為番邦間諜而卻在宋朝當了樞密的王欽若，原名叫「賀驢兒」，其左腳底板上還有朱砂刺的「賀驢兒」三個大字，下面還有「寧反南朝，不背北番」兩行小字。雜劇作家給他取名「賀驢兒」，似乎帶有民族情緒而有譏刺、詈罵意味。

　　然而，元雜劇中有的人名雖然帶有「驢」字，但是是取名習俗所致，當不屬於詈詞。如張國賓《薛仁貴榮歸故里》和無名氏《摩利支飛刀對箭》中的薛仁貴，小名就叫「薛驢哥」。在《舊唐書·薛仁貴傳》中，沒有薛仁貴有小名的記載，而劇作家給薛仁貴取小名「薛驢哥」，是為了表明了他原來身份的低賤，與顯達後帶「貴」字的名字相對比。「薛驢哥」這個名字，應沒有譏諷、詈罵意味，是民間取名習俗所致。民間認為小孩取名越賤越好養，因而給小孩取小名多帶「狗」、「牛」、「驢」等字。請看《澠水燕談錄》卷十的記載：「歐陽文忠公不喜釋氏，士有讀佛書者，必正色視之。而公之幼子小字『和尚』，或問：『公既不喜佛，排浮屠，而以「和尚」名子，何也？』公曰：『所以賤之也，如今人家以牛、驢名小兒耳。』」筆者檢索史書發現：《元史》中帶「驢」字的人名也很多，如李瘸驢、王阿驢、郭野驢、張拗驢等等，而《舊唐書》、《新唐書》中就沒有，《宋史》只有一個，是金國的樞密「完顏小驢」。這一現象說明：人名帶「驢」字，不僅與民間取名習俗有關，而且還與蒙古族這個游牧民族的統治有關。由此看來，元雜劇中多有帶「驢」字的詈詞和人名，應該還是元代蒙古族統治特有的文化現象。

（原載《四川戲劇》2008 年第 3 期）

融詩詞歌賦於一劇的《醉寫〈赤壁賦〉》

　　在元雜劇中，有一本無名氏雜劇《蘇子瞻醉寫〈赤壁賦〉》（以下簡稱《醉寫〈赤壁賦〉》），敷演蘇東坡貶謫黃州，醉寫《赤壁賦》的故事：蘇軾應舉中第後官拜端明殿大學士，參知政事王安石安排家宴，請秦少游、賀方回等作伴客爲之慶賀。王安石夫人聞知蘇軾「胸懷錦繡，口吐珠璣，有貫世之才」，遂扮成家樂女子，隱於侍女之中，欲一睹蘇軾之面，被蘇軾識破並以《滿庭芳》詞戲謔之。王安石因而忌恨並彈劾蘇軾，將其貶到黃州。蘇軾到黃州後備受上司冷遇，生計維艱。中秋之夜，黃魯直、佛印禪師邀蘇軾同遊赤壁，蘇軾乘著酒興，寫下了著名的《赤壁賦》。一年後，皇帝詔回蘇軾爲邵雍撰寫碑文，蘇軾官復原職。此劇沒有十分激烈的矛盾衝突，也沒有非常巧妙的關目安排，甚至不大適合舞臺演出而只宜案頭閱讀，然而此劇卻有一個突出的特點，即包含多種文體，融詩詞歌賦等於一劇。這在元雜劇中是少有的。

　　第一，此劇揉進了「詩話」。所謂詩話，從字面來講，就是關於詩的故事，後來指評論詩歌或記載詩人故實的著作。此劇寫王安石和蘇軾的搆怨，最初就是因爲菊花詩引出的「菊花謝落之爭」一事。第一折沖末王安石云：

> 子瞻見僕腰插一扇，上有詩一聯。東坡因取玩之，知小官所作：
> 「庭前昨夜西風起，吹落黃花滿地金。」東坡看畢後，續兩句成其
> 一絕。他道：「秋花不比春花謝，説與詩人仔細吟。」此人不知黃州
> 菊花謝。

此事見於南宋魏慶之的《詩人玉屑》卷 17，最早記載是北宋蔡絛的《西清詩話》，但主人公是王安石和歐陽修；到南宋曾慥的《高齋詩話》，主人公才變爲王安石和蘇軾，詩與《醉寫〈赤壁賦〉》中的四句略有不同：

荊公詩：「黃昏風雨暝園林，殘菊飄零滿地金。」子瞻跋云：「秋
英不比春花落，説與詩人子細看。」蓋爲菊無落英故也。荊公云：
蘇子瞻讀楚詞不熟耳。予以謂屈平「餐秋菊之落英」，大概言花衰謝
之意，若「飄零滿地金」，則過矣。東坡既以落英爲非，則屈原豈亦
謬誤乎？坡在海南《謝人寄酒》詩有云：「漫繞東籬嗅落英」，又何
也？

劇作者把這個有名的關於菊花詩的故事寫進劇本，構成王安石和蘇軾矛盾衝
突的起因，刻畫了王安石心胸狹窄、記仇報復的性格，而且還增加了劇本的
趣味性。後來明代馮夢龍編寫的《警世通言》中，有一篇《王安石三難蘇學
士》，也敷演了「菊花謝落之爭」的故事，結局是被貶黃州的蘇軾看到菊花盡
落，滿地鋪金，才意識到自己的「續詩」錯了。這多少是受了此劇的影響。

第二，此劇融入了「嘲歌」。所謂嘲歌，指農人、船夫等信口而唱的歌，
多用小調，因含有嘲弄之意，故稱。第三折：

（外扮艄公上，嘲歌）秋風颭颭響重重，鄉里阿姐嫁了個村老
公。村老公立地似彎弓，存地似彈弓，立地似掬弓。頭籠重，腳籠
重，兩管鼻涕拖一桶，污阿姐如乾□抹胸。我道村野牛，村野牛，
不如早死了，那竹鵁鶄空佔了畫眉籠。

艄公所唱嘲歌，內容低俗，語言俚俗，符合人物的身份。劇本加入這個嘲歌，
不但可以活躍劇場氣氛，而且還和本折後面正末蘇軾所誦《赤壁賦》形成雅
俗的對比，文人的雅，船夫的俗，相映成趣。

第三，劇中的正末蘇軾創作有一詩一詞一賦。中國文學史上的蘇軾是不
可多得的全才，詩與黃庭堅齊名，並稱「蘇黃」；詞與辛棄疾齊名，並稱「蘇
辛」；文與歐陽修齊名，並稱「歐蘇」。劇作者深知這些，因而讓正末蘇軾在
劇中即席寫詩填詞作賦，得心應手，一揮而就。

第一折中，沖末王安石與蘇軾等人宴飲，安排家樂侍女在筵前隔簾吹彈
歌舞，賀方回要蘇軾寫詩：

（眾做意科，賀云）學士，你見麼，眾官聽其聲不能睹其面，
小官問學士求珠玉咱。（正末云）理會的。（秦云）左右，將文房四
寶來。（正末寫科，云）眾位相公勿罪，詩就了也。（王云）願聞。（正
末云）只聞檀板與歌謳，不見如花閉月羞。安得好風從地起，倒吹
簾卷上金鈎。

當正末蘇軾「著一個小伎倆」，「賺出」混在家樂侍女中的王安石夫人後，秦少游又要蘇軾填詞：

> （秦云）學士，何不作詞一首。（正末云）令人將紙墨筆硯來。
> （王云）下次小的每，將紙墨筆硯來，放在學士跟前。（正末寫科，
> 云）揣揣寫就了也。（王云）學士試表白咱。（正末云）詞寄《滿庭
> 芳》。詞曰：香靉雕盤，寒生冰箸，畫堂別是風光。主人情重，開宴
> 出紅妝。膩玉圓搓素頸，藕絲嫩新織仙裳。雙歌罷，虛簷轉月，餘
> 韻尚悠揚。人間何處，有司空見慣，應謂尋常。坐中有狂客，惱亂
> 愁腸。報導金釵墜也，十指露春筍纖長。親曾見、全勝宋玉，想像
> 賦《高唐》。

第三折中，黃魯直和佛印禪師邀蘇軾一同遊赤壁時，佛印禪師要蘇軾對景「作歌」：

> （禪云）子瞻，如此景物，何不作歌，發一笑耳。（正末云）理
> 會的。將筆硯來。寫就了也。（黃云）學士，就表白咱。（正末云）
> 「壬戌之秋，七月既望⋯⋯相與枕藉乎舟中，不知東方之既白。」

劇作者爲了表現蘇軾的文學才華，在劇中讓蘇軾即席創作一詩一詞一賦，詩和詞是劇作者根據劇情爲劇中正末蘇軾所作，而《赤壁賦》則是引用宋代大文豪蘇軾的原作。如果說在雜劇中融進詩詞還比較常見的話，那麼在劇中引用近 700 字的《赤壁賦》，則較爲少見。這樣做，不但會給演員的表演帶來難度，而且還會使劇場氣氛沉悶，觀眾聽不下去。因爲扮演正末蘇軾的演員除了要唱曲詞以外，還要在舞臺上吟誦這一詩一詞一賦，詩詞短小，吟誦尚可，而誦讀這麼長的《赤壁賦》，觀眾能否聽下去，卻是個問題。

除了詩詞賦，劇中的唱詞屬於曲，賓白屬於文，題目正名「王安石讒課滿庭詞，蘇子瞻醉寫赤壁賦」則是對子，劇本可謂包融多種文體。此外，劇中還安排有吹拉彈唱等表演形式，如第一折王安石家宴上有家樂侍女的吹彈歌舞，這一歌舞表演，既有推動劇情向前發展的作用，又有娛樂觀眾的作用；第三折赤壁月夜泛舟時，有佛印禪師的吹簫，這一情節，既合蘇軾《前赤壁賦》中的「客有吹洞簫者」「其聲嗚嗚然」的描寫，又豐富了舞臺表演，活躍了劇場氣氛。

《醉寫〈赤壁賦〉》既融入了詩、詞、歌、賦、詩話等文體，又加入了大量吹拉彈唱等表演樣式，這在以前的文學作品中是少見的，也是有其多方面原因的。

首先，從文體發展的角度來看，我國的各類文體，除長篇章回小說以外（元末明初出現的《三國演義》是我國第一部成熟的長篇章回小說），到元代俱已成熟。詩歌和散文產生、成熟最早，一直是正統的文體；詩歌經過四言、五言、七言、律詩、絕句的發展，在唐代大盛；賦在漢代就已成熟、盛行，又經過兩漢古賦、魏晉南北朝俳賦、唐宋科舉考試的律賦、唐宋古文家的文賦的發展；駢文確立於魏晉，繁盛於六朝；傳奇小說在魏晉南北朝出現雛型，到中晚唐成熟；詞則成熟於晚唐，興盛於兩宋；散曲、雜劇則在元代成熟、繁榮。由於各類文體的成熟，劇作家根據劇情需要就可以在劇中廣泛運用多種文體，使得詩詞曲賦能夠融於一劇。

其次，從劇中主要人物和劇本的思想傾向來看，劇中正末蘇軾和文學史上的蘇軾一樣，是個詩詞歌賦兼擅的全才，劇作者的意圖是要表現蘇軾的多才多藝卻仕途坎坷，要表現其才華，就刻意讓其寫詩填詞作賦。因而劇中的蘇軾才華橫溢，文思敏捷，寫詩填詞作賦，揮筆立成，然而卻遭受王安石進讒，被貶受困於黃州。劇作者似有「借他人之酒杯，澆胸中之塊壘」之意。

再次，從雜劇自身的樣式來看，雜劇是一門綜合性舞臺藝術，其表現內容、文體特徵、表演形式都具有「雜」的特點。陶宗儀《南村輟耕錄‧院本名目》謂「院本、雜劇，其實一也」，但為何元劇不以「院本」而偏以「雜劇」的名目流傳，正是因其具有「雜」的屬性。朱權的《太和正音譜‧詞林須知》「雜劇之說」條也指出了這一屬性：「元分院本為一，雜劇為一。雜劇者，雜戲也。」元雜劇總體內容的龐雜是人所共知的，從表演形式來看，元雜劇沿宋金雜劇而來，宋金雜劇的表演就是諸種伎藝錯雜相間，包括口技、雜耍、吹打、說唱、歌舞、滑稽小戲等等。從劇本的文體特點來看，確實多種文體雜糅。元代杜仁傑的散曲《莊家不識勾欄》描寫一個莊稼人去勾欄觀看雜劇演出寫道：舞臺上「不住的擂鼓篩鑼」，「一個女孩兒轉了幾遭，不多時引出一夥。中間裏一個央人貨，裹著枚皂頭巾，頂門上插管筆，滿臉石灰更著些黑道兒抹，知他待是如何過？渾身上下則穿領花布直裰。念了會詩共詞，說了會賦與歌。」「頂門上插管筆」，表明這個角色有文化，他就表演有詩詞歌賦。除了詩詞歌賦以外，雜劇劇本常常還包含對子、說書體、笑話體等等。

最後，由於雜劇的綜合藝術性質，要求劇作家也要多才多藝，擅長詩詞歌賦，吹拉彈唱。當然，古代文人都以會詩詞歌賦、吹拉彈唱、琴棋書畫為榮，這是文人的一個傳統。元代的雜劇作家大多具備這些才能。關漢卿在《南

呂一枝花‧不伏老》中就說：「我也會圍棋，會蹴鞠，會打圍，會插科，會歌舞，會吹彈，會嚥作，會吟詩，會雙陸。」無名氏雜劇《逞風流王煥百花亭》中的正末上場就表白：「小生姓王名煥，字明秀，年方二十二歲，本貫汴梁人氏。自父親辭逝，來此洛陽叔父處居止。為小生通曉諸子百家，博覽古今典故，知五音，達六律，吹彈歌舞，寫字吟詩，又會射箭調弓，掄槍使棒，因此人皆稱為風流王煥。」這雖然是劇中角色的表白，但也可以看作是劇作者思想的流露。劇作者既然多才多藝，擅長各種文體，因而創作劇本時也就隨手融進詩詞歌賦等。

（原載《戲劇文學》2006 年第 10 期）

《三國演義》簡論

　　從宋元講史的基礎上發展起來的章回小說，是我國長篇小說的民族形式。元末明初產生的《三國演義》是中國文學史上第一部章回體歷史小說，也是我國古代歷史演義成就最高、影響最大的一部小說。它與《水滸傳》、《西遊記》、《金瓶梅》合稱爲明代小說的「四大奇書」。

　　《三國演義》，全名《三國志通俗演義》，又名《三國志演義》，取材於東漢末年和魏、蜀、吳三國的歷史，即從東漢靈帝中平元年（184）至西晉武帝太康元年（280），敘事近一個世紀。從故事的產生到最後成書，可說是源遠流長。

　　首先系統而完整地記載三國故事的是晉朝史學家陳壽的《三國志》。《三國志》以文字典雅，敘事有序著稱，但從文學的角度看，又有過於簡略，不夠形象的感覺。南朝劉宋時人裴松之爲《三國志》作注，根據野史雜記增補了很多資料，篇幅超過原書三倍，徵引資料達二百一十種。有些資料現已散佚，僅見於裴松之的注，如《蜀記》、《吳錄》、《曹瞞》等。史傳之外，南朝宋的劉義慶撰寫《世說新語》，也輯錄了民間傳說的三國人物故事二十多則。

　　其次是三國故事在民間的廣泛流傳，並成爲多種民間藝術的題材來源。據杜寶的《大業拾遺記》記載，隋煬帝大業年間觀看水上雜戲，演出有曹操譙水擊蛟、劉備檀溪躍馬的節目。劉知幾《史通・採撰》謂唐初時有些三國故事已「得之於行路，傳之於眾口」。晚唐李商隱《嬌兒詩》有「或謔張飛鬍，或笑鄧艾吃」的童孩情狀的描寫，可見到了晚唐，三國故事已經普及到小兒皆知的程度。宋代通過說書藝人的表演說唱，三國故事更爲流行。根據孟元老《東京夢華錄》記載，北宋時已經出現了「說三分」的專家霍四究。又據

《東坡志林》記載：「王彭嘗云：塗巷中小兒薄劣，其家所厭苦，輒與錢，令聚坐聽說古話。至說三國事，聞劉玄德敗，頻蹙眉，有出涕者；聞曹操敗，即喜唱快。」這段記載說明北宋時說三國故事多麼精彩動人，也說明當時「尊劉貶曹」的傾向已經非常明顯了。宋金元時期，戲劇舞臺上也大量搬演三國故事，現存劇目就有四十多種。《宋史‧范純禮傳》及南宋姜夔《觀燈口號》等詩歌中都有演出三國戲的記載。金院本有《赤壁鏖兵》、《襄陽會》、《大劉備》和《罵呂布》等劇目。南戲也有《關大王獨赴單刀會》、《劉先主跳檀溪》等戲目。以三國故事為題材的元雜劇就更多了，如《三戰呂布》、《連環計》、《千里獨行》、《單刀會》、《博望燒屯》等，當時著名的雜劇作家如關漢卿、王實甫、高文秀、尚仲賢等都寫有三國戲。這些三國戲極大地豐富了故事情節和人物形象，在《三國演義》的成書過程中有著十分重要的作用。

在三國故事的流傳過程中，最值得注意的是元朝至治年間（1321～1323）新安虞氏刊刻的《全相三國志平話》。全書約八萬字，分為上中下三卷，每頁兩欄，上圖下文，故事從桃園結義開始，到諸葛亮病死結束。大約是宋元時代講史藝人的說話底本，經略加整理而成。敘事簡略，文筆粗糙，情節頗與史實相違，民間傳說的色彩較濃。但從內容和結構來看，已粗具《三國演義》的規模，為《三國演義》的創作提供了框架，準備了條件。

《三國演義》的作者羅貫中就是在《全相三國志平話》的基礎上，根據正史，運用民間傳說和戲曲故事，再結合自己的生活體驗，加以虛構想像，寫成《三國志通俗演義》的。

關於羅貫中的生平，史傳無載，保存下來的相關資料也很少。元末明初人所撰的《錄鬼簿續編》中說：「羅貫中，太原人，號湖海散人。與人寡合。樂府、隱語極為清新。與余為忘年交，遭時多故，天各一方。至正甲辰（1364）復會，別來又六十餘年，竟不知其所終。」據此可知，羅貫中在元末至正二十四年（1364）還活著，但生卒年不可詳考。羅貫中的籍貫，《錄鬼簿續編》說是太原，此外，還有東原（山東東平）、錢塘（浙江杭州）、廬陵（江西吉安）諸說。明代王圻《稗史彙編》謂羅貫中、葛可久「皆有志圖王者」，「而葛寄神醫工，羅傳神稗史」。清人顧苓《塔影園集》和徐渭仁為徐鈵《水滸一百單八將圖》所題序跋都談到羅貫中曾與元末農民起義的領袖張士誠有過聯繫。如果這些記載可信，那麼其所作戲曲小說多敷衍政治、軍事鬥爭故事，便不是偶然。

羅貫中著述豐富，相傳他寫過小說、戲曲數十種。今存署名羅貫中的小說，除《三國演義》外，還有《隋唐志傳》、《殘唐五代史演義傳》和《三遂平妖傳》，《水滸傳》有的版本，也署有他的名字。《錄鬼簿續編》著錄羅貫中有雜劇三種：《趙太祖龍虎風雲會》、《忠正孝子連環諫》和《三平章死哭蚩虎子》，後兩種已經散失了。

《三國演義》現存最早的版本是明代嘉靖年間的刊本，書名爲《三國志通俗演義》，題「晉平陽侯陳壽史傳，後學羅本貫中編次」，卷首有弘治甲寅（1494）庸愚子（即金華蔣大器）《序》和嘉靖壬午（1522）修髯子（即關中張尚德）《引》。全書二十四卷，分爲二百四十則，每則前有七言回目一句，共七十五萬字。嘉靖本之後，又出現多種刊本，僅現在可見的明末刊本就有二十多種。這些刊本在內容上都無實質性的變化，只做了些插圖、考證、評點和文字的增刪，卷數和回目的整理等工作。其中，《李卓吾先生批評三國志》首先把嘉靖本的二百四十則合併爲一百二十回，把原有的單句回目合爲雙句回目。清代康熙年間，毛綸、毛宗崗父子對《三國演義》作了較大的加工整理，主要是辨正史實，增刪情節，更換論贊，修訂文辭，整理回目，至於內容則無多大改動。經過這一番加工，全書在藝術上有所提高，但原書的正統道德色彩卻也更加濃厚了。毛氏父子的修改本成爲後來最流行的本子。由於當時金聖歎評點小說、戲劇享有盛譽，毛本序文乃僞託金氏所撰。其後翻刻本因有題名爲「貫華堂第一才子書」、「繡像金批第一才子書」者。

《三國演義》集中描寫了三國時代封建統治階級不同政治集團之間軍事的、政治的、外交的種種鬥爭，通過這些鬥爭，揭示了當時社會的黑暗和腐朽，譴責了統治者的殘暴和醜惡，反映了人民在動亂時代的災難和痛苦。然而，三國故事長期流傳於民間，成書於文人之手，《三國演義》更多的，則是表現了文人與人民大眾的政治理想和道德理想。書中的蜀漢集團，是「仁者之政」的代表。作者完全站在蜀漢集團的立場上，把這個集團的主要代表人物劉備寫成了一個正面的仁愛之君。他寬厚仁愛、重義輕利、謙恭禮讓，是「明君」的化身。他的政治思想核心是：澤及黎庶，爭取民眾的支持，即所謂「欲得天下者，必先得民心」。劉備的這一政治思想，在蜀漢集團內部，達成相當程度的共識。蜀漢集團的諸葛亮則是個光照全書的人物，他是智慧和忠貞的化身。作者極力讚揚他驚人的智慧，絕世的才能，把他描寫成政治、軍事、外交無所不能、無所不精的「智絕」人物。不僅讚美了他的「經天緯

地之才」，也突出描寫了他對劉備的忠貞，同時還表現了他「鞠躬盡瘁，死而後已」的精神。作者是把他作為理想中的「賢相」來歌頌的。作者還把蜀漢集團的五虎將關張趙馬黃寫得個個威武雄壯，都是英雄的神人。而蜀漢集團內部君臣之間眞誠信任、情同手足的關係，也正是作者理想中的君臣關係的最高境界。劉備的仁君風範，孔明的賢相神采，君臣之間的兄弟情誼，構成蜀漢集團的「王者之政」，這正是作者傾心追求而《三國演義》著意歌頌的政治理想。與劉備集團「王者之政」形成鮮明對比的，則是曹魏集團的「霸者之政」。曹魏集團的主要代表人物曹操，他是封建統治階級傑出的政治家、軍事家，同時又是一個欺詐殘暴的「暴君」；是一個既具有雄才大略，又虛僞奸詐、兇暴殘忍的奸雄形象。這一形象便決定了曹魏集團「霸者之政」的特點：以霸力而兼詐力奪取天下。曹魏集團猜疑、欺詐的內部關係，與蜀漢集團的「君臣而兼兄弟」，也是形成鮮明對比的。作者通過對曹操的殘暴奸詐的描繪和對劉備的寬厚仁愛的讚揚，正表現出作者、也就是民眾對於「仁政」理想的嚮往。而蜀漢集團的失敗，又是作者理想破滅的深沉表現。

《三國演義》表現出鮮明的擁劉反曹的思想傾向。這一思想傾向是在長期歷史發展中形成的，包含了比較複雜的社會歷史因素。首先跟三國故事流傳加工的宋元時期民族鬥爭的歷史背景有關。蜀漢集團被當作漢族政權的象徵而加以強調，曲折地表現了在特定歷史條件下形成的民族意識。其次跟作者的政治理想有關。《三國演義》的作者以儒家「天下歸仁」的政治理想來概括三國時期的歷史，不完全符合這個時期的歷史實際，但卻在一定程度上反映了處於戰亂時代的人民群眾反暴政的要求和希望過安樂生活的理想。再次，無可諱言，尊劉抑曹的傾向，也反映了嚴重的封建正統思想。小說以是否忠於漢室作為判斷是非善惡的標準，曹操就是被當作不忠於漢室的「亂臣賊子」來加以討伐的。而劉備同樣想做皇帝，想統一天下，而因為他姓劉，是帝室之冑，就被肯定和讚揚。這方面表現了《三國演義》嚴重的思想局限。

《三國演義》還極力宣揚了劉、關、張的義氣。第一回開宗明義就寫「宴桃園豪傑三結義」，劉、關、張三個異姓兄弟發誓同心協力，救困扶危，上報國家，下安黎庶，不求同年同月同日生，但願同年同月同日死，背義忘恩，天人共戮。以後，幾乎整部小說都著力描寫了這種關係，並特別突出了劉、關、張對這一關係的忠誠。三人之中的關羽則是被作者當作「義氣」化身的英雄人物。他「身在曹營心在漢」，不為曹操的高官厚祿所動，最終演出「掛

印封金」、過五關斬六將的壯舉，突出了他忠於桃園盟誓、富貴不能淫，威武不能屈的義氣，也體現了「結義」的關係一旦形成就不可違逆的道德原則。但赤壁之戰中關羽奉命扼守華容道，卻又因為曹操舊日有恩於他而放了曹操一條生路，這又是「義氣」的另一種表現，即受人之恩不可不報。從關羽的行動中，我們一方面看到「義氣」的團結鼓舞的力量，另一方面也明顯看到「義氣」的局限。義氣是封建社會小私有者、小手工業者的一種道德觀念。它來源於小私有者在受剝削、受壓迫中企圖互相支持，救困扶危的一種自發的反抗。當社會冷酷無情的時候，人們自然就要尋找溫暖和友情，這樣，義氣也就產生了。義氣，在舊社會是一種積極的團結的因素，是小老百姓在冷酷的社會裏求生存的有效手段。然而，由於義氣是小私有者、小團體主義的產物，往往以個人的恩怨為出發點，為行動的依據，把個人情誼置於國家、整體利益之上，因此，這種道德觀念存在明顯的局限性。所以義氣化身的關羽，後來就為清代統治者所利用，並附會種種迷信色彩，稱為「伏魔大帝」、「關聖帝君」。而「桃園結義」的形式，也往往被各種封建的江湖幫會用作欺騙的手段。

　　作為歷史小說，《三國演義》出色地處理了史實與虛構的關係。它在依據正史，博採傳說的基礎上加以虛構想像，巧妙構思而寫成。清代史學家章學誠概括為「七分事實，三分虛構」，「虛實錯雜」（《丙辰札記》）。應該說，《三國演義》的事件主幹，「皆排比陳壽《三國志》及裴松之注」，是與史實相符的。其調動多種藝術手段，敷衍情節，刻畫人物，則屬虛構的成分。虛實結合，虛實關係處理得當，創造性地、藝術地再現了三國時期的歷史，為歷史小說的創作提供了成功的範例，這正是《三國演義》的成功之處。

　　《三國演義》第一次以長篇的規模塑造了眾多的人物形象，並且基本上依照魏、蜀、吳三方組成三種人物系列。蜀方的劉備系列，是作者滿懷深情描繪的人物群體，以忠厚仁義、驍勇善戰、智慧睿雋顯示其特點；吳方的周瑜系列，包括陸遜，基本是少年武將、雄姿英發；魏方的曹操系列，有曹操的虛偽奸詐、驕橫跋扈，有司馬氏父子的老謀深算、機宜權變，儘管表現不盡相同，但在作者的眼中，他們都有被否定的共同素質。這樣，就使人物形象蒙上了尊劉抑曹的傾向性。從形象系列的設計，也可以看出作者的思想傾向和審美情感。各組系列各自獨立存在，有自己的藝術形象生命。其中最突出的是仁君的類型——劉備，賢相的範本——孔明，良將的化身——關羽，

姦臣的符號——曹操。各組系列星羅棋佈而又遠近正反互爲映照。劉備之於曹操的仁惡反襯，魯肅之於孔明的憨智對照，周瑜之於魯肅的狹厚映襯……，系列之間、系列內部互成各種形式的映襯關係，這就形成了全書網狀立體的形象系譜。

《三國演義》塑造人物的突出特點是善於抓住人物的基本特徵，突出他的某一個方面並加以誇大，使人物個性鮮明而生動地展現在人們的面前；善於運用誇張、對比、烘託的手法描繪人物；還善於運用粗線條的勾勒來刻畫人物。然而，《三國演義》描寫人物，與它的截然分明的道德評判相關聯，有一種「類型化」的傾向。人物的品格性情，大都可以用簡單的語言概括出來。如劉備的寬厚仁愛、曹操的雄豪奸詐、關羽的勇武忠義、張飛的勇猛暴烈、諸葛亮的謀略高超和勤於國事、周瑜的聰明自信和器量狹小……。這種單純鮮明的性格，猶如京劇的臉譜化表演，容易爲讀者所把握。然而在單一的性格方面上，作者通過生動的情節和誇張的筆法，還是能夠把人物寫得有聲有色。

《三國演義》特別擅長描寫戰爭。全書從頭至尾寫了幾十次大的戰役，幾百次小的戰鬥，多數是從正面、全局的角度來描寫的，可以說是「全景戰爭小說」。這些戰爭在作者筆下千變萬化，不重複，不呆板，都各自獨具特點，表現了戰爭的複雜性和多樣性，甚至同一形式的戰爭，都能寫出個中之異。如官渡之戰、赤壁之戰、彝陵之戰等大規模的戰爭，從戰事的起因、力量的對比、彼此的方略，到戰爭的場面、過程及其變化和戰爭的勝負，都能敘述得生動具體而又特點突出。作者在描寫戰爭時，不僅十分注意利用錯綜複雜的矛盾衝突來展示戰爭的緊張激烈、波濤洶湧，而且還注意運用動靜結合、一張一弛的藝術手法，把戰爭寫得來有張有弛，鬆緊有致。然而，《三國演義》描寫戰爭的成功，主要不在於描寫戰爭本身，而在於善於通過戰爭塑造形形色色的人物形象，通過戰爭刻畫鮮活生動的人物性格。如赤壁之戰對諸葛亮的機智善辯、寬宏大量、以大局爲重和周瑜的才高量窄就刻畫很出色。其他如曹操的聰明自誤，蔣幹的迂腐無能，闞澤的機智大膽，無不鮮明突出，栩栩如生。

《三國演義》的藝術結構，既宏偉壯闊，又不失嚴密和精巧。全書敘寫三國百年間的重大歷史事件，這些事件雖然依時序漸次發生，卻又往往平行交叉，頭緒紛繁，兼之主線中穿插許多大小事件，互相牽制，而參與這些事件的歷史人物，數量眾多，有的還不斷轉換自己的時空位置，這給作者再現

人物的活動與事件的發生、發展、結局造成很大的困難。然而《三國演義》的作者卻能以蜀漢為中心，抓住三國矛盾鬥爭的主線，井然有序地展開故事情節。既曲折變化，又前後貫串，賓主照應，脈絡分明，構成了一個基本完美的藝術整體，較少瑣碎支離的情況。

《三國演義》的語言吸收了我國史傳文學文言文的成就，並加以適當通俗化，形成了一種較文言淺顯的半文半白的文學語言。它既具有文言文的簡練精粹，又具有白話文的生動淺顯。「文不甚深，言不甚俗」，典雅而不深澀，通俗而不鄙俚，文白相雜，雅俗共賞，具有簡潔、明快而又生動的特點。文白相雜的語言，和《水滸傳》那種純熟的白話不同，這是因為作者常需在書中直接引用史料，如用純粹的白話就難以諧調，並且帶些文言成分，會多給人一些歷史感。在中國古代小說發展史上，《三國演義》的語言雖不如《水滸傳》、《紅樓夢》的語言富於表現力，但其承上啓下的地位，卻是不可忽略的。

當然，《三國演義》在藝術上也有比較明顯的缺點。在人物刻畫上，因為它是粗線條勾勒，細節的描繪較少，人物的性格缺少發展，好像曹操生來就奸詐，孔明生來就聰明。這種缺點的產生，可能是受史傳材料的局限，同時也受某些民間傳說人物定型化特點的影響。在某些人物的塑造上，為突出某一性格特點而寫得太「過」，正如魯迅先生所說：「至於寫人，亦頗有失，以致欲顯劉備之長厚而似偽，狀諸葛之多智而近妖。」（《中國小說史略》）

《三國演義》的影響廣泛而深遠。它出現以後，歷史小說開始大量興起，各朝各代的歷史都改編成了演義小說，從《開闢演義》一直到《清宮演義》。根據《三國演義》改編的戲曲、曲藝、電影、電視作品之多，不可數計，而且深受人們的喜愛。《三國演義》對社會道德、軍事謀略和企業管理也產生了很大的影響。劉、關、張的桃園結義已經成為民間結拜的楷模，明清兩代的農民起義軍將領張獻忠、李自成、洪秀全曾把《三國演義》作為學習戰爭知識，吸取攻城略地、伏險設防經驗的軍事教科書，日本松下幸之助的電器公司運用諸葛亮的戰略思想經營管理，使公司大獲成功。

本書以臺灣天一出版社 1985 年根據三槐堂藏板影印出版的《第一才子書》為底本進行標點，校以他本，擇善而從。由於本人水平有限，加之時間倉促，錯誤在所難免，希望專家、讀者指正。

（本文係重慶出版社 2003 年出版《三國演義》的《前言》）

論納蘭詞的興亡之歎

　　滿族詞人納蘭性德（字容若）出生於清世祖順治十一年（1655），距清朝建國已有 10 餘年。他的父親納蘭明珠曾任兵部尚書、吏部尚書、英武殿大學士、太子太傅、太子太師等職，是康熙朝權重一時的宰相，深得康熙皇帝的寵信。納蘭家屬滿洲正黃旗，「鑲黃、正黃、正白三旗，皆天子自將之軍，爰選其子弟，命曰侍衛，用備宿衛侍從」，因此納蘭 17 歲入太學讀書，22 歲考中進士後，康熙皇帝即授以三等侍衛的官職，後曾升爲二等，再升爲一等，成爲康熙皇帝的御前侍衛。據《聽雨叢談》卷一所載：御前侍衛「多以王公冑子勳戚世臣充之，御殿則在帝左右，扈從則給事起居，滿洲將相多由此出」。所以納蘭出入扈從，貴要莫比。康熙皇帝把這位進士出身而且既精文翰又擅騎射的年輕親貴留在身邊，顯然是爲了觀察培養，要委以重任的。然而，康熙二十四年（1685），正當納蘭 31 歲的少壯之時，他卻因「寒疾」而歿。讓人感覺詫異的是：這樣一位出身貴族，生長華閥，仕途順利，位居顯要，年紀輕輕的詞人，卻情思抑鬱，倦於仕宦，「惴惴有臨履之憂」〔註 1〕，在詞中流露出濃厚的興亡之歎。

　　納蘭的老師徐乾學說納蘭談論「前代興亡理亂所在，未嘗不慨然以思」〔註 2〕。確實如此，我們翻閱納蘭的《飲水詞》，興亡之歎的詞句隨處可見，感傷興亡的淒涼情緒彌漫於字裏行間。請看下面三首詞：

　　　　古戍饑烏集，荒城野雉飛。何年劫火剩殘灰，試看英雄碧血，
　　滿龍堆。　　　玉帳空分壘，金笳已罷吹。東風回首盡成非，不道興
　　亡命也，豈人爲。（《南歌子‧古戍》）

〔註 1〕　嚴繩孫《成容若遺稿序》，《通志堂集》，上海古籍出版社 1979 年版。
〔註 2〕　徐乾學《納蘭君墓誌銘》，《通志堂集》卷十九。

山重疊，懸崖一線天疑裂。天疑裂，斷碑題字，古苔橫齧。　　風
聲雷動鳴金鐵，陰森潭底蛟龍窟。蛟龍窟，興亡滿眼，舊時明月。
（《憶秦娥・龍潭口》）

漢陵風雨，寒煙衰草，江山滿目興亡。白日空山，夜深清唄，
算來別是淒涼。往事最堪傷，想銅駝巷陌，金谷風光。幾處離宮，
至今童子牧牛羊。　　荒沙一片茫茫，有桑乾一線，雪冷雕翔。一
道炊煙，三分夢雨，忍看林表斜陽。歸雁兩三行，見亂雲低水，鐵
騎荒岡。僧飯黃昏，松門涼月拂衣裳。（《望海潮・寶珠洞》）

《南歌子・古戍》一詞是納蘭於康熙二十二年二月扈駕去五臺山、長城嶺、
龍泉關之時寫的。詞人面對古戍、荒城、劫火、碧血等淒慘悲涼的大漠邊城
之景，想到從前堅固的營壘、繁華的城邑，而今卻「回首盡成非」，一片蕭條
冷落，不勝悲慨，發出了「不道興亡命也，豈人為」的感歎！儘管納蘭認為
朝代的興亡是天命注定，不是人為造成，但是卻非常明顯地流露出面對興亡
十分傷感的情緒。《憶秦娥・龍潭口》一詞大約是康熙二十一年（1682）春天
納蘭扈駕東巡所作。龍潭口即龍潭山口，其地在清代吉林府伊通州西南。作
者途經此地，看見「斷碑題字，古苔橫齧」，聽見「風聲雷動鳴金鐵」，覺得
「興亡滿眼」，無限惆悵傷感。《望海潮・寶珠洞》一詞可能作於康熙十五年
十月納蘭扈駕至昌平時。詞人由眼前的「漢陵風雨」（漢陵借指十三陵）、「寒
煙衰草」，聯想到往昔的繁華興盛早已消失殆盡，生發出「別是淒涼」的「滿
目興亡」之感。

在納蘭的其他詞作中，還有很多關於盛衰興亡淒涼情緒的抒寫。他扈駕
經過十三陵，看到前代帝王的陵墓荒涼冷落，心情十分淒苦：「行人莫話前朝
事，風雨諸陵，寂寞魚燈。天壽山頭冷月橫。」〔註3〕看見前朝帝王的陵園，
成了新朝王室的遊獵之所，流露出無可奈何的傷感：「休尋折戟話當年，只灑
悲秋淚。斜日十三陵下，過新豐獵騎。」〔註4〕他的《蝶戀花・出塞》抒寫「今
古河山無定據」「滿目荒涼誰可語」的幽怨，毛澤東讀後批云：「看出興亡。」
〔註5〕

〔註3〕　納蘭性德《採桑子・居庸關》，張草紉《納蘭詞箋注》，上海古籍出版社1999
　　　　版，第385頁。
〔註4〕　納蘭性德《好事近》，《通志堂集》卷七。
〔註5〕　《毛澤東讀文史古籍批語集》，中央文獻出版社1993年。

納蘭作爲權傾朝野的宰相明珠的貴公子，自己生逢「康熙盛世」，又宦途通達官居高位，爲什麼一談到盛衰興亡之事就這麼傷感？並產生這樣深沉的興亡之歎呢？探討其原因，對於瞭解納蘭的家族、思想，對於深刻理解納蘭的詞作和其凄清婉麗詞風的形成是非常必要的，也是很有意義的。

納蘭產生興亡之歎的原因是複雜而多方面的，然究其大端，主要有以下幾點。首先，納蘭感傷興亡與他家族的盛衰興亡密切相關。徐乾學《納蘭君墓誌銘》云：「君之先世，有葉赫之地，自明初內附中國，諱星懇達爾漢，君始祖也。六傳至諱養汲弩，君高祖考也。有子三人，第三子諱金臺什，君曾祖考也；女弟爲太祖高皇帝后，生太宗文皇帝。太祖高皇帝舉大事，而葉赫爲明外捍，數遣使喻，不聽，因加兵克葉赫，金臺什死焉。卒以舊恩，存其世祀。其次子，即今太傅公之考，諱倪迓韓，君祖考也。」根據徐乾學所述，結合有關資料，我們可知：納蘭的先祖原是蒙古人，姓土默特，後滅納蘭部，佔領其地遂改姓納蘭。不久，遷居葉赫河岸（今遼寧開原附近），號「葉赫國」。葉赫是海西女眞的四大部（輝發、葉赫、哈達、烏拉）之一，海西女眞又是滿族的三大部族（建州女眞、海西女眞、野人女眞）之一。在海西女眞四大部中，納蘭先祖所屬的葉赫部勢力最強大，是海西女眞的一面旗幟。而此時的建州女眞也極爲強盛，其領袖努爾哈赤迅速統一了部內諸族。建州女眞和海西女眞通好時互爲婚媾，努爾哈赤娶了納蘭高祖金臺什的妹妹爲妃，生下的兒子就是清太宗皇太極。也就是說納蘭性德的祖父與康熙皇帝的祖父是表兄弟。儘管如此，以葉赫爲首的海西女眞和建州女眞還是經常發生爭戰和兼併。萬曆二十一年（1593）六月，葉赫部首領納林布祿拉攏哈達、烏拉、輝發三部，合兵進攻建州女眞的戶布察寨，努爾哈赤率兵迎戰，納林布祿所領四部聯軍，大敗而逃。九月，葉赫部貝勒布齋、納林布祿又集合哈達、烏拉、輝發及蒙古三部、長白山二部組成九部聯軍，共三萬人馬，分三路進犯建州女眞。但努爾哈赤英勇善戰，利用有利地形，設置重重障礙，布下圈套，把以葉赫爲首的九部聯軍打得四處潰散，葉赫部的首領布齋在激戰中陣亡。「葉赫貝勒等見布齋被殺，皆痛哭。其同來貝勒等大懼，並皆喪膽，多不顧其兵，四散而走」〔註6〕。萬曆四十七年（1619）八月，努爾哈赤又率軍征討葉赫，葉赫的東、西城都被攻破。納蘭的高祖金臺什率兵守東城，在城被攻破時自焚身死，葉赫遂亡。

〔註 6〕 《滿洲實錄》卷二，轉引自《簡明清史》，人民出版社 1980 年，第 43 頁。

納蘭肯定知道葉赫族的這段歷史。這就形成了他複雜的心態，既當了康熙皇帝的一等侍衛，又厭倦仕宦，心情淒苦，「惴惴有臨履之憂」，並在詞中抒寫深沉的興亡之歎。康熙二十一年（1682）三月，康熙皇帝去東北祭祀祖先陵墓，並巡視兀喇（又名烏喇、烏拉，在今吉林省吉林市），納蘭隨駕扈從，寫了《浣溪沙·小兀喇》。小烏喇一帶曾是納蘭家族的領地，詞人經過此地必然想起當年葉赫部被努爾哈赤族滅的往事。所以，詞的上片描繪小烏喇的特異景色和風俗民情，下片筆鋒一轉，抒寫興亡之感：「猶記當年軍壘跡，不知何處梵鐘聲。莫將興廢話分明。」結句似寓有難言的隱恨。此外，前引《南歌子·古戍》所寫「何年劫火剩殘灰，試看英雄碧血，滿龍堆」，也應與葉赫族被滅、高臺什戰敗身亡有聯繫。

　　其次，納蘭在詞中抒發興亡之感，還跟清初詞壇懷戀舊朝，慨歎興亡風氣的影響有關。朱明王朝滅亡，總人數不多的滿族人統治中國，由明入清的漢族詞人經歷這樣的時代社會變遷之後，有著濃厚的民族情緒，仍然懷戀朱明王朝，對新朝充滿牴觸情緒，因而，常在詞中抒寫家國之思、興亡之感，特別是江南詞人的這種情緒尤為突出。這樣，清初詞壇就彌漫著濃厚的慨歎興亡的風氣，置身於其間的納蘭不能不受到薰陶浸染。清初的雲間（即今上海松江的古稱，清屬江蘇）詞派，極力推尊李煜、李清照，詞中多感傷興亡，應該說是與當時的時勢人心有關聯的，因為「他們所處的時代以及即將面對的現實，與李煜、李清照所經歷的極為相類似，歷史又一次地將人們置於天翻地覆、陵谷變遷的悲壯境地」〔註7〕。雲間詞派的領袖陳子龍心繫明室的亡國之痛就極為強烈：

　　　　最恨是年年芳草，不管江山如許……玉雁金魚誰借問？空令我傷今弔古。歎繡嶺宮前，野老吞聲，漫天風雨。

　　（《二郎神·清明感舊》）

因抗清17歲就死難的雲間派詞人夏完淳，詞中傷弔故國感歎興亡的情感也極為濃厚：

　　　　無限傷心夕照中。故國淒涼，剩粉餘紅。金溝御水自西東。昨歲陳宮，今歲隋宮。（《一翦梅·詠柳》）

仍屬雲間派的西泠十子，大都是由明入清而以隱逸終老的詞人，他們的詞作悲涼之調尤多。其中的張丹，詞作抒寫家國興亡之感也十分鮮明，如《相見歡·越中感懷》：

〔註7〕嚴迪昌《清詞史》，江蘇古籍出版社1999年，第15頁。

扁舟又渡江東，正西風。舊日越王棲處，草連空。　　興亡事，

千年裏，恨無窮。偏是若耶溪畔，蓼花紅。

其《賀新郎・過天壽山》寫於經過天壽山見到明陵時，感情甚爲淒苦沉痛：

古殿虛無人不到，有苔痕繡滿椒香柱。荊棘裏，斷碑僕……當

時守衛多軍伍，到今來，悲風輦道，寒煙悽楚。

陽羨（今江蘇宜興）派詞人更是「充分運用詞的形式抒述民生之哀和慨歎故國之痛」，「而尤多藉詠史懷古來感慨興亡、議論成敗的詞」〔註8〕，陽羨詞派領袖陳維崧詞的興亡之感就特別濃重。陳維崧是明末復社領袖陳貞慧之子，曾受詩業於陳子龍之門，又深受愛國志士吳應箕等人的影響，並且目睹清兵進軍江南的慘痛現實，因而故國之思、興亡之慨時縈筆端。如《夏初臨》詞上闋寫春去夏臨，柳絮飄飛，燕子翩翩和販茶挑筍者的忙碌情景，下闋陡轉，怵目驚心：

驀然卻想，三十年前，銅駝恨積，金谷人稀。劃殘竹粉，舊愁

寫向闌西。惆悵移時，鎮無聊、掐損薔薇。許誰知？細柳新蒲，都

付啼鵑。

這首詞題下原注云：「癸丑三月十九日，用明楊孟載韻。」癸丑即康熙十二年（1673），由此上溯三十年，爲明思宗崇禎甲申。三月十九日指農曆的日期，是崇禎皇帝「甲申」自縊於煤山的忌日。知道了這一點，就明白詞中所寫銅駝、金谷、細柳、新蒲，無非故國之思；劃殘竹粉、掐損薔薇，皆具明亡之恨。而納蘭性德與陳維崧交誼極深，多有詩詞唱和，在創作上定會受其影響。

特別值得一提的是，清初詞壇慨歎興亡風氣的形成和納蘭在詞中感傷興亡，還跟康熙十八年前後《樂府補題》的刊刻並流傳於京城密切相關。《樂府補題》是南宋末年王沂孫、周密等遺民逸老的唱和之作，隱寄故國之哀，深寓亡國之痛，表現了詞人在山河破碎、家國淪亡之時的心靈震顫和哀痛。浙西詞派的領袖朱彝尊對《樂府補題》「愛而亟錄之」，並「攜自京師」，「好倚聲爲長短句」的蔣景祁「讀之賞激不已」，於康熙十八年前後「鏤板」刊刻，朱彝尊、陳維崧並爲之作序。由於浙西詞派和陽羨詞派領袖的推崇，《樂府補題》廣泛流傳，詞人「各自從本人的窮通出處的心境摩挲之，很引起了一些大詞人的激動。他們體察《樂府補題》的情韻，以古鑒今，俯仰之間不免哀

〔註8〕嚴迪昌《清詞史》，江蘇古籍出版社1999年，第189、191頁。

思叢發」〔註9〕。朱彝尊偏好《樂府補題》，他自己詞中就有濃厚的江山陵替、家國興亡之感：

> 十二園陵風雨暗，響遍哀鴻離獸。舊事驚心，長途望眼，寂寞閒庭堠。（《百字令・度居庸關》）

> 數燕雲、十六神州，有多少、園陵頹垣斷碣，正石馬嘶殘，金仙淚盡，古水荒溝寒月。（《金明池・燕臺懷古》）

朱彝尊與納蘭有 12 年的交情，情誼深厚，二人在詞的創作上都強調言情，志趣相同，因此，納蘭也會受到朱彝尊的感染，在詞中抒發興亡之感。再說，康熙十八年前後《樂府補題》刊刻之時，納蘭 25 歲左右，作爲詞壇中人，應該閱讀過或者收藏有《樂府補題》，因而也就會受到潛移默化的影響，在詞中流露興亡之感。當然，納蘭性德的興亡之感與清初遺民不同，他是針對先祖所屬葉赫族的被滅而抒發的。納蘭的一首《滿庭芳》，黃天驥先生在《納蘭性德和他的詞》中就認爲是納蘭「在祖先們吞箭餐刀的地方憑弔」寫下的，表達了他對家族被滅往事的隱恨和興亡的感傷：

> 須知今古事，棋枰勝負，翻覆如斯。歎紛紛蠻觸，回首成非。
> 剩得幾行青史，斜陽下、斷碑殘碣。年華共，混同江水，流去幾時回。

最後，納蘭在詞中慨歎興亡，還受李煜詞思念故國、感傷興亡的影響。納蘭「頗好爲詞」，「禁之難止」，作詞特別推崇李後主，他說：「《花間》之詞如古玉器，貴重而不適用，宋詞適用而少貴重，李後主兼有其美，更饒煙水迷離之致。」〔註10〕納蘭的氣質、才性也與李後主相似，他的詞風也近於李煜的詞風。梁啓超云：「容若小詞，直追李主。」〔註11〕陳維崧說：「《飲水詞》，哀感頑豔，得南唐二主之遺。」〔註12〕雖然納蘭喜歡李煜詞有「煙水迷離之致」的境界，著眼點是在於詞要婉曲要眇，含意深遠，而李煜由南唐國主淪爲階下囚之後，詞的內容和風格大變，在今昔盛衰的對比、傷春悲秋的吟詠之中主要傾訴家國之思、亡國之痛，風格也由早期的婉轉旖旎變爲沉鬱悲愴、

〔註 9〕 嚴迪昌《清詞史》，江蘇古籍出版社 1999 年，第 249 頁。
〔註10〕 納蘭性德《淥水亭雜識》卷四，《通志堂集》卷十八。
〔註11〕 梁啓超《成容若〈淥水亭雜識〉》，《梁啓超全集》第十八卷，北京出版社 1999 年版，第 9 冊第 5266 頁。
〔註12〕 馮金伯《詞苑萃編》卷八，唐圭璋《詞話叢編》，中華書局 1986 年版，第 2 冊第 1937 頁。

委婉淒切。李煜在詞中抒發的故國之思、興亡之感，一定會影響喜好李煜詞的納蘭，納蘭在讀李煜詞時，會由李煜的亡國聯想到自己先祖所屬葉赫族的被滅和高祖金臺什的戰敗身死，因而也就會在作詞時為盛衰興亡而感傷慨歎。

　　眾所週知，納蘭詞多淒婉之音，多感傷情調，風格淒清婉麗。這跟他在詞中抒寫悼念亡妻的悲傷、羈旅生活的淒涼、離別的愁苦和愛情的幽怨纏綿密切相關。而他在詞中慨歎興亡，抒發哀怨悽楚的情感，則加重了詞的感傷淒涼意味，對其淒婉哀絕詞風的形成起了一定作用。

　　　　　　　　（原載《西南師範大學學報》2002 年第 3 期）

論納蘭性德的尚南情結

　　被譽爲「清朝李後主」的滿族詞人納蘭性德是北方人，家住北京城北郊，離城 10 里左右。他的父親納蘭明珠，曾任兵部尚書、吏部尚書、英武殿大學士、太子太傅、太子太師等職，是朝廷重臣，深得康熙皇帝的寵信。納蘭性德原名成德，字容若，清世祖順治十一年（1655）出生於北京，17 歲入太學讀書，22 歲考中進士，康熙皇帝授以三等侍衛的官職，後晉升爲二等，再升爲一等。直到 31 歲去世，除了康熙皇帝南巡，他隨駕扈從到過江南一次外，其餘時間都在北方度過。然而，在納蘭性德的詩詞文中，卻處處流露出對江南風光的喜愛，對江南文人的友好，對江南習俗的親近，對江南文化的崇尚，表現出深深的尚南情結。

　　在納蘭性德的《通志堂集》中，有很多讚美江南風光的作品，表達了他對江南山水的喜愛和嚮往。他讚美江南的山色風光，其《題趙松雪畫鵲華秋色卷》云：「歷下亭邊兩拳石，不似江南好山色。更無楓橘點清秋，唯見蕭蕭白楊白。」歷下亭在山東濟南大明湖西。詩說歷下亭邊的景色蕭條、冷清，比不上秋天紅楓金橘裝點的「江南好山色」。其《滿江紅》云：「爲問封姨，何事卻、排空卷地？又不是、江南春好，妒花天氣。」詞寫邊塞秋風的排空卷地，卻拿江南春光與之對比，說江南春好，只有妒花天氣才會有這樣的風雨。其《浣溪沙》云：「五月江南麥已稀，黃梅時節雨霏微。」「一水濃陰如罨畫，數峰無恙又晴暉。」詞寫江南五月風景，用色彩雜飾的圖畫（即罨畫）來比喻江南山水，可見江南山水在他眼中多麼美麗。對江南名城，納蘭性德也盡情讚美。他讚美金陵：「勝絕江南望，依然圖畫中。」〔註1〕他稱頌會稽：

〔註 1〕 納蘭性德《金陵》，《通志堂集》卷四，上海古籍出版社 1979 年版。

「會稽東南美，停淵環峙嶽。繡嶂鬱盤紆，金峰聳塹削。」〔註2〕在離開揚州、潤州之時，他深深感到：「最是銷魂難別處，揚州風月潤州山。」〔註3〕而且此後一直對江南風流地的揚州念念不忘，在《平山堂》詩中他還深情地寫到「竹西歌吹憶揚州」。

特別引人注目的是康熙二十三年（1684）九月至十一月末，納蘭性德扈從聖駕第一次來到江南，經過南京、蘇州、無錫、揚州、鎮江等地後寫的十首《夢江南》詞。這組詞都以「江南好」發端，對江南的城市、山水、名勝盡情讚美，流露出對江南深深的喜愛之情。他讚美江南古城：「江南好，建業舊長安。」（其一）「江南好，城闕尚嵯峨。」（其二）「江南好，佳麗數維揚。」（其七）「江南好，鐵甕古南徐。」（其八）更讚美江南秀麗的山水風光：

> 江南好，懷故意誰傳。燕子磯頭紅蓼月，烏衣巷口綠楊煙。風景憶當年。（其三）

> 江南好，虎阜晚秋天。山水總歸詩格秀，笙簫恰稱語音圓。誰在木蘭船。（其四）

> 江南好，水是二泉清。味永出山那得濁，名高有錫更誰爭。何必讓中泠。（其六）

其十總寫「江南好」，是對前九首盛讚之詞的總評，特別指出「江南好，何處異京華」，是在於「香散翠簾多在水，綠殘紅葉勝於花，無事避風沙」。說江南風光美好，氣候宜人，沒有北方那令人生厭的風沙。

值得注意的是納蘭性德描寫江南的詞，雖然寫到幾代王朝都城的金陵時，多少有些興亡之感、淒涼之歎，但卻一點沒有思家的情感、思鄉的情緒。總的來說，他見到江南景色，心情是愉悅暢快的，筆調是輕快明麗的，表現出對江南的喜愛之情。正如黃天驥先生所說：「本來，納蘭性德對跟隨皇帝東奔西跑的生活，是沒有多少興趣的。唯獨到江南那趟，卻是例外。」「他一到江南，心情舒暢，如魚得水。這一階段所寫的詞，格調也比較輕快。」〔註4〕然而與扈從聖駕巡幸江南相反，納蘭性德隨駕巡幸北方邊地時，絕少樂觀開懷。他的邊塞詞，總是表現出一種長期奔波、拋家別妻的厭倦情緒，流露出

〔註2〕 納蘭性德《謝康樂遊山》，《通志堂集》卷二。
〔註3〕 納蘭性德《江南雜詩》其四，《通志堂集》卷五。
〔註4〕 黃天驥《納蘭性德和他的詞》，廣東人民出版社1983年版，第83頁。

悲涼淒苦的情感。他一望見北方邊地，便「黯然銷魂，無言徘徊」。〔註5〕一到達北方邊塞，就感到「榆塞重來冰雪裏，冷入鬢絲吹老。牧馬長嘶，征笳亂動，併入愁懷抱。定知今夕，庾郎瘦損多少」〔註6〕。蔡嵩雲《柯亭詞論》說納蘭性德「尤工寫塞外荒寒之景」。的確，他的邊塞詞所寫之景，大多蕭條、冷落、荒涼，讀來使人淒苦、悲愴。如「一抹晚煙荒戌壘，半竿斜日舊關城」〔註7〕。「古戌饑鳥集，荒城野雉飛」〔註8〕。「再向斷煙衰草，認蘚碑題字」〔註9〕。這種悲淒愁苦情感的產生與北方的地理環境有關。相對南方而言，北方之地貧瘠荒涼，物產貧乏，氣候寒冷，容易使人產生淒涼悲苦的情緒。但是，北方邊地遼闊的平原，蒼茫的群山，浩瀚的沙漠、無邊的森林，也能夠讓人產生陽剛、崇高之美。像王維的「大漠孤煙直，長河落日圓」就顯現出遼闊、雄偉的壯美。然而，納蘭性德在北方所寫的詞，卻少有雄偉壯美之作，少有見到雄奇壯美山川的興奮，也見不到對北方城市和山水風光的讚美。

納蘭性德扈從聖駕到江南時還給友人顧貞觀寫了封信，信中說他見到江南美景「徘徊慨慕而不能自已」：

> 及夫楚樹連雲，吳船泊岸。牙檣錦纜，覺魚鳥之親人；清憲碧油，喜風花之媚客。梁溪幾曲，無異鑒湖；虎阜一拳，依稀靈岫。千章嘉樹，戶戶平泉。一領綠蓑，行行西塞。品名泉於蕭寺，聽鳥語於花溪。昔人所云茂林修竹，清流激湍者，向於圖牒見之，今以耳目親見之矣。且其土壤之美，風俗之醇，季札遺風，人多揖讓，言偲故里，士盡風流。稻蟹蓴鱸，頗堪悅口。渚茶野釀，實足消憂。〔註10〕

從這裏我們可以看出納蘭性德對江南的靈山秀水、溪流船帆、淳美風俗、可口美味以及風流文士多麼的欣羨，緊接著他還表露了歸隱江南的心願：

> 倘異日者，脫屣宦途，拂衣委巷，漁莊蟹舍，足我生涯。藥臼茶鐺，銷茲歲月，皋橋作客，石屋稱農。恒抱影於林泉，遂忘情於軒冕，是吾願也。〔註11〕

〔註5〕　納蘭性德《沁園春》，《通志堂集》卷九。
〔註6〕　納蘭性德《百字令‧宿漢兒村》，《通志堂集》卷九。
〔註7〕　納蘭性德《浣溪沙》，《通志堂集》卷六。
〔註8〕　納蘭性德《南歌子‧古戌》，《通志堂集》卷七。
〔註9〕　納蘭性德《好事近》，《通志堂集》卷七。
〔註10〕　納蘭性德《與顧梁汾書》，《通志堂集》卷十三。
〔註11〕　納蘭性德《與顧梁汾書》，《通志堂集》卷十三。

由於特別喜愛江南風光，納蘭性德家還按照江南風光設計修建有淥水亭。「淥水亭幽邃地偏，稻香荷氣撲尊前」〔註12〕。他的友人觀賞淥水亭後，都贊其有如「江南風景」。陳維崧《賀新郎・淥水亭觀荷》讚美說：「分明一幅江南景，恰是鳳城深處。」朱彝尊「夏日同對岩、蓀友、西溟、其年，舟次見陽，飲容若淥水亭」，寫了《臺城路》詞稱讚淥水亭：「比似江南風景，看來也勝。只少片帆斜，樹頭帆影。」喜建園林亭臺，這是江南民俗。納蘭家修建淥水亭，是對江南習俗的崇尚，因為北人一般「不喜治第，而多畜產」。

納蘭性德不只喜愛江南風光，而且喜歡交往江南文人，又特別是江南籍的著名文人。他的老師徐乾學說：「君所交遊，皆一時俊異，於世所稱落落難合者，若無錫嚴繩孫、顧貞觀、秦松齡，宜興陳維崧，慈谿姜宸英，尤所契厚。」〔註13〕

嚴繩孫，字蓀友，江蘇無錫人，清初詩人、畫家。康熙十二年（1673）他50多歲時與年僅19歲的納蘭性德相識，便結為知己。儘管年齡懸殊，但他們的交情卻不一般，嚴繩孫還曾在納蘭性德家中住過一段時間，這從嚴繩孫寫有《移寓成容若進士齋中作》可知。納蘭性德也寫有《送蓀友》《臨江仙・寄嚴蓀友》等詩詞多首。

顧貞觀，字華峰，號梁汾，江蘇無錫人，早年任秘書院典籍，善填詞，曾為納蘭父親明珠的家庭教師，所以納蘭性德和他的交誼最深。顧貞觀曾說：「歲丙午，容若二十有二，乃一見即恨識余之晚。」顧貞觀給因科場案而流放寧古塔的江蘇吳江文人吳兆騫寫了兩首《金縷曲》，納蘭性德看後，非常感動，也動情地寫了著名的《金縷曲・贈梁汾》，還鼎力相助將吳兆騫從寧古塔營救回來，成為三百年來傳誦不絕的佳話。

秦松齡，字留仙，號對岩，江蘇無錫人，順治十二年進士，授翰林院庶吉士，又官至檢討。他在挽納蘭性德的詩中回憶說：「夜闌怕犯金吾禁，幾度同君對榻眠。」可見他們情誼的深厚。

陳維崧，字其年，號迦陵，江蘇宜興人，曾任翰林院檢討，工詩及駢文，尤長於詞，風格近於辛稼軒，為陽羨詞派的領袖。儘管陳維崧年長納蘭性德30歲，但二人交誼甚厚，為忘年交。陳維崧是納蘭性德家中的座上客，淥水亭也是他經常流連的地方，二人相互唱和的詩詞很多。

〔註12〕秦松齡《挽詩》，《通志堂集》卷二十。
〔註13〕徐乾學《納蘭君墓誌銘》，《通志堂集》卷十九。

姜宸英，字西溟，浙江慈谿人。文名頗高，然狷介狂放，70 歲才考中進士。納蘭性德十八九歲就與之相識，且交情很好。姜宸英為納蘭寫的墓碑謂「雖以余之狂，終日叫號慢侮於其側」，而他卻「不予怪，蓋知予之失志不偶，而嫉時憤俗特甚也，然時亦以此規予，予輒愧之」〔註14〕。

此外，與嚴繩孫、姜宸英號為「江南三布衣」的清初著名文學家朱彝尊也與納蘭性德交情很好。朱彝尊，字錫鬯，號竹垞，浙江秀水人，浙西詞派的領袖，詞學姜夔和張炎。納蘭性德與之有 12 年的交情。納蘭性德去世後，朱彝尊寫了一篇祭文和六首挽詩哀悼他。

納蘭性德與江南文人交往，與江南文人友善，應該說是出於志趣相投，出於共同的文學愛好，出於對南方文化的喜愛與學習，不一定有其他什麼目的。然而有人認為納蘭性德所結交的朋友，多數是江南地區的知識分子，這和康熙皇帝有意拉攏江南漢族地主階級的政策相一致，因此，懷疑他是康熙皇帝政治棋盤上的一隻棋子。筆者認為這是沒有根據的猜測，因為這與納蘭性德的性情相悖。納蘭性德是真性情之人，他「至性固結，無事不真」，徐乾學也說他：「客來上謁，非其願交，屏不肯一覿面，尤不喜接軟熱人。」〔註15〕

納蘭性德還特別喜愛南方文化，特別重視向南方文化學習。他喜愛五代時西蜀花間詞派的詞，他對梁佩蘭說：「僕少知抄觚，即愛《花間》致語。」〔註16〕以至他奉使占梭龍時，也帶著《花間集》，其《梭龍與經岩叔夜話》云：「誰持《花間集》，一燈氍帳裏。」然而他更喜歡南唐後主李煜的詞。他說：「《花間》之詞如古玉器，貴重而不適用，宋詞適用而少貴重，李後主兼有其美，更饒煙水迷離之致。」〔註17〕由喜愛而受其影響，他的小令也具有李後主詞的韻致，陳維崧就說：「《飲水詞》，哀感頑豔，得南唐二主之遺。」〔註18〕周稚圭也說：「或云納蘭容若，南唐李重光後身也。」〔註19〕他也喜歡南朝的詩歌，寫有《效齊梁樂府十首》，其中的《折楊柳》《梅花落》《巫山高》等都屬南方樂曲。在他的《淥水亭雜識》中，還有很多學習江南地名的記載，

〔註14〕 姜宸英《納臘君墓表》，《通志堂集》卷十九。
〔註15〕 徐乾學《納蘭君神道碑》，《通志堂集》卷十九。
〔註16〕 納蘭性德《與梁藥亭書》，《通志堂集》卷十三。
〔註17〕 納蘭性德《淥水亭雜識》卷四，《通志堂集》卷十八。
〔註18〕 馮金伯《詞苑萃編》卷八，《詞話叢編》，中華書局 1986 年版，第 2 冊第 1937 頁。
〔註19〕 張草紉《納蘭詞箋注·附錄二》，上海古籍出版社 1995 年版，第 412 頁。

也表明了他對江南文化的關注和喜愛。如卷一：「虎丘山，在吳縣西北九里，唐避諱曰武丘。先名海湧山，高一百三十尺，周二百十丈……《吳越春秋》：闔閭葬此三日，金精爲白虎踞其上，因名虎丘。」此外，還有關於「吳會」「三吳」「姑蘇」等江南地名來由的記載。

納蘭性德爲什麼會有這樣的尙南情結呢？形成納蘭性德尙南情結的原因很多，大致說來主要有以下幾個方面。

第一，跟江南的地理、物產、風景有關。江南有山有水，山清水秀，風景優美，並且物產豐富，盛產稻米魚蝦，是富饒的魚米之鄉。所以，江南之地，歷來爲人們流連嚮往。東晉南渡以後，北方士人多聚居會稽一帶，迥異於北方的南方山水，令他們耳目一新。且看《世說新語·言語》的記載：

> 顧長康從會稽還，人問山川之美。顧云：「千岩競秀，萬壑爭流。草木蒙籠其上，若雲興霞蔚。」王子敬云：「從山陰道上行，山川自相映發，使人應接不暇。若秋冬之際，尤難爲懷。」

劉孝標注釋《世說新語》所引《會稽郡志》也云：

> 會稽境特多名山水，峰崿隆峻，吐納雲霧，松栝楓柏，擢幹疏條。潭壑鏡徹，清流寫注。王子美見之曰：「山水之美，使人應接不暇。」

唐代詩人白居易任杭州、蘇州刺史離去後，對江南風光魂牽夢繞，寫下了有名的《憶江南》：「日出江花紅勝火，春來江水綠如藍。能不憶江南。」唐末詩人韋莊去過江南後也極爲留戀，在《菩薩蠻》詞中寫道：「人人盡說江南好，遊人只合江南老。春水碧於天，畫船聽雨眠……未老莫還鄉，還鄉須斷腸。」在詞的創作中，《望江南》《夢江南》《憶江南》的詞牌被文人廣泛傳寫，也說明了江南對人們的吸引和人們對江南的嚮往。生長在北方的納蘭性德，從書籍閱讀和人們的談論中，早就知道江南的美好，早就產生了深深的嚮往之情，一來到江南，置身其間，便異常高興，禁不住地歌頌、讚美。

第二，跟人們地域互補的心理有關。南北的地理、風景、物產、習俗互異，可以相互補充，相互吸引，而一般的人，大都有一種地域互補的心理，也就是說北方的人想到南方欣賞青山綠水的清幽秀美，而南方的人卻想去北方領略草原雪山的遼闊壯美。傳說金主完顏亮聞歌柳永詠錢塘（杭州）的《望海潮》詞，「欣然有慕於『三秋桂子，十里荷花』，遂起投鞭渡江之志」〔註20〕。

〔註20〕 羅大經《鶴林玉露》卷一，中華書局 2008 年版，第 241 頁。

而中原人岑參一到西北邊地，見到「千樹萬樹梨花開」的冰雪、「平沙莽莽黃入天」的沙漠、「一川碎石大如斗，隨風滿地石亂走」的奇景，大為新奇，異常興奮，寫下了許多雄奇瑰麗的邊塞詩篇。納蘭性德也當是如此，見慣了家鄉的山川河流，看厭了北方的平原沙漠、風沙飛雪，一到南方，就被江南清麗秀美的山水風光所吸引、所陶醉，心曠神怡，禁不住對江南風光盡情歌唱，以至產生了要隱居江南的念頭。有人曾設想納蘭性德原是南方漢族的幼兒，在康熙皇帝率軍征服南方的過程中，被收養於旗人納拉氏。如果是這樣，原本為南方人，來到北方，仍然依戀南方、嚮往南方，就不難理解，所謂「胡馬依北風，越鳥巢南枝」而已。然而，這只是設想而已，不足為憑。可以肯定，納蘭性德從小就生長在北方。

第三，納蘭性德的尚南情結，還受到清初濃厚的尚南風尚的影響。清初，「滿族雖說是征服者，但他們已經脫離了自己的根，與被征服的漢人相比，在人數上處於絕對劣勢，在文化上則往往陷於恐懼和欽羨、有心抵拒卻又難於擺脫其誘惑的尷尬境地」〔註21〕。滿族統治階級對漢族文化、南方風俗就是由羨慕到主動靠近、積極學習。康熙皇帝深知，作為一個少數民族帝王，要統治占人口總數百分之九十以上的漢人，不深通漢文化是無法勝任的，就有意接近漢族習俗、學習漢族文化。這樣一來，南風北漸，京師食重南味，曲尚南曲，嚮往江南山水，欣賞江南園林，在滿洲上層社會還有一種追求蘇揚女子的淫靡習尚。因此，滿族上層階級形成了濃厚的尚南風尚。

這種尚南風尚，在《紅樓夢》中有著鮮明的體現。《紅樓夢》就極為欣賞江南風光和江南園林，第八十七回寫道：「南邊的景致，春花秋月，水秀山明，二十四橋，六朝遺蹟。」賈府有名的大觀園就完全是按照江南園林的風格設計、修建的。賈府的人非常喜歡南方風味，第八十八回鳳姐特別要吃的「糟東西」，水月庵的師父向賈府討要的「南小菜」，都是南方來的。賈府也崇拜南方人物、喜歡江南美女。第八十一回賈政向王夫人提到的私塾先生，謂其性格平和，「學問人品都是極好」，而且特別強調「也是南邊人」。第一〇二回賈蓉向賈珍推薦的「卦起的很靈」的算卦先生毛半仙，也強調說「是南方人」。賈府學戲的十二個女孩子，就是去蘇州採買的。《紅樓夢》中「氣質美如蘭，才華馥比仙」的妙玉，「閒靜時如姣花照水，行動處似弱柳扶風」的黛玉，都是蘇州人。特別是黛玉，「與眾各別」，「神仙似的」，這是一種純乎靈性意致

〔註21〕郭成康《也談滿漢文化》，《清史研究》，2000 年第 2 期，第 25 頁。

之美。這種純乎靈性意致之美，實乃我國南方山水靈氣獨鍾所致。特別值得一說的是，這種追求江南美女的風氣，在納蘭性德身上也有表現。據張草紉《納蘭詞箋注‧再版後記》考證：納蘭性德與原配盧氏和繼室官氏的感情雖然不錯，但她們似乎都不工詩詞，在共同愛好和思想交流上未免有所缺憾，所以他在失意之餘，希望得到一位有才學的女子為伴侶。而他心目中屬意的，不是北地胭脂，而是南國佳人。因此他就拜託好友顧貞觀在江南代為物色。他在給顧貞觀的信中說：「頃聞峰泖之間頗饒佳麗，吾哥能泛舟一往乎？……又聞琴川沈氏有女頗佳，望吾哥略為留意。」其信中所說的沈氏女子可能就是女詞人沈宛。關於沈宛的記述，最早見於康熙年間徐樹敏和錢岳編選的《眾香詞》。《眾香詞》編選了明末清初眾多女詞人的作品，其中選錄了沈宛的《選夢詞》5首。其作者簡介說：「沈宛，字御蟬，烏程人，適長白成容若進士。」烏程，即浙江湖州，可見沈宛是江南人。可能由於《紅樓夢》和納蘭性德都表現出共同的審美風尚，因此就有人認為《紅樓夢》是納蘭性德所作，或者認為《紅樓夢》就是寫的納蘭性德家的事，這些說法雖不可信，但由於納蘭性德和曹雪芹生活的時代相近，二人都受到當時審美風尚的影響，在文學創作中表現出了共同的審美傾向卻是不爭的事實。

第四，納蘭性德的尚南情結，還受到花間詞和李煜詞的影響。如前所述，納蘭性德從小就喜歡花間詞人的詞，「以其言情入微，且音調鏗鏘，自然協律」〔註22〕。而且《花間集》中有許多描寫南方秀麗風光和留戀南方山水的詞，如前所舉韋莊的《菩薩蠻》和李珣的10首《南鄉子》、歐陽炯的8首《南鄉子》等，都描繪了美麗的南方風景和風俗圖畫。像李珣所寫的「夾岸荔枝紅蘸水」、「遊女帶香偎伴笑，爭窈窕，競折團荷遮晚照」，讀後令人心馳神往。喜讀《花間詞》的納蘭性德，頭腦中肯定會留下極深的印象。納蘭性德更推崇南唐李後主的詞，他特別喜歡李後主詞的「煙水迷離之致」。納蘭性德欣賞的「煙水迷離之致」，可以說也就是南方景色的特點，而李後主詞中正多有這種景色的描寫。如《望江梅》其一：「閒夢遠，南國正芳春。船上管絃江面綠，滿城飛絮滾輕塵。忙殺看花人。」其二：「閒夢遠，南國正清秋。千里江山寒色遠，蘆花深處泊孤舟。笛在月明樓。」納蘭性德作詞也有意追隨李煜，前人多有論及，吳梅謂其「洵足追美南唐二主」。〔註23〕梁啟

〔註22〕 納蘭性德《與梁藥亭書》，《通志堂集》卷十三。
〔註23〕 吳梅《詞學通論》，華東師範大學出版社1996年版，第161頁。

超說：「容若小詞，直追李主。」〔註 24〕這不只是說納蘭性德的詞在手法上學習李煜，而在喜愛江南風光、描寫江南風光方面也受到李後主的薰染，他的很多景色描寫，就有「煙水迷離」的特點，像「臺榭空濛煙柳暗，白鳥銜魚欲舞……蒹葭渚，不減瀟湘深處。霏霏漠漠如霧」〔註 25〕。「人淡淡，水濛濛，吹入蘆花短笛中」〔註 26〕等等。

　　第五，納蘭性德的尚南情結，還跟他的個性氣質有關。滿族人擅長騎馬射箭，崇尚驃悍、勇武，而納蘭性德又是一等侍衛，皇帝的貼身保鏢，更是精通騎射，勇武非凡。按理說他應該是雄豪壯勇的，喜歡陽剛美和崇高美的。然而，在納蘭性德的詩詞文中，偏偏卻很少描寫策馬疾馳、引弓放箭的英武雄姿，很少描寫橫戈躍馬馳騁疆場的豪情壯舉，也很少描寫崇山峻嶺的雄偉峭拔和山川原野的蒼茫遼闊，而較多描寫邊塞的荒涼，江南的秀美，愛情的纏綿，離別的淒苦，悼亡的傷感，形成了婉麗淒清的風格。也就是說，納蘭的作品很少描寫雄偉、壯麗、勁健、豪邁、峭拔等屬於陽剛範疇的藝術美形態，而大多描寫秀麗、飄逸、婉約、含蓄、淒婉等屬於陰柔範疇的藝術美形態，具有陰柔、優美的風格。歌德說：「一個作家的風格是他的內心生活的準確標誌。所以一個人如果想寫出明白的風格，他首先就要心裏明白；如果想寫出雄偉的風格，他也首先就要有雄偉的人格。」〔註 27〕據此可知，納蘭性德屬於陰柔氣質。這就難怪有人把他和賈寶玉聯繫起來，說「《紅樓夢》之賈寶玉，係明珠子容若。近人筆記中多著說以記之。讀容若所為詩，風流旖旎，頗肖寶玉之為人」〔註 28〕。既然納蘭性德具有陰柔氣質，那麼他喜歡清幽秀麗的江南風光和風格優美的江南文化，具有深深的尚南情結，就是很自然的了。

（原載《民族文學研究》2002 年第 1 期）

〔註 24〕梁啓超《成容若〈淥水亭雜識〉》，《梁啓超全集》，北京出版社 1999 年版，第 9 冊第 5266 頁。

〔註 25〕納蘭性德《摸魚兒·午日雨眺》，《通志堂集》卷九。

〔註 26〕納蘭性德《漁父》，張草紉《納蘭詞箋注》，上海古籍出版社 1999 版，第 391 頁。

〔註 27〕《歌德談話錄》，人民文學出版社 1978 年版，第 39 頁。

〔註 28〕《花簾塵影》，轉引自《納蘭性德和他的詞》，廣東人民出版社 1983 年版，第 6 頁。

論尤侗《清平調》中的科舉及第

　　清初戲曲家尤侗（1618～1704）的雜劇《清平調》（又名《李白登科記》，一折），敷衍了唐代詩人李白等三人科舉及第的故事：天寶十載，唐明皇效前朝上官昭容故事，以「沉香亭宴賞牡丹製曲名《清平調》」為題選拔賢能，讓「知音懂律」的楊貴妃批閱殿試卷子，「定其等第，拔取狀元」。獨具慧眼的楊貴妃選中李白、杜甫、孟浩（即孟浩然，以字行；一說，名浩，字浩然）三人試卷，以「風流俊逸」的李白所填《清平調》三首為壓卷，取為新科狀元，並取杜甫、孟浩然為榜眼、探花。李白入宮見駕，貴妃「賜宮花、紗帽、袍帶、朝靴」，「分付羽林衛備半副鑾駕送宴曲江」，途遇秦國、韓國和虢國三位夫人，三位夫人稱羨不已。經慈恩寺，李白雁塔題名題詩，曲江之宴楊右相陪席，當時梨園名流、「教坊內人等閒不易見面」的李龜年、賀懷智、許永新、劉念奴曲舞助興。杜甫、孟浩然前來祝賀，三人大醉而歸。李白經御街時碰上安祿山，氣焰囂張的安祿山不肯迴避，還出口不遜，李白執鞭抽打，安祿山負痛而逃。歸第後，高力士傳旨授李白為翰林學士，貴妃另賜「鮮荔枝一盒為狀元解醒」。新科狀元李白備極榮耀，意氣風發，乘酒興大呼高力士為他脫靴。全劇構思新奇、瀟灑恣肆。

　　尤侗《清平調》的構思，既有所根據，又進行了大膽的虛構。據宋人樂史的《楊太真外傳》記載：

　　　　開元中，禁中重木芍藥，即今牡丹也。得數本紅紫、淺紅、通白者，上因移植於興慶池東沉香亭前。會花方繁開，上乘照夜白，妃以步輦從。詔選梨園弟子中尤者，得樂十六色。李龜年以歌擅一時之名，手捧檀板，押眾樂前，將欲歌之。上曰：「賞名花，對妃子，

為用舊樂詞為？」遽命龜年持金花箋，宣賜翰林學士李白立進《清
平樂詞》三篇。承旨，猶苦宿醒，因援筆賦之，……龜年捧詞進，
上命梨園弟子略約詞調，撫絲竹，遂促龜年以歌。妃持玻璃七寶杯，
酌西涼州葡萄酒，笑領歌，意甚厚。上因調玉笛以倚曲，每曲遍將
換，則遲其聲以媚之。妃飲罷，斂繡巾再拜。上自是顧李翰林尤異
於諸學士。

這裏說的是翰林學士李白為楊貴妃填寫《清平調詞》三首，貴妃高興地演唱，
明皇吹笛伴奏；而不是李白殿試填寫《清平調詞》，楊貴妃並未批閱殿試卷子，
也未「拔取」李白為狀元。此外，劇中寫杜甫、孟浩然殿試及第，也是尤侗
的虛構，歷史上兩位詩人並無科舉及第的經歷。

唐代大詩人李白，雖然天寶元年被唐玄宗徵召而當過翰林供奉（不是翰
林學士），但一生從未參加科舉考試。他有「濟蒼生」「安社稷」的儒家用世
思想，積極進取，功名心很強，但又沒走科舉入仕之路。關於李白為何未參
加科舉考試，說法很多。一般認為是他自詡甚高，抱負宏偉，要想「一鳴驚
人，一飛衝天」，不屑於通過科舉考試進入仕途。但也有學者認為李白雖然有
顯赫的先世，而近世卻淪為商賈子弟，按唐代的制度，商賈子弟不得參加貢
舉，因而李白不能參加科舉考試〔註1〕；還有學者認為李白不參加科舉，除了
他的出身問題外，還在於他「隋末多難，一房被竄於碎葉」的家世和「建成、
元吉後裔」等問題〔註2〕。總之，李白不參加科舉是有難言之隱的，「不屑赴」
是公開的表象，「不敢赴」、「赴不了」才是難言的隱衷。大詩人杜甫曾兩入長
安參加科舉考試，第一次失意落第，第二次又因權宰李林甫玩弄權術而稱「野
無遺賢」，最終未能通過科舉考試而進身仕途。「安史之亂」中，詩人以拳拳
「忠君愛國」之心，官獲左拾遺，但不久即因觸犯皇帝而遭貶斥，此後，再
未應過科舉。孟浩然為了尋求仕進，於開元十五年辭鄉北上，赴長安應舉，
可惜最終落第。這一打擊對詩人來說是巨大的，從那以後他再未應過科舉，
在短暫進入張九齡幕府之後，即因病歸隱襄陽終身。

尤侗的《清平調》根據唐代進士科要「加試雜文」（所謂雜文，指一詩一

〔註1〕 閻琦《李白的入仕道路和他的幽憤》，《西北大學學報》1994 年第 4 期，第 17
～24 頁。
〔註2〕 熊篤《李白為何不赴科舉考論》，《重慶師範學院學報》1996 年第 1 期，第 64
～71 頁。

賦），即後來所謂「以詩賦取士」，構思了劇中殿試的「以曲取士」，並將明清時代殿試獲得一甲三名的狀元、榜眼、探花之名，移用到唐代科舉。《清平調》雜劇構思的殿試，試題別具一格：

〔旦上臺介〕將卷過來，看是何題？〔看介〕呀！原來是皇上
同俺在沉香亭宴賞牡丹製曲名《清平調》。

以「曲名《清平調》」為題，即是依曲填詞。「清平調」，屬清商樂之清商三調，即清調、平調、瑟調。李白倚聲所作，當即《清調》、《平調》之合。李白的《清平調詞》三首，張璋、黃畬所編和曾昭岷、曹濟平、王兆鵬、劉尊明所編《全唐五代詞》都收錄了，可見是按曲填寫的詞。尤侗在劇中虛構殿試「以曲取士」，而不用明清兩朝殿試的試時務策，也不用唐代進士科的「加試雜文」，既表現了他對「依曲填詞」的重視，也表現了劇中主人公李白擅長音律和文思敏捷。所謂「以曲取士」，是明代曲論家的說法。沈德符、臧懋循都認為元曲之興「乃胡元以曲取士」。此說於史無證，不可相信，但卻啓發了尤侗《清平調》的構思。

殿試，是科舉考試的最高一級，由皇帝親臨殿廷策試。殿試始於唐代武則天天授二年於洛陽殿前親策貢舉人，但唐代尚未成為定制，也沒有「狀元」、「榜眼」、「探花」之名。因此，在唐代科舉中，人們最為推崇的是進士科。進士及第，是一種很高的榮譽，當時稱之為「登龍門」，發榜之後，有曲江會、杏園宴、雁塔題名等活動。然而唐代進士及第後，只是獲得「出身」，即只是獲得授官的資格，還要通過吏部「試判」（即對訴訟案件進行分析判斷並書寫判詞）合格後，才能授官，而不像殿試，及第即可授官，而且是科舉考試的最高級別。因此尤侗《清平調》構思的唐代科舉，就採用了明清兩朝成為常制的殿試，並使用殿試及第的一甲三名的「狀元」、「榜眼」、「探花」之名；既聯繫了唐代科舉的背景，又反映了後世科舉的一些變化，還有利於淋漓盡致地表現李白等文人科舉及第後的揚眉吐氣。

尤侗在《清平調》中虛構了唐代並未參加科舉或者科舉未第的三位著名詩人李白、杜甫、孟浩然，經過殿試的「以曲填詞」，再由「知音懂律」的楊貴妃取為狀元、榜眼、探花，科場得意、意氣風發。作者這樣藝術構思，與其科舉失意的經歷、對科舉考試不滿以及戲曲要有寄託的主張密切相關。

尤侗一生參加了多次科舉考試，卻未曾及第，逐漸產生了對科舉考試不滿的情緒。尤侗出生於明代末年，經歷了明亡清興的鼎革之變，但他耿耿於

心的卻不是亡國之痛，而是朝代更迭也依然不改的科舉功名之心。尤侗的家鄉在蘇州，蘇州的「土產」之一是狀元，爲了成爲狀元，尤侗特別醉心於科舉。尤侗的五世祖尤袤，是進士出身，曾官至尚書之職，是南宋「四大詩人」之一，這讓他極爲榮耀。然而，尤氏一門卻有每況愈下之勢，尤侗的祖父沒有任何功名，父親僅爲國子監諸生。因此，尤侗重振家聲的願望十分強烈。尤侗幼有「神童」之譽，自少年起即繫心於科舉成名，然自 18 歲補諸生之後，5 次應試皆落第。清朝建立以後，尤侗似乎又看到了希望，急於成名的他不避忌諱，率先參加了順治二年的科舉考試，然而接連參加三次鄉試，均未中第。最後他只好放棄了以科舉進入仕途的努力，先後以拔貢和薦舉兩次入仕，獲得了長達八年的仕宦經歷。但以非科舉的身份入仕，對於尤侗這樣一個醉心科舉的才子而言，仍然存有莫大的遺憾。

這種遺憾催生了《清平調》一劇的產生。此劇作於康熙七年（1668），尤侗五十一歲之時，已過「知天命」之年的他遊覽眞定（今河北正定），應詞人梁清標之邀填寫新詞，漫筆走成《清平調》一劇，並授諸姬習而歌之。尤侗是一個才子，非常欣賞李白的才華，但又對其仕途坎坷極爲痛心。他在《七思》詩中弔念李白：「我思李供奉，醉草金花箋。玉笛添媚聲，天香照嬋娟。一朝夜郎去，錦繡埋蠻煙。惟餘一杯酒，搔首問清天。」〔註3〕對於李白等文人的懷才不遇，功名無成，尤侗極其不滿：「功名何定，時命實難，李白、杜甫猶艱一第，世之負奇淪落，賦士不遇者，亦何可勝道乎？」〔註4〕他還在《〈七思〉並序》中說：「我思古人，寔獲我心。人生世上，逆境恒多。與時偕極，不自我始。怨者以之沈身，達者安焉肆志。今才不迨古，遇與之齊。樂天知命，雖或難之。亦惟反覆往迹，差可自廣。」〔註5〕尤侗虛構李白等人在《清平調》雜劇中科場得意，揚眉吐氣，正可謂「借他人之酒杯，澆胸中之塊壘」，既是他懷才不遇情感的盡情宣泄，而且也盡情抒發了天下失意文人胸中的鬱結。

劇中虛構的殿試「以曲填詞」，以及由「知音懂律」的楊貴妃「批閱殿試

〔註 3〕　尤侗《七思》，《右北平集》，《續修四庫全書》第 1406 卷，上海古籍出版社 2002 年版，第 557 頁。

〔註 4〕　尤侗《徐公肅稿序》，《右北平集》，《續修四庫全書》第 1406 卷，上海古籍出版社 2002 年版，第 307 頁。

〔註 5〕　尤侗《〈七思〉並序》，《右北平集》，《續修四庫全書》第 1406 卷，上海古籍出版社 2002 年版，第 556 頁。

卷子」，並「定其等第」，「點定狀元」，既表現了尤侗對科舉考試的質疑與不滿，又表示了考官能夠慧眼識才的願望。尤侗順治八年參加鄉試，再次名落孫山，他要求覆查，可結果卻是「覓卷不得」。這次打擊，決定了尤侗不再通過科舉出仕，與舉業「決矣」，最終以拔貢的身份接受了永平推官的職務。他在給王士禛的信中明確表達了自己的不滿：「第不圖肥婢竟遠勝多烘試官。摩詰出公主之門，太白以妃子上第，乃知世間多烘試官，愧巾幗多矣。讀竟太息，又復起舞。僕謂天下試官皆婦人耳，…假使太白當年果中狀元，不過盲宰相作試官耳。設不幸出林甫、國忠之門，恥孰甚焉。何如玉環一顧，榮於朱衣萬點乎？」〔註6〕謂「不圖肥婢竟遠勝多烘試官」，「世間多烘試官，愧巾幗多矣」，可見其對科考和試官的憤懣！因為考官糊塗昏庸，尤侗認為與其在李林甫、楊國忠等考官手下考中狀元，還不如「玉環一顧，榮於朱衣萬點」。尤侗撰寫此劇，既有為古人補恨之意，又主要是為自己久困場屋，科舉不順寫懷，也與他在現實生活中的無法超越有關。

尤侗主張戲曲是劇作家為寄託而作。這一觀念在當時具有一定社會背景。傳統的儒家文化觀念，要求文學要承擔起一定的社會功能。清人更是明確主張戲曲要「言志抒懷」，「言志」和「抒懷」，可謂是文人借戲曲以寄託的主要內涵。清初劇作家尤侗、吳偉業和嵇永仁等的戲曲作品，都明顯表現出寄託的特點，其中又以尤侗為著。他在為李漁所作的《李笠翁〈閒情偶寄〉序》中，就表達了戲曲的聲色之道用之於寄託的觀念：「聲色者，才人之寄旅。……我思古人，如子胥吹簫，正平撾鼓，叔夜彈琴，季長弄笛，王維為琵琶弟子，和凝稱曲子相公，以至京兆畫眉，幼輿折齒，子建傅粉，相如掛冠，子京之半臂忍寒，熙載之衲衣乞食，此皆絕世才人，落魄無聊，有所託而逃焉。猶之行百里者，車殆馬煩，寄旅客舍而已。」〔註7〕這段話包含兩層意思：「一則，聲色之道是諸多才人寄託『落魄無聊』意緒的有效途徑，在聲色自娛中，一懷愁悶『有所託而逃』；二則，前人的聲色遭際和逸聞故事可以融進綜『聲色』藝術於一體的戲曲創作，成為劇作家遭遇困蹇坎坷之時寄託個人情懷的精神慰藉，猶似『寄旅客舍』一般。」〔註8〕尤侗雖然沒有直接使

〔註6〕 尤侗《答王阮亭》，《右北平集》，《續修四庫全書》第1406卷，上海古籍出版社2002年版，第341頁。

〔註7〕 吳毓華《中國古代戲曲序跋集》，中國戲劇出版社1990年版，第351頁。

〔註8〕 徐坤《論尤侗的戲曲寄託觀念》，《陰山學刊》2005年第1期，第30頁。

用「寄託」一詞,但他用「寄旅」、「有所託」等類似的詞語,表達了與「寄託」相同的含義,形成了明確的戲曲寄託觀念。

尤侗的《葉九來樂府序》云:「古之人不得志於時,往往發爲詩歌,以鳴其不平。顧詩人之旨,怨而不怒,哀而不傷,抑揚含吐,言不盡意,則幽愁抑鬱之思,終無自而申焉。既而又變爲詞曲,假託事故,翻弄新聲,奪人酒杯,澆己塊壘,於是嬉笑怒罵,縱橫肆出,淋漓盡致而後已。……至於手舞足蹈,則秦聲趙瑟、鄭衛遞代,觀者目搖神愕,而作者幽愁抑鬱之思爲之一快。然千載而下,讀其書想見其無聊寄寓之懷,慨然有餘悲焉。」〔註9〕所謂「奪人酒杯,澆己塊壘」,即要有寄託;所謂「假託故事」,即主張以過去已發生的「故事」爲情感的形式依託;所謂「翻弄新聲」,則指編寫新的戲曲來表達作者在現實生活中的「幽愁抑鬱之思」與「無聊寄寓之懷」。體現在《清平調》一劇中,尤侗就以李白的聲色遭際和逸聞故事進行構思,虛構出楊貴妃點定李白爲狀元,杜甫、孟浩然爲榜眼、探花的情節,寄託他科場失意的「幽愁抑鬱之思」。正如杜濬在《〈李白登科記〉題詞》中所云:「彼梨園者與其徒扮狀元,何如徑扮李白中狀元,猶可以解嘲而釋憾耶!」〔註10〕「解嘲釋憾」一詞,可謂深得尤侗創作此劇之用心。

(原載《四川戲劇》2008 年第 3 期)

〔註 9〕吳毓華《中國古代戲曲序跋集》,中國戲劇出版社 1990 年版,第 348 頁。
〔註 10〕吳毓華《中國古代戲曲序跋集》,中國戲劇出版社 1990 年版,第 357 頁。

滿族女詞人顧太清及其詞作特色

　　顧太清（1799～1877）是清代第一女詞人，王國維謂「李易安以後，一人而已」。在滿族詞人中，她與納蘭性德（字容若）齊名，有「男有成容若，女有太清春」之稱。

一

　　顧太清，本姓西林覺羅氏，滿洲鑲藍旗人。祖父鄂昌，係雍正朝權臣鄂爾泰之姪子，官至甘肅巡撫，乾隆年間因受胡中藻《堅磨生詩鈔》文字獄牽連而被賜自盡，家產籍沒，家道因此中落。鄂昌的兒子鄂實峰成爲罪人之後，以遊幕爲生，娶香山富察氏女，生一子二女：長子鄂少峰，長女西林春，次女西林旭，字霞仙。

　　西林春，字梅仙，又字子春，道號太清，晚年號雲槎外史。生於嘉慶四年（1799）正月初五，道光四年（1824）二十六歲嫁給貝勒奕繪爲側室，因是罪人之後，不合宗人府的規定，才假託榮王府護衛顧文星之女呈報，改名顧太清。所以「西林春」才是顧太清的本名，其常自署爲「西林春」、「西林太清春」、「太清春」等。然而「顧太清」之名在學界流傳最久，爲人熟知，所以本書也仍用「顧太清」這個名字。

　　顧太清早年可能跟隨父親遊幕到過東南、江南一帶。大約七歲去過廣東。她三十七歲時寫的《暗香・謝雲姜妹畫梅團扇》云：「南國，夜月寂。記庾嶺五湖，千樹堆積。少年歷處，卅載相思夢魂憶。」庾嶺，即大庾嶺，在廣東境內，以產梅著稱。大約十一歲到過東南的福建。她三十八歲時寫的《定風波・謝雲姜妹贈蜜漬荔支有感》云：「二十七年風景變，曾見，連林閩海野人

家。」閩海，泛指福建和海南等沿海一帶。可能在十二歲時到過江南。她三十八歲時寫的《清平樂》序云：「二月十日，金夫人惠蕓薹菜，予不食此味廿六年矣。」詞云：「三十六陂芳草路，尚記昔年遊處。……好是江南二月，者般滋味香清。」齊燕銘考證云：「蕓薹俗名金花菜，上海人謂之草頭，江南甚多。五四時代以前，京中絕無此物。」（見《一氓題跋》附齊氏《西泠印社本〈東海漁歌〉跋》）同是三十八歲時作的《續讀石畫詩十八首同夫子作》之二云：「猶記嚴江兩度遊，一逢三月一深秋。」嚴江，即浙江流經富陽、桐廬境內的一段。相傳漢代嚴子陵耕釣於此，故稱嚴江；又因附近有富春山，又叫富春江。她的《社中課題》詩云：「十月乍傳春信早，孤山有夢路迢迢。」詩末自注：「憶西湖早梅。」可見她還到過杭州。

顧太清的丈夫奕繪，字子章，道號太素，又號幻園居士、妙蓮居士，是乾隆皇帝的曾孫。乾隆第五子永琪封榮純親王，永琪的兒子綿億降襲榮恪郡王，綿億的兒子奕繪封多羅貝勒。奕繪生於嘉慶四年（1799）正月十六日，嘉慶十八年（1813）15歲時娶副都統福勒洪阿之女妙華（名鸝仙，姓賀舍里氏）為妻。妙華長奕繪一歲，端靜婉淑，善文學，夫婦二人作詩論文，琴瑟和諧。奕繪曾把他的詩集《妙蓮集》和妙華的詩集《妙華集》合在一起，編成《妙蓮華集》。

據顧太清的後人金啓孮先生所著《顧太清與海淀》記載，顧太清與奕繪很早就相識，二人是從詩詞唱和到戀愛結婚的。鄂實峰一家與榮王府是老親。榮親王永琪（1741～1766）的正福晉西林覺羅氏，是鄂爾泰第三子四川總督鄂弼之女，鄂弼和鄂實峰之父鄂昌是親叔伯兄弟。鄂實峰雖為罪人之後，但家學不斷，子女都讀書，都有學問。特別是顧太清，聰明靈慧，才華卓絕，擅詩工詞，能畫善琴，因此受到文學氛圍濃厚的榮王府的看重。榮王府曾請顧太清作家庭教師，輔導府中的格格學習文學並寫詩作文。風流文采的奕繪就是在這時認識了顧太清，二人由詩詞唱和而相互傾慕，由相互傾慕而成為伉儷。他們相慕、相愛時間很長，不只三四年。奕繪青年時期的詞集名《寫春精舍詞》，所謂「寫春」，實含有描寫西林春之意，因為榮王府中並沒有「寫春精舍」這樣一處具體的房舍。詞集中有詞描寫了奕繪眼中嬌美的太清形象，如《綺羅香》所云「綠顫釵蟲，紅移繡鳳，猶記那人嬌小。瘦削身量，容下春愁多少」。也有詞描寫了兩人的詩詞傳情，如《綺羅香》所說「新詩溫、李格調。寫在衍波箋上，簽兒封好。蜜意蜂情，埋怨不來青鳥」。《羅敷媚》所

說「冷金箋紙湘妃竹，一十三行。寫上吟章。雙款分明啞謎藏」。還有詞描寫了他們的相會私情，如《念奴嬌》所云「十分憐愛，帶七分羞澀，三分猶豫。彤管瓊琚留信物，難說無憑無據。眼角傳言，眉頭寄恨，約略花間遇。見人佯避，背人攜手私語」。

顧太清嫁給奕繪爲側室時已經二十六歲，這之前應該結過婚。金啓孮的《顧太清與海淀》云：「在此前曾否結過婚，家中沒有傳說，只是生活十分困苦。」文廷式《琴風餘譚》記載：「滿洲女史顧太清者，爲尚書顧八代之曾孫女，初適副貢生某，爲鄂文端公之後，夫死後，復爲貝勒奕繪之側室。」金啓孮謂此記載「錯誤百出」：「太清不是顧八代後人。嫁貢生某是鄂爾泰之後人，等於自家適自家。夫死後爲貝勒奕繪側室爲訛傳……」金啓孮還指出：「清末民初內務府大臣耆齡，居住東四馬大人胡同，與余家（大佛寺北岔芸公府）鄰近，出重價購余家文物。……又造流言太清先曾適其本家某，夫死才歸奕繪。這個傳說實套自文廷式記載而來。」然而黃仕忠先生的《顧太清的戲曲創作與其早年經歷》（載《文學遺產》2006 年第 6 期）一文，根據新發現的顧太清戲曲稿本《桃園記》、《梅花引》，與奕繪早期詞作及相關史料相印證，認爲「文氏清楚指出太清曾嫁副貢生某，夫死後嫁給奕繪，卻不可能是無中生有的」；「耆齡家族有此說相傳，必來自家族內部，而不可能反從外人附會，誣人祖宗」；「太清曾有婚史，有內證及外證爲據，可以成爲定論」。

顧太清和奕繪婚後住在北京宣武門內太平湖榮王府府邸的天遊閣，兩人感情很好，正室妙華夫人也能善待太清。夫婦共同出遊，詩詞唱和，共賞金石書畫，留下許多佳篇。因此有人稱他們「閨房韻事，堪媲趙管」（曼殊啓功《書太清事》），把他們比之爲趙孟頫和管夫人，也有人把他們比作趙明誠與李清照。這也可從他們兩人的字、號、詩集名、詞集名看出。「梅仙」之字，應是太清嫁給奕繪後才取的，因爲奕繪正室妙華字霜仙，顯然是排妙華所取之字（太清之妹字霞仙，也是隨其梅仙而取字）；「子春」之字、「太清」之號，是配奕繪「子章」之字、「太素」之號而取的；太清的詞集名《東海漁歌》，是對奕繪的詞集《南谷樵唱》的；太清的總集曰《天遊閣集》（包括詩集、詞集），也是對奕繪的總集《明善堂集》的。此外，顧太清還創作有小說《紅樓夢影》和戲曲《桃園記》、《梅花引》等。

顧太清與奕繪婚後生有三子二女。長子載釗生於道光五年（1825）七月。長女載通（字叔文）生於道光七年（1827）七月。次女載道（字以文）大約

生於道光十年（1830）左右。次子載初生於道光十二年（1832）六月。三子載同生於道光十四年（1834）正月，不滿周歲因痘症而夭折。

顧太清和奕繪伉儷情深，特別是道光十年（1830）七月正室妙華夫人去世後，奕繪沒有再娶，也沒有另立側室，太清攝行了正室的一切事務，兩人的詩詞酬唱也多起來。然而，道光十八年（1838）七月初七奕繪突然病逝，打破了太清的美滿生活。接踵而至的是太清被迫搬出榮王府，其詩《七月七日先夫子棄世，十月二十八奉堂上命，攜釗、初兩兒，叔文、以文兩女移居邸外，無所棲遲，賣以金鳳釵購得住宅一區，賦詩以紀之》云：「僊人已化雲間鶴，華表何年一再回？亡肉含冤誰代雪，牽蘿補屋自應該。已看鳳翅淩風去，剩有花光照眼來。兀坐不堪思往事，九迴腸斷寸心哀。」可見太清奉命遷出榮王府的悲痛。太清搬出榮王府，初在養馬營（在北京阜成門內）賃房暫住，第二年才買磚塔胡同宅（在北京西四牌樓大街西）居住。太清遷居府外，金啓孮認為「實因府中嫡庶間之不睦，太福晉惑於群下之離間，為護持嫡子載鈞故令遷出」。確實，太清也有詩詞表達對奕繪和妙華夫人所生嫡長子載鈞的不滿。其《自先夫子薨逝後，意不為詩，冬窗檢點遺稿，卷中詩多唱和，觸目感懷，結習難忘，遂賦數字，非敢有所怨，聊記予生之不幸也，兼示釗、初兩兒》詩云：「僊人自登仙，飄然歸玉京。有兒性癡頑，有女年尚嬰。斗粟與尺布，有所不能行。」所謂「斗粟與尺布，有所不能行」，化用《史記·淮南厲王傳》中的《淮南王歌》：「一尺布，尚可縫；一斗粟，尚可舂；兄弟二人不相容。」意謂嫡長子載鈞不容兄弟載釗。其《滿江紅》序云：「辛丑十一日為先姑斷七之期。前一日，率載釗、載初恭詣殯宮致祭。月之九日，長子載鈞由南谷遣騎傳諭守護官員及廚役等，初十日不許舉火。予到時已近黃昏，深山中雖有村店，因時當新年，便餅餌亦無買處。有守靈老僕婦熊嫗不平，具菜羹粟飯以進食。嗚呼！古人有云：『周公與管、蔡，恨不茅三間。』誠所謂也。遂填此闋，以記其事。」所謂「周公與管、蔡，恨不茅三間」，謂兄弟不和，太清用此語比喻長子載鈞在王府掌權，不能容納庶出的兄弟載釗、載初。

顧太清「奉堂上命」遷出府外，還引出她與大詩人龔自珍有婚外戀情的傳聞，這就是有名的「丁香花案」。顧太清於道光十八年（1838）十月二十八日搬出太平湖府邸，龔自珍（字定庵）於道光十九年（1839）己亥四月倉皇出都南下，南返途中他寫有自敘性組詩《己亥雜詩》，共 315 首，其中第 209 首云：

　　　　空山徙倚倦遊身，夢見城西閬苑春。
　　　　一騎傳箋朱邸晚。臨風遞與縞衣人。

詩末自注云：「憶宣武門內太平湖之丁香花。」著名詞曲家冒廣生（1873～1959）「少時聞外祖周季貺先生言太清遺事綦詳」，並且於光緒三十三年（1907）「從後齋將軍（溥侗）假得太素所著《明善堂集》，嘗刺取太清遺事賦六絕」（《風雨樓本〈天遊閣集〉前識語》），最後一絕云：「太平湖畔太平街，南谷春深葬夜來。人是傾城姓傾國，丁香花發一低徊。」詩的第一句下自注云：「『邸西為太平湖，邸東為太平街』，見太素《上元侍宴》詩注。」第二句下自注云：「南谷在大房山東，太素與太清葬處。」冒廣生此詩的首句言太清生前之居住地，第二句言太清死後之葬地，第三句的上半言其美貌，下半取「再顧傾人國」之意，關合其姓。第四句寫太平湖府邸的丁香花。這樣就把龔自珍的詩與顧太清聯繫起來，隱約點出二人有戀情。因為龔自珍詩中的「城西閬苑」、「朱邸」，即太平湖的奕繪府邸，而顧太清又喜穿白衣，所以「縞衣人」即指顧太清。冒廣生的詩是根據小時聽到的傳聞和龔自珍的詩而寫，應該說這個傳聞在當時就沸沸揚揚，太清也可能因此而遷出太平湖府邸。

　　對於這一冤案，顧太清當時就用「亡肉含冤誰代雪？牽蘿補屋自應該」的詩句申訴。她用《漢書‧蒯通傳》中「里婦夜亡肉，姑以為盜，怒而將婦逐之」，後來在家中找到了「亡肉」，兒媳才得以昭雪的典故，表明自己像里婦亡肉一樣冤屈；又化用杜甫《佳人》中「侍婢賣珠回，牽蘿補茅屋」的詩句，表明自己所居房屋破敗卻沒有怨言。然而，更為糟糕的是冒廣生還把這一無稽之談告訴了曾樸，曾樸又將其寫進小說《孽海花》中，演為「黑本疑案」。這一傳聞成為小說家言後，更是眾口喧騰。為此，冒廣生也後悔莫及，他曾在《〈孽海花〉閒話》中說：「定庵集中《憶太平湖之丁香花》云：『一騎傳箋朱邸晚，臨風遞與縞衣人。』《憶北方獅子貓》云：『故侯門第歌鐘歇，猶辦晨餐二寸魚。』確為太清作，然亦不過遐想。……不意作者拾掇入書，唐突至此，我當墮拔舌地獄矣。」儘管冒廣生也說龔自珍的詩「確為太清作」，然而是「遐想」，不是事實。20 世紀 30 年代，史學家孟森撰寫了《丁香花》一文，詳細考證此事的虛妄，指出「龔顧戀愛，無非他們捏造」。民國時期的才女蘇雪林也撰寫《清代男女兩大詞人戀史的研究》一文指出「顧太清與龔自珍之戀愛，既根本不是事實，則太清是被誣的了」。

　　顧太清奉命搬出榮王府後，曾向時任宗人府宗令的定郡王載銓申訴冤

屈，由於載銓的幫助，事實得到澄清。太清曾作《金縷曲·上定郡王筠鄰主人》向載銓致謝：「雖有覆盆終解釋，此生恩擬向來生報。」道光二十二年（1842），兒子載釗按定制被授二品頂戴後，太清得以搬回太平湖府邸居住。離開太平湖府邸將近四年，回到府中，太清觸景生情，百感交集，寫有《惜秋華·壬寅七月廿一重睹邸中天遊閣舊居有感》感喟：「景如此，人非昔，向誰寄託？不堪四載重來，悵懷抱，情傷心惡。難著。對西風、淚痕吹落。」道光三十年（1850），朝廷把太平湖府邸改賜給光緒皇帝之本生父醇親王奕譞，另將東四牌樓馬大人胡同西口外大佛寺北岔的一座小的府邸賜給載鈞貝子居住。咸豐七年（1857）六月，40 歲的載鈞病逝，因其無子，遂將載釗之子溥楣過繼為嗣並襲封鎮國公，顧太清就和孫子溥楣一直居住在大佛寺北岔的府邸。光緒三年（1877）十一月初三太清去世，享年 79 歲，死後葬大南峪（在今北京市房山區）。

二

顧太清學詞晚於學詩，大約三十六歲才開始作詞，並且得力於丈夫奕繪的指導，由於她的聰穎靈慧，加上勤奮努力，其詞的成就超過詩，並且也超過丈夫詞的成就。然而，由於詞體「娛賓遣興」的特點以及女性生活圈子的限制，太清詞的題材較為狹窄，較少涉及當時的社會政治生活，大多是自己與丈夫、兒女、閨友生活的反映，多為紀遊、詠物、賞花、題畫、聽琴等內容。作為一個滿族詞人，顧太清的詞特點鮮明：有意師法宋人，以宋詞為法乳，廣泛汲取宋詞的養分。詞學家況周頤就指出太清詞「樸實言情，宋人法乳」，「純乎宋人法乳，故能不煩洗伐，絕無一毫纖豔涉其筆端」，「太清詞得力於周清真，旁參白石之清雋。深穩沉著，不琢不率，極合倚聲消息」。「太清詞，其佳處在氣格，不在字句，當以全體大段求之，不能以一二闋為論定，一聲一字為工拙」（況周頤《西泠印社本〈東海漁歌〉序》）。況周頤從兩個方面論述了太清詞的創作特色：第一，師法宋人，特別是周邦彥、姜夔等，不染宋以後之積習；第二，她的詞之妙在體格而不在字句。

清代詞壇，作詞有不同的師法取向。如雲間詞派取法花間，推崇晚唐詞；浙西詞派崇尚醇雅，宗法南宋詞。謝章鋌《賭棋山莊詞話續編》卷三就云：「昔陳大樽以溫、李為宗，自吳梅村以逮王阮亭，翕然從之，當其時無人不晚唐。至朱竹垞以姜、史為的，自李武曾以逮厲樊榭，群然和之，當其時亦無人不

南宋。」顧太清學習漢族文化的填詞，則廣泛學習宋詞，兼取南北宋，偏取南宋。道光十五年（1835），在學習作詞兩年左右，顧太清編選了《宋詞選》三卷，至少收錄詞人52家，詞作148首，可惜沒有流傳下來。儘管顧太清編輯這部詞選，主要是想通過選詞的方式，有選擇地汲取前人詞作的精華，提高自己的詞藝，然而，顧太清卻成了中國詞史上既創作有詞，又編輯有詞選的女詞人之一。不僅如此，太清還集所編《宋詞選》中的七言句為74首絕句，她有詩題為《既選宋詞三卷，遂以詞中七言句集為三十九絕句》、《前年既選宋詞，集選中句得三十九截句，今掇其餘復成三十五首》，這也是學習宋詞的一種方式，這樣就熟悉了宋詞的意象、意境、手法、風格等。此外，太清還大量和宋人詞作、用宋人詞韻，其詞集《東海漁歌》中有和黃庭堅、姜夔、劉一止、周紫芝、柳永、張孝祥、張元幹、周邦彥、吳文英、蔡伸、李清照等十一人的詞，還有用周邦彥、姜夔、吳夢窗、柳永、張先、蘇軾等人詞韻填的詞。30年代的著名學者蘇雪林甚至認為顧太清和宋人諸作「其魄力之雄厚，氣度之醇雅，措詞之新清秀麗，甚至突過原作」。

況周頤謂「太清詞得力於周清真」，指顧太清作詞師法周邦彥，形成典雅精麗的風格。周邦彥的詞，含蓄蘊藉，渾厚和雅，具有寫戀情而不浮豔，賦離愁而不輕俗的雅致品格。顧太清的《惜花春起早·本意》，被況周頤稱為「直入清真之室，閨秀中不能有二」。其詞云：

> 曉禽鳴，透紗窗、黯黯淡淡花影。小樓昨宵聽盡夜雨，為著花事驚醒。千紅萬紫，生怕他、隨風不定。便匆匆、自啓繡簾看，尋遍芳徑。　　階前細草濛茸，承宿露涓涓，香土微濘。今番為花起早，更不惜、縷金鞋冷。雕欄畫檻，歸去來、閒庭幽靜。賣花聲、趁東風，恰恰催人臨鏡。

所謂「直入清真之室」，就是指具有周邦彥詞含蓄蘊藉、典雅渾成的風格。顧太清此詞寫詞調本意，即「惜花春起早」，其辭勁健，其情婉約，擺脫了清代詞壇的纖弱浮豔之習，也超越了一般閨秀詞的「小慧」和「纖佻」，清麗典雅，格調高妙渾成，具有一種整體美。

張炎《詞源》云：「美成負一代詞名，所作之詞，渾厚和雅，善於融化詩句。」「美成詞只當看他渾成處，於軟媚中有氣魄，採唐詩融化如自己者，乃其所長。」沈義父《樂府指迷》也謂周邦彥作詞「下字運意，皆有法度，往往自唐宋諸賢詩句中來」。二人都指出了周邦彥善採唐人詩句入詞，而且與全

詞意境融合一體，顯得「渾成」、「渾厚」。所謂「渾成」、「渾厚」，也就是周濟所說「還清真之渾化」的「渾化」，指章法嚴謹，渾然一體，結構上不見人工斧鑿堆砌之痕，具有完整、和諧的氣象和韻致。周邦彥的《西河‧金陵》就化用唐代詩人劉禹錫《石頭城》、《烏衣巷》以及古樂府《莫愁樂》諸詩的句意，極大地豐富了詞的內涵，而又流貫自然，渾然天成，沒有瑣碎拼湊的痕跡。顧太清作詞取法周邦彥，也仿傚其融化唐人詩句入詞。這可謂一舉多得，既學習了唐詩，又練習了填詞，還顯出了博學精巧。在太清詞中，融化唐人詩句、意境的詞不少。如其《浪淘沙‧登香山望昆明湖》上片「碧瓦指離宮，樓閣飛崇。遙看草色有無中，最是一年春好處，煙柳空濛」，就化用韓愈的《早春呈水部張十八員外》詩「天街小雨潤如酥，草色遙看近卻無。最是一年春好處，絕勝煙柳滿皇都」；其《金縷曲‧題姚珊珊小像》中的「何處春風面？畫圖中、雲鬟鬢鬟，羽衣輕軟。似有遊魂招不得，難寫寸心幽怨。絲不盡、春蠶在繭」，就化用了杜甫《詠懷古蹟五首》其三中的「畫圖省識春風面」、李賀《致酒行》中的「我有迷魂招不得」、李商隱《無題》中的「春蠶到死絲方盡」等詩句。顧太清這類化用唐人詩句的詞，不露痕跡，自然貼切，韻致和諧，氣象渾成。

　　況周頤謂太清詞「旁參白石之清雋」，指顧太清學習姜夔詞的清空騷雅，形成了自己格高意遠，清剛淡雅的詞風。姜夔的詞，清空之中帶有一種剛勁峻潔之氣，正如郭麐所評：「一洗華靡，獨標清綺，如瘦石孤花，清笙幽磬，入其境者，疑有仙靈，聞其聲者，人人自遠。」（郭麐《靈芬館詞話》卷一）姜夔以清剛勁健之筆，淡雅素淨的語言，描寫文人士大夫高潔清雅的意趣，很少有世俗的香豔煩雜，也很少有壯懷激烈的情懷，而具有言外之意和空靈的神韻。如《揚州慢》：「二十四橋仍在，波心蕩，冷月無聲，念橋邊紅藥，年年知為誰生。」用波蕩冷月的清寂夜景，襯托出「自胡馬窺江去後，廢池喬木，猶厭言兵」的黍離之悲。姜夔尤擅寫梅，其《暗香》、《疏影》善於突出梅的香冷神韻，以表現高士孤潔清逸的風神。顧太清也效法姜夔用健筆寫幽情，其詞也有清剛峭拔的神韻。如《廣寒秋》寫清冷幽靜的境界：

　　　　禪房寂靜，蒼苔濃厚，冷澹斜陽陰裏。去年曾到又重來，正幽
　　徑、黃花開矣。　　冷風輕颺，旃檀香靄，悅可眾心歡喜。一杯清
　　茗話西窗，漸薄暮，鐘聲初起。

顧太清寫梅也取法姜夔，遺其形貌，取其神理，突出其韻勝和格高。如《被

花惱》:「疏枝老幹自橫斜,開滿冷花冰蕊。」又如《柳梢青》:「冰姿不同凡葩。照流水、清心自誇。冷澹花光,朦朧月影,深院誰家?」顧太清作詞師法姜夔的清空騷雅,使自己的詞擺脫了淺薄俚俗和浮豔軟媚,也沒有豪放粗率,形成了格高意遠、雅致清靈的風格。

除了師法周清眞、姜白石,顧太清還學習、借鑒李清照詞的語言,形成其詞典雅清麗的語言特色。作爲女詞人,顧太清對李清照特別傾慕,不僅因爲李清照的才華和詞名,而且還因其與丈夫趙明誠閨閣酬唱的伉儷深情。顧太清有和李清照的《念奴嬌》(蕭條庭院)一詞而作的《壺中天慢·和李清照〈漱玉詞〉》,還作有《金縷曲·芸臺相國以宋本趙氏〈金石錄〉囑題》一詞,顧太清在詞中稱揚「易安夫妻皆好古,夏鼎商彝細考。聚絕世,人間奇寶」;稱讚阮元搜集校訂趙明誠《金石錄》「前人物,後人保,芸臺相國親搜校」;特別讚賞阮元爲李清照改嫁張汝舟之事辨解:「賴有先生爲昭雪,算生平、特記伊人老。千古案,平翻了。」

李清照的詞工於造語,極爲人們稱譽。王士禎就說:「『綠肥紅瘦』、『寵柳嬌花』,人工天巧,可稱絕唱。」(王士禎《花草蒙拾》)胡仔也謂「綠肥紅瘦」,「此語甚新」(胡仔《苕溪漁隱叢話》卷六十)。顧太清非常喜歡李清照這些新穎工巧的詞句,詞中有明顯的傚仿。如《滿江紅·和張元幹〈蘆川詞〉》中的「綠慘紅愁」,《蟾宮曲·立春》中的「柳寵花嬌」,《壺中天慢·和李清照〈漱玉詞〉》中的「柳悴花憔」,《陽臺路》中的「柳憨花暖」等等。

李清照的詞善用疊字,以加強感情的渲染,其《聲聲慢》(尋尋覓覓)中的疊字運用,最爲人們稱道。況周頤《漱玉詞箋》引《玉梅詞隱》云:「《漱玉詞》屢用疊字,『尋尋覓覓,冷冷清清,淒淒慘慘戚戚』最爲奇創。又『庭院深深深幾許』,又『更挼殘蕊,更燃餘香,更得些時』,又『此情此恨,此際擬託行人,問東君』,又『舊時天氣舊時衣,只有情懷不似舊家時』。疊法各異,每疊必佳,皆是天籟,肆口而成,非作意爲之也。」顧太清對李清照作詞運用疊字頗感興趣,雖然詞中沒有像「尋尋覓覓,冷冷清清,淒淒慘慘戚戚」這樣的疊字,但有意仿傚「更挼殘蕊,更燃餘香,更得些時」這樣的疊字卻不少。如《喝火令·戊申新秋望日偶成》中的「惱煞嚶嚶,惱煞攪人眠,惱煞幾重花影」,《喝火令·己亥驚蟄後一日》中的「一路瓊瑤,一路沒車痕,一路遠山近樹,妝點玉乾坤」,《太常引·玉簪》中的「碧雲院宇,碧紗窗戶,碧水更清柔」等等。

儘管李清照在《詞論》中提出詞的語言要典雅渾成,但在作詞時也兼用

淺近生動的語言。李清照的詞被稱爲「易安體」，所謂易安體，張端義《貴耳集》謂「以尋常語度入音律」，彭孫遹《金粟詞話》謂「用淺俗之語，發清新之思」，也就是造語明白流暢而情思委婉深曲。李清照常把典雅的語言用得自然，把淺俗的語言用得雅致，兩者相融，別有風致。像《轉調滿庭芳》開頭三句「芳草池塘，綠陰庭院，晚晴寒透窗紗」，就很雅致；結尾三句「如今也，不成懷抱，得似舊時那」，就很淺俗。其《聲聲慢》中也有很多淺俗的語句，彭孫遹《金粟詞話》就云：「『守著窗兒，獨自怎生得黑』，皆用淺俗之語，發清新之思，詞意並工，閨情絕調。」顧太清也有意學習、師法李清照詞的語言特點，如其《白蘋香‧贈聞詩室女士錢淑琬》中「見面猶如舊識，知名久矣重逢。一湖秋水簇芙蓉，玉樹幽蘭相共」四句，前兩句的淺俗和後兩句的雅致融合一體。又如《江城梅花引‧雨中接雲姜信》：「故人千里寄書來。快些開，慢些開，不知書中安否費疑猜。別後炎涼時序改，江南北，動離愁，自徘徊。」這首詞的語言，淺近平易，自然明快，化俗爲雅，具有樸素淡雅、自然清新之美。

顧太清作詞，廣採博取，既學習周邦彥的典雅精工，又師法姜夔的清空醇雅，也借鑒李清照詞的語言特點，但她不是盲目崇古，一味模擬，而是融會貫通，變化創新，形成了自己典雅清麗、深幽蘊藉的風格。所以況周頤還說顧太清的詞「不琢不率，極合倚聲消息」，也就是說她作詞不費雕琢，不受束縛，掌握了塡詞的奧妙。

顧太清以宋人詞爲法乳，學習、師法周邦彥、姜夔、李清照作詞，體現了清中葉及以後滿族人學習漢族文化塡詞的特點。清代初期，滿族入主中原不久，由於初學漢族文化，滿族人塡詞不像漢族詞人那樣注重聲韻格律、章法句法以及藝術表現，而是純任自然，憑藉直接感發寫詞，眞切自然。如納蘭性德的詞，趙函《納蘭詞序》就說：「非其學勝也，其天趣勝也。」王國維《人間詞話》也謂：「以自然之眼觀物，以自然之舌言情，此由初入中原，未染漢人習氣，故能眞切如此。」清代中期及以後，滿族人學習漢族文化廣泛深入，文化素養提高，滿族詞人增多，塡詞逐漸注重藝術表現，重視風格的多樣化。像顧太清就特別注重學習宋代周邦彥、姜夔、李清照等格律詞家，師法他們的藝術手法、語言和風格，融會創新，形成自己獨特的詞風。

當然，顧太清也有純任自然，憑藉直接感發，抒寫性靈的詞。如其《江城子‧記夢》：

　　　　煙籠寒水月籠沙，泛靈槎，訪仙家。一路清溪雙槳破煙劃。才
過小橋風景變，明月下，見梅花。　　　梅花萬樹影交加，山之涯，
水之涯。澹宕湖天韶秀總堪誇。我欲遍遊香雪海，驚夢醒，怨啼鴉。

詞的第一句直用唐代詩人杜牧《泊秦淮》的首句，巧妙妥帖，此外，不用典
故，不費雕琢，自然流利，清新明快，具有「不著一字，盡得風流」的藝術
效果。再如其《喝火令・己亥驚蟄後一日，雪中訪雲林，歸途雪已深矣。遂
題小詞，書於燈下》：

　　　　久別情尤熱，交深語更繁。故人留我飲芳樽。已到鴉棲時候，
窗影漸黃昏。　　　拂面東風冷，漫天春雪翻。醉歸不怕閉城門。一
路瓊瑤，一路沒車痕。一路遠山近樹，妝點玉乾坤。

詞人造訪許雲林歸來，逸興難止，信筆寫來，從胸臆中流出，自然天成。

　　顧太清憑藉直接感發寫的詞，意境優美，大多以景結情，情寓景中，意
餘象外，韻味雋永。況周頤《玉棲述雅》就說：「西林顧太清春《東海漁歌・
定風波》序云：『古春軒老人有《消夏集》，徵詠夜來香鸚哥，紉素馨以為架，
蓋雲林手製也。』歇拍云：『閒向綠槐蔭裏掛，長夏。悄無人處一聲蟬。』」此
則以意境勝，無庸刻畫為工也。」她的《金風玉露相逢曲》：

　　　　寒煙罥樹，涼風吹面，雲外尖峰屏列。相期不負雨中游，恍若
是、山陰冒雪。　　　東窗望遠，西窗望遠，一片秋光清絕。敲詩把
酒晚晴初，臥夕照、殘碑斷碣。

詞寫中秋後一日，太清與女友遊八寶山，儘管涼風細雨，但她們飲酒賦詩，
遊興頗濃；然而，傍晚時分，雨後天晴，夕陽卻照著荒草中的殘碑斷碣，蕭
條蒼涼的景象引發了傷感淒涼的情緒。結句寄意深沉，意味深永，頗有李白
《憶秦娥》「西風殘照，漢家陵闕」的氣象。

　　作為女詞人，一般來說，悟性較好，感性強於理性，然而顧太清卻有的
詞以議論見長，往往由小見大，引出令人深思的哲理。如《鷓鴣天》：

　　　　夜半談經玉漏遲，生機妙在本無奇。世人莫戀花香好，花到香
濃是謝時。　　　蜂釀蜜，蠶吐絲。功成安得沒人知。恒沙有數劫無
數，萬物皆吾大導師。

此詞為多夜聽丈夫奕繪論道後而作，以議論入詞，詞中表現出萬物皆有劫數，
有生必有死，不必追求有為，而要自然無為的道家思想。「世人莫戀花香好，
花到香濃是謝時」的議論，含有「物極必反」的哲理。

又如《惜分釵‧看童子抖空中》：

　　　　春將至，晴天氣，消閒坐看兒童戲。借天風，鼓其中，結綵爲
繩，截竹爲筒。空！空！　　　人間事，觀愚智，大都製器存深意。
理無窮，事無終。實則能鳴，虛則能容。沖！沖！

詞的上片寫自己春日坐看兒童玩抖空竹的遊戲，並描寫空竹的形制構造，下
片由空竹的構造特點引發出含有生活哲理的議論：「實則能鳴，虛則能容」，
聯想奇妙而富於理趣。

再如《玉連環影‧元日解九連環》：

　　　　連絡，個個環相約。解得開時，本自無纏縛。繫連環，解連環，
一笑人間萬事理皆然。

詞寫民間的一種小小的智力玩具，互相連絡，環環相扣，方法得當，就能解
開，太清由此聯想到人間萬事，複雜紛繁，然而只要抓住關鍵，掌握規律，
就能迎刃而解。

　　顧太清以詞言理，與晚清詞壇有意開拓詞境、比較注重哲理意味的影響
有關。張宏生先生在《清詞探微》一書中指出：常州詞派的開創者張惠言就
多用詞表達他對人生的體悟，形象之中含有哲理。在此之後，詞人以詞言理
就不是偶然的現象，而是較爲自覺的追求。

三

　　顧太清的詞集《東海漁歌》六卷，編入其總集《天遊閣集》，多是她本人
親手抄寫，在她去世前沒有刊印過。太清生前的閨友，有不全的抄本，多爲
四卷。詞學大家況周頤曾以不能見到《東海漁歌》爲憾事，其《蘭雲菱寢樓
筆記》云：「太清春《天遊閣詩》寫本，歲己丑余得於廠肆地攤。詞名《東海
漁歌》，求之十年不可得，僅從沈善寶《閨秀詞話》中得見五闋，……而《漁
歌》至今杳然。」（己丑爲光緒十五年，即 1889 年）。宣統元年（1909）春，
陳士可在北京廠肆收購到《東海漁歌》殘抄本，存一、三、四卷，缺第二卷，
共收詞 167 首，爲當時未經寫定之本，此殘抄本被稱爲陳士可藏本。冒廣生
知道此本後隨即抄了一個過錄本。1913 年況周頤把冒廣生的過錄本借去，刪
去冒廣生的眉批，加上自己的評語，並將沈善寶《閨秀詞話》所載 5 首太清
詞輯爲《補遺》，於 1914 年付西泠印社以木刻活字排印，這就是西泠印社本。
然而此本經過況周頤的大肆刪改，刪掉 8 首，修改達 80 多首，共收詞 164 首，

已經失去了顧太清詞的原貌。1940 年王壽森得到朱祖謀根據諸貞壯舊藏抄錄的《東海漁歌》第二卷，恰好補原第二卷之缺，遂加上西泠印社本的三卷，共四卷，收詞 214 首，又輯近人筆記中有關太清之事為《太清軼事》一卷，於 1941 年鉛印發行，是為竹西館本。編入《東海漁歌》六卷的《天遊閣集》，在八國聯軍入侵時流入日本學者內藤湖南手中，內藤湖南逝世後歸武田科學振興財團的杏雨書屋，此本稱日藏抄本《天遊閣集》。為了找回原本《天遊閣集》，金啓孮先生和另一些學者經過多方努力，終於在 1986 年由武田科學振興財團寄回《天遊閣集》的靜電覆製本。經過金啓孮先生精查，認為「抄本字跡確係太清夫人所書，夫人晚年病目，故前後書體有所不同」。金啓孮、烏拉熙春將這個靜電覆製本進行編校後，2001 年由遼寧民族出版社影印出版，此本稱日藏抄本《天遊閣集》影印本，僅印 300 冊，然而這都是經過武田科學振興財團的特許，並與日本杏雨書屋訂有合同的。此影印本中的《東海漁歌》收詞 316 首。1998 年上海古籍出版社出版了張璋先生編校的《顧太清奕繪詩詞合集》，編校者在《前言》中說其中的《東海漁歌》:「仍援六卷之舊，其卷一、卷三、卷四用陳士可藏本為底本，以存原稿之真，糾正西泠本之誤;卷二則以朱孝臧抄本為底本;卷五卷六以內藤湖南藏本為底本。再將太清所批由詩集中轉來之 12 首《柳枝》詞和余新搜集之詞作為補遺，如是全編共收太清詞 333 首。」

本書本當以日藏抄本《天遊閣集》影印本作為底本，但該本印有「禁止翻印」字樣，遂只好以《顧太清奕繪詩詞合集》中的《東海漁歌》(簡稱「合集」本) 作為底本，而以日藏抄本影印本為校本。「合集」本卷三缺漏《木蘭花慢・登妙峰題碧霞元君祠》1 首，據日藏抄本影印本添補，故本書比「合集」本收詞多 1 首，共 334 首，成為顧太清詞集收詞最多的一個版本。校勘時，儘量依據日藏抄本影印本，儘量保留此本中的異體字，如「烟」、「只」、「冲」、「針」、「踪」等，一般不出校記，並且不注明況周頤刪改之處，也不收錄其評語。這樣，就基本恢復了顧太清詞集《東海漁歌》的原貌。

在箋注過程中，參考了金啓孮先生著的《顧太清與海淀》(北京出版社 2000 年版)、張菊玲先生著的《曠代才女顧太清》(北京出版社 2002 年版)、盧興基先生編著的《顧太清詞新釋輯評》(中國書店 2005 年版)，在此向作者致以衷心的感謝!本書附錄了有關顧太清的研究資料和研究論著索引，所附顧太清研究資料有的和張璋先生《顧太清奕繪詩詞合集》的《附錄》相同，主要

是便於讀者翻檢。由於本人水平有限，所作校箋可能有不妥之處，誠懇希望專家和讀者指正。

（本文是《顧太清詞校箋》的《前言》）

滿族女詞人顧太清與全真教

　　顧太清（1799～1877）被譽爲清代第一女詞人，王國維謂其「李易安以後，一人而已」。在滿族詞人中，她與納蘭性德（字容若）齊名，有「男有成容若，女有太清春」之稱。顧太清 26 歲嫁給貝勒奕繪（1799～1838）爲側室。奕繪是乾隆皇帝的曾孫，虔誠崇奉全真教，與全真道關係密切。由於受丈夫的影響，顧太清也信奉全真教，以至於生活觀念、詩詞創作等都打上了全真教的烙印。

一

　　儘管顧太清是滿洲貴族的側室，又能詩擅詞，善琴會畫，但作爲封建社會的女性，生活圈子仍然受到限制，主要限於家庭、閨閣等，廣泛接觸外界社會的機會不多。她接觸全真教，遊覽道觀，與全真道士交往，接受全真教教義，大多是與丈夫奕繪隨行，主要是受到丈夫奕繪的薰陶。

　　奕繪生於嘉慶四年（1799）正月十六，嘉慶二十年（1815）襲爵貝勒，後歷任散秩大臣、管理宗學、管理御書處及武英殿修書處、觀象臺事務、正白旗漢軍都統等職，道光十五年（1835）因病解職退休，道光十八年（1838）七月初七病逝，年僅四十。奕繪是清代宗室中少見的博學之士，善詩詞，工書畫，喜文物，習武備，通算學、拉丁文，著有《寫春精舍詞》、《南谷樵唱》、《觀古齋妙蓮集》和《明善堂文集》等。奕繪特別信奉全真教，對全真教祖王重陽、全真七子非常熟悉。他在《天台山十韻》詩中「尙說重陽派，徒增七聖哀」句下自注云：「重陽眞人王喆，著名弟子七人。」王喆即道教全真派的創始人王重陽，原名中孚，入道後改名喆，字知明，號重陽子。王重陽有

著名的七大弟子：馬丹陽、譚處端、丘處機、王處一、劉處玄、郝大通、孫不二，又稱全真七子、北七真。奕繪曾廣泛閱讀道家、道教典籍，讀過《南華真經》、《枕中鴻寶苑祕書》、《黃庭內景經》和《玉皇心印經》等；奕繪還喜歡遊覽道觀，與全真道士交往，聽他們講經論道，他與京城白雲觀住持張坤鶴交誼深厚，常去白雲觀觀放齋、聽講經等。奕繪虔誠崇奉全真道，與清代滿族統治者厚待、支持全真教，以使在明代受到漢族統治者打壓的全真教在清代中興有關；也與清朝立國後滿洲貴族文人崇尚漢族傳統文化，追求一種寧靜蕭散、閒適恬淡的人生，而這種人生觀正好與全真道修煉追求的恬淡無欲、清靜無為相一致有關；更與奕繪身體多病，希望通過全真教的修煉，強身健體、修心養性有關。

奕繪經常給顧太清談經講道。太清的《鷓鴣天》序云：「冬夜聽夫子論道，不覺漏下三矣。盆中殘梅香發，有悟賦此。」其詞云：「夜半談經玉漏遲，生機妙在本無奇。世人莫戀花香好，花到香濃是謝時。 蜂釀蜜，蠶吐絲。功成安得沒人知。恒沙有數劫無數，萬物皆吾大導師。」奕繪給太清講經至半夜，太清聽後大有領悟，可見夫婦二人的投契。

奕繪還常常帶著顧太清去白雲觀遊覽，聽張坤鶴講道，看張坤鶴授戒。京城的白雲觀是道教全真派第一叢林。白雲觀的燕九節，是明清兩朝的「京師盛日」，遠近的道士都會集於此，內臣勳戚也多到此遊樂。奕繪也經常和太清去遊觀，其《鷓鴣天·燕九白雲觀》云：「茱熟蒸籠已放香，全真蜂擁過齋堂。」其《歸田樂引·填倉》亦云：「佳節從頭數，過人日、上元初度。燕九傳丘祖，是月二十五。」所謂燕九，即燕九節，源於元朝大都正月十九日遊覽長春宮的風俗。因為正月十九日是金元之際全真教著名道士長春真人丘處機的生辰，丘晚年為長春宮住持，開全真教一時之盛。明初，長春宮改名為白雲觀。明代劉侗、于奕正的《帝京景物略·白雲觀》云：「今都人正月十九，致漿祠下，遊冶紛沓，走馬蒲博，謂之燕九節。」顧太清也寫有《次夫子燕九白雲觀觀放齋原韻》、《上元前一日同夫子攜載釗載初兩兒叔文以文兩女遊白雲觀》等詩，顧太清還寫有在白雲觀看做道場、聽說戒律的《四月三日白雲觀看道場作》、《臨江仙慢·白雲觀看坤鶴老人授戒》、《四月十三聽張坤鶴老人說天仙戒……》、《四月十一白雲觀聽張坤鶴老人說玄都律》等詩詞。張坤鶴也曾去拜訪奕繪和顧太清，太清寫有《冉冉雲·雨中張坤鶴過訪》一詞：「秋雨瀟瀟意難暢。忽敲門、道人來訪。玄都客、談論海天方丈。全不管、

世間得喪。　惟有眞知最高尙。一任他、你爭我讓。把身心、且自忘憂頤養。閱盡古今花樣。」顧太清還曾爲張坤鶴祝壽而寫有詩歌《壽張坤鶴五首》，爲張坤鶴的肖像題有《水龍吟‧題張坤鶴老人小照》一詞。張坤鶴仙逝後，太清還寫了《黃鶴引‧挽白雲觀主張坤鶴老人》一詞悼念。

　　奕繪被派爲東陵守護大臣時，太清也一同前往，夫婦二人與附近的道士也頗有交情。東山的苗道士給他們送過桃，甚至還給他們送過兩隻猴子。顧太清《東山雜詩九首》之四的「蟠桃初結實」一句後自注云：「昨夜道士送桃至。」其《六月十五東山苗老道寄來七寸許小猴一雙，每當飼果，必分食之，似有相愛意，詩以記之》云：「東山苗道士，遠寄一雙猴。」

　　奕繪和太清還曾身著道裝，請擅畫的全眞教道士黃雲谷爲他們畫道裝像。顧太清寫有《自題道裝像》謂「雙峰丫髻道家裝，回首雲山去路長」，還寫有《題黃雲谷道士畫夫子黃冠小照》。奕繪有《小梅花‧自題黃雲谷爲寫黃冠小照》云：「全眞道士黃雲谷，畫我仍爲道人服。」其《江城子‧題黃雲谷道士畫太清道裝像》云：「全眞裝束古衣冠，結雙鬟，金耳環。耐可淩虛，歸去洞中天。遊遍洞天三十六，九萬里，閬風寒。　榮華兒女眼前歡，暫相寬，無百年。不及芒鞋，踏破萬山巔。野鶴閒雲無掛礙，生與死，不相干。」此詞謂太清身著道裝，應該淩空飛升，遍遊三十六洞天，像野鶴閒雲一般逍遙自在，沒有兒女和生死的牽掛。夫婦二人身著道裝，並請全眞道士畫像，可見他們對全眞道的虔誠崇奉。而太清的崇道似乎更爲狂熱，她甚至希望和奕繪一起成仙飛升，其《遊仙五首》之三就云：「何時謝塵累，輕舉隨夫君。」

二

　　由於顧太清經常隨同丈夫遊覽道觀，聽全眞道士談經傳道，受到潛移默化，以至於其生活觀念也帶有全眞教的色彩。

　　奕繪號太素道人，顧太清遂取道號「太清」與之匹配，「太素」、「太清」都是道教用語。「太素」，道教指天地萬法形質既成而尙未成體的狀態或階段。彙編宋元時期道教各派法術的《道法會元》卷六七就云：「太素者，泰始變而成形，形而有質而未成體，是曰太素。太素，質之始而未成體者也」。顧太清也熟知「太素」，其《四月三日白雲觀看道場作》就云：「全眞大道傳中極，太素輕煙發上方。」而「太清」的道號，更與全眞教密切相關。道教所崇奉的最高尊神是玉清、上清、太清三清，即元始天尊、靈寶天尊、道德天尊。

道德天尊即太上老君，由冥寂玄通元玄之白氣化生而成，居大赤天太清境，故稱太清。道教有著名的太清宮，位於山東青島嶗山老君峰下，始建於西漢建元元年（公元前 140 年），稱三官廟，建元三年改名太清宮。金章宗明昌六年（1195）道士丘處機、劉長生師兄弟七人在太清宮講道，丘處機離去後，劉長生創立全眞教隨山派，太清宮遂成爲隨山派的祖庭與發祥地。全眞七子中的邱處機傳給趙道堅的龍門二十字系譜中也有「太清」二字，即「道德通玄靜，眞常守太清，一陽來復本，合教永圓明」。全眞教龍門派第九代傳人就取名范太清（1606～1748），撰有《缽鑒續》九卷。顧太清以「太清」作爲道號，應該非常清楚這些。

顧太清和奕繪結婚後，把太平湖府邸的居室取名爲「天遊閣」，「天遊」一詞，也與道家、道教有關。《莊子·外物》云：「胞有重閬，心有天遊。室無空虛，則婦姑勃谿；心無天遊，則六鑿相攘。」所謂天遊，就是放任自然，閒適自由。奕繪《浣溪沙·題天遊閣三首》之一云：「畫棟朱楹百尺樓，擘窠大字寫『天遊』。乾坤物我共悠悠。」「乾坤物我共悠悠」，即謂與宇宙萬物合爲一體，優遊自在，徜徉自適，也就是「天遊」。

顧太清和奕繪都不重名利而喜好優遊，這主要是受全眞教清心寡欲、恬淡無爲思想的浸染。全眞教提出的「全眞」，即保全眞性，也就是保全精、氣、神。然而，只有無欲無念，身心清靜，才能進行內丹修煉，也才能保全精氣而元陽不泄。丘處機在奉答元太祖成吉思汗時就說：「學道之人……去聲色，以清靜爲娛；屏滋味，以恬淡爲美。……眼見乎色，耳聽乎聲，口嗜乎味，性逐乎情，則散其氣。」〔註1〕要做到清心寡欲、恬淡無爲，最好遠離擾攘的塵世，擺脫貪欲的誘惑，所以全眞道士主張修煉心性要優遊，即逍遙於自然，閒適於林泉。馬丹陽就說「優遊恬淡養眞人」〔註2〕，丘處機《沁園春·示眾》亦云：「放四大、優遊無所爲。向碧岩古洞，完全性命，臨風對月，笑傲希夷。」（放四大，指放棄大功、大名、大德和大權。）譚處端《行香子》亦云：「放心閒、無喜無憂。逍遙自在，雲水閒遊。」南宋道士白玉蟾的《沁園春·題桃源萬壽宮》也云：「三入岳陽，再遊溢浦，自一去優遊直至今。」優遊的宗教目的是從身心的快樂入手，看透生命、人生，引導人們追求生命、人生的

〔註1〕 《玄風慶會錄》，《道藏》，文物出版社、上海書店、天津古籍出版社，1988年聯合出版，第 3 冊第 388 頁。

〔註2〕 馬丹陽《洞玄金玉集》卷三，《道藏》，第 25 冊第 576 頁。

價值，離卻樊牢，永享逍遙。優遊之地一定要遠離塵世，幽僻寂靜，這樣才能忘懷世俗，心地清靜，神調氣和，成仙證真。奕繪接受了這種思想，閒暇時光大多在雲水閒遊。他經常連續幾天遊山，「昨遊山，今遊山，聞道天台亦好山，明朝更上山」〔註3〕。他常常棲居僻遠的南谷，因爲「大南峪裏好林泉」〔註4〕，那裏的丘壑樹木、溪流瀑布，清幽寂靜，讓人神清氣爽，心靜神閒。顧太清也經常隨同丈夫優遊，而且她的遊興頗濃。她爲「貪看秋色歸來晚」〔註5〕，爲「春雪無端阻勝遊」〔註6〕而煩惱，因「遊興最嫌秋日短」而「馬頭明月照人歸」〔註7〕。她認爲「知樂無過山水間」〔註8〕，因而「茶鐺藥裹常隨喜，大好河山得勝遊」〔註9〕。她看見「窗中列岫青無數」，進而想像「極目春光許臥遊」〔註10〕；她聽說山中「有神仙窟」，隨即「清晨特一遊」〔註11〕。此外，顧太清還常和閨友一起出遊，遊覽青山綠水、古寺園林，並寫有詩詞記其事，如《四月八日同屏山、雲林、湘佩、家霞仙遊翠微山》就謂翠微山是「問水登山幾度臨」。《南鄉子》序謂「上巳前一日，同屏山、雲林、雲姜遊可園」。《好事近》序記：「三月十五，同雲姜、紉蘭、珊枝、素安、金夫人、徐夫人過棗花寺看牡丹，是時花尙含苞，更約十日後同賞。」《金風玉露相逢曲》序記：「中秋後一日，同雲林、湘佩、家霞仙雨中游八寶山。」生活要優遊自在，逍遙閒適，必須淡泊名利，所以顧太清認爲「利欲驅人似馬馳，不如歸去學癡兒」，願意「山中共享餘年樂，坐對寒梅賦好詩」〔註12〕，覺得人生如果「梅花結伴，修竹蒼松，樂事無過此」〔註13〕。

由於經常與全真道士交往，顧太清甚而喜愛道士的詩詞畫。她有《水龍

〔註3〕 奕繪《長相思·黃華山絕頂》，張璋編校《顧太清奕繪詩詞合集》，上海古籍出版社，1998年，第646頁。

〔註4〕 奕繪《臨江仙·大南峪》，《顧太清奕繪詩詞合集》，第654頁。

〔註5〕 顧太清《十八日到家答六女叔文》，《顧太清奕繪詩詞合集》，第131頁。

〔註6〕 顧太清《春遊六首》之四，《顧太清奕繪詩詞合集》，第89頁。

〔註7〕 顧太清《遊潛真洞晚歸度梅兒嶺口占》，《顧太清奕繪詩詞合集》，第131頁。

〔註8〕 顧太清《三月晦同夫子游黑龍潭至大覺寺路經畫眉山》，《顧太清奕繪詩詞合集》，第72頁。

〔註9〕 顧太清《題畫山水二首》之二，《顧太清奕繪詩詞合集》，第39頁。

〔註10〕 顧太清《清風閣》，《顧太清奕繪詩詞合集》，第89頁。

〔註11〕 顧太清《登王仙洞望寶泉》，《顧太清奕繪詩詞合集》，第89頁。

〔註12〕 顧太清《題黃愼山水冊次原題詩韻》之七，《顧太清奕繪詩詞合集》，第36頁。

〔註13〕 顧太清《被花惱·題王石谷畫〈友梅軒圖〉》，《顧太清奕繪詩詞合集》，第221頁。

吟‧題張坤鶴老人小照，用白玉蟾〈採藥徑〉韻》一詞，說明她讀過南宋道士白玉蟾的詞。白玉蟾原名葛長庚，是道教內丹派南宗的實際創始人，後來南宗歸併於全真教，他遂成為「南七真」（張伯端、石泰、薛道光、陳楠、白玉蟾、劉永年、彭耜）之一，著有《道德寶章》一卷，有《海瓊集》二卷，存詞 139 首。顧太清的《金縷曲‧送屏山姊扶柩旋里》明顯模倣白玉蟾的《賀新郎‧肇慶府送談金華、張月窗》，白詞上闋的起句為「謂是無情者」，結句為「重把我，袖兒把」，而顧詞上闋的起句是「豈是無情者」，結句是「難把你，車兒把」。顧太清還寫有《雨中偶閱〈清閟閣集〉，用〈苦雨〉韻》、《題倪雲林〈清閟閣圖〉》等詩，可見她閱讀過元代著名道士畫家倪雲林的詩文集，欣賞過倪雲林的畫並且為畫題詩。倪雲林即倪瓚（1301～1374），字元鎮，號雲林子，著有《清閟閣集》十二卷，詩詞書畫俱精，而山水畫的成就最大。其山水畫具有寧靜幽遠，古樸雅致，飄逸瀟灑的特點，這一特點的形成，與道教追求的恬淡、幽靜、玄遠的境界密切相關。

三

　　顧太清虔誠信奉全真教，深受全真教思想觀念、審美情趣的陶冶，特別是重視精、氣、神，追求清靜之境，崇尚素樸之美三個方面，在其詩詞創作中有明顯體現。

（一）重視精、氣、神

　　全真教屬於道教內丹派，主張煉內丹，即以人體內的精、氣、神為「大藥」，把身體當作爐鼎進行內修。而以丹砂、鉛、汞等礦物石藥為原料，用爐火燒煉成金丹服食，叫煉外丹。外丹派認為服餌金丹可以長生不死，全真教則認為服食金丹不能長生，人的肉體總歸腐爛，血液總要乾竭，只有心中不生不滅、超越生死的「真性」才是永恒的，才會長存。卿希泰、唐大潮著《道教史》就說：「從這種真性超出生死的觀點出發，全真道在修煉上確定了唯重修心見性以期成仙證真的修煉路線，通過對心性的修煉以達到『全精』、『全氣』、『全神』，謂之『全真』的超出生死之外的最高境界，即通過對性的修煉以達到生命的永恒。」《玉皇心印經》論述內丹修煉之心法，即以精、氣、神為上藥三品，並宣稱：「人各有精，精合其神，神合其氣，氣合其真。不得其真，皆是強名。」所以「全真」，即保全元精、元氣、元神，是全真教修煉的最高目標，也是全真教成仙證真的最高境界。

顧太清非常熟悉《玉皇心印經》。奕繪在《浣溪沙‧題天遊閣三首》中的「《玉皇心印》碎珍珠」一句下自注云：「太清曾集《玉皇心印經》殘字，爲五言詩四章。」《玉皇心印經》，全稱《高上玉皇心印妙經》，全篇五十句，爲四言韻文，共二百字，被全眞教列爲內修五經之一，而且被道教規定爲早壇功課必誦經文之一。顧太清的《天遊閣集》中確有《集先恪王書〈玉皇心印經〉零字四首》，詩中論及調和精、氣、神，並稱譽內丹修煉「上藥存眞品，持盈合不難」。

顧太清不信外丹，她說「從來文字能傳道，未必丹砂可駐顏」〔註14〕，但深信全眞教內丹修煉的「全精」、「全氣」、「全神」，因此她特別看重人的精氣、元神，而且養成了以「精神」、「生氣」、「神韻」觀察人和物的習慣。因爲精、氣、神充盈，生命就特別有生氣、活力，人就顯得精神旺盛，神采奕奕。她讚美閨友許雲姜「玉堂人是玉精神」〔註15〕，稱譽筠鄰主人載銓「爲善樂、恬淡精神」〔註16〕，稱美沈湘佩「冰作精神玉作胎」〔註17〕，感歎自己「近來兒女爲身累，老去精神似病容」〔註18〕。顧太清的詠花詞，也突出吟詠花的精神、神韻。其《占春芳‧戲吟瓶中柳枝杏花》稱揚杏花有「一段好精神」，其《玉燭新‧詠白海棠》讚美白海棠「神娟韻秀，雅稱個、花仙爲首」。她畫花也強調畫出花的精神，其《步蟾宮‧自題畫扇》就云「爲花寫出好精神」，其《畫屏秋色‧屏山邀看菊》謂描繪菊花的「壁上稿、重再省，欲寫出豐神」，其《暗香疏影‧自題〈淡月疏梅〉》讚美所畫梅花「冷淡生涯，冰玉精神」。顧太清評論書畫也特別重視精神、氣韻，她稱讚選樓老人「老年作字見精神」〔註19〕，讚美竹溪老人畫的墨牡丹「神韻如生」，「重見古精神」〔註20〕。

〔註14〕 顧太清《秋日感懷兼憶湘佩少如諸姊妹用杜工部〈秋興八首〉韻》之五，《顧太清奕繪詩詞合集》，第166頁。

〔註15〕 顧太清《次日雲姜書來告我四幅雲山盡爲紉蘭移去》之三，《顧太清奕繪詩詞合集》，第54頁。

〔註16〕 顧太清《滿庭芳‧雨中過含芳園謁筠鄰主人》，《顧太清奕繪詩詞合集》，第272頁。

〔註17〕 顧太清《看花回‧題湘佩妹〈梅林覓句〉小照》，《顧太清奕繪詩詞合集》，第280頁。

〔註18〕 顧太清《至日》，《顧太清奕繪詩詞合集》，《顧太清奕繪詩詞合集》，第81頁。

〔註19〕 顧太清《謝選樓老人見贈自書梅花詩扇即次其韻》，《顧太清奕繪詩詞合集》，第102頁。

〔註20〕 顧太清《古香慢‧題竹溪老人〈墨牡丹〉畫冊》，《顧太清奕繪詩詞合集》，第269頁。

（二）追求清靜之境

全眞教認爲「眞性」本來清靜無染，但世人被後天的物欲所迷惑，不識自心眞性，因而流轉生死苦海，不得解脫。因此全眞教修道要求澄心遣欲、去除妄心而恢復清靜眞性。王重陽的《漁家傲》就說：「人心常許依清靜，便是修行眞捷徑。」馬丹陽的《西江月》也說：「只要心中清靜，無爲便是功成。」全眞七子中的孫不二，就號「清靜散人」，在她門下還形成全眞教「清靜派」。

全眞教規定道士必須日常誦習《清靜經》，此經主要教人遣欲入靜的修煉要領：

> 人能常清靜，天地悉皆歸。夫人神好清而心擾之，人心好靜而欲牽之。常能遣其欲而心自靜，澄其心而神自清。……如此清靜，漸入眞道。……得悟道者，常清靜矣。

全眞道士修煉講求內外兩個環境都要清靜，內環境是心上的環境，外環境是身體所處的環境。《重陽眞人授丹陽二十四訣》就云：「丹陽問：何者名爲清靜？祖師答曰：有內外清靜。內清靜者，心不起雜念；外清靜者，諸塵不染。爲清靜也。」

由於全眞教「修心清靜」的潛移默化，顧太清也特別注重心境和環境的清靜。她說「心靜能教萬慮除」〔註21〕，並常去白雲觀「清淨道中參妙徼，步虛聲裏靜塵心」〔註22〕。所謂清淨，謂心境潔淨，不受外擾。她喜歡仙境的清靜。其《潛眞洞》云：「秋風落日仙壇靜，澗草岩花到處開。」其《四月十一日白雲觀聽張坤鶴老人說玄都律》云：「清淨道中玄鶴降，步虛聲裏落花飛。」她喜歡描寫清靜之境，也喜歡獨自靜坐。如寫樓閣亭院的寂靜，「堆案圖書妝閣靜，緣階花木小亭幽」〔註23〕；寫竹林、桐蔭的靜坐，「琅玕蔭裏，是心清靜，晏坐了無餘說」〔註24〕，「石闌干外影扶疏，兀坐桐蔭靜若愚」〔註25〕。

全眞教主張儒釋道三教合一，並認爲道佛都追求「清靜」。丘處機《師魯先

〔註21〕 顧太清《雨中偶作》之一，《顧太清奕繪詩詞合集》，第149頁。

〔註22〕 顧太清《上元前一日同夫子攜載劍載初兩兒叔文以文兩女遊白雲觀》，《顧太清奕繪詩詞合集》，第66頁。

〔註23〕 顧太清《伏日雨後訪富察蕊仙夫人》，《顧太清奕繪詩詞合集》，第119頁。

〔註24〕 顧太清《廣寒秋·題慈相上人〈竹林晏坐〉小照》，《顧太清奕繪詩詞合集》，第243頁。

〔註25〕 顧太清《桐蔭摹帖》，《顧太清奕繪詩詞合集》，第159頁。

生有宴息之所，牓曰中室，又從而索詩》云：「儒釋道源三教祖，由來千聖古今同。」譚處端《三教》亦云：「三教由來總一家，道禪清靜不相差。」全真道對儒釋的汲取偏重於釋，特別是佛教禪宗的思想。禪宗喜歡以冰心皎潔來形容冷冽澄澈的禪性，以清涼世界象徵佛國的理想境界。《金光明最勝王經》就說「清涼之風喻能除煩惱炎熱」，奕繪《知樂堂題壁》詩也云：「萬卷詩書充智樂，三禪熱惱變清涼。」佛教寺廟就有名「清涼寺」的。因而全真教就將「清靜之境」與佛教禪宗追求的「清涼世界」結合起來。顧太清受此影響，也認爲「成仙成佛由清靜」〔註26〕，所以她的詩詞中不僅描寫禪房的清幽冷寂，如「禪房寂靜，蒼苔濃厚，冷淡斜陽蔭裏」〔註27〕，「清涼禪客室，冰玉主人題」〔註28〕，而且讚美仙界的清涼，如「清涼世界神仙會」〔註29〕「清涼世界住飛瓊，藐姑射仙冰雪貌」〔註30〕，「深院閒池館，此神仙、清涼世界，熱紅塵遠」〔註31〕。不僅如此，顧太清更重視追求自身身心和環境的清涼，如「此際身心清涼甚，兀坐嗒然隱几」〔註32〕，「澹泊生涯應共我，清涼世界自爲家」〔註33〕。

（三）崇尙素樸之美

滿族原爲馬背民族，以騎射爲業，早期生活在白山黑水之間，生活簡樸，不尙奢華。建立大清國後，隨著國家承平日久，生活在京城的滿洲貴族，由於生活待遇非常優厚，享樂意識滋長，逐漸崇尙奢侈華靡，形成耽於享樂的風氣。據《清世宗實錄》卷一六記載，雍正皇帝即位的第二年（1724）就斥責八旗子弟：

> 爾等家世武功，業在騎射，近多慕爲文職，漸至武備廢弛。……
> 平居積習，尤以奢侈相尙，居室用器，衣服飲饌，無不備極紛華，
> 爭誇靡麗。

〔註26〕 顧太清《次夫子天遊閣見示韻四首》之四，《顧太清奕繪詩詞合集》，第 37 頁。
〔註27〕 顧太清《廣寒秋‧九月十九過天仙庵》，《顧太清奕繪詩詞合集》，第 240 頁。
〔註28〕 顧太清《寶藏寺》，《顧太清奕繪詩詞合集》，第 30 頁。
〔註29〕 顧太清《七月六日許青士三兄招遊龍爪槐即次壁上韻以爲壽》，《顧太清奕繪詩詞合集》，第 94 頁。
〔註30〕 顧太清《浪淘沙‧冰燈》，《顧太清奕繪詩詞合集》，第 205 頁。
〔註31〕 顧太清《賀新涼‧康介眉夫人囑題〈榕蔭消夏圖〉》，《顧太清奕繪詩詞合集》，第 216 頁。
〔註32〕 顧太清《金縷曲‧題吳淑芳夫人〈霜柏慈筠圖〉》，《顧太清奕繪詩詞合集》，第 286 頁。
〔註33〕 顧太清《荷花生日即事》之二，《顧太清奕繪詩詞合集》，第 143 頁。

《皇朝通典》載乾隆三十七年八月「諭旗員補用綠營」：

> 原以滿洲風俗淳樸，技藝優嫻，將伊等錄用，自能爲綠營表率，
> 以挽漢人習氣。……乃竟有在外全忘滿洲舊習，反染漢人習氣，凡
> 事尚華，不知撙節，任意浮靡。

顧太清的丈夫奕繪是滿洲貴胄，並且官居高位，以其社會地位和經濟條件來說，她完全可以追求時尚，衣著華美富貴，居室富麗堂皇，然而她卻仍然保持素樸之美，不尚華麗豔冶。顧太清沒有追隨世俗風氣，應該說主要是全眞教審美情趣的浸潤。因爲全眞道就是「以恬淡爲美」，「以清心寡欲爲要」，其《女眞九戒》還規定女道士必須「衣具質素，不事華飾」，表現出對恬淡、素樸之美的追求。全眞道的這種審美觀根源於道家。道家認爲「素樸而天下莫能與之爭美」，爲了求道，必須「見素抱樸，少私寡欲」；因爲「五色令人目盲，五音令人耳聾，五味令人口爽，馳騁田獵令人心發狂，難得之貨令人行妨」〔註34〕。

由於崇尚素樸之美，太清不喜歡濃妝豔抹的裝扮，認爲「喬裝豔服太妖淫」〔註35〕，而且「笑世間、濃脂膩粉，那般妝點」〔註36〕，卻非常欣賞「浣衣村婦」的「淡梳妝」〔註37〕。她對「天然素質端方，不須假借，淡妝翻稱容止」〔註38〕的白牡丹特別喜歡，對「淡粉輕脂最可人，懶與凡葩爭豔冶」〔註39〕的瑞香花讚賞有加。她非常欣賞水墨畫的樸素、淡雅，其《古香慢》讚美墨牡丹「洗鉛華、掃盡俗態，淡妝別樣嫻雅」，其《醉桃源》稱美水墨梔子「輕羅團扇寫冰姿，何勞膩粉施」。

由於崇尚素樸之美，太清作詞也「絕無一毫纖豔涉其筆端」〔註40〕，也不求「藻繢之工」〔註41〕，詞作樸素清新，具有自然清秀之美。如記夢的《江城子》：「煙籠寒水月籠沙，泛靈槎，訪仙家。一路清溪雙槳破煙劃。才過小

〔註34〕《老子》十二章，任繼愈《老子新譯》，上海古籍出版社，1985 年版，第 84 頁。

〔註35〕顧太清《賀聖朝·秧歌》，《顧太清奕繪詩詞合集》，第 206 頁。

〔註36〕顧太清《金縷曲·詠白海棠》，《顧太清奕繪詩詞合集》，第 212 頁。

〔註37〕顧太清《風蝶令·春日遊草橋》，《顧太清奕繪詩詞合集》，第 284 頁。

〔註38〕顧太清《玉交枝·上元屏山生日，過堪喜齋，滇生大司馬囑詠白牡丹》，《顧太清奕繪詩詞合集》，第 283 頁。

〔註39〕顧太清《南鄉子·詠瑞香》，《顧太清奕繪詩詞合集》，第 295 頁。

〔註40〕況周頤《西泠印社本〈東海漁歌〉序》，《顧太清奕繪詩詞合集》，第 709 頁。

〔註41〕況周頤評語，見《顧太清奕繪詩詞合集》，第 244 頁。

橋風景變，明月下，見梅花。　　梅花萬樹影交加，山之涯，水之涯。澹
宕湖天韶秀總堪誇。我欲遍遊香雪海，驚夢醒，怨啼鴉。」再如描寫她在
天寧寺望西山積雪的《風光好》：「好東風，暖融融。花塢山茶照眼紅，醉
遊蜂。　　綠煙一帶前村柳，春如繡。積雪西山萬萬重，玉芙蓉。」描寫
她登香山望昆明湖的《浪淘沙》：「碧瓦指離宮，樓閣飛崇。遙看草色有無
中，最是一年春好處，煙柳空濛。」詞作描寫眺望西山積雪、俯瞰昆明湖，
容易寫得境界闊大，風格剛健壯美，然而顧太清卻寫得清麗優美，樸素自
然。

　　（原載《2012 詞學國際學術研討會論文集（金元明清卷)》，馬來亞大學
出版社，2012 年 8 月）

古代詞語釋解

「淺斟低唱」考釋

「淺斟低唱」一詞，在宋詞中較爲常見，但幾種辭書的解釋卻頗有不同。

《辭海》（上海辭書出版社 1979 年版）解釋云：

> 斟，篩酒。緩緩喝酒，聽人曼聲歌唱。形容悠閒享樂的情態。
> 柳永《鶴衝天》詞「忍把浮名，換了淺斟低唱。」

《詞源》（修訂本）解釋云：

> 慢慢地喝酒，聽人曼聲歌唱。宋柳永《樂章集·鶴衝天》：「青
> 春都一餉，忍把浮名，換了淺斟低唱。」參見「偎紅倚翠」。

《漢語大詞典》解釋云：

> 斟著茶酒，低聲歌唱。形容悠然自得、遣興消閒的樣子。宋陶
> 穀《清異錄·釋族》：「李煜乘醉，大書石壁曰：『淺斟低唱，偎紅倚
> 翠。』」宋柳永《鶴衝天》詞：「忍把浮名，換了淺斟低唱。」《初刻
> 拍案驚奇》卷十八：「淺斟低唱，觥籌交舉。」清黃景仁《虞美人·
> 閨中初春》詞：「問春何處最多些，只在淺斟低唱那人家。」

《中文大辭典》（臺灣中國文化學院出版部 1968 年版）的解釋是：

> 斟，謂斟酒。唱，謂唱歌。示嬉遊者狎昵之狀也。《事文類聚》：
> 「於銷金帳下，飲羊羔酒，淺斟低唱耳。陶愧之。」《宋長編》：「宋
> 陶穀爲學士，得黨太尉家姬，遇雪，陶取雪水烹茶，曰：黨家有此
> 風味否？對曰：彼粗人，安有此？但能於銷金帳中，淺斟低唱，飲
> 羊羔兒酒耳。」

仔細斟酌以上四種辭書的解釋，都不太準確。首先，《中文大辭典》的書證就

不妥當。《中文大辭典》謂第二條書證出自《宋長編》，《宋長編》是南宋李燾（1115～1184）《續資治通鑑長編》的簡稱（也簡稱為《長編》），如果此書記載有黨太尉「淺斟低唱」之事，應是較早的文獻；然而筆者用電子版《文淵閣四庫全書》反覆檢索，卻沒有在此書中找到這條記載。可見，這條書證不是出自《宋長編》。那麼，這條書證出自何處呢？筆者經過多方查閱，在《佩文韻府》（編成於康熙五十年）卷八十二的「銷金帳」條和《駢字類編》（編成於雍正四年）卷十三的「雪水」條找到了這條記載，兩處的記載與《中文大辭典》所舉《宋長編》全同，並且都注明出自「《長編》」。可知《中文大辭典》是沿襲了《佩文韻府》《駢字類編》的錯誤，而《駢字類編》大約又是沿襲了《佩文韻府》之誤。《佩文韻府》注明出自《長編》的黨太尉「淺斟低唱」之事，大約出自明人彭大翼《山堂肆考》卷五「取水烹茶」條，只是《佩文韻府》的編者刪去了開頭「宋陶穀」之後的「字秀實」三字以及末句「陶默然慚其言」，而且記錯了書名。南宋祝穆（1189～1253）《古今事文類聚》（《中文大辭典》簡稱《事文類聚》）前集卷四的「雪水烹茶」條也記載了黨太尉「淺斟低唱」之事，只是文字與《佩文韻府》《駢字類編》的記載略有不同。由此看來，《中文大辭典》所用兩條書證，其實只是一條。

其次，各種辭書對「淺斟低唱」的解釋都不夠全面，「淺斟低唱」的含義應為：慢慢飲酒，低聲唱歌，形容飲酒唱曲的遊冶享樂，也用來形容悠然自得、遣興消閒的樣子。「淺斟」指斟酒不多，也就是慢慢地喝酒。然而，「斟」既可指用壺倒酒，也可指用壺倒茶，但在「淺斟低唱」一詞中不是指飲茶。請看出現「淺斟低唱」一詞的最早文獻：

北宋陶穀（903～970）《清異錄·釋族門》云：

> 李煜在國，微行娼家，遇一僧張席，煜遂為不速之客。僧酒令、謳吟、吹彈莫不高了，見煜明俊醞藉，契合相愛重。煜乘醉大書石壁，曰：「淺斟低唱，偎紅倚翠，大師鴛鴦寺主，傳持風流教法。」

久之，僧擁妓入屏帷，煜徐步而出，僧、妓竟不知煜為誰也。〔註1〕
黨太尉「淺斟低唱」的記載，最早出現在南宋胡仔（1110～1170）的《苕溪漁隱叢話·前集》卷四：

> 陶穀買得黨太尉故妓，取雪水烹團茶，謂妓曰：「黨家應不識此。」

〔註 1〕 陶穀《清異錄》，朱易安、傅璇琮等主編《全宋筆記》，大象出版社 2003 年版，第 1 編第 2 冊第 31 頁。

妓曰：「彼粗人，安有此景！但能銷金帳下，淺斟低唱，飲羊羔兒酒
耳。」陶愧其言。〔註2〕

根據這兩則文獻，結合以上辭書所舉其他例句，對於「淺斟低唱」的解釋，
我們應該特別注意三點：

第一，「淺斟」都是飲酒，似與茶無關。《清異錄・釋族門》所記僧在娼
家且善酒令而李煜又是「乘醉大書」，《苕溪漁隱叢話・前集》卷四所記黨太
尉則是與家妓同飲「羊羔兒酒」，飲的都是酒而不是茶。柳永（987？～1055？）
《鶴衝天》中的「忍把浮名，換了淺斟低唱」，也說的是狎妓尋歡時的飲酒唱
曲，因爲柳永此詞中還有「煙花巷陌」、「且恁偎紅翠，風流事、平生暢」的
描寫，而且柳永「日與獧子縱遊娼館酒樓間」〔註3〕，好爲浮豔淫冶之詞，不
可能是飲茶。《漢語大詞典》所舉《初刻拍案驚奇》卷十八的「淺斟低唱，觥
籌交舉」，仍是指斟酒而不是斟茶，因爲「觥籌」就是指酒器和酒令籌；所舉
黃景仁《虞美人・閨中初春》上闋謂「繡罷頻呵拈線手，昨夜交完九。問春
何處最多些，只在淺斟低唱那人家」〔註4〕，詞中把「閨中」和「那人家」對
比來說，「那人家」似指青樓，故「淺斟低唱」應還是指飲酒唱曲。可見《漢
語大詞典》把「淺斟」解釋爲「斟著茶酒」，是不準確的。

第二，「低唱」，既指歌妓，也可包括飲酒聽曲者。古人運用「淺斟低唱」
一詞，常有「偎紅倚翠」相照應，故「低唱」常指歌妓，但也有飲酒聽曲者
能歌或者興發而隨唱的。《清異錄・釋族門》所記「低唱」，就包括僧和妓，
因爲「僧酒令、謳吟、吹彈莫不高了」。《苕溪漁隱叢話・前集》卷四所記「低
唱」，也當指黨太尉隨著家妓一起哼唱。至於柳永的「忍把浮名，換了淺斟低
唱」，則應包括柳永唱，因爲柳永精通音律，不但能倚聲填詞，而且還能唱曲。
所以，《辭海》《詞源》解釋「低唱」爲「聽人曼聲歌唱」，就不夠準確，而且
使用「曼聲」一詞也不妥，所謂「曼聲」是「拉長聲音」、「舒緩的長聲」的
意思，不是指「低聲」。

第三，這些書證中的「淺斟低唱」，當指冶遊享樂，即追求聲色，尋歡作
樂。因爲《清異錄・釋族門》所記僧有娼妓陪飲唱歌，《苕溪漁隱叢話・前集》

〔註2〕 胡仔《苕溪漁隱叢話・前集》，人民文學出版社 1962 年版，第 25 頁。
〔註3〕 嚴有翼《藝苑雌黃》，郭紹虞輯《宋詩話輯佚》下冊，中華書局 1980 年版，
第 579 頁。
〔註4〕 黃景仁《兩當軒集》，上海古籍出版社 1983 年版，第 394 頁。

卷四所記黨太尉有家妓同飲同唱，柳永《鶴衝天》中的「換了淺斟低唱」也應是與歌妓同樂。所以《漢語大詞典》解釋爲「形容悠然自得、遣興消閒的樣子」，也是欠妥的。因爲「悠然自得」指神態從容，心情閒適；「遣興消閒」指抒懷散心，消磨空閒時間；與「冶遊享樂」是有明顯區別的。

下面兩首詞中的「淺斟低唱」才是「形容悠然自得、遣興消閒的樣子」。

北宋末南宋初的蔡伸（1088～1156）《滿庭芳》上闋云：

　　　　風卷龍沙，雲垂平野，晚來密雪交飛。坐看闌檻，瓊蕊遍寒枝。妝點蘭房景致，金鋪掩、簾幕低垂。紅爐畔，淺斟低唱，天色正相宜。〔註5〕

南宋乾道三年（1167）任蕪湖丞的沈端節（生卒年不詳）的《洞仙歌》下闋云：

　　　　江南春意動，梅竹潛通，醉帽衝風自來往。慨念故人疏，便理扁舟，須信道、吾曹清曠。待石鼎煎茶洗餘釅，更依舊歸來，淺斟低唱。〔註6〕

蔡伸《滿庭芳》中的「蘭房」指高雅的居室，「金鋪」是門戶的美稱，詞寫他在風雪交加的傍晚，在火爐邊慢慢飲酒，輕聲唱歌。沈端節《洞仙歌》所謂「待石鼎煎茶洗餘釅，更依舊歸來，淺斟低唱」，更是說自己喝茶洗去餘醉，歸來後又慢慢飲酒，輕聲唱歌。這兩處的「淺斟低唱」都是自飲自唱，沒有歌妓陪酒唱曲，才是「形容悠然自得、遣興消閒的樣子」。

（原載《文史雜誌》2014 年第 3 期）

〔註 5〕《全宋詞》，中華書局 1999 年版，第 2 冊第 1305 頁。
〔註 6〕《全宋詞》，中華書局 1999 年版，第 3 冊第 2175 頁。

「青梅煮酒」考釋

　　「青梅煮酒」這一詞語，始見於北宋，晏殊《訴衷情》詞云：「青梅煮酒鬥時新，天氣欲殘春。」蘇軾《贈嶺上梅》詩云：「不趁青梅嘗煮酒，要看細雨熟黃梅。」後來，明代的章回小說《三國演義》又兩次說到「青梅煮酒」：第二十一回：「（曹）操曰：『適見枝頭梅子青青，……今見此梅，不可不嘗。又值煮酒正熟，故邀使君小亭一會。』玄德心神方定，隨至小亭，已設樽俎：盤置青梅，一樽煮酒。二人對坐，開懷暢飲。」第三十四回：「（劉）表曰：『吾聞賢弟在許昌，與曹操青梅煮酒，共論英雄。』」隨著《三國演義》中曹操、劉備青梅煮酒論英雄故事的廣泛流傳，「青梅煮酒」這一詞語也廣為人知。

　　然而，「青梅煮酒」是什麼意思？究竟該怎樣解釋呢？《辭源》（修訂本）解釋說，是「古代一種煮酒法」，並引晏殊《訴衷情》和蘇軾《贈嶺上梅》作例證。《漢語大詞典》（第 11 冊第 538 頁）解釋為「以青梅為佐酒之物的例行節令性飲宴活動。煮酒，暖酒。」並引晏殊《訴衷情》和《三國演義》第三十四回劉表之言作例證。筆者認為：《辭源》的解釋是錯的，《漢語大詞典》的解釋也不完全正確。

　　《詞源》說「青梅煮酒」是「古代一種煮酒法」，但怎樣「煮」法，卻沒有說，從字面來看，似乎是把「煮」字看成動詞，指用青梅來煮酒。如果「青梅煮酒」是「一種煮酒法」，那麼就不能把它分開來說。事實上，古人常常把它分開來說，如「不趁青梅嘗煮酒，」「盤置青梅，一樽煮酒」等。能夠分開來說，可見「青梅煮酒」應是兩種東西，不是「一種煮酒法」。其實，「煮酒」一詞，是名詞，是宋代的酒名，如王炎《臨江仙・落梅》：「劈泥嘗煮酒，拂席臥清陰。」張榘《念奴嬌》：「清杏園林，一樽煮酒，當為澆淒切。」此外，

就《詞源》所引晏殊《訴衷情》「青梅煮酒鬥時新，天氣欲殘春」兩句的含意來看，也表明「青梅煮酒」是兩種東西，不是「一種煮酒法」。「青梅煮酒鬥時新」的「鬥」，是比賽、競勝的意思，要比賽、要競勝，當然要兩種或兩種以上的東西才能進行，一種東西是無法相互「鬥」的，「一種煮酒法」更不能說「鬥」。那麼，這兩句的意思就是說：青梅長成，煮酒新熟，兩者在時令上比賽新鮮時，已經要到暮春時節了。晏殊還有一首《訴衷情》云：「芙蓉金菊鬥馨香，天氣欲重陽，」說的是芙蓉、金菊兩種花「鬥」（比賽）馨香時，已經要到重陽節了。「芙蓉」、「金菊」明顯是兩種花。這兩句所用句式、手法和「青梅煮酒鬥時新，天氣欲殘春」完全相同，可作「青梅煮酒」是兩種東西的旁證。

筆者認爲，「青梅煮酒」從字面來看，就是指青梅和煮酒，這個詞語由「青梅」和「煮酒」兩個名詞並列構成。青梅是很常見的果木。「煮酒」，《漢語大辭典》說是「暖酒」，把它看作名詞，這是對的。但是，我們從其所引例證「青梅煮酒鬥時新」和「吾聞賢弟在許昌，與曹操青梅煮酒，共論英雄」中，無論如何也看不出「煮酒」有「暖酒」的意思（「煮」字也沒有「暖」的含義）。筆者認爲，煮酒是一種酒名，和唐代詩人經常提到的「燒酒」這個名稱差不多〔註1〕，因爲「煮」和「燒」意思相近，並且，古代的糧食酒是用煮爛的黍，加上麴蘖（酒母）發酵而過濾的，有個燒煮的過程，根據這點，泛而言之，古代的糧食酒，一般都可稱作「燒酒」或「煮酒」。

青梅和煮酒既然是兩種東西，那麼古人爲何常常把它們聯繫起來，說成「青梅煮酒」這一詞語呢？主要有兩方面的原因：一是從時令上著眼，青梅長成之日，也正好是煮酒新熟之時，即暮春時節，既可以之表示時令，也可描寫嘗青梅、品煮酒的節令性嘗新宴飲活動。像晏殊《浣溪紗》「青杏園林煮酒香〔註2〕，佳人初試薄衣裳」；《訴衷情》「青梅煮酒鬥時新，天氣欲殘春」；《三國演義》第二十一回「今見此梅，不可不賞，又值煮酒正熟，……盤置青梅，一樽煮酒，二人對坐，開懷暢飲」；所寫正是如此。二是青梅既可作下

〔註 1〕 雍陶《到蜀後記途中經歷》：「自到成都燒酒熟，不思身更入長安。」白居易《荔枝樓對酒》：「荔枝新熟雞冠色，燒酒初開琥珀香。」唐人說的燒酒，不是蒸餾酒。我們今天所說的燒酒爲蒸餾酒，據李時珍《本草綱目·穀四·燒酒》所載，蒸餾酒是「自元時始創其法」。

〔註 2〕 據《中國果樹分類學》：杏和梅同係杏屬。杏屬包括以下五種：杏、西伯利亞杏、藏杏、東北杏、梅。

酒的果品，又可助飲醒酒，消食解酒。梅性酸，具有消食解酒的功用。《本草綱目》卷二十九《梅》條就說：「消酒毒，令人得睡。」「生津、止渴、清神、下氣、消酒。」因此，古人飲酒時常食梅。鮑照《代輓歌》詩就說：「憶昔好飲酒，素盤進青梅。」周邦彥《花犯》詞也說：「相將見，翠丸薦酒。」翠丸即青梅。陳維崧《二郎神・詠梅子》詞也說：「纖手，幾番小摘，已醒殘酒。」這樣，古人就自然而然地把青梅和煮酒放在一起，創造出「青梅煮酒」這一詞語。

綜上所說，「青梅煮酒」，應解釋為：青梅和煮酒，指青梅長成、煮酒新熟之時，舉行的嘗青梅、品煮酒的節令性嘗新宴飲活動。

（原載《西南師範大學學報》2001 年第 1 期）

也釋《茅屋為秋風所破歌》中的「沈塘坳」

劉帆同志在《「沈塘坳」應何解》（載《閱讀與寫作》88 年第 5～6 期合刊）一文中，指出常見的注釋本（包括中學語文課本），把杜甫的《茅屋為秋風所破歌》中「下者飄轉沈塘坳」一句的「沈」字，解釋為「墜落」，「塘坳」解釋為「低窪積水處」，是欠妥的。他認為，「沈塘坳」應該講解成：沈長的堤岸的彎曲低窪處。其中「沈」是形容詞，作「沈長」解，「塘」為堤岸，「坳」指彎曲低窪處。劉氏認為「沈」是形容詞，甚確，然而釋意為「沈長」，把「塘坳」釋為「堤岸的彎曲低窪處」，卻值得商榷。我們認為：此句的「沈」字確是形容詞，但當訓為「深」。「沈」有「深」之義。如《莊子·外物》：「心若懸於天地之間，慰暋沈屯。」唐陸德明《經典釋文》：「司馬云，沈，深也。」《漢書·司馬相如傳》唐顏師古注：「沈，深也。」《中華大字典》、《辭源》的「沈」字條也都列有「深」的義項。「塘坳」釋為「池塘」就行了，「沈塘坳」就是「深池塘」的意思。用不著對著「林梢」去訓釋「塘坳」之意。因為這是一首古體詩，不要求對仗，雖然「高者」和「下者」兩句基本對仗，但也不是工對，像上下句有相同的「者」字就是工對當避免的。如果硬要對著「林梢」去訓釋「塘坳」也行，「塘」即水池、水塘，「坳」本指低凹的地方，此可指塘的低窪處，即塘中最深處，「塘坳」即池塘的深水處。這樣就與「林梢」相對應。但這樣太繁瑣，不如直接把「沈塘坳」講為「深塘坳」簡單、明白。把「塘坳」釋為「低窪積水處」也不確，因為「掛罥長林梢」是指茅草掛結在高高的林梢上，那麼與之相對的「飄轉沈塘坳」就當指茅草飄轉在深池塘的塘面。「飄轉」一詞，暗示有風，照應起句的「風怒號」。而「低窪積水」一般較淺，不一定能浮起茅草，更不說「飄轉」了。詩中這幾句是

說：被吹得高的茅草，掛在高高的樹梢上，取不下來；散得低的，在深池塘面飄轉，撈不上來；而落在地上的，又被「南村群童」抱走。主要表明風卷茅散，無法收回。

把「沈」看作動詞，釋爲「墜落」，不但會破壞句中的語法結構，使動補詞組「沈塘坳」無法和偏正詞組「長林梢」相對，而且還會引起其它誤解。如陳孝達同志的《試釋〈茅屋爲秋風所破歌〉中的「長林梢」》（載《四川師大學報》1988 年第 5 期第 71 頁）一文，就認爲「高者掛罥長林梢」的「長」不當讀爲 cháng（場），不是形容詞，而「當讀 zhǎng（掌），作動詞，『長林梢』解作『生長（或附結）在樹梢上』」。理由是「『高者』與『下者』兩句本身對仗，成工對，從語法分析可以看出『長』和『沈』相對應，都是動詞，各作自己句子的謂語」。這就是由於把「沈」理解爲動詞而致誤。「沈」釋爲形容詞「深」，就與「長林梢」的「長」詞性相同，「沈塘坳」和「長林梢」都是偏正詞組，既能相對，又符合詩意，也可避免這類誤解。

（原載《閱讀與寫作》1989 年第 6 期）

也釋陳鐸《水仙子・瓦匠》中的「交」

　　明人陳鐸的《水仙子・瓦匠》是明代散曲的代表作品，常被選進高等學校的古代文學教材。朱東潤先生主編的《中國歷代文學作品選》，六卷本和簡編本都入選了。一些高等教育自修讀本也入選了此曲，如夏傳才先生主編的《中國古代文學名篇選讀》（語文出版社 1985 年版）。曲云：「東家壁土恰塗交，西舍廳堂初甃了，南鄰屋宇重修造。弄泥漿直到老，數十年用盡勤勞。金張第遊麋鹿，王謝宅長野蒿，都不如手鏝堅牢。」

　　這支散曲，語言通俗，明白易懂。「甃」（wǎ）是修整的意思，「手鏝」是泥瓦匠塗泥的工具，各選本大都有注。「東家壁土恰塗交」一句，朱本無注，夏本注云：「〔東家、西舍、南鄰〕這裏都指瓦匠受雇的人家。〔交〕正當⋯⋯的時候。」（見下冊第 198 頁）然而，細玩曲文，覺得夏本對「交」字的解釋不當。這句中的「恰」字，是表時間的副詞，作「剛好」、「正好」講。如果「交」字釋爲「正當⋯⋯的時候」，也表示時間，就與「恰」字重複，並且也講解不通。我認爲，這個「交」字是「遍」、「盡」的意思。「塗交」就是塗遍、塗盡。「交」是表範圍的副詞，與動詞「塗」構成述補結構。今四川方言中還保存了「交」的這種用法，如說：「牆上石灰刷交沒有？」是說牆上石灰刷遍沒有？「你要把地裏的菜灌交」，意思是說要把地裏的蔬菜灌遍。陳鐸是下邳人，下邳即今江蘇省邳縣，在長江以北，與四川同屬北方方言區。這支散曲的前三句用的鋪敘手法，結構基本相同。只有「交」釋作「遍」、「盡」時，「恰塗交」與「初甃了」、「重修造」結構才一致，釋爲「正當⋯⋯的時候」，則不一致。這三句描寫瓦匠一生辛勞，到處爲人修整房屋。意爲：東家的牆壁

剛好塗遍，又到西家修整廳堂；西家廳堂剛剛修整完工（「了」是完成的意思），又到南邊人家重新修造房屋。這樣解釋，文理較為順暢，不知讀者方家以為然否？

（原載《語文》1988 年第 5 期）

也說《紅樓夢》中的「吃茶」

　　《紅樓夢》中有「吃茶」一詞。周汝昌先生主編《紅樓夢辭典》（廣東人民出版社 1987 年版）「吃茶」條云：「古時結親以茶爲聘禮，故把女子受聘叫『吃茶』。」其實，《紅樓夢》中的「吃茶」除此意外，還有指「以茶點、酒果待客」的意義，即客人到來後，主人家擺出茶或酒、糕點果品等款待客人。請看下面的例子：

　　　　①第七回：鳳姐帶著寶玉來到寧府尤氏家，寶玉見到了秦鐘。

　　尤氏家「一時擺上茶果吃茶，寶玉便說『我們兩個又不吃酒，把果子擺在裏間小炕上，我們那裏坐去，省得鬧你們』。於是二人進裏間來吃茶」。

　　　　②第八回：寶玉和黛玉來到薛姨媽住的梨香院，「薛姨媽已擺了幾樣細巧茶果，留他們吃茶」。

　　　　③第十五回：鳳姐等人來到莊門內，「僕婦們端上茶食果品來，又倒上香茶來，鳳姐等吃過茶，待他們收拾完備，便起身上車」。

這三例中的「吃茶」，都不只是指喝茶葉沖泡的茶水，而是在喝茶或酒時，還要吃糕點果品等。所謂「茶果」即茶點，就是茶與點心的簡稱，北京話把糕點也叫「果子」（四川有叫「糖果子」的）。特別值得注意的是，不用茶而用酒，仍叫「吃茶」，如例①。當然，稱「茶」可能還含有自謙的意思，指吃的東西簡淡，猶如一杯清茶。

　　其實，不只《紅樓夢》中才有這種習俗的描寫，《醒世恒言》中也記載了這種「吃茶」習俗。第十八卷《施潤澤灘闕遇友》中，施復送給薄老兒兩個

饅頭，並派家人用船將薄老兒送回家，薄老兒到家後又把兩個饅頭「遞與施
復家人道：『一官宅上事忙，不留吃茶了，這饅頭轉送你當茶罷。』」

今四川綿陽等地農村也還保存著這種待人接客的習俗，也還叫「吃茶」。
客人來到後，主人家端出茶或酒，擺出花生核桃或餅乾，請客人吃，之後再
吃正餐。如果家中沒有糕點乾果之類，就不拿茶酒，給客人煮三五個荷包蛋，
或下碗麵條，也仍叫「吃茶」。可相互證明。

（原載《古漢語研究》1996 年第 1 期）

《辭源》《漢語大詞典》「前度劉郎」書證指誤

「前度劉郎」一詞，《辭源》（修訂本）解釋云：

> 南朝宋劉義慶《幽明錄》記東漢永平年間，劉晨阮肇在天台桃源洞遇仙。至太康年間，兩人重到天台。後世稱去而復來的人爲「前度劉郎」。唐劉禹錫《劉夢得集》四《再遊玄都觀絕句》詩：「種桃道士歸何處？前度劉郎今又來。」

《漢語大詞典》解釋云：

> 相傳東漢永平年間，劉晨、阮肇在天台桃源洞遇仙，還鄉後，又重到天台。後因稱去而重來者爲「前度劉郎」。唐劉禹錫《再遊玄都觀》詩：「種桃道士歸何處，前度劉郎今又來。」宋辛棄疾《賀新郎》詞：「前度劉郎今重到，問玄都、千樹花存否？」元張翥《滿江紅‧錢舜舉桃花折枝》詞：「前度劉郎，重來訪、玄都燕麥。」溫見《香江席上示雪兄》詩：「故鄉心事他鄉夢，前度劉郎淚黯然。」

《辭源》《漢語大詞典》解釋「前度劉郎」一詞，用的首條書證都是劉晨、阮肇入天台豔遇仙女的故事，此故事最早出自南朝宋劉義慶的《幽明錄》，然而《幽明錄》中的「劉晨阮肇」條卻沒有出現「桃源洞」、「劉郎」等詞語，也沒有劉阮還鄉後又「重到天台」的記述。《幽明錄》「劉晨阮肇」條記述漢明帝永平五年，剡縣劉晨、阮肇入天台山取穀皮迷路。「經十三日，糧乏盡，饑餒殆死。遙望山上有一桃樹，大有子實，而絕巖邃澗，永無登路。攀緣藤葛，乃得至上。各噉數枚，而饑止體充。復下山……逆流行二三里，得度山。出

一大溪邊，有二女子，姿質妙絕」。二女子「因邀還家。其家銅瓦屋……遂停半年」。後來劉阮二人「求歸甚苦」，二女子就「共送劉阮，指示還路。既出，親舊零落，邑屋改異，無相識。問訊得七世孫，傳聞上世入山，迷不得歸。至晉太元八年，忽復去，不知何所」。小說所寫具體地點，只是山中、溪邊和銅瓦屋，既沒有寫到洞窟，也沒有提到「桃源洞」；小說中的「二女子」把劉晨、阮肇稱爲「劉、阮二郎」，而不是簡稱爲「劉郎」；小說中更沒有「重到天台」即「去而復來」的描寫，只是說「至晉太元八年，忽復去，不知何所」，所謂「忽復去，不知何所」，意謂兩人又走了，不知去向。《幽明錄》在南宋散佚，然唐宋書多有徵引，魯迅《古小說鈎沈》輯有 265 條。宋人徐子光《蒙求集注》徵引「劉晨阮肇」條頗有異文，開頭點明出自「《續齊諧記》」，顯然是誤記；文中有「從此山東洞口去不遠，至大道」之語，但也不是說的「桃源洞」；文末謂「今乃是既無親屬棲宿，欲還女家，尋山路不獲。至太康八年，失二人所在」，把「太元八年」誤記爲「太康八年」，但也沒有明確說「重到天台」。可見，《辭源》《漢語大詞典》把劉阮入天台遇仙的故事作爲「前度劉郎」的書證是不妥當的。

「前度劉郎」一詞，最早出自中唐詩人劉禹錫（772～842）的《再遊玄都觀》一詩，應該是指劉禹錫兩次遊玄都觀的事。所謂「前度」，指前一次，上一回。有後一次才有前一次，有下一回才有上一回。據唐人孟棨《本事詩·事感第二》記載：

> 劉尚書自屯田員外左遷朗州司馬，凡十年始徵還。方春，作《贈看花諸君子》詩曰：「紫陌紅塵拂面來，無人不道看花回。玄都觀裏桃千樹，盡是劉郎去後栽。」其詩一出，傳於都下。有素嫉其名者，白於執政，又誣其有怨憤。他日見時宰，與坐，慰問甚厚。既辭，即曰：「近者新詩，未免爲累，奈何？」不數日，出爲連州刺史。其自敘云：「貞元二十一年春，余爲屯田員外，時此觀未有花。是歲出牧連州，至荊南，又貶朗州司馬。居十年，詔至京師，人人皆言有道士手植仙桃滿觀，盛如紅霞，遂有前篇，以記一時之事。旋又出牧，於今十四年，始爲主客郎中。重遊玄都，蕩然無復一樹，唯兔葵燕麥動搖於春風耳。因再題二十八字，以俟後再遊，時太和二年三月也。」詩曰：「百畝庭中半是苔，桃花淨盡菜花開。種桃道士歸何處？前度劉郎今又來。」

根據《本事詩》的這則記載可知，劉禹錫前後兩次遊玄都觀，兩次都寫了詩，第一次寫的詩中有「劉郎」一詞，第二次寫的詩中有「前度劉郎」一詞。因此解釋「前度劉郎」，不當用劉阮入天台遇仙的故事作書證，而用劉禹錫《再遊玄都觀》即可。

　　順便指出，把劉晨阮肇「入天台山」遇仙改成「入天台桃源洞」遇仙而且「去而復來」「重到天台」的，是劉禹錫之後的詩人曹唐（797？～866？）。曹唐寫有劉阮遇仙的組詩 5 首，第一首《劉晨阮肇遊天台》有云「不知此地歸何處，須就桃源問主人」，第二首題爲《劉阮洞中遇仙子》，第三首題爲《仙子送劉阮出洞》，第四首《仙子洞中有懷劉阮》有云「洞裏有天春寂寂」，「流水桃花滿澗香」，第五首《劉阮再到天台不復見仙子》有云「再到天台訪玉眞，青苔白石已成塵」。元末明初人王子一的雜劇《劉晨阮肇誤入桃源》（又名《劉晨阮肇誤入天台》），敷演劉阮誤入天台山桃源洞遇仙，回鄉後又重返天台，劇中引用了曹唐的《劉阮洞中遇仙子》、《仙子送劉阮出洞》、《劉阮再到天台不復見仙子》三首詩，明顯受到曹唐組詩的影響。然而，無論是曹唐的組詩還是王子一的雜劇，都沒有出現「前度劉郎」一詞，即使出現此詞，也不是始見書證。

（原載《文史雜誌》2013 年第 3 期）

《漢語大詞典》指誤

　　《漢語大詞典》是一部最新的大型漢語語文辭典，它詞目浩繁，詞彙完備，釋義確切，代表了當今語文辭書的最高水平。儘管如此，也存在一些問題，毛遠明在《〈漢語大詞典〉書證中的幾個問題》（載《中國語文》2000 年第 1 期）一文中就指出了其書證中存在的八個方面的問題。筆者在查閱《漢語大詞典》時也發現了幾條錯誤，遂隨手抄錄下來，目的在於為今後《漢語大詞典》的修訂提供參考。

　　1.「青李」條（《漢語大詞典》第 11 冊第 524 頁，以下不出書名，只標明冊數、頁數）：「　李子的一種。晉王羲之《來禽帖》：『青李、來禽、櫻桃、日給藤子皆囊盛為佳，函封多不生。』」

　　所引書證《來禽帖》的標點有誤，應標點為「青李、來禽、櫻桃、日給、藤子，皆囊盛為佳，函封多不生」。「青李、來禽、櫻桃、日給、藤子」，是五種植物。「青李」和「櫻桃」是很常見的果木。「來禽」即林檎（禽），俗稱花紅、沙果，果味似蘋果，以其食美，引禽來食，故名。「日給」，《詞源》釋為「花名」，並引《太平御覽》卷九七〇三國魏杜恕《篤論》說：「日給之花與栟相似也，栟結實而日給零落。」「藤子」，又叫蔓胡桃。段成式《酉陽雜俎·前集》卷十九說：「蔓胡桃出南詔，大如扁螺，兩隔，味如胡桃。或言蠻中藤子也。」所引《來禽帖》的意思是說：青李、來禽、櫻桃、日給、藤子這五種植物，都用布袋盛裝為好，用木盒封裝的大多種不活。

　　2.「胡笳」條（第 6 冊第 1214 頁）：我國古代北方民族的管樂器，傳說由漢張騫從西域傳入，漢魏鼓吹樂中常用之。漢蔡琰《悲憤詩》之二：「胡笳動兮邊馬鳴，孤雁歸兮聲嚶嚶。」南朝梁虞羲《詠霍將軍北伐》：「胡笳關下思，

羌笛隴頭鳴。」唐岑參《胡笳歌送顏眞卿使赴河隴》：「君不聞胡笳聲最悲，紫髯綠眼胡人吹。」

此條釋義不全面。「胡笳」一詞除了指古代北方民族吹奏的管樂器以外，唐代還將琴曲《胡笳弄》也簡稱《胡笳》。唐代戎昱《聽杜山人彈〈胡笳〉》詩云：「綠琴《胡笳》誰妙彈，山人杜陵名庭蘭。……座中爲我奏此曲，滿堂蕭瑟如窮邊。」唐代裴鉶《傳奇‧崔煒》：「遂命煒就榻鼓琴，煒乃彈《胡笳》。女曰：『何曲也？』曰：『《胡笳》也。』曰：『何謂《胡笳》？吾不曉也。』煒曰：『漢蔡文姬，郎中蔡邕之女也，沒於胡中，及歸，感胡中故事，因撫琴而成斯弄，像胡中吹笳哀咽之韻。』」此說蔡文姬翻笳調入琴曲。而唐代琴師董庭蘭也翻寫有《胡笳弄》。《樂府詩集》卷五十九引唐劉商《胡笳曲序》云：「蔡文姬善琴，能爲《離鸞別鶴之操》。胡虜犯中原，爲胡人所掠，入番爲王后，王甚重之。武帝與邕有舊，敕大將軍贖以歸漢。胡人思慕文姬，乃卷蘆葉爲吹笳，奏哀怨之音。後董生以琴寫胡笳聲爲十八拍，今之《胡笳弄》是也。」李頎有《聽董大彈〈胡笳弄〉兼寄語房給事》詩，董大即董庭蘭。

3.「卻月眉」條（第 2 冊第 541 頁）：亦作「却月眉」。唐代婦女眉型之一。唐杜牧《閨情》詩：「娟娟卻月眉，新鬢學鴉飛。」明楊慎《丹鉛續錄‧十眉圖》：「唐明皇令畫工畫十眉圖……六曰月棱眉，又名卻月眉。」亦省稱「卻月」。宋蘇軾《眉子石硯歌贈胡因》：「君不見成都畫手開十眉，橫雲卻月爭新奇。」參見「十眉圖」。

此條釋義不確切。卻月眉並不是唐代才有的，唐之前就出現了。梁元帝蕭繹《玄覽賦》就說：「望卻月而成眉。」據此可知，這種眉式是根據月形而畫的。卻月，即半月形，卻月眉即是眉形畫如半月。如果不作這樣的解釋，即使查閱到此詞條，也不知道卻月眉是什麼樣子。

4.「起夫」條（第 9 冊第 1088 頁）：徵集人夫。《警世通言‧拗相公飲恨半山堂》：「恐驚動所在官府，前來迎送，或起夫防護，騷擾居民不便。」嚴敦易注：「起夫，徵集人夫。」清劉嗣館《起夫歎》：「吏胥起夫聚鑼鼓，攔街捉人入官府。」

此條所用書證遲後。宋代蘇軾《乞相度開石門河狀》就有「起夫」一詞：「賜錢十萬貫、米十萬石，起夫九萬二千人，以開龜山河。」當用作一書證。

5.「繡床」條（第 9 冊第 1038 頁）：②刺繡時繃緊織物用的架子。清孔尚任《桃花扇‧題畫》：「美人香冷繡床間，一院桃開獨閉關。」

此條也屬書證遲後。南唐李煜《一斛珠》詞云：「繡床斜憑嬌無那，爛嚼紅絨，笑向檀郎唾。」詞中的「繡床」，才指「刺繡時綳緊織物用的架子」，因「爛嚼紅絨」的「紅絨」當是刺繡所用。而《桃花扇·題畫》中「美人香冷繡床間」的「繡床」，不能確定是「裝飾華麗的床」，還是「刺繡時綳緊織物用的架子」。

6.「鬥」條（第 12 冊第 711 頁）：⑤趁。唐王建《醉後憶山中故人》詩：「遇晴須看月，鬥健且登樓。」宋晏殊《訴衷情》詞之一：「青梅煮酒鬥時新，天氣欲殘春。」張相《詩詞曲語詞彙釋》卷二：「鬥時新，趁時新也。」

《漢語大詞典》沿用張相的解釋，以晏殊《訴衷情》「青梅煮酒鬥時新，天氣欲殘春」兩句為書證，這是不恰當的。筆者認為，張相這裏對「鬥」的解釋是錯的，「青梅煮酒鬥時新」的「鬥」，不是「趁」而是「比賽」、「競勝」的意思。（《漢語大詞典》「鬥」條第二個義項即是「比賽、爭勝」）因為「青梅煮酒」這一詞語，並不是像《辭源》所解釋的是「古代一種煮酒法」，而是兩種東西，是指「青梅」和「煮酒」。青梅是常見的果木。煮酒是宋代的酒名，如王炎《臨江仙·落梅》：「劈泥嘗煮酒，拂席臥清陰。」張榘《念奴嬌》：「清杏園林，一樽煮酒，當為澆淒切。」這還可從古人常常把「青梅煮酒」這一詞語分開來說也知道它們是兩種東西。蘇軾《贈嶺上梅》詩云：「不趁青梅嘗煮酒，要看細雨熟黃梅。」《三國演義》第二十一回：「（曹）操曰：『適見枝頭梅子青青，⋯⋯今見此梅，不可不嘗。又值煮酒正熟，故邀使君小亭一會。』玄德心神方定，隨至小亭，已設樽俎：盤置青梅，一樽煮酒。二人對坐，開懷暢飲。」既然「青梅煮酒」是兩種東西，那麼把「鬥」釋為「趁」，「青梅煮酒鬥時新，天氣欲殘春」兩句就解釋不通。可能張相把「青梅煮酒」理解為用青梅來煮酒的意思，才把「鬥時新」釋為「趁時新」的。而把「鬥時新」的「鬥」釋成「比賽」、「競勝」就豁然通順，這兩句意思就是說：青梅長成，煮酒新熟，兩者在時令上比賽新鮮時，已經要到暮春時節了。此外，晏殊的《訴衷情》之三云：「芙蓉金菊鬥馨香，天氣欲重陽。」說的是芙蓉、金菊兩種花「鬥」（比賽）馨香時，已經要到重陽節了。「芙蓉」、「金菊」明顯是兩種花，並且這兩句中的「鬥」也只有釋為「比賽」、「競勝」才對，釋為「趁」就不行。這兩句所用句式、手法和「青梅煮酒鬥時新，天氣欲殘春」完全相同，可作「青梅煮酒」是兩種東西和「鬥」是「比賽」、「競勝」之意的有力證據。

　　青梅煮酒既然是兩種東西，那麼古人爲什麼把它們放在一起，說成「青梅煮酒」呢？它們二者之間有聯繫嗎？回答是肯定的。首先，從時令上說，青梅長成之日，也正好是煮酒新熟之時，即暮春時節，既可以之表示時令，也可描寫嘗青梅、品煮酒的節令性嘗新宴飲活動。像晏殊《浣溪紗》「青杏園林煮酒香，佳人初試薄衣裳」（杏和梅同係杏屬）與前引《訴衷情》之一和《三國演義》第二十一回，都是如此。其次是青梅既可作下酒的果品，又可助飲醒酒，消食解酒。梅性酸，具有消食解酒的功用。《本草綱目》卷二十九《梅》條就說：「消酒毒，令人得睡。」「生津、止渴、清神、下氣、消酒。」因此，古人飲酒時常食梅。鮑照《代輓歌》詩就說：「憶昔好飲酒，素盤進青梅。」周邦彥《花犯》詞也說：「相將見，翠丸薦酒。」翠丸即青梅。陳維崧《二郎神·詠梅子》詞也說：「纖手，幾番小摘，已醒殘酒。」這樣，古人就自然而然地把青梅和煮酒聯繫在一起了。

（原載《四川師範學院學報》2002 年第 6 期）

古代文化漫談

道教的法術──嘯

「嘯」，《說文解字》云：「吹聲也，從口肅聲。」《詩經‧召南‧江有汜》第三章：「江有沱，之子歸，不我過；不我過，其嘯也歌。」鄭玄箋云：「嘯，蹙口而出聲也。」許慎說「嘯」是用口吹出聲音，重在注意發聲的氣流；鄭玄說「嘯」是撮口而發出聲音，重在指出發聲的嘴形。根據兩人的解釋可知：嘯，指撮口發出清越而悠長的聲音。正如西晉成公綏《嘯賦》所云：「動唇有曲，發口成音。觸類感物，因歌隨吟。」嘯，其實就是今天的吹口哨。唐代孫廣《嘯旨序》云：「夫氣激於喉中而濁，謂之言；激於舌端而清，謂之嘯。」由於是吹出的聲音，從音質上看，嘯是一種清音。

早在先秦時期就有有關嘯的記載。就《詩經》來說，除前引《江有汜》外，還有《小雅‧白華》的「嘯歌傷懷，念彼碩人」和《王風‧中谷有蓷》的「有女仳離，條其嘯矣」。「碩人」，身材高大的人，此指男子。「仳離」，別離，特指婦女被遺棄。詩中的主人公都是女性，或思念戀人，情意淒苦，或被遺棄，憂愁悲傷，就以「嘯」抒發其抑鬱憂傷的情懷。古籍中關於婦女善嘯的記載不少。西漢劉向的《列女傳‧仁智》謂魯漆室女「當穆公時，君老太子幼，女倚柱而嘯。旁人聞之，莫不為之慘者」。晉人崔豹的《古今注‧音樂》載商陵牧子「娶妻五年而無子，父兄為之改娶，妻聞之，中夜起，倚戶而悲嘯」。這些婦女都是用嘯來抒發哀怨愁苦的感情。當然，用嘯表達憂愁悲傷的情緒不只僅是女子，男子亦然。三國魏嵇康的《贈秀才入軍》詩就云：「感悟馳情，思我所欽；心之憂矣，永嘯長吟。」西晉左思的《招隱詩》也說：「非必絲與竹，山水有清音。何事待嘯歌，灌木自悲吟。」

嘯在魏晉時期最為流行，是魏晉名士風度的標誌之一。魏晉名士經常用

嘯來表達他們閒適的意趣、曠達的心境。如西晉郭璞《遊仙詩》云：「中有冥寂士，靜嘯撫清絃。」「冥寂士」指隱士。東晉陶淵明《歸去來兮辭》曰：「登東皋以舒嘯，臨清流而賦詩。」魏晉名士還常常「傲然嘯詠」以表現他們清高倨傲的性格。劉義慶《世說新語‧簡傲》載：「晉文王功德盛大，坐席嚴敬，擬於王者。唯阮籍在坐，箕踞嘯歌，酣放自若。」郭璞《遊仙詩》云：「嘯傲遺世羅，縱情在獨往。」「嘯傲」正是魏晉名士清高孤傲個性的生動寫照。魏晉名士也用嘯來表達他們心靈感應的知音之情，也就是說，名士之間可以不用語言，只用嘯聲互和就可以「心有靈犀一點通」，成為知音。有名的「蘇門之嘯」就是如此：阮籍「嘗遊蘇門山，有隱者，莫知姓名，有竹實數斛，杵臼而已。籍以嘠然長嘯，韻響寥亮。蘇門先生乃逌然而笑。籍既降，先生喟然高嘯，有如鳳音。籍素知音，乃假蘇門先生之論，以寄所懷」（《世說新語‧棲逸》劉孝標注引《魏氏春秋》）。「籍歸，遂著《大人先生論》，所言皆胸懷間本趣，大意謂先生與己不異也。觀其長嘯相和，亦近乎目擊道存矣」（劉孝標注引袁宏《竹林七賢論》）。阮籍和蘇門先生（即孫登）不以語言交流而只用嘯聲意會，表達共同的意趣，成為知音。

嘯成為道教的法術，最早可以追溯到戰國時期。戰國時期，儘管道教還沒有產生，但楚地的嘯，既具有濃厚的巫術色彩，又頗有神仙方術的意味，而神仙方術就是道教形成的重要淵源。王逸《楚辭章句‧九歌序》云：「昔楚國南郢之邑，沅、湘之間，其俗信鬼而好祠。」嘯就是楚人信鬼而召喚亡靈的一種方式。《楚辭‧招魂》：「招具該備，永嘯呼兮。」王逸注云：「該，亦備也。言饌設甘美，靡不畢備。故長嘯大呼，以招君也。夫嘯者，陰也；呼者，陽也。陽主魂，陰主魄。故必嘯呼以感之也。」就是說楚人以長嘯大呼的方式，召喚死者的魂魄。以嘯召喚亡靈，葛洪的《神仙傳》有一則記載生動而具體：西漢人劉根得道，郡太守史祈命其召鬼，若不見，即當殺戮。劉根「因長嘯，嘯音非常，清亮，聞於城外，聞者莫不肅然，眾賓客悉恐。須臾，廳前南壁忽開數丈，見四赤衣吏傳呼避道，赤衣兵數十人操持刀劍，將一科車直從壞壁中入到廳前，（劉）根敕下車上鬼，赤衣兵發車上烏被，上有一老公老姥，反縛囚繫。熟視之，乃（史）祈亡父母也」。可見，嘯是巫覡、方士經常使用的一種法術。

嘯為巫覡、方士所採用後，就逐漸成為道教的一種神異方術。《嘯旨序》云：「嘯之清可以滅鬼神，致不死。蓋出其言善，千里應之；出其嘯善，萬靈

受職。斯古之學道者哉！」方士道徒覺得嘯聲與鬼神、萬物之靈之間可以相互感應，認爲運用嘯聲做法不但能夠「滅鬼神，致不死」，而且能夠使萬物之靈聽從調遣，呼風喚雨。《後漢書·方術傳》就有趙炳以嘯呼風渡河的記載：趙炳「嘗臨水求渡，船人不和之，炳乃張蓋坐其中，長嘯呼風，亂流而濟。於是百姓神服，從者如歸」。《文選·嘯賦》李善注引《靈寶經》也有女仙「仰嘯」求雨的記載：某國大旱，地下生火，人民焦燎。一位「常日咽氣，引月服精」的音姓女仙，「顯其眞，爲王仰嘯，天降洪水，至十丈」，然後「化形隱影而去」。宋代張君房的《雲笈七籤》卷一百一十三還載有道士以嘯使「萬靈受職」、聽從調遣的故事：馬湘隨道士遍遊天下，道術高妙，可令溪水逆流、橋斷復續等等。「後遊常州，遇馬植出相，任常州刺史……植言：『此城中鼠極多。』湘書一符，令人帖於南壁下，以箸擊盤長嘯，鼠成群而來，走就符下俯伏」。馬湘又叱鼠要其離開此城，群鼠「皆叩頭謝罪，遂作隊莫知其數，出城門去」。

正因爲嘯術如此神異而靈驗，才使得許多道士虔心學習。唐無名氏《灌畦暇語》就記載有道士精誠學嘯的故事：「僬人海春，居髑髏山，善嘯術。太山道士鍾約往來，敬其藝，願學焉而無從。一日，春變其形爲石，約不之知，乃坐旁石上，仰面嘯。而春所化石應之，亦發聲，傾山動澗，雲霧爲之下墮。約知是春，驚起再拜，以祈請焉。春哀其誠，因教以三術。凡不飲不食，乃得嘯而風生於虎也。」

嘯也是方士道徒的一種養生方法。道教以求長生不死、修道成仙爲主要目標，因而極爲重視養生長壽。在道士看來，嘯就對宣泄不良情緒如鬱悶、壓抑、滯怒和消除心理上的緊張具有良好的效用，而且嘯還能開胸順氣，娛情怡心，激發生命的活力。孫廣在《嘯旨·蘇門章第十一》中就說：「仙君之嘯，非止於養道怡神……」因此，古代的方士、眞人、道徒以至詩人常常「長嘯」、「吟嘯」、「嘯歌」等等，也多與這養生思想有關。嵇康作《幽憤詩》，就不僅傾訴自己的平生追求：「託好老莊，賤物貴身。志在守樸，養素全眞。」而且還通過長嘯來抒發被囚的憂鬱與憤慨，進而養生怡性：「采薇山阿，散發岩岫。永嘯長吟，頤性養壽。」

道教諸神中，多有善嘯者。歷史傳說人物黃帝，曾問道於廣成子，被道教尊奉爲神，《淮南子·覽冥訓》謂「夏桀之時」，「黃神嘯吟」。漢高誘注：「黃帝之神傷道之衰，故嘯吟而長歎也。」道教徒亦尊大禹爲神，大禹也善嘯，

唐代李冗的《獨異志》謂：「禹傷其父功不成，乃南逃衡山……仰天而嘯，忽夢神人降金簡、玉字之書，得治水之要。」大禹以嘯聲感動天神，神的垂憐與賜予使禹治水成功。西王母是道教神仙系統中的女仙領袖，《山海經・西山經》說她「其狀如人，豹尾虎齒而善嘯，蓬髮戴勝」。《雲笈七籤》卷一百一十一謂得道的趙威伯「善嘯，聲若衝風之激長林，眾鳥之群鳴。須臾，歸雲四集，零雨其濛」；卷四十九和卷六十八還描寫有群仙之嘯的壯觀場面：「登飛上清，浮景七元，長生順往，嘯吟千神。」「左嘯則神仙啓首，右嘯則八景合眞。」孫廣的《嘯旨序》爲了強調道教「嘯」術的重要，還杜撰了神仙傳授嘯術的次序：「故太上老君授南極眞人，南極眞人授廣成子，廣成子授風后，風后授務光，務光授舜，演之爲琴以授禹。自後或廢或續。晉太行山人孫公能以嘯得道而無所授，阮嗣宗所得少分，其後不復聞矣。」

（原載《文史雜誌》2005 年第 5 期）

鯉魚與道教

　　鯉魚是一種淡水魚，體扁鱗大，嘴邊有觸鬚二對，背蒼黑，腹淡黃，尾赤紅。由於它顏色美麗，體肥味美，古人極為喜歡它。《詩經‧陳風‧衡門》就云：「豈其食魚，必河之鯉？豈其娶妻，必宋之子？」意思是說：難道吃魚一定要吃黃河裏的鯉魚？難道娶妻一定要娶宋國子姓貴族的姑娘？從這裏我們知道，春秋時期陳國（今河南淮陽一帶）吃魚有一種風氣，以黃河裏的鯉魚為最好。後來，鯉魚一直是人們酒宴上的美味佳肴，而且還是人們送禮的珍貴禮品。《家語》就記載說：「孔子年十九，娶於宋之並官氏之女，一歲而生伯魚，伯魚之生，魯昭公使人遺之鯉魚。夫子榮君之賜，因以名其子也。」國君魯昭公把鯉魚作為禮物送給孔子賀其得子，而孔子又名其子為「孔鯉」，可見人們對鯉魚的看重。漢樂府民歌《飲馬長城窟行》云：「客從遠方來，遺我雙鯉魚。呼兒烹鯉魚，中有尺素書。」說的是漢代的信函，用兩塊木板做成，一底一蓋，刻作鯉魚的形狀，中間放置書信。信函做成鯉魚之形，這是鯉魚崇拜的表現。

　　中國古代崇拜龍，很早就有龍為鯉魚轉化而來的傳說：「龍門山，在河東界。禹鑿山斷門一里餘，有黃鯉魚，自海及諸川，爭來赴之。一歲中，登龍門者不過七十二。初登龍門，即有雲雨隨之，天火自後燒其尾，乃化為龍矣。」（《太平廣記‧龍門》）到了唐代，人們仍然這樣認為。白居易《點額魚》詩就云：「見說在天行雨苦，為龍未必勝為魚。」白居易認為魚變化為龍在天上行雨很辛苦，不如為魚逍遙自在。鯉魚能變化為龍，這更加強了人們對鯉魚的崇拜。

　　然而，鯉魚地位的大大提高，鯉魚崇拜的極大加強，是在鯉魚與僊人聯

繫在一起和道教產生之後。據西漢劉向《列仙傳・琴高》記載，鯉魚是僊人的座騎：「琴高者，趙人也，以鼓琴爲宋康王舍人，行涓彭之術，浮游冀州涿郡之間二百餘年，後辭入涿水中取龍子……果乘赤鯉來，出坐祠中。」《列仙傳・子英》還有子英乘坐鯉魚昇天成仙，人們將鯉魚視爲「神魚」的記載：「子英者，舒鄉人也，善入水捕魚，得赤鯉，愛其色好，持歸著池中，數以米穀食之。一年，長丈餘，遂生角，有翅翼。子英怪異，拜謝之，魚言：『我來迎汝，汝上背，與汝俱昇天。』即大雨，子英上其魚背，騰升而去。歲歲來歸，故舍食飲，見妻子，魚復來迎之，如此七十年。故吳中門戶皆作『神魚』，遂立子英祠云。」此後，似乎乘坐鯉魚就成爲得道成仙的標誌，東晉道教理論家葛洪在《抱朴子・對俗》中就說：「夫得道者，上能竦身於雲霄，下能潛泳於川海。是以蕭史偕翔鳳以淩虛，琴高乘朱鯉於深淵，斯其驗也。」因而唐代詩人李群玉《洞庭風雨》云：「羽化思赤鯉，山漂欲抃鼇。」溫庭筠《水仙謠》也云：「水客夜騎紅鯉魚，赤鸞雙鶴蓬瀛書。」道教徒還深信龍爲鯉魚轉化而來的傳說，並將其引入經典之中，鯉魚就成爲信徒們敬仰的聖物，神聖不可侵犯，被稱之爲「赤暉公」（《酉陽雜俎・鱗介》）。如果道教徒輕易食之，便犯了道教的大忌，必將遭禍。

鯉魚和神仙聯繫在一起後，僊人道士賦予它更多的神性，正如唐代詩人盧仝《觀放魚歌》所云：「老鯉變化頗神異。」鯉魚的種種神異，更使人們感到神奇而加深了對它的崇拜。《晉書・四夷傳》就記載有鯉魚的神異：奴文少時，「嘗牧牛澗中，獲二鯉魚，化成鐵，用以爲刀。刀成，乃對大石嶂而咒之曰：『鯉魚變化，冶成雙刀，石嶂破者，是有神靈。』進斫之，石即瓦解。文知其神，乃懷之」。「詭爲隱語，預決吉凶」的讖緯，就屢屢以鯉魚的異常來預言禍亂。晉武帝太康年間，有兩條鯉魚出現於武庫屋上。干寶就認爲：「武庫兵府，魚有鱗甲，亦是兵類也。魚既極陰，屋上太陽，魚見屋上，像至陰以兵革之禍干太陽也。」及晉惠帝初年，誅殺皇后之父楊駿，廢皇后爲庶人；元康末年，賈后專制，謗殺太子，也被誅廢。「十年之間，母后之難再興，是其應也」（《搜神記》）。

由於唐代的統治者特別尊崇道教，鯉魚的地位又得到進一步提高，鯉魚崇拜又得到進一步加強。因爲道教所奉教主老子（李耼）與唐王室同姓，帝王們爲了提高門第，神化李姓，就特別尊崇道教。唐高祖於武德八年發佈詔令，規定了先道、次儒、後釋的次序，道教就取得了三教之首的地位。唐高

宗於乾封元年，追封老子爲「太上玄元皇帝」，給老子戴上了「皇帝」的冠冕。
唐玄宗更是狂熱崇道，不但又給老子加上「太聖祖大道玄元皇帝」等一連串
尊號，而且於開元二十一年，親注老子《道德經》，令學者習之。由於鯉魚是
道教徒崇拜的聖物，又加上鯉魚的「鯉」與唐王室和道祖老子的姓同音，鯉
魚也就大爲沾光，得到了唐代帝王的大力保護和尊崇。唐代統治者嚴禁捕殺
食用鯉魚，唐玄宗曾於開元三年二月和開元十九年正月兩次下令「禁斷天下
採捕鯉魚」（《舊唐書·玄宗紀》），凡捕得鯉魚必須放生，街市有販賣鯉魚者
「杖六十」（《酉陽雜俎·鱗介》）。唐高宗還規定：五品以上的文武官員必須
佩帶「魚符」，用以辨尊卑、明貴賤，並用作上朝或應皇帝的召見或引見進宮
的憑證，「魚符」就做成鯉魚之形。因爲李唐王朝崇拜、保護鯉魚，竟有人不
惜與鯉魚攀關係，《青蓮縣志》記載李白出生的傳說云：李白的母親在青蓮鎮
西盤江的蠻婆渡浣紗，有一尾金色鯉魚躍入竹籃中，李白之母攜回烹食後就
懷孕而生李白。把李白附會爲鯉魚投生，無非是看中了鯉魚的崇高地位和鯉
魚與唐朝李姓皇帝的親密關係，希望通過鯉魚向李唐王室套近乎，以提高自
己的地位。

（原載《中國道教》2001 年第 6 期）

白鶴與道教

　　白鶴也單稱鶴，頸彎曲，腿細長，毛潔白，能高飛。其形體可愛，性情溫和，是人們喜愛的禽鳥之一。早在《詩經‧鶴鳴》中，古人就稱揚說：「鶴鳴于九皋，聲聞于天。」《左傳‧閔公二年》記載春秋時的衛懿公過分寵愛白鶴，還引起不良後果。衛懿公喜歡白鶴，不但精心飼養，而且外出時還讓白鶴乘坐大夫才能乘坐的車子。當狄人攻打衛國時，將士不願出戰，還發牢騷說：讓白鶴去，鶴的祿位高。結果衛國大敗。古人還認爲鶴能長壽，有所謂「千歲之鶴，隨時而鳴」，「鶴壽千歲，以極其遊」等說法。

　　白鶴與僊人聯繫在一起，白鶴也就仙化；白鶴仙化，就與道教有了聯繫。首先，白鶴善飛，遨遊天空，悠然來去，正合於神仙追求的逍遙自由的境界，因而神仙道士就以之作爲坐騎，並有「野鶴孤雲原自在」，「野鶴精神雲格調」等讚美。其次，白鶴長壽，而長生不死又是神仙道教追求的終極目標，「知龜鶴之遐壽，故效其導引以增年」（葛洪《抱朴子內篇‧對俗》），所以僊人道士就仿傚其導引以延長年歲。所謂導引，即導氣引體，指呼吸和軀體運動相結合的體育療法。白鶴的仙化，最早大約見於舊題西漢劉向撰《列仙傳》記載的古僊人王子喬故事。王子喬好吹笙作鳳鳴之聲，遊於伊洛之間，被道士浮丘公接上嵩高山，三十多年後乘白鶴停歇在緱氏山頭，數日而去。舊題東晉陶潛撰《搜神後記》所記丁令威化鶴升仙的故事，使鶴的仙化進一步加強。丁令威本是遼東人，在靈虛山學道，後化鶴返回遼東，停在城門華表柱上。有少年舉弓欲射之，鶴飛升空中徘徊而言：「有鳥有鳥丁令威，去家千年今始歸。城郭如故人民非，何不學仙冢壘壘。」遂高飛衝天。這樣，白鶴和僊人道士結下了不解之緣，凡得道成仙者大多騎乘白鶴遨遊。如梁朝施肩吾的《謝

自然升仙》云：「分明得道謝自然，古來漫說尸解仙。如花年少一女子，身騎白鶴遊青天。」詩寫如花少女謝自然得道升仙，身騎白鶴在碧空自在行遊。唐代詩人秦系的《期王鍊師不至》（鍊師是對道士的敬稱）詩云：「昨日圍棋未終局，多乘白鶴下山來。」就是白居易的《夢仙》詩描寫夢中成仙，也是乘坐的白鶴飛升：「人有夢仙者，夢身升上清。坐乘一白鶴，前引雙紅旌。」僊人道士的居處周圍也多棲息著白鶴，似乎準備隨時乘坐而出遊。李白《尋雍尊師隱居》（尊師也是對道士的敬稱）：「花暖青牛臥，松高白鶴眠。」白鶴棲息在青松上，鶴是長壽鶴，松是不老松。白居易《尋郭道士不遇》詩也云：「看院只留雙白鶴，入門惟見一青松。」

　　因此，「騎鶴」就成了成仙的標誌，以至於道士安坐而死也被稱為「騎鶴化」。騎鶴飛升，不但是僊人道士的最大追求，而且也影響到世俗之人並為之熱切嚮往。梁朝殷芸的《小說》記載：有客相聚，各言其志：有人說願為揚州刺史，有人說希望多有錢財，有人說願騎鶴飛升，另有一人則說：「腰纏十萬貫，騎鶴上揚州。」所謂「腰纏十萬貫，騎鶴上揚州」，指既要有錢財，又能長生成仙，還可去揚州這個煙花之地享樂。這本是一種妄想，卻為古代風流文人欽羨不已，並津津樂道，宋代詞人在花前月下或歌舞酒宴間不但高吟「翠袖更能舞，騎鶴上揚州」，而且還感歎「纏腰跨鶴事，人生最風流」！

（原載《文史雜誌》2008 年第 3 期）

唐代的圍棋活動

　　圍棋起源於我國，到了唐代盛極一時，宮廷、民間經常對弈，而且還有國際間的對弈。

　　唐代的宮廷裏，帝王大臣喜好圍棋的不少，因而經常對弈。唐玄宗就喜歡下圍棋，他在翰林院中設立了棋待詔，這些棋待詔專門在宮中陪皇帝和親王們下棋。王積薪就是唐玄宗時最負盛名的棋待詔，他除了陪帝王下棋，還寫了不少棋書。其中最著名的是《圍棋十訣》和《金谷九局圖》。《圍棋十訣》詞精意深而又通俗易懂，概括了圍棋的基本原理，以後歷代棋手都奉爲金科玉律。

　　唐玄宗下棋很顧面子，只能下贏，不能下輸。唐代人段成式《酉陽雜俎》卷一記載：唐玄宗「夏日嘗與親王棋，令賀懷智獨彈琵琶，貴妃立於局前觀之」。楊貴妃看到唐玄宗將要輸了，就故意把懷裏抱的「康國猧子」小狗放於座側，「猧子乃上局，局子亂，上大悅」。從這裏我們可以看出封建帝王的虛榮。

　　在唐代，圍棋在宮妃和貴族小姐中也很盛行。唐代宮廷中的宮妃常以圍棋爲樂，詩人張籍《美人宮棋》詩寫道：「紅燈臺前出翠蛾，海沙鋪局巧相和。趁行移手巡收盡，數數看，誰得最多？」又如我國新疆吐魯番阿斯塔那村古墓群中，出土了唐初的一幅《圍棋仕女圖》。圖中描繪了 11 位婦女的逼真形象，其中心是兩位貴族婦女正在聚精會神地下圍棋，這是唐代婦女下圍棋的真實寫照。

　　不只是上層貴族婦女才愛好圍棋，就是民間婦女也十分喜愛，而且棋藝不凡。唐代薛用弱的《集異記》記載有這樣的故事：安史之亂時，唐玄宗帶著朝官逃往四川，棋待詔王積薪也跟著逃難。蜀道途中稍好點的郵亭、民舍，大都被尊官和有權勢的人搶先佔了。王積薪沒有棲身之處，只好沿溪前行，

借住在山裏一戶孤姥家裏。這家只有媳婦和婆婆兩人，給了王積薪水和燈後就關門睡了。王積薪住在屋檐下，至半夜也不能入睡，忽聽見屋內婆婆對媳婦說：「這麼好的夜晚，沒有什麼東西助長興致，和你下一局圍棋怎麼樣？」媳婦回答說：「好。」王積薪非常奇怪：堂內沒有燈火，媳婦和婆婆又各自住在東西兩室，怎麼能下圍棋呢？王積薪就把耳朵貼在門上細聽，只聽得媳婦說：「起東五南九置子矣。」婆婆答說：「東五南十二置子矣。」媳婦又說：「起西八南十置子矣。」婆婆又答：「西九南十置子矣。」兩人每置一子，都要考慮很久，一直下到將盡四更。王積薪一一記下了她們的下子，一共只 36 子。忽聽婆婆說：「你已經輸了，我勝了九個子。」媳婦也甘願認輸。第二天天剛亮，王積薪就去向婆媳兩個請教了棋藝。以此，「積薪之藝，絕無其倫」。這個故事中，山裏的老太婆和媳婦都能下圍棋，並且是下「盲棋」，我們可以看出唐代圍棋的普及之廣和水平之高。

　　唐代的圍棋活動不僅在宮廷、民間普遍盛行，而且還有過國際間的圍棋比賽。據唐人蘇鶚的《杜陽雜編》記載：唐宣宗大中年間（847～859），日本國「王子來朝，獻寶器音樂」，唐宣宗設置百戲珍饌招待。王子善圍棋，宣宗就命令待詔顧師言與之比賽。「及師言與之敵手，至三十二下，勝負未決」。顧師言怕下輸了有辱君命，每落一子，凝思良久，並且手心都捏出汗了。「王子瞪目縮臂，已伏不勝」，就問旁邊的官員：「待詔是國中第幾手？」鴻臚官欺騙他說：「是第三手。」其實顧師言是當時的第一國手。日本王子又說：「願見第一手。」鴻臚官說：「王子勝第三，方得見第二；勝第二，方得見第一。」王子只得掩局歎息說：「我們小國的第一名，不如大國的第三名，確實這樣啊！」有人作了考證，顧師言確有其人。宋代李逸民所撰的《忘憂清樂集》刻有唐朝的棋譜《金花碗圖》，為待詔閻景實與顧師言的對局。日本的歷史學家渡部義通在他的長篇棋史《古代圍棋逍遙》中，寫了中國圍棋史，在唐朝的圍棋史中說：「日本王子可能是高岳親王（平城天皇的兒子）。高岳親王於仁明朝承和二年（835）隨第十三次遣唐使入唐，於陽成朝元慶四年（880）歸國途中歿，前後在唐共 45 年，而大中年間（847～859）他當然在唐。」這樣，唐宣宗大中年間顧師言與日本王子的對弈，就是最早的中日棋戰，大概也是最早的國際圍棋比賽吧！

（原載《體育之春》1985 年第 9 期）

關於「爛嚼紅茸」和嚼食檳榔

王銘銘先生《檳榔與咖啡》（載《讀書》2005 年第 11 期）一文的前部分，由歐洲喝咖啡聯繫到臺灣嚼檳榔，再由臺灣嚼檳榔的習俗，追溯我國古代的嚼食檳榔。其中有一段話，為了說明方便，照原文格式迻錄如下：

> ……在中國歷史上，嚼食檳榔的歷史，最遲可追溯到南北朝時期。李後主曾在《一解珠》中吟道：
>
> 晚妝初過，沈檀輕注些兒個，向人微露丁香顆。
>
> 一曲清歌，暫引櫻桃破。
>
> 羅袖裏殘殷色可，杯深被香醪涴。
>
> 鏽床斜嬌無那，爛嚼紅茸，笑向檀郎唾。
>
> 詞中的「紅茸」便是檳榔。嚼食檳榔的習慣，到底與古代藝人群體的「輕桃」有何干係，我們不得而知。

這段文字，筆者認為有幾點不妥，特寫出來就教於王銘銘先生以及專家學者。

第一，王文所引李煜的《一斛珠》，是一首中調詞，不知為何未按上、下片格式排列，並且錯得難以卒讀。據張璋、黃畬編《全唐五代詞》（上海古籍出版社 1986 年版）、詹安泰編注《李璟李煜詞》（人民文學出版社 1982 年版）等書，詞中的「裏」為「裛」之誤，「深」下脫一「旋」字，「鏽」為「繡」之誤，「斜」下脫一「憑」字，「茸」為「茸」之誤。所謂「紅茸」，就是刺繡用的紅色茸線。「茸」，有的版本又作「絨」，與「茸」同，指刺繡用的絲縷。「紅茸」與前面的「繡床」相照應，繡床就是刺繡時繃緊織物用的架子。由此可知，「爛嚼紅茸」是指嚼爛紅色茸線，絕不是指嚼食檳榔。女子刺繡時，將咬斷的繡線含在口裏咀嚼，為常見動作。

第二，即使就是「紅茸」，也與「檳榔」沾不上邊，不知王文所說「『紅茸』便是檳榔」的根據是什麼？茸，指用茅草覆蓋房屋。《左傳·襄公三十一年》云：「繕完茸牆，以待賓客。」孔穎達疏：「茸屋以草覆。此云茸牆，謂草覆牆也。」

第三，王文謂「在中國歷史上，嚼食檳榔的歷史，最遲可追溯到南北朝時期」，但未舉出南北朝嚼食檳榔的例證，後文接著就說：「李後主曾在《一斛珠》中吟道……」且不說李煜此詞不是寫嚼食檳榔，就算是，時間也相隔太遠，不能說明問題，因為李後主是五代時南唐人。其實，只要仔細翻檢古代文獻，就會發現嚼食檳榔的歷史可以追溯到東晉時期。如《南史·劉穆之傳》載：「穆之少時，家貧誕節，嗜酒食，不修拘檢。好往妻兄家乞食，多見辱，不以為恥。……食畢求檳榔，江氏兄弟戲之曰：『檳榔消食，君乃常饑，何忽須此？』……及穆之為丹陽尹，將召妻兄弟……及至醉飽，穆之乃令廚人以金盤貯檳榔一斛以進之。」劉穆之是東晉人，世居京口（今江蘇鎮江），其吃檳榔的事，後來成為典故，被詩人屢屢寫進詩中。到了南北朝時期，關於人們嚼食檳榔的記載就很多了。梁代詩人劉孝綽的《詠有人乞牛舌乳不付因餉檳榔詩》就寫到平時嚼食檳榔：「莫言蒂中久，當看心裏新。微芳雖不足，含咀願相親。」《南史·任昉傳》還記載齊武帝時任中散大夫的任遙，嚼食檳榔已經上癮，以至臨終時還想嚼上一顆：「昉父遙本性重檳榔，以為常餌，臨終嘗求之，剖百許口，不得好者。昉亦所嗜好，深以為恨，遂終身不嘗檳榔。」

（原載《江海學刊》2006 年第 4 期）

「仿生學」與服飾裝扮

　　仿生學是近幾十年發展起來的屬於生物科學與技術科學之間的一門邊緣科學。它把各種生物（植物、動物和微生物都是生物）系統所具有的功能原理和作用機理作爲生物模型進行研究，以期在技術發展中能夠利用這些原理和機理，以之進行技術設計並製造出更好的新型儀器和機械等。例如，電子研究專家根據青蛙眼睛看動的東西很敏銳，而看靜的東西卻很遲鈍的特點，設計製造出用來監視飛機飛行的「電子蛙眼」等。

　　這裏所說的仿生學，是一門尖端科學，它涉及生理學、生物物理學、生物化學、工程學等學科領域，似乎與服飾裝扮沾不上邊。然而，人類向生物尋找啓發，借鑒、模倣各種生物的特長來爲自己服務，早在古代就開始了。古代科學不發達，古人不可能對生物的功能原理和作用機理進行深入的研究，並以之進行運用，但古人對生物的形狀特別注意，常仿照其形狀來設計、創造。也就是說，古代雖然沒有「仿生學」之說，但是「仿生」卻早就出現在古人生活的許多領域。如早在戰國末年就出現的隸書，其橫畫兩頭的筆勢有「蠶頭雁尾」之說，就是模倣蠶之頭、雁之尾的形狀形成的。漢代出現的鶴書，是皇帝的詔書，又稱鶴頭體，就是書體模倣鶴頭而形成。古人的妝式也有很多是根據「仿生」設計而形成的。

　　古代婦女的眉式就有按「仿生」而設計描畫的蛾眉、柳葉眉、桂葉眉等。《詩經・碩人》：「齒如瓠犀，螓首蛾眉。巧笑倩兮，美目盼兮。」蛾眉本是蠶蛾的觸鬚，彎曲而細長。古代婦女仿此而畫眉，故稱蛾眉。韋莊《女冠子》其二：「依舊桃花面，頻低柳葉眉。」柳葉眉應是模倣柳葉之形描畫而成。唐玄宗的妃子江采蘋《謝賜珍珠》詩云：「桂葉雙眉久不描，殘裝和淚污紅綃。」

桂葉眉是仿照桂葉而描畫，用黛色淡散暈染，把眉毛畫得又短又闊，略成八字形。

古代婦女還根據「仿生」設計了很多面飾和頭飾。最有名的面飾是「梅花妝」，產生於南朝宋時，歷經隋唐五代，到宋代仍然流行。梅花妝的出現，純屬偶然。據《雜五行書》的記載，宋武帝之女壽陽公主人日（正月初七）臥於含章殿簷下，「梅花落額上，拂之不去，經三日，洗之乃落。宮女奇其異，競傚之」。這樣，就出現了用彩色紙或帛剪成梅花貼於額上的梅花妝。辛棄疾《青玉案》：「蛾兒雪柳黃金縷，笑語盈盈暗香去。」指出了宋代婦女插戴在頭髮上的頭飾有蛾兒、雪柳、黃金縷等。蛾兒即鬧蛾兒，用烏金紙剪成蝴蝶之形，以朱粉點染。雪柳是用紙或絹製成的迎春花枝。黃金縷是用絹帛製成鵝黃色的柳絲。

古代婦女的髮式有靈蛇髻、蟬鬢、鳳髻、螺髻等，也是根據「仿生」設計而梳成的。魏文皇后甄氏仿照盤蛇所梳的「靈蛇髻」曾名噪一時。據《採蘭雜誌》記載，甄氏被納入魏宮後，常看到一條綠蛇在其寢宮中爬來爬去。每當甄氏梳妝，它便盤作一團，出現在甄氏身邊。甄氏感到很奇怪，於是就模倣它盤繞的形狀梳成各種髻式。結果，髮髻巧奪天工，深得天子的喜愛和妃嬪的欣羨。薛道衡《昭君辭》：「蛾眉非本質，蟬鬢改眞形。」白居易《井底引銀瓶》：「嬋娟兩鬢秋蟬翼，宛轉雙蛾遠山色。」崔豹《古今注》云：「魏文帝宮人所絕愛者有莫瓊樹，……瓊樹乃製蟬鬢，縹緲如蟬翼。」莫瓊樹應是受到蟬的啓發，仿蟬翼之形而設計出蟬鬢這種髮型的。歐陽修《南歌子》：「鳳髻金泥帶，龍紋玉掌梳。」唐圭璋等《唐宋詞選注》注曰：「鳳髻，梳成鳳凰式的髮髻。」鳳凰爲傳說中的鳥，雄曰鳳，雌曰凰。鳳髻就是仿照鳳凰之形梳成的。皮日休《縹緲峰》：「似將青螺髻，撒在明月中。」辛棄疾《水龍吟‧登建康賞心亭》：「遙岑遠目，獻愁供恨，玉簪螺髻。」螺髻即模倣螺殼的形狀梳理的髮髻。《古今注‧魚蟲》云：「童子結髮亦謂螺髻，言其形似螺殼。」

古人的文身，即在身體上刺畫有色的圖案或花紋，最初是南方少數民族的一種習俗。它的產生是由於勞動的需要，也是根據「仿生」而設計刺畫的。《淮南子‧原道訓》說：「九疑之南，陸事寡而水事眾，於是民人被髮文身，以像鱗蟲。」高誘注云：「文身，刻畫其體，內（納）墨其中，爲蛟龍之狀以入水，蛟龍不害也。」也就是說，古時的南方少數民族常在水中捕魚作業，

爲了避免水族傷害他們，他們就仿照水中蛟龍的樣子在自己身體上刺畫鱗甲式的花紋圖案，蛟龍見了以爲是同類，就不會傷害他們。文身發展到今天，多作爲一種美的修飾，並且有成爲時尚的趨勢。

不僅古人根據「仿生」設計妝式，就是現代人的髮型服飾，也有很多是根據「仿生」而設計的。前幾年，街上流行「雞冠子」，即婦女愛梳「雞冠型」髮式，額頭上方的一片頭髮，直立後而又側斜，狀如公雞的雞冠，應是根據公雞雞冠的形狀而設計梳理的。曾經一度流行的蝙蝠衫和蘿蔔褲，是仿照蝙蝠、蘿蔔之形設計而製作的。蝙蝠衫的衣袖從臂部到袖口由寬而窄，腰身也是從上而下逐漸由寬變窄。蘿蔔褲的臀部肥大，褲足窄小，象蘿蔔之形。我們經常看到的樂隊指揮穿的燕尾服、繫的蝴蝶結，當是根據燕尾和蝴蝶的形狀設計的。蒙古族人的馬蹄袖，應是仿照馬蹄的形狀縫製的。如今還有人戴的瓜形帽、穿的貓兒形保暖鞋，也是根據「仿生」而設計製作的。

在日常生活中，觀察各類生物的形狀和變化，可以給人以啓發，可以開拓人們的想像空間，借鑒、研究各種生物的特徵，可以激發人們的創造力。美容美髮師、時裝設計師應該仔細觀察、研究各種生物，根據生物的特點設計新穎的髮型服飾，以美化生活。

（原載《文史雜誌》2001 年第 5 期）

漫話古代婦女的假髮

　　現代社會生活中，婦女對於頭髮的裝扮梳理，可謂煞費苦心，不僅髮色髮式新異奇特，而且還多有戴假髮以做裝飾的。城市裏不但有很多美髮店，還有專門出售假髮的商店。然而，假髮並不是現代才興起的一種時髦，在我國古代早已有之，可謂歷史悠久，源遠流長。

　　早在西周時期，假髮就出現了，不過，那時是貴族的奢侈品。《詩經・召子偕老》云：「副笄六珈。」毛傳：「副者，后、夫人之首飾，編髮為之。」《周禮・天官・追師》云：「掌王后之首服，為副、編、次。」東漢鄭玄注：「副之言覆，所以覆首為之飾，其遺象若今之步搖矣，服之以從王祭祀。編，編列髮為之，其遺事若今之假紒（髻）矣，服之以告桑也。次，次第髮長短為之，所謂髮髢（bìdì），服之以見王。」從毛傳、鄭注可知，副、編、次為最早的假髮，是王后、君夫人在參加重要活動如祭祀、謁廟、觀見天子時作為首飾專用的。「副」取義於「覆」，意為把假髮覆蓋在頭上做裝飾；「編」，即後來的「辮」，即把假髮辮起來做裝飾；「次」，取義於「次第」，即把長短頭髮依次編織而做成首飾。那時，人們極為重視假髮的美觀作用。《莊子・天地》就說：「禿而施髢，病而求醫。」「禿而施髢」，就是指頭髮禿了裝戴假髮。《詩經・君子偕老》還云：「鬒（zhěn）髮如雲，不屑髢也。」鬒，指烏黑濃密而柔美的頭髮。不屑，不需要，用不著。髢，即指裝襯的假髮。這兩句詩誇美貴婦人的頭髮烏黑稠密，柔美如雲，用不著裝襯假髮。反思這兩句，則包含有頭髮稀少就要裝襯假髮的意思。

　　那時的假髮用什麼做成呢？當然不可能有現在的人造絲之類的假髮。

　　《儀禮・少牢饋食禮》云：「主婦被裼。」鄭玄注曰：「被裼讀為髮髢（bìtì），

古者或剃賤者刑者之髮，以被（披）婦人之紒爲飾，因名髮鬄焉。」《詩經·君子偕老》孔穎達疏：「髢，益髮也。言人髮少，聚他人髮益之也。」可見，那時的假髮，是剃賤者刑者的頭髮做成。西周時有一種髡刑，即剃去犯罪之人的頭髮（今之犯人，猶剃光頭，即其遺制）。犯人剃下的頭髮，即被他人拿去做假髮。更有甚者，依仗權勢硬剃賤者之美髮來增益裝飾自己人的頭髮。《左傳·哀公十七年》記載：「初，公自城上見己氏之妻髮美，使髡之以爲呂姜髢。」說的就是魯哀公硬剃己氏妻的美髮來做自己妻子呂姜的假髮。

鄭玄說的「髲鬄」，也是指假髮。《釋名·釋首飾》云：「髲，被也；髮少者得以被助其髮也。鬄，剔也，剔刑人之髮爲之也。」「髲」，取義於「被（披）」，因爲披假髮於首，故稱。「鬄」，取義於「剔（剃）」，剃下刑者賤者的頭髮做成假髮叫做「鬄」。可見，髲和鬄是同一事物的不同叫法。就其作用而言，因是披在頭上做裝飾，所以叫做「髲」；就其取材而言，因是剃賤者刑者的頭髮做成，所以叫做「鬄」。

大約在東漢，出現了假髻，又寫作「假結」，或叫「假紒」。《後漢書·輿服志》云：「皇后謁廟服……假結，步搖，簪珥。」前引東漢鄭玄注也說：「其遺象若今之假紒矣。」東漢時，假髻只是皇后的專門首飾。而且也是參加重要活動才戴的。到了後來，普通婦女也可戴了。《晉書·五行志》載：「太元中，公主婦女必緩鬢傾髻，以爲盛飾，用髮既多，不可恒戴，乃先於木及籠上裝之，名曰假髻，或名假頭。至於貧家不能自辦，自號無頭，就人借頭。」楊貴妃也常戴假髻，《新唐書·五行志》云：「楊貴妃常以假髻爲首飾，而好服黃裙，近服妖也。時人爲之語曰：『義髻拋河裏，黃裙逐水流。』」所謂義髻，即外加的髮髻，也就是假髻。

東漢和唐代的婦女都喜好高髻。東漢長安民謠就說：「城中好高髻，四方高一尺；城中好廣眉，四方即半額。」（《後漢書·馬廖傳》）唐代婦女的髮髻過於高大，連唐高祖都大爲不解，問秘書丞令狐德棻曰：「丈夫冠、婦人髻竟爲高大，何也？」（《唐會要》卷三十一）要梳這麼高大的髮髻，僅自己的頭髮是不夠的，當然就得借助於假髮假髻了。

這麼高大的假髻，要使之在頭上豎立戴牢，也不是易事。唐代王建《宮詞》云：「玉蟬金雀三層插，翠髻高叢綠鬢虛。舞處春風吹落地，歸來別賜一頭梳。」就是說宮女的綠鬢高髻上插了許多玉蟬釵和金雀釵，但是高高的假髻還是綰得不牢，跳舞時被風吹落於地，歸去後君王就另賜了她許多梳子。

大概梳子齒多，把假髻縮得牢固一些。元稹《恨妝成》詩就說：「滿頭行小梳，當面施圓靨。」

　　古代婦女戴假髮、假髻，和今天一樣，主要是爲了追求美觀，但與古人的思想觀念也有密切的關係。古人強調孝行，認爲「身體髮膚，受之父母，不可毀傷」，爲「孝之始也」。在這種觀念的支配下，古人非常看重頭髮鬍鬚，不剪頭髮，不剃鬍鬚，男女都蓄髮，並且以髮鬚的長多爲美。男子的鬍鬚長而多，就被譽之爲「美髯公」。婦女更是以髮長髮多爲美，古代文獻中描寫女性美麗時，常常寫到頭髮，似乎頭髮長而多是美麗的一個重要條件。如《鄴中記》云：「陳遂妹，才色甚美，髮長七尺，石季龍以爲夫人。」說了「才色甚美」，還要說「髮長七尺」，足見對髮長的重視。《妒記》中描寫李勢之女「髮垂委地，姿貌絕麗」。《東觀漢記》云：「明德后美髮，爲四起大髻，但以髮成尚有餘，繞髻三匝。」

　　其次，西周時王后等人把假髮作爲祭祀、謁廟、覲見天子等重要活動的專門首飾，對以髮長髮多爲美和戴假髮風尙的形成有很大的促進作用。因爲王后等人是極有身份地位的人物，爲公眾所注目，她們的行爲風尙必然影響下面的人物，即所謂上行下效。

　　再次，西周時的髡刑對以髮長髮多爲美和戴假髮風尙的形成也有很大的反作用。髡刑，就是剃去犯罪之人的頭髮，以示懲罰。這樣，被剃去頭髮的人就產生一種恥辱感。反之，常人就極其看重自己的頭髮，並且以髮長髮多爲美，更借助於假髮以求美觀。

（原載《文史雜誌》2000 年第 3 期）

漫談唐代婦女的眉式

我國古代婦女很重視眉的化妝，無論眉色、眉式，都非常講究，梳妝時，總是加以著意描繪。漢代的京兆尹張敞為其妻畫眉，還被傳為佳話。這是因為眉毛和眼睛最能表現出女性的美麗，最能傳達感情。正因為如此，古代文學作品中描寫女性的美貌時，往往離不了「美目」、「秋波」、「蛾眉」、「翠蛾」的描寫。我國古代婦女也不斷地對眉式加以變化、創新，創造出了各種不同的眉式。有唐一代，婦女眉式尤多，這在唐代的詩詞和其他文學作品中經常見到。

唐代婦女畫眉，主要用翠綠色，也有用黑色的，而翠綠色最為流行，最為普遍。如萬楚《五日觀妓》詩：「眉黛奪將萱草色，紅裙妒殺石榴花。」萱草色即是翠綠色。盧綸《宴席賦得姚美人拍箏歌》也說：「深遏朱絃低翠眉。」由於翠眉太普遍，人們為了追求新奇，就用黑色描眉，在當時竟成了新異的眉色。《中華古今注》卷中載：「太真……作白妝黑眉。」徐凝《宮中曲》其二：「一旦新妝拋舊樣，六宮爭畫黑煙眉。」拋棄舊樣，來「爭畫黑煙眉」，可見宮人對這種眉色一時的崇尚。

唐代婦女的眉式很多，並且變化很快，一旦出現新的樣式，馬上就流行開了。唐代詩人劉方平的《京兆眉》詩云：「新作蛾眉樣，誰將月裏同。有來凡幾日，相效滿城中。」新眉式出現，幾日之間，就全城仿傚，可見流行之快。大致說來，唐代婦女的眉式，有以下幾種：

闊眉　這是唐代比較流行的眉式，唐代婦女大多以之為美。明代劉績的《霏雪錄》說：「唐代婦女，畫眉尚闊。」唐代詩歌中也多有描寫，如張籍《倡女詞》：「輕鬢叢梳闊畫眉。」張謂《歧王席上詠美人》：「半額畫雙蛾，盈盈燭下歌。」「畫雙蛾」就是畫雙眉，「半額」可見畫眉之寬。沈佺期《李員外

秦援宅觀妓》：「拂黛隨時廣，挑鬟出意長。」「拂黛」，就是畫眉，眉式隨時尚寬闊。闊眉最早出現在漢代。漢代《童謠歌》云：「城中好廣眉，四方且半額。」廣眉，即是闊眉。「四方且半額」，可見眉之闊長。後來一直流行。大約盛唐時，人們對這種眉式有所改革，使之有所縮短，成為短闊之狀，並且微微上豎，象桂葉之形，人們因此稱之為桂葉眉。如唐玄宗的妃子江采蘋《謝賜珍珠》詩：「桂葉雙眉久不描，殘妝和淚污紅綃。」李賀《惱公》詩也說：「添眉桂葉濃。」敦煌莫高窟 130 窟都督夫人太原王氏供奉群像（盛唐）畫有這種眉式。大約元稹《有所教》詩「莫畫長眉畫短眉」也是指此。

細眉　這種眉式也是早已有之，在《詩經·衛風·碩人》中，「螓首蛾眉」的「蛾眉」，就是用蠶蛾的觸鬚來形容眉的細長秀美。唐代天寶末年非常流行這種眉式。白居易《上陽白髮人》詩云：「小頭鞋履窄衣裳，青黛點眉眉細長。外人不見見應笑，天寶末年時世妝。」晚唐時也還流行，可從唐末詞人的詞中看出。韋莊《木蘭花》云：「消息斷，不逢人，欲斂細眉歸繡戶。」溫庭筠《南歌子》其三：「鬢墮低梳髻，連娟細掃眉。」因這種眉形秀長纖細如柳葉，人們常稱之為柳葉眉。如李商隱《和人題真娘墓》：「柳眉空吐效顰葉，榆莢還飛買笑錢。」韋莊《女冠子》其二：「依舊桃花面，頻低柳葉眉。」

卻月眉　這是唐代較為常見的眉式。據唐代張泌的《妝樓記》載：唐玄宗幸蜀，曾令畫工作十眉圖。《西蜀十眉圖》的第六種就是卻月眉，又叫月棱眉。唐代詩人杜牧《閨情》詩云：「娟娟卻月眉，新鬢學鴉飛。」然而，唐代之前這種眉式就產生了。梁元帝蕭繹《玄覽賦》云：「望卻月而成眉。」據此可知，這種眉式是根據月形而畫的。卻月，即半圓形的月亮。卻月眉即是眉形畫如半月形。

月眉　這種眉式也和月形有關，但和卻月眉不同，眉形畫為初月之形。唐代駱賓王《詠美人在天津橋》詩云：「水下看妝影，眉頭畫月新。」「眉頭畫月新」即是說把眉式畫成新月之形，新月的形狀是又彎又細，象半個圓環。唐代李賀《昌谷》詩：「泉樽陶宰酒，月眉謝郎妓。」唐代羅虬《比紅兒》詩：「詔下人間選好花，月眉雲髻盡名家。」

遠山眉　唐代詩詞中經常描寫到這種眉式，有的甚至就以之來代指女性，如杜牧《少年行》：「豪持出塞節，笑別遠山眉。」它的產生是在漢代，最初是用遠山來形容女性眉毛之秀麗，著重於遠山的顏色。《西京雜記》記載：「司馬相如妻（卓）文君，眉色如望遠山，時人效畫遠山眉。」因為卓文君

眉色如遠橫的山峰，淡淡青翠，時人都以之爲美，仿而畫之。後來，人們把眉形也畫成遠山狀，稱之爲遠山眉或遠山黛。《趙飛燕外傳》:「女弟合德入宮爲黛眉，號遠山黛。」漢代以後很多詩人都寫到這種眉式，唐代更多。崔仲容《贈歌姬》:「皓齒乍分寒玉細，黛眉輕蹙遠山黛。」韋莊《謁金門》:「閒抱琵琶尋舊曲，遠山眉黛綠。」《荷葉杯》:「一雙愁黛遠山眉，不忍更思惟。」唐圭章、潘君昭、曹濟平《唐宋詞選注》注:「這裏的愁黛即遠山眉（畫成遠山樣的眉毛）。」可以說是眉之顏色、形狀都仿照遠山。

小山眉　這是唐代比較奇特的一種眉式，把眉毛描成尖尖的小山狀。唐代詩人盧絳《夢白衣婦人歌詞》:「眉黛小山攢。」說黛眉像小山聚在一起的樣子。溫庭筠《歸國遙》:「黛眉山兩點。」前蜀詞人魏承斑《菩薩蠻》其一:「羅裙薄薄秋波染，眉間畫得山兩點。」從「山兩點」，我們可知眉形象小山之狀，有如箭頭一般。

愁眉　這種眉式在唐代詩詞中比較少見。溫庭筠《女冠子》其二:「霞帔雲髮，鈿鏡仙容似雪，畫愁眉。遮語回輕扇，含羞下繡帷。」「畫愁眉」就是指描畫愁眉這種眉式。到了宋代，還有人畫這種眉式，並且還成爲時髦。宋代女詩人朱淑眞《畫眉》詩就說:「曉來偶意畫愁眉，種種新妝試略施。堪笑時人爭彷彿，滿城將謂是時宜。」這種眉式，也是興起於漢代，始爲東漢大將軍梁冀之妻孫壽所畫。據《後漢書・梁冀傳》:「冀妻孫壽色美，而善爲妖態；作愁眉、啼妝、墮馬髻、折腰步、齲齒笑，以爲媚惑。」東晉干寶《搜神記》記載更爲清楚:「漢桓帝元嘉中，京都婦女作愁眉、啼妝、墮馬髻、折腰步、齲齒笑。愁眉者，細而曲折。……始自大將軍梁冀妻孫壽所爲，京都翕然，諸夏傚之。」愁眉的形狀是「細而曲折」，影響不只京都，而且「諸夏傚之」。

八字眉　這種眉式盛唐時就出現了，如韋應物詩《送宮人入道》:「金丹擬駐千年貌，寶鏡休勻八字眉。」八字眉應是宮女所畫的一種眉式，因爲李商隱《蝶三首》其三也說:「壽陽公主嫁時妝，八字宮眉捧額黃。」中唐元和時也流行八字眉，白居易《時世妝》詩有詳細記載:「時世妝，時世妝，出自城中傳四方。時世流行無遠近，腮不施朱面無粉。烏膏注唇唇似泥，雙眉畫作八字低。……元和妝梳君記取，髻椎面赭非華風。」從詩中描寫來看，這是非常奇異的妝式，雙眉畫作細細的八字低鬟。又從詩的最後一句來看，這種妝式應是受到胡裝影響而致。

　　此外，唐代還出現過更爲奇異的「血暈妝」。宋代王讜《唐語林》卷六記載：「長慶中，……婦人去眉，以丹紫三四橫約於目上下，謂之『血暈妝』。」長慶是唐穆宗年號。「血暈妝」的特點是去掉眉毛，用丹紫色在眼睛上下畫三四橫，這也可以說是一種非常奇異的眉式。

（原載《閱讀與寫作》1987 年第 3 期）

漫話古代婦女的奇妝異服

如果說，女人的穿著打扮是人類社會一道亮麗的風景線，那麼，所謂奇妝異服則使得這道風景線更加具有活力與魅力，更加絢麗多彩。瀏覽古代典籍，在關於婦女的記載中，我們往往會發現，古代婦女的奇妝異服層出不窮，蔚爲大觀。她們以新奇爲美，常常打破固有的妝式服式，一反傳統的審美觀念，翻新出奇，標新立異。

以畫眉來說，眉本黑色，或描之使其色加深，可古代婦女爲了與口紅色相搭配，使面部產生豔麗悅目的色彩美，就用翠綠色畫眉，翠眉遂成了古代流行的眉色。然而，翠眉流行既久，也就失去了新鮮感，人們爲了求奇，又用黑色描眉，反而又成了新異眉色。《中華古今注》卷中載：「太眞（楊貴妃）……作白妝黑眉。」徐凝《宮中曲》其二云：「一旦新妝拋舊樣，六宮爭畫黑煙眉。」拋棄舊樣，來爭畫黑煙眉，可見宮女對這種眉色一時的崇尙。北周時出現過黃眉。《隋書‧五行志》載：「後周大象元年……婦人墨妝黃眉。」墨妝猶言素面，指婦女不塗脂抹粉。素面畫黃眉‧算是奇異的化妝了。唐穆宗長慶年間還出現過用丹紫色畫的眉。《唐語林》卷六云：「長慶中……婦人去眉，以丹紫三四橫約於目上下，謂之血暈妝‧。」去掉眉毛，用丹紫色在眼睛上下畫上三四橫，眉色眉式都非常奇特。

古代婦女的眉式也奇異多樣。古代普遍流行的眉式是細長秀美的蛾眉，又稱細眉。細眉太普遍，爲求新異，就出現了闊眉。漢代《童謠歌》云：「城中好廣眉，四方且半額。」廣眉即闊眉。唐代張籍《倡女詞》云：「輕鬢叢梳闊畫眉。」新穎奇特的眉式還有眉形描成尖尖小山狀的小山眉，溫庭筠《歸國遙》詞云：「黛眉山兩點。」前蜀詞人魏承班《菩薩蠻》其一云：「羅裙薄薄秋波染，眉間畫得山兩點。」此外，還有「細而曲折」的愁眉，「雙眉畫作八字低」的八字眉等。

　　至於妝式衣著來說，各朝各代的變化極大，奇妝異服出現不少，下面談幾例有名的奇妝以見一斑。東漢有名的奇妝是啼妝。《後漢書・梁冀傳》載大將軍梁冀之妻「孫壽色美，而善爲妖態。作愁眉、啼妝、墮馬髻、折腰步、齲齒笑，以爲媚惑」。東晉干寶《搜神記》解釋說：「愁眉者，細而曲折。啼妝者，薄拭目下，若啼處。墮馬髻者，作一邊。折腰步者，足不在下體。齲齒笑者，若齒痛，樂不欣欣。」自美人孫壽這樣出奇作怪地組合裝扮後，「京都翕然，諸夏傚之」，全國上下掀起了啼妝潮，孫壽成了這時髦妝式的領潮人物。

　　唐代的奇妝要算元和年間的時世妝最有名。白居易《時世妝》詩云：「時世妝，時世妝，出自城中傳四方。時世流行無遠近，腮不施朱面無粉，烏膏注唇唇似泥，雙眉畫作八字低。妍蚩黑白失本態，妝成盡似含悲啼。圓鬟無鬢椎髻樣，斜紅不暈赭面狀。」唐代婦女傳統的化妝，一般是畫眉、抹粉、搽胭脂、塗口紅，間或有貼花子的，而元和年間的時世妝卻一反傳統的風尚，不施朱粉，不設鬢飾，梳椎髻（一撮之髻，形狀如椎），畫八字眉，以烏膏塗唇，眞可謂華夏少見。這種妝式是受胡妝影響產生的，椎髻就是胡人的髮髻樣式。白居易詩的最後兩句也說：「元和妝梳君記取，髻椎面赭非華風。」唐代元和年間，不只妝式奇特，服式顏色也很怪異。元稹《敘詩寄樂天書》云：「婦人暈淡眉目，縮約頭鬟，衣服修廣之度，及匹配色澤，尤劇怪豔。」

　　五代前蜀時的醉妝也很有名。前蜀後主王衍的宮人「皆衣道服，蓮冠，髻鬟爲樂，夾臉連額，渥以朱粉，曰醉妝。國人皆傚之」（《蜀檮杌》）。穿道服，戴蓮花冠，梳喪髻（以麻和髮合結曰髻），兩腮和額沾以朱粉，像醉酒臉紅似的。裝扮不僅奇異，而且顯得怪誕，不但不能給人審美愉悅，反而使人產生頹喪、消沉的感覺。

　　在古人的觀念中，婦女的奇妝異服，與國家人事的變化災異緊密相關。古代有「服妖」一詞，所謂服妖，即指奇妝異服。古人認爲奇妝異服往往預兆國家人事的非常變亂，因而以「服妖」稱之。這其實是無稽之談。如《開元天寶遺事》載：「宮中嬪妃輩，施素粉於兩頰，相號爲淚妝。識者以爲不祥，後有祿山之亂。」說宮妃所化淚妝預示安祿山之亂發生，是對安史亂中，玄宗逃蜀，宮妃垂淚被俘的附會。《唐語林》卷七也云：「唐末婦人梳髻，謂『拔叢』，以亂髮爲胎，垂障於目，解者云：『群眾之計目睹其亂發也。』」「目睹其亂發」，就是說看到黃巢領導的農民起義爆發。《晉書・五行志》載：「惠帝元康中，婦人之飾有五兵佩。又以金銀瑇瑁之屬，爲斧鉞戈戟，以當笄……

今婦人而以兵器爲飾，此婦人妖之甚者。於是遂有賈后之事。」說婦女身上的佩飾，具有預兆晉惠帝皇后賈南風擅權作亂、擾亂朝政的神通，未免太神奇了。其實，這些都是事後的附會記載，人們覺得這些妝飾異乎尋常，一反原有的傳統妝式，就把災異變亂和以前的奇妝進行比附。

古人的記載還表明，一些奇妝具有諷刺意味：或以奇妝表現不滿與牢騷，或以之諷刺某種人事。如《南史·元帝徐妃傳》載：「妃以帝眇一目，每知帝將至，必爲半面妝以俟。帝見則大怒而去。」徐妃「以帝一目，非爲全面也」，就以半面妝等待梁元帝的到來。《南史》認爲，這表現出徐妃對梁元帝的不滿與怨恨。因此，梁元帝後來親自殺死了徐妃。周密《齊東野語》也載：「宣和中，童貫用兵燕薊，敗而竄。一日內宴·教坊進伎，爲三四婢，首飾皆不同。其一當額爲髻……又一人滿頭爲髻如小兒，曰『童大王家人也』。問其故……童氏者曰：『大王方用兵，此三十六髻也。』」「三十六髻」諧音三十六計，三十六計者，走爲上計也。這是諷刺童貫帶兵打仗，只有敗北逃竄。當時的歌伎（以及上述嬪妃）是否具有如此強烈的政治意識和如此大的膽量，不得而知。不過作者周密等人的立場則是顯而易見的。其實，那時的女子之所以扮奇妝，或許並沒有周密等人所記的那樣深沉精密的思想，可能只是覺得好玩或新潮罷了。這與近世包括當代女子的化妝心理該是一致的。

對於婦女妝式服飾的標新立異，追求怪奇，封建統治階級是不予贊同的，有時，甚至要給以行政干預。翻檢古代文獻，就會看到諸多關於妝式穿戴的禁令。唐代算是比較開明的朝代了，但對「婦人高髻險妝，去眉開額」之類的裝扮也曾加以禁止。統治者還對婦女妝梳進行指導，要求依照「貞元舊制」，對奇妝限定時間改革，即使公主也不能隨心所欲地穿著打扮。《舊唐書·文宗紀》就記載太和二年五月，命宦官到諸位公主的宅第宣旨：「不得廣插釵梳，不須著短窄衣裳。」

封建統治階級對奇妝異服進行禁止，主要原因是他們認爲奇妝異服傷風敗俗，有違教化。此外，還與儒家的審美觀念有關。儒家以中和平正爲美，崇尚中庸，不偏不倚，不尚怪奇。而儒家思想又是封建社會的統治思想，這就難怪封建統治階級要排斥、禁止以怪奇爲美的衣著妝式了。

（原載《文史雜誌》1999 年第 2 期，中國人民大學書報資料中心《文化研究》1999 年第 8 期全文轉載）

後　記

　　2004 年，我任教的西南師範大學文學院，院長劉明華教授狠抓學科建設，支持中國古代文學學科出版了《中國古代文學研究叢書》（第一輯）共 10 本，本人的《古代文學論稿》（重慶出版社）也列入其中，此書收入我已發表的關於古代文學、文化研究的文章 40 篇。這本《古代文學與文化研究》就是在《古代文學論稿》的基礎上增刪修訂而成，刪去原書中篇幅較短的 10 篇，新增篇幅較長的 14 篇，並對有的文章做了修訂。特別要說明的是，書中《融詩詞歌賦爲一劇的〈醉寫赤壁賦〉》《論尤侗〈清平調〉中的科舉及第》兩篇文章，是我指導的研究生劉佳寧、胡萍所寫，由我提出題目，她們寫出初稿，我再修改潤色。

　　感謝臺灣花木蘭文化出版社出版此書，也感謝編輯人員的辛勤勞動。

胥洪泉

2015 年 1 月於西南大學